... ET DU *VIDE*

(Prix Saint-Pacôme du roman policier 2007)

« JE L'AI DÉVORÉ. [...]
J'EN SUIS SORTIE BOULEVERSÉE. »
TVA – Salut Bonjour Weekend

« VIRULENTE CRITIQUE SOCIALE
OÙ LA TÉLÉ APPARAÎT COMME UN MIROIR
GROSSISSANT DE NOS PIRES TRAVERS. »
La Presse

« AVEC *LE VIDE*, [SENÉCAL] CONFIRME PAR-DESSUS
TOUT SON FORMIDABLE TALENT DE RACONTEUR. »
Le Soleil

« PATRICK SENÉCAL RÉUSSIT
À NOUS ATTRAPER DANS SON FILET. »
Le Devoir

« UN TRÈS GROS ROMAN ABSOLUMENT FASCINANT.
CE QUE LES AMÉRICAINS APPELLENT
UN *PAGE-TURNER*. »
SRC – C'est bien meilleur le matin

« UN DES MEILLEURS POLARS QUÉBÉCOIS
QUE J'AI LU. »
Télé-Québec – Libre échange

« ON RESSORT DE CE LIVRE
NON PAS AVEC L'IMPRESSION D'AVOIR ÉTÉ SER-
MONNÉ SUR LA FAÇON DE VIVRE DES HOMMES,
MAIS D'AVOIR TOUCHÉ À UN INSTANT DE LUCIDITÉ. »
La Tribune

5150, RUE DES ORMES

5150, RUE DES ORMES

PATRICK SENÉCAL

ALIRE

Illustration de couverture : CIRRUS
Photographie : KARINE PATRY

Distributeurs exclusifs :

Canada et États-Unis :
Messageries ADP
2315, rue de la Province
Longueuil (Québec) Canada
J4G 1G4
Téléphone : 450-640-1237
Télécopieur : 450-674-6237

France et autres pays :
Interforum editis
Immeuble Paryseine
3, Allée de la Seine, 94854 Ivry Cedex
Tél. : 33 (0) 4 49 59 11 56/91
Télécopieur : 33 (0) 1 49 59 11 33
Service commande France Métropolitaine
Tél. : 33 (0) 2 38 32 71 00
Télécopieur : 33 (0) 2 38 32 71 28
Service commandes Export-DOM-TOM
Télécopieur : 33 (0) 2 38 32 78 86
Internet : www.interforum.fr
Courriel : cdes-export@interforum.fr

Suisse :
Interforum editis Suisse
Case postale 69 – CH 1701 Fribourg – Suisse
Téléphone : 41 (0) 26 460 80 60
Télécopieur : 41 (0) 26 460 80 68
Internet : www.interforumsuisse.ch
Courriel : office@interforumsuisse.ch
Distributeur : OLS S.A.
Zl. 3, Corminboeuf
Case postale 1061 – CH 1701 Fribourg – Suisse
Commandes :
Tél. : 41 (0) 26 467 53 33
Télécopieur : 41 (0) 26 467 55 66
Internet : www.olf.ch
Courriel : information@olf.ch

Belgique et Luxembourg :
Interforum Benelux S.A.
Fond Jean-Pâques, 6, B-1348 Louvain-La-Neuve
Tél. : 00 32 10 42 03 20
Télécopieur : 00 32 10 41 20 24
Internet : www.interforum.be
Courriel : info@interforum.be

Pour toute information supplémentaire
LES ÉDITIONS ALIRE INC.
C. P. 67, Succ. B, Québec (Qc) Canada G1K 7A1
Tél. : 418-835-4441   Fax : 418-838-4443
Courriel : info@alire.com
Internet : www.alire.com

Les Éditions Alire inc. bénéficient des programmes d'aide à l'édition de la
Société de développement des entreprises culturelles du Québec (SODEC),
du Conseil des Arts du Canada (CAC) et reconnaissent l'aide financière du
gouvernement du Canada par l'entremise du Programme d'aide au développement de l'industrie de l'édition (PADIÉ) pour leurs activités d'édition.

Gouvernement du Québec – Programme de crédit d'impôt pour l'édition
de livres – Gestion Sodec.

Publication en format poche chez Alire en 2001

Dépôt légal : 3e trimestre 2009
Bibliothèque nationale du Québec
Bibliothèque nationale du Canada

À Chantal,
au passé composé

Repères bibliographiques

La première version de ce roman est parue en 1994 chez
Guy Saint-Jean éditeur, collection Noir: horreur. La présente
édition propose une toute nouvelle version qui en constitue
la version définitive.

Le chat noir est assis sur le trottoir, devant la maison, et se lèche une patte. Puis, il s'étire et trottine vers le milieu de la rue.

Fou.

Un mot tellement banal, employé à tort et à travers. Pourtant, c'est le premier et le seul qualificatif qui me traverse l'esprit en ce moment. Alors je l'écris, et tant pis pour les clichés. De toute façon, l'originalité n'est pas du tout ma préoccupation en ce moment. Je ne suis pas un auteur, mais un prisonnier. Certains diront qu'il y a analogie, mais je n'ai vraiment pas la tête à philosopher.

Fou, voilà. Franchement, je ne peux rien trouver de mieux. Au terme de ces trois dernières journées, je crois que je peux me vanter de comprendre le sens profond de ce mot.

Trois jours...

C'est assez ironique : moi qui ai insisté pour avoir de quoi écrire, me voilà avec assez de feuilles pour recopier le Coran au grand complet et... vide total. En fait, non, c'est le contraire : c'est trop plein.

C'est la première fois que je vais écrire sur moi. J'ai déjà écrit des petits poèmes insignifiants, quelques nouvelles pseudo-intello, mais rien de vraiment personnel. Jamais ressenti le besoin. Mais maintenant, oui. Besoin de me défouler, de jeter sur papier mes émotions, mes peurs, mes interrogations... Mes espoirs, peut-être… Si je m'en sors (Seigneur! juste écrire ces cinq mots est tellement terrifiant…), je ne suis pas convaincu du tout que je tiendrai à ce qu'on lise ce que j'aurai écrit. Je n'écris pas ceci pour quelqu'un.

Je veux juste écrire pour moi. C'est ma seule évasion possible. Du moins, en ce moment. Juste écrire les événements dans l'ordre. Ce sera peut-être déjà très libérateur. Ça va peut-être m'aider à voir clair…

Bon. On y va.

Ça a commencé il y a trois jours. Soyons précis: le vendredi vingt et un septembre 1991. Je commence mes cours à l'Institut de littérature lundi. Je me trouve à Montcharles depuis trois jours seulement et, comme je ne connais pas cette ville de 25 000 habitants, je décide de profiter des derniers beaux jours de l'été pour visiter le coin en vélo. Vers onze heures trente, je pédale donc sans me presser dans les rues très tranquilles du patelin, me rends jusqu'au centre-ville, joli mais léthargique, m'arrête pour manger dans un casse-croûte. Rien de très excitant comme ville. Mais étant donné que je viens moi-même de Drummondville, le dépaysement n'est pas trop traumatisant. De toute façon, j'ai l'intention d'aller voir Judith toutes les fins de semaine à Sherbrooke, qui n'est qu'à une vingtaine de kilomètres d'ici. Ce sera donc les études la semaine et le défoulement le week-end. Rythme normal de tout étudiant qui se respecte, non?

Après le dîner, je poursuis mon exploration de la ville. Les quartiers résidentiels se succèdent et se ressemblent, sans grande originalité, la plupart n'étant qu'une suite de maisons neuves et plutôt froides. Je me retrouve dans un coin un peu plus ancien et donc plus attrayant, avec beaucoup d'arbres, sans trottoir ni grande circulation. Je tourne dans une rue qui s'appelle des Ormes, légèrement retirée et encore plus boisée. En effet, derrière la rangée des maisons, on devine un grand champ. Petit élan de nostalgie : j'ai moi-même grandi près d'un bois et toutes les joies de mon enfance se trouvent encore accrochées à ces branches et à ces arbres, derrière la maison de mes parents. Je pédale nonchalamment dans cette rue qui m'apparaît de plus en plus accueillante : maisons espacées, jolies et non modernes, une ou deux personnes dehors qui travaillent sur leur terrain…

Tout au bout, la rue se termine par une clôture en grillage jaune à laquelle est accroché un panneau : FIN. Sans descendre de mon vélo, je m'appuie contre la clôture. De l'autre côté, quelques arbres, puis une pente en gravier à pic qui descend sur une dizaine de mètres, jusqu'à une rivière étroite et brunâtre. De l'autre côté de celle-ci règne la nature sauvage, sans maison ni route. Je demeure quelques minutes à examiner la muette rivière, puis regarde autour de moi. À ma gauche, un large terrain vague, sans aucune construction. Les maisons reprennent seulement une cinquantaine de mètres plus loin. À ma droite, près de la clôture, une habitation se dresse sur deux étages, une maison de briques brunes assez quelconque qui doit avoir une soixantaine d'années. Elle dégage tout de même un certain charme, une quiétude rassurante. Peut-être parce qu'elle est un peu plus isolée des autres. Je reviens à la rivière et prends une grande inspiration. Je me sens bien. Je suis content d'être dans cette calme ville. Je pense à Judith. Je vais l'appeler ce soir. Lui dire que je suis content. Que je l'aime.

Je fais faire demi-tour à mon vélo et repars.

Mes pneus n'ont pas parcouru trois mètres que l'ostie de chat apparaît.

Dire que certaines personnes ne croient pas au hasard… Le hasard existe sans l'ombre d'un doute : j'ai failli l'écraser avec mon vélo. Il surgit de je ne sais trop où, passant en courant à un mètre de ma roue avant. Je veux l'éviter, mais on n'évite pas le hasard. Je donne un furieux coup de guidon et je sens que tout bloque. Mon dérailleur pousse un gémissement grinçant et une seconde après, je ressens pour la première fois les sensations fortes du vol plané.

Je me relève en me tenant le bras et en sacrant comme un syndicaliste. À part une ou deux éraflures aux mains et l'orgueil légèrement écorché, je devrais survivre. Je regarde autour : personne dans la rue et, au loin, les deux ou trois personnes qui travaillent sur leur terrain n'ont rien remarqué. Parfait. Je sens déjà mon ego se cicatriser. Mon vélo a eu beaucoup moins de chance que moi. La chaîne est débarquée, le guidon mal aligné et la roue avant franchement tordue. Comme je suis du genre à me casser trois doigts en plantant un clou, j'opte pour le taxi.

Sans même ramasser la carcasse de mon dix vitesses, je me mets en marche vers la grande maison à deux étages, celle qui est un peu retirée des autres. Autre preuve que le hasard s'amuse avec nous : si j'avais planté un peu plus loin... rien ne serait arrivé.

Rien.

Cette seule pensée est suffisante pour me faire pleurer de rage.

Je vois le chat disparaître sous la clôture de grillage. Si je réussis à sortir vivant de ce cauchemar, j'offre une récompense de mille dollars à quiconque me ramène son cadavre écorché. Non, je corrige : à quiconque me le ramène vivant. Je l'écorcherai moi-même.

Il y a trois fenêtres à carreaux au rez-de-chaussée ; entre la seconde et la première, une porte d'entrée. Au second étage, il y a aussi trois fenêtres. Bizarrement, la première est plus sombre que les autres. Des rideaux ? On ne dirait pas, non...

Une cour s'ouvre à gauche et une autre porte se trouve sur le côté. J'entre dans l'entrée asphaltée où est stationnée une voiture. Justement, il y a une enseigne de taxi sur le toit de la bagnole, une vieille Chevrolet marron. Hé, ben. Un peu de chance, c'est pas de refus.

Je sonne à la porte. Un vaste terrain s'étend derrière la maison, entourée d'une haute haie de cèdres. Au-delà, les bois.

Je consulte ma montre : deux heures et demie. Je sonne une deuxième fois. Le taxi stationné dans la cour m'incite à persister.

Enfin, la porte s'ouvre. L'homme doit être dans la jeune quarantaine et fait un peu moins que mes cinq pieds onze. Il cligne des yeux, indécis, l'air vraiment surpris de me voir. Je lui explique ce qui m'arrive tout en désignant les restes de mon vélo dans la rue. L'homme m'écoute, un rien méfiant. Il a une petite moustache brune sous le nez et ses cheveux châtains frisés en boule lui donnent un air un peu quétaine, un *look* à la Patrick Normand. Le banlieusard-type. Il fait un pas à l'extérieur et regarde vers la rue. Quand il voit mon vélo, un large sourire amusé retrousse sa moustache ridicule et fait disparaître toute suspicion.

— Ah ! Une fouille de bicycle !

On dirait que ça le rassure, je ne sais trop pourquoi. Il me regarde, tout souriant, comme si je venais de lui raconter une bonne blague. D'ailleurs, il se met à rire.

— À cause d'un chat ! Ah, ah ! Elle est bonne, celle-là ! Tu l'aurais frappé que tu t'en serais mieux sorti ! J'ai jamais eu confiance en ça, moi, des bicycles. C'est plus traître qu'un char.

Ma situation l'amuse et je souris malgré moi. Un peu «mononcle» sur les bords, mais plutôt sympathique.

Sympathique...

Je lui explique mon idée d'appeler un taxi.

— Je suis chauffeur de taxi moi-même ! Tout un hasard, hein ? C'est juste que je travaille pas cet après-midi pis... comme je suis ben occupé en ce moment...

Il a l'air franchement désolé.

— Pas de problème... Ça vous dérange pas que j'entre pour en appeler un ?

Il hésite une seconde et reluque vers l'intérieur de la maison. Il frotte sa moustache un bref moment, comme s'il pesait le pour et le contre de ma demande. Est-ce que je le dérange à ce point ? Il est habillé d'un vieux jean, d'un vieux t-shirt, il y a des taches sur ses vêtements... Il doit être en train de bricoler...

— Écoutez, je peux aller à la maison à côté si vous êtes trop...

— Ben non, ben non ! s'exclame-t-il soudain, de nouveau souriant. Entre, voyons !

J'arrive directement dans une grande cuisine étrangement décorée : un papier peint vert avec des motifs à fleurs mauves, des armoires brun caramel et un frigo jaune maïs. Ça brûle les rétines. À ma gauche, un escalier, sous lequel se trouve une porte verrouillée avec un cadenas, mène au second. Devant, près du four, une large ouverture donne accès à la salle à manger.

Le bonhomme commence à m'indiquer où est le téléphone lorsque la porte d'entrée que je viens tout juste de franchir s'ouvre derrière moi, laissant entrer une femme. Elle s'immobilise et me dévisage, interdite. Elle tient par la main une petite fille, debout à sa droite.

— Maude ! s'étonne le bonhomme. Ta marche a pas été ben longue...

Il dit ça d'un air embêté, comme si c'était un reproche. La femme, elle, me fixe toujours, l'air carrément craintif.

— C'est un jeune qui vient de planter en bicycle, juste en face. À cause d'un chat !

Et il rit. Manifestement, mon accident de vélo est pour lui une source inépuisable d'amusement. La femme a enfin l'air rassuré. Un peu, du moins. Assez grande, cheveux châtains grisonnants coupés au carré, pas très jolie. Elle a un petit sourire contraint. Je lui donne au moins quarante-cinq ans, mais son air fatigué la vieillit peut-être.

— Ma femme, Maude.

Je souris poliment. Elle rougit, fuit mon regard et lance d'une voix faible mais rapide :

— Je vais reconduire Anne dans sa chambre...

La fillette, qui doit avoir six ans, est minuscule, maigre, elle a les cheveux longs et noirs. Elle ne dit pas un mot et ne bouge pas. Vraiment docile. Elle se laisse conduire par sa mère lorsque celle-ci, sur le point de monter l'escalier, s'arrête brusquement et, hésitante, bredouille vers son mari :

— À moins que... qu'il soit trop tôt... pour que je monte ?

Le bonhomme change d'air, soudain mal à l'aise. La voix forcée, il demande :

— Ben non, pourquoi tu demandes ça ?

Il accompagne cette fausse question d'un regard glacial et réprobateur. Je ne comprends rien à ce qui se passe, mais j'aime pas trop l'ambiance. Je n'ai vraiment pas envie d'assister à une scène de ménage. Je veux juste appeler mon taxi et m'en aller. Finalement, la femme baisse les yeux, confuse, et monte l'escalier, sans lâcher sa fille silencieuse. Le bonhomme se tourne vers moi, sa bonne humeur revenue :

— Le téléphone est dans le salon. Tu traverses la salle à manger, c'est dans la pièce du fond. Moi, je vais aller chercher ton bicycle dans la rue. On le mettra dans le coffre du taxi quand il arrivera.

Je le remercie et il sort. Je réalise alors que les petites coupures sur mes mains saignent un peu plus que prévu. Je vais au lavabo et l'ouvre. À ce moment, la dénommée Maude redescend à la cuisine et je lui explique que je veux me laver les mains. Elle me regarde un long moment en silence, intimidée. Je remarque alors au milieu de son visage fade deux grands yeux noirs vraiment magnifiques. Dommage qu'ils soient si apeurés. Elle dit enfin de sa petite voix :

— Il faudrait désinfecter, aussi...

— Ce n'est vraiment pas nécessaire...

— Mais oui, sinon ça va s'infecter... Allez à la salle de bain, en haut, il y a du désinfectant... La deuxième porte à droite.

Et elle baisse les yeux, intimidée et surprise d'avoir tant parlé. Tandis que je monte, je la vois ouvrir un placard, saisir un balai et balayer le plancher d'un air mécanique, comme si elle ne se rendait pas compte de ce qu'elle faisait.

Je monte les marches. J'imagine le genre de couple. Lui, le bon vivant macho qui est le maître chez lui. Elle, la femme soumise, à la vie morne et triste. Il y a des clichés qui sont tenaces...

Un long couloir sombre et sans fenêtre traverse tout l'étage. Je croise deux premières portes, une à gauche et l'autre à droite. Fermées. Quelques pas plus loin, je m'arrête devant une autre porte à gauche et saisis la poignée. En même temps, je me souviens que la salle de bain est à droite, mais j'ai déjà ouvert la mauvaise porte. C'est une chambre à coucher et il fait sombre. Je devine la silhouette de la fillette assise sur le lit, qui tourne la tête vers moi.

— N'aie pas peur, c'est ta maman qui m'a dit que je pouvais monter. Je cherchais la salle de bain et je me suis trompé. Je m'excuse.

Elle me regarde en silence et malgré la pénombre, je remarque qu'elle est très blême, comme si elle était malade. C'est peut-être le cas... D'ailleurs, elle ne devrait pas être à l'école, elle ?

— T'as pas peur de moi, hein ?

Elle me fixe toujours sans un mot. Ses yeux sont immenses et d'un noir d'encre, profond. On dirait de grandes pupilles de poisson sans vie. Ses longs cheveux d'ébène aplatissent et allongent son visage blême. Franchement, elle m'intrigue. Que fait-elle là, assise toute seule dans la semi-obscurité ?

— Tu devrais ouvrir tes rideaux, il fait soleil, dehors...

Elle ne bouge pas d'un cheveu, ne dit toujours rien. Et cette façon qu'elle a de me regarder avec sa bouche fermée, ses grands yeux fixes... Je ne voudrais vraiment pas avoir un enfant qui ressemble à ça. Vraiment pas...

Je referme doucement la porte. Elle doit être malade. C'est sûrement ça.

Il reste deux portes. Une au fond est fermée et l'autre à droite est ouverte sur la salle de bain. En une minute, je trouve le désinfectant, me nettoie les mains et les essuie.

C'est en retournant dans le couloir que j'entends le râle.

Pas un soupir ni un murmure, mais un vrai râle. De fatigue, de peur ou de souffrance, je ne saurais trop dire. Je pense à la fillette, mais une seconde manifestation m'indique que ça vient de derrière la porte du fond. Je marche vers celle-ci, sans ressentir encore la peur. Pourquoi aurais-je peur ? Quand on est convaincu que tout va bien, qu'on commence ses cours dans quelques jours, qu'on va appeler un taxi dans deux minutes et que cette maison est tout à fait normale, il n'y a aucune raison qu'un simple râle nous fasse peur. Ça peut être n'importe quoi ! C'est pour ça que lorsque j'entends le son une troisième fois, je frappe tout bonnement à la porte, en lançant un naïf : « Ça va ? » À la quatrième manifestation du râle, j'ouvre carrément la porte, lentement, me préparant déjà à m'excuser.

Maudit imbécile ! De quoi je me mêlais, aussi !

La première chose que je vois, ce sont les murs de la pièce. Ils sont nus et d'un vert affreux, malade. Et, surtout, il y a des taches de sang. Enfin, je vois des taches rouges et aussitôt je me dis : *Mais c'est du sang, ça !* Est-ce à ce moment que j'ai eu peur ? Non, pas vraiment. Tout allait trop vite.

La pièce était totalement vide, sans un meuble, sans un lit, sans rien. Sauf une ampoule allumée au plafond et quelqu'un dans le coin, étendu de tout son long, face contre terre. Chemise bleu pâle, jean délavé. Et encore du sang, sous la personne, sur le plancher, beaucoup trop.

— Mais… mais qu'est-ce que vous avez ?

Je ne pense absolument à rien. Je vois quelqu'un qui râle, étendu dans son sang, et cette question sort toute seule.

La personne lève enfin la tête. C'est un homme, et malgré son visage complètement ensanglanté, je distingue ses yeux suppliants tournés vers moi. Son râle prend forme et je finis par saisir des mots : « Aidez-moi… »

J'ai enfin peur. Et cette peur se résume à un seul cri mental qui hurle silencieusement dans toute mon âme : *Sors d'ici tout de suite !*

Je tourne les talons et traverse le couloir rapidement. Je ne cours pas, je ne sais pas pourquoi, je me contente de marcher très vite. Malgré ma peur, une partie de moi se dit que ce serait incongru de courir. Courir serait comme une confirmation que je suis *vraiment* en danger…

Je vois l'escalier là-bas, très loin. Tout à coup, d'en bas provient la voix du bonhomme :

— Tu l'as laissé aller en haut ? Mais, calvince ! à quoi t'as pensé ?

— Mais… mais tu m'as dit… tu m'as dit que *moi*, je pouvais monter ! Je pensais… je me suis dit que tu avais fini, que… qu'il n'y avait plus personne…

Des pas rapides montent l'escalier. OK, cette fois, je commence à courir pour vrai… mais le bonhomme apparaît soudain au bout du couloir et je m'arrête net. On se jauge du regard un bref moment. Son air sympathique de tout à l'heure a fait place à une expression soupçonneuse. Il me demande d'où je viens.

— De la salle de bain. C'est votre femme qui m'a dit que je pouvais monter…

À ma grande surprise, ma voix sonne parfaitement normale. Mon visage ne doit pas être trop mal non plus parce que le bonhomme hésite, tenté de me croire.

— Pourquoi tu courais ?

— Je courais pas.

Cette fois, ma voix fausse un peu. Le bonhomme plisse les yeux, puis son regard s'allonge derrière moi. Je comprends : il vient de voir la porte du fond ouverte.

— Tu l'as vu, hein ?

— Qui ça ?

Ma voix sort d'une flûte fêlée, ça ne fonctionne plus du tout. Il hoche doucement la tête, le visage sombre.

— Tu l'as vu…

Tout à coup, j'éclate. Ma voix devient aussi aiguë que celle d'un enfant et je me mets à crier, en gesticulant :

— Qu'est-ce qu'il a, le gars ? C'est vous qui l'avez arrangé de même ? Pourquoi vous lui avez fait ça ? Vous voulez le tuer ? Qu'est-ce qui se passe, ici ? Qu'est-ce qu'il a, c'est vous, pourquoi ? Il est plein de sang, pourquoi ? Il… vous… Qu'est-ce qu'il a ? C'est vous ? C'est vous ?

Je me tais une courte seconde… puis je lâche froidement :

— Je m'en vais.

Et je me remets en marche, convaincu au plus profond de moi-même que rien ne m'empêchera de sortir. À un point tel que lorsque le bonhomme me prend par les épaules pour me stopper, je me sens réellement choqué. Outré. Je me mets à crier que je veux sortir tout de suite, en me débattant comme un enfant capricieux.

Je vois son poing s'élever, mais je ne comprends pas pourquoi. Stupidement, je crois qu'il chasse une mouche, ou quelque chose du genre. Une seconde après, je reçois le premier poing sur la gueule de ma vie. L'effet est explosif. Tout se met à tourner, ma vision se trouble. Tandis que je vacille, j'ose enfin admettre que je suis *réellement* en danger. On ne frappe pas les honnêtes gens comme ça, surtout lorsqu'ils viennent d'avoir un petit accident de vélo, accident injuste d'ailleurs, causé par un ostie de chat noir...

Je sens le bonhomme me saisir le corps sous les bras, m'amener quelque part, tandis que mes talons traînent sur le plancher... Pas la force de me débattre. J'entends une porte s'ouvrir... puis, on me lance... je m'écrase sur quelque chose de mou. Un lit. Je suis sur le dos, ma vision se rétablit graduellement. Au-dessus de moi est penché un visage long, blanc, inquiétant, qui m'observe effrontément. La fillette. Je suis dans sa chambre. Bouffée d'espoir : d'une voix défaillante et molle, je lui demande d'aller chercher de l'aide.

— Anne ! rugit une voix. Sors de ta chambre, tout de suite !

La fillette ne bouge pas. Je réussis à lever la main vers elle. J'ai encore de la difficulté à parler. Je répète :

— Va... chercher de... l'aide...

Elle fixe longuement ma main, puis son regard revient à moi. Deux grands yeux glauques, vides, sans surprise, ni pitié, ni peur, rien. C'est affreux... je crois que j'ai gémi...

J'entends un grommellement, mi-colérique mi-dégoûté, puis la fillette est tirée par-derrière. Je ferme les yeux, concentre toutes mes forces et réussis enfin à me redresser, juste à temps pour voir la porte de la chambre se refermer. Après quelques secondes, je me remets debout. Terrible étourdissement, envie de vomir. Je titube jusqu'à la porte, tourne la poignée. Verrouillée.

De l'extérieur ?

Je tire sur la poignée, frappe la porte, crie pour qu'on m'ouvre. Je fais rapidement le tour de la pièce des yeux. Une chambre d'enfant, mais sans âme. Décorée, mais sans joie. Des poupées et des dessins, mais tristes et poussiéreux. Je marche vers la fenêtre et écarte les rideaux. Le soleil entre dans la pièce et m'aveugle. J'essaie d'ouvrir la fenêtre. Impossible.

Je cherche un projectile, un bâton. Là, une petite chaise d'enfant. Je la saisis et la jette contre la fenêtre. La chaise rebondit avec un bruit étrange, mais aucune fissure n'apparaît dans la fenêtre. Je reprends la chaise et frappe deux, trois, quatre fois de toutes mes forces. La vitre tremble, mais ne casse pas.

Une vitre incassable.

Je contemple la fenêtre de longues secondes, complètement hébété.

Je plaque mon visage contre la vitre et me mets à hurler à l'aide. Mais dehors, en face, il n'y a que le terrain vague, et les maisons, au loin à gauche, sont trop éloignées pour que qui que ce soit puisse me voir.

J'entends alors des sons. Je m'éloigne de la fenêtre et tends l'oreille. Une porte qui s'ouvre, vers la gauche. Sûrement celle de la pièce du fond, aux horribles murs verts tachés de sang, celle qui renferme le… le…

Des pas lourds dans la pièce voisine. Un bruit de rampement, des petits cris terrorisés… Puis, un coup sourd. Et un autre. Silence. On traîne alors quelque chose… ou quelqu'un. Ça passe devant ma porte. Puis, la voix du bonhomme, essoufflée et rageuse, qui crie :

— Maude ! Je te l'avais dit que ta marche avait été trop courte ! Retourne te promener vingt minutes avec ta fille !

Dix secondes plus tard, une porte se referme en bas. Le bruit de traînement reprend aussitôt dans le couloir, s'éloigne. Des pas dans l'escalier, accompagnés de petits bruits intermittents, poc… poc… poc…

La tête… la tête du pauvre gars qui percute chacune des marches de l'escalier…

Cette évocation me propulse de nouveau contre la porte et je me remets à crier, suppliant qu'on m'ouvre. Je suis au comble de la panique : j'ai l'atroce conviction que le bonhomme va remonter et me foutre la même correction qu'il a administrée à l'autre. Ensuite, ce sera moi qui serai traîné dans le corridor, ce sera ma tête qui percutera les marches de l'escalier…

Je tambourine sur la porte à deux poings, sans cesser de crier, puis finis par me taire, à bout de souffle, l'oreille tendue. On remonte l'escalier. Je recule de quelques pas, apeuré, sans quitter la porte des yeux. Il y a deux secondes, j'implorais que quelqu'un vienne l'ouvrir, mais maintenant je n'y tiens vraiment plus… Les pas approchent, accompagnés d'un petit chuintement métallique, comme si on roulait quelque chose. Les sons passent devant ma porte. Je devine qu'ils sont maintenant dans la terrible pièce verte. J'appuie mon oreille contre le mur : bruits étouffés, frottements mouillés. On lave la pièce. On essuie le sang…

Je vais être malade.

Je m'assois sur le lit, de nouveau étourdi. Au bout de quelques minutes, le chuintement métallique repasse dans le couloir, disparaît dans l'escalier...

Le bonhomme va revenir. Il va revenir, m'ouvrir la porte et, en riant, va tout m'expliquer. Parce que c'est un malentendu. Évidemment. Évidemment. Ma belle promenade en vélo ne peut pas se terminer comme ça. C'est impossible, voilà. Impossible. Oui, c'est le bon mot : impossible.

Un malentendu.

Une clé dans la serrure. Je me lève d'un bond et reste debout au milieu de la pièce, les yeux rivés à la porte.

C'est le bonhomme. Il tient une arme à feu à la hauteur de ses hanches. Je ne connais rien dans ce domaine, mais ça ressemble à une carabine de chasse, et le canon est pointé vers moi. À partir de ce moment, mes yeux ne quittent plus cette arme.

— Sors, dit le bonhomme.

J'hésite. Que veut-il dire ? Sortir de la pièce ? De la maison ? M'en aller ?

Je marche vers la porte et le bonhomme s'écarte pour me laisser passer. Je me retrouve dans le couloir.

— Rentre dans la pièce, derrière toi.

Il parle de la chambre verte.

Ce n'est pas un malentendu, finalement...

Je ne bouge pas. Une première touche d'impatience perce dans sa voix tandis qu'il répète son ordre. Mes yeux sont toujours rivés au canon de l'arme. J'ai l'impression qu'un serpent va en surgir, ou une autre bestiole malsaine... Je me mets à reculer. Pour rien au monde, je ne veux tourner le dos à cette carabine. On pénètre dans la pièce verte. Plus de traces du moribond, plus de sang non plus. Vide total.

Mon dos rencontre le mur. Pas le choix de m'ar- rêter. En plein milieu de la pièce, le bonhomme ne bouge pas pendant quelques secondes, l'arme toujours tournée dans ma direction. Je l'entends soupirer puis dire, tout simplement :

— OK...

Je me mets alors à pleurer. C'est plus fort que moi. Pas de douloureux sanglots sonores, seulement de grosses larmes qui coulent de mes yeux, accompagnées de faibles gémissements qui sifflent entre mes lèvres. Je vais mourir. Je le sais. Il va me tuer et je vais mourir pour rien, sans avoir jamais compris pourquoi. Cette idée est plus horrible et plus déchirante que la mort elle-même, j'en suis convaincu. Je sens déjà mes jambes ramollir lorsque j'entends le bonhomme dire :

— Qu'est-ce que je vais faire avec toi, astheure...

Oserai-je espérer ? Je le regarde enfin. Il n'a l'air ni fou ni furieux. Ni même dangereux, malgré son arme pointée vers moi. Il a juste l'air... embêté. Il tient son fusil d'une main, se frotte la moustache de l'autre et me considère avec perplexité, comme quelqu'un qui doit se rendre à une soirée ennuyante et qui se demande comment il pourrait s'en sauver. Son expression me semble si déplacée que j'arrête net de pleurer. Il ricane, amusé et jovial comme tout à l'heure.

— Tu te le demandes, toi aussi, hein ?

Il ricane de nouveau. Je n'en reviens pas. Il me menace avec une arme et trouve le moyen de rigoler !

La voix pleurnicharde, je le supplie de ne pas me tuer. Cette supplique le jette dans la consternation et il me dit alors qu'il n'a pas du tout l'intention de me tuer. De nouveau, des larmes roulent sur mes joues, provoquées cette fois par le soulagement.

— Tu pensais que j'allais te tuer ? me dit-il d'un air choqué. Qui t'a mis une idée de même en tête ?

Qu'est-ce que je peux répondre à ça ? Il m'a assommé, me menace d'une arme et il se demande pourquoi j'ai une telle idée ? Même si je le lui expliquais, je crois qu'il ne comprendrait pas. Il n'a tout simplement pas l'air de saisir ce qui se passe, ce qui se passe *vraiment*. J'envisage enfin la possibilité que cet homme soit fou, dans le sens médical du mot. Mais est-ce possible ? Les fous, les vrais, peuvent-ils vivre dans une maison avec leur petite famille ?

Je repense à la femme, à la fillette...

— Hé ben non, le jeune, je te tuerai pas, voyons donc ! Enlève-toi tout de suite cette idée-là de la tête !

Là, je sanglote pour vrai. Le simple fait de savoir que je vais continuer à vivre est un bouleversement total, complet.

— C'est la vue du gars en sang qui t'a impressionné, hein ? Le gars, le sang, le fusil... Ouais... Ouais, je peux comprendre...

En bas, une porte s'ouvre. Le bonhomme ne réagit même pas. J'ose enfin parler, la voix encore tremblotante. Je pose la question sans même y penser :

— Le gars... il est mort ?

Le bonhomme est redevenu grave et me considère un long moment. Moi, j'attends toujours une réponse. S'il me répond oui, je vais piquer une autre crise de nerfs. Mais il fait pire que ça : il élude totalement ma question.

— Je te tuerai pas, parce que t'as rien fait de mal. Dans le fond, t'as juste vu quelque chose que t'aurais pas dû voir, pis ça, c'est pas de ta faute, hein ?

Il me sourit amicalement, comme pour me montrer toute sa bonne volonté. Je n'ai jamais vu quelqu'un passer d'une expression à une autre si rapidement, changer d'émotion avec une telle fluidité. C'est si déroutant que j'en oublie presque ma peur. Presque.

— Hein, que c'est pas de ta faute, le jeune ?

— Non, je réponds enfin. Non, pas de ma faute du tout.

Il approuve de la tête et ajoute, plus solennel :

— Il faut être juste. Toujours.

Il n'est peut-être pas si déconnecté que ça, après tout. On dirait qu'il comprend ma malchance, mon innocence dans toute cette histoire. Après un silence, il précise :

— Sauf que je peux pas te laisser partir non plus…

Il pousse un soupir.

— T'as vu des choses. Presque rien, mais assez pour me mettre dans le trouble. Quand tu vas sortir d'ici, tu vas courir à la police pour leur raconter que t'as vu un gars à moitié mort dans une petite maison tranquille…

Je lui dis que non, je ne ferai pas une telle chose. Quand je vais sortir d'ici, je vais être si content que je ne dirai rien à personne… Et, en disant cela, je ne mens pas vraiment. L'idée de prévenir les flics ne m'avait pas encore effleuré l'esprit.

— Je te crois, fait doucement le bonhomme. Je suis sûr qu'en ce moment tu penses réellement ce que tu dis. Mais plus tard, une fois que tu vas être chez toi, tu vas te calmer… pis là, tu vas réfléchir…

Il plante son index sur son front, de nouveau l'air grave.

— Ta petite conscience de bon citoyen va te dire que tu peux pas laisser un gars dangereux comme moi en liberté… Parce que c'est ce que tu penses, hein ? Que je suis dangereux ? Juste à cause de ce que t'as vu, t'es convaincu que je suis un gars dangereux, hein ?… Hein ?…

Son ton monte graduellement et il serre son arme avec force. Affolé par sa colère grandissante, je lui assure que je ne dirai rien, que je ne sais rien de lui, que je ne le connais pas, et tout ce qui me passe par la tête pour le convaincre. Mais son ton monte toujours, sa bouche se tord, il fait même deux pas vers moi :

— Conte-moi pas de pipes ! Je les connais, les gens, tu sais ! Je vous connais tous ! Vous voyez juste un détail, un élément hors contexte, pis là, hop ! Vous jugez tout de suite ! Un gars est à moitié mort dans ma maison, donc je suis un criminel, c'est ça, hein ? C'est ça que vous pensez, toute la gang !... Hein ?... Hein ?...

Il crie maintenant, les yeux dilatés de fureur, le fusil tremblant entre ses mains. Moi, je me plaque contre le mur, comme si j'espérais entrer à l'intérieur du plâtre...

— Ben, vous le savez pas ! hurle-t-il. Vous savez rien, vous comprendriez même pas ! Vous savez rien !

Il se tait enfin, hors d'haleine. Pétrifié par cette réaction explosive et incompréhensible, je louche vers le canon tremblant du fusil. Le bonhomme ferme alors les yeux avec force, grimaçant, et se plaque la main droite sur la tempe. Il reste ainsi de longues secondes, à se mordiller les lèvres, comme si une immense douleur lui vrillait le crâne et qu'il attendait que ça passe. Pendant ce bref répit, ce qui me frappe soudain, ce n'est pas le silence de la maison, mais ces petits bruits qui proviennent d'en bas, de la cuisine : casseroles, chaises que l'on bouge, sons tout à fait normaux que l'on entend dans toute maison normale. Le bonhomme vient de piquer une crise terrible, et en bas, le train-train continue, comme si... comme si...

Les traits du bonhomme se relâchent et il ouvre les yeux, visiblement soulagé. Son visage est encore un peu rouge, moite de sueur, mais son regard est serein. Oui, serein. Il me lance même un petit sourire désolé. Lui qui, dix secondes avant, ressemblait à un ogre qui allait me manger tout cru.

— En tout cas, dit-il avec un geste vague. Je suis sûr que tu comprends ce que je veux dire...

Plus de doute possible, maintenant : il est fou.

Je lui répète que je ne dirai rien à personne, je lui demande de me laisser partir, mais il refuse, dit que c'est trop risqué. Il m'explique ça d'un air triste... Oui, triste! Bordel! Est-ce qu'il y a un seul sentiment humain qui ne soit pas passé sur ce visage de caméléon?

J'arrête enfin de pleurer, soudainement en colère.

— Vous allez faire quoi avec moi? Si vous me tuez pas et que vous me laissez pas partir, vous allez faire quoi?

Il soupire en se grattant la tête, avec l'expression de quelqu'un aux prises avec un petit problème domestique contrariant. Il ne réalise pas, mais alors là vraiment pas la gravité, la démence de la situation! Pour la première fois (et non la dernière), je me demande pourquoi j'ai décidé de tourner dans cette rue avec mon vélo...

— Je le sais pas... je le sais ben pas...

Il caresse sa moustache, songeur, puis annonce d'un air décidé qu'il va y penser. Là-dessus, il se met en marche vers la porte, sans plus s'occuper de moi, et, juste avant de refermer derrière lui, me lance un sourire aux intentions rassurantes.

La porte se ferme, et j'entends aussitôt le bruit d'une clé dans la serrure. Je vais à la porte et, par simple formalité, j'essaie de l'ouvrir. Verrouillée, bien sûr.

Une autre pièce qui se barre de l'extérieur.

Et cette fenêtre incassable, dans la chambre de la petite...

Ce n'est pas une maison ici. C'est une prison.

Plus d'énergie pour crier ou frapper. Plus d'adrénaline pour la révolte. Je me contente d'aller m'écraser dans un coin de la pièce et, assis sur le sol, j'attends. Une phrase, inlassable, est en orbite dans ma tête: ça va s'arranger. Ça va s'arranger. Ça va s'arranger.

Je reste immobile comme ça pendant environ une heure. Puis...

Mais là, faut que j'arrête un moment. Ça doit faire une couple d'heures que j'écris, d'un trait, et je ne me sens plus la main. Une petite pause de quelques minutes. Après, je continue.

Je veux terminer. Avant qu'ils reviennent…

◆

Difficile d'évaluer le temps sans montre… Il doit être cinq heures de l'après-midi. Peut-être un peu plus. Ça fait une dizaine de minutes que j'ai arrêté d'écrire et ma main va mieux. Je reprends donc…

Après une heure assis dans le coin à ne rien faire, j'entends enfin le bruit de la serrure qu'on déverrouille.

Ce n'est pas le bonhomme qui ouvre, mais une jeune fille d'environ dix-huit ans. Elle avance la tête à l'intérieur de la pièce et, en me voyant, écarquille les yeux d'étonnement.

— Ben oui, c'est ben trop vrai! s'étonne-t-elle, amusée.

Sa voix est un rien nasillarde. Elle entre enfin, fait quelques pas et s'immobilise, les bras croisés. Elle m'examine de haut en bas, sans gêne, la tête légèrement penchée sur le côté. Moi, je me lève rapidement, avec une intention encore bien imprécise.

Elle est assez grande, mince et elle a de longs cheveux blonds, mais d'un blond presque jaune, en bataille. Pas vraiment une beauté, avec son nez trop long, ses traits grossiers et durs, mais ses yeux noirs profonds et sa bouche charnue lui donnent un air plutôt sensuel, attirant. Comme maquillage, une simple ligne foncée sous les yeux. Elle est habillée d'un pull de laine rouge ample et de collants noirs. Elle me fait une impression très forte. Elle n'a rien de particulier et, pourtant, je suis certain que dans une foule elle ne passe pas inaperçue.

Elle fait de nouveau quelques pas, en un léger demi-cercle, comme si elle voulait me voir sous toutes mes coutures. Elle bouge avec une grâce étrange, pas particulièrement féminine mais plutôt… prédatrice. Oui, exactement : cette fille pas spécialement belle mais au charisme troublant, mélange de dureté et de sensualité, ressemble à un fauve. Pas seulement dans le sens sexy du mot, mais dans tout ce que ce terme peut évoquer : charme, mystère, intelligence et danger.

Un drôle de sourire se dessine sur ses lèvres.

— Toi, t'aurais mieux fait de choisir un autre parcours pour ta balade en bicycle…

Je n'aime pas son intonation. Le bonhomme, au moins, essayait de me rassurer, de me réconforter. Elle, elle se fout de ma gueule. Elle n'est sûrement pas au courant de la situation, sinon elle n'en rirait pas. Pendant une seconde, je songe à l'écarter et à me sauver, mais j'entends des bruits en bas : la perspective du bonhomme qui m'attend avec son fusil me fait renoncer pour l'instant. Cette fille peut sûrement m'aider, alors je lui demande qui elle est. Elle s'immobilise enfin. L'ombre du sourire persiste.

— L'ado de la maison. L'aînée. La grande sœur.

Elle revient probablement du cégep. Elle ne doit pas être au courant que son père est un fou furieux, un dément. Pourtant, ma présence ici n'a pas l'air de la surprendre du tout. Je baisse alors la voix et, rapidement, lui explique :

— Je sais pas ce que ton père t'a dit, mais il… il m'a enfermé de force, tu comprends ? Il m'a même menacé avec une carabine ! Il me garde ici parce que j'ai… j'ai vu un homme, blessé, qui…

Je me tais devant son expression hilare. Elle ne me croit pas, évidemment !

Tant pis ! La porte est ouverte, juste là, c'est trop tentant !

Je me mets en marche, mais la fille va se planter devant la porte. Elle me regarde intensément, sans sourire. Cette fois, c'est clair : elle est du côté de son père ! Mais qu'est-ce qu'il a bien pu lui raconter ?

Je me redresse, voulant paraître menaçant devant cette fille d'au moins cinq ans plus jeune que moi, et lui ordonne froidement de se pousser, sinon ça ira mal pour elle.

Elle éclate de rire ! Moi qui croyais l'impressionner ! Tant pis, elle l'aura voulu ! Je suis sur le point de la saisir par les épaules pour la pousser sur le côté lorsque des bruits de pas parviennent du couloir, accompagnés d'une voix désormais familière :

— Michelle !... Michelle, calvince ! qu'est-ce que tu fais là !

Instinctivement, je recule de deux pas, glacé d'effroi.

Le bonhomme entre dans la pièce et va se planter à la droite de sa fille. Il tient toujours sa maudite carabine et regarde l'adolescente avec contrariété. Il lui reproche sa tête dure, de désobéir à ses consignes. Elle hausse les épaules, penaude.

— Pis la clé, elle est où ? demande-t-il.

Elle montre la poignée de la porte, où pend un jeu de clés.

Allez, maintenant !

Je m'élance mais, rapide comme l'éclair, le bonhomme lève son arme vers moi. Je stoppe avec une telle brusquerie que j'en perds l'équilibre. De nouveau, je me dis que mon espoir réside dans l'adolescente.

— Qu'est-ce que vous avez dit à votre fille ? Que vous me tenez prisonnier parce que j'ai essayé de voler votre maison ? Parce que je suis un criminel ? Dites-lui la vérité ! Dites-lui que j'ai vraiment vu un homme à moitié mort, que vous l'avez même sûrement achevé à l'heure qu'il est ! Dites-lui ! Dites-lui que vous êtes un fou, un fou dangereux !

La fille se met à ricaner, de nouveau amusée :

— Heille, p'pa, ça doit pas faire ton affaire qu'il en sache tant !

Il lui décoche un regard noir et elle se tait.

Elle sait ! Elle est au courant ! Bouleversé par cette révélation, je me mets à reculer à petits pas, comme s'ils étaient tous deux atteints de la lèpre. S'ils m'avaient touché, je crois que je me serais évanoui.

Le père ordonne alors à sa fille de descendre et celle-ci s'exécute, après m'avoir lancé un regard narquois.

Le bonhomme me considère un long moment. Il baisse lentement son fusil, mais jamais il n'a eu l'air si menaçant, comme s'il se demandait où il allait me frapper en premier. Il va me sauter dessus, j'en suis sûr. Je respire plus vite, légèrement penché en avant, attendant avec effroi l'attaque imminente. Je ne me suis jamais battu de ma vie, comment on s'y prend ? Quelque chose semble soudain se détendre dans les muscles du bonhomme. Il entrouvre les lèvres, puis, ses petits yeux fixés dans les miens, articule en détachant ses mots :

— Traite-moi plus jamais de fou.

Là-dessus, il sort. En refermant et verrouillant la porte, bien sûr. Curieusement, je me sens aussi rassuré que désespéré.

Je me mets à faire les cent pas. Combien de temps j'ai marché comme ça, de long en large ? Dix ? Vingt minutes ? Plus ? Tout se bouscule dans ma tête, mais peu à peu des images se précisent.

Le bonhomme qui me tient prisonnier.

Sa fille qui est au courant et qui trouve cela rigolo.

Sa femme, soumise et effrayée.

La petite fille, silencieuse, blême et inexpressive.

J'arrête de marcher, comme si la vérité venait de me sauter au visage : une famille complète de fous. Pas juste le père : tout le monde !

J'éclate de rire.

Je me souviens de ce film épouvantable que j'ai vu il y a quelques années, *Texas Chainsaw massacre II* : ça raconte l'histoire d'une famille de cinglés qui capture des innocents et les suspend à des crochets, comme des quartiers de viande.

Je ris à en hurler. Je me tiens le ventre, tombe par terre, roule sur le côté sans cesse de me bidonner. Seigneur, c'est lamentable…

Glissement lourd dans le couloir.

Mon hilarité disparaît instantanément et je me mets à genoux, sur le qui-vive. Bruit de clé dans la serrure. Je me relève d'un bond.

Le bonhomme entre, son foutu fusil levé vers moi. Sa fille aînée le suit en traînant péniblement quelque chose derrière elle. Je reconnais un matelas. Vieux, taché, mais un matelas. Elle le tire jusqu'au fond de la pièce et le laisse tomber dans le coin avec un soupir de soulagement.

— Câliss, c'est ben pesant, ça ! lâche-t-elle en soufflant sur une mèche blonde qui pend devant ses yeux.

Son père se fâche, lui ordonne de surveiller son langage. Moi, je contemple le matelas un bref moment, me tourne vers le bonhomme et lui demande ce que ça veut dire. Il hausse une épaule, incertain. Il me tient en joue et c'est lui qui a l'air gêné. Surréaliste.

— Ben, durant le temps que tu vas rester ici, je tiens à ce que tu sois à l'aise…

À l'aise ? Je fais quelques pas vers lui.

— Mais combien de temps vous avez l'intention de me garder ici ?

Il lève un peu plus haut son arme et je m'immobilise. Son visage est redevenu grave et menaçant. À nouveau, sa capacité de passer d'une émotion à l'autre avec autant de spontanéité me fascine.

— Du calme, le jeune. C'est pas aussi grave que tu le penses.

Je voudrais rire, mais la vue de la carabine m'enlève tout courage. Je me contente de lancer un regard suppliant vers l'adolescente qui, bras croisés, se borne à observer la scène avec un vague sourire. J'ai beau essayer de me figurer ce qu'il peut y avoir de drôle à voir son père menacer un inconnu avec une arme à feu, je ne vois pas. Comme si le bonhomme trouvait lui aussi l'amusement de sa fille déplacé, il lui dit froidement de redescendre. Elle se met en mouvement de sa démarche de fauve. Jusqu'à ce qu'elle sorte, elle ne me quitte pas des yeux.

L'autre a légèrement baissé son arme. Son sourire sympathique et conciliant est revenu.

— C'est quoi, ton nom ?

J'envisage une seconde de ne pas lui répondre, mais me dis aussitôt que le vexer peut être dangereux…

— Yannick. Yannick Bérubé. Mon père est flic.

Mensonge : mon père est comptable et collectionne des boutons de manchette. L'autre ne semble pas ébranlé par mon bluff. Par contre, il hoche la tête, comme s'il approuvait mon nom.

— Moi, c'est Jacques Beaulieu.

Contrairement à lui, je n'approuve pas. Ce nom est trop banal, incongru pour un tel cinglé. Je m'imaginais plutôt un patronyme bizarre avec plusieurs x et y dedans. Jacques Beaulieu. C'est épouvantablement normal.

Il me demande mon âge et, trop rapidement, je lui réponds vingt-trois. J'aurais dû me vieillir un peu.

— L'âge qu'avait Maude lorsque je l'ai épousée, fait Beaulieu avec un sourire nostalgique. Quand elle croyait tellement en moi…

Pendant une seconde, je n'existe plus, et tandis que je me demande si je ne devrais pas en profiter pour lui sauter dessus, il revient à la réalité :

— Écoute, le jeune, nous autres, on est sur le point de souper. Si tu veux, je peux te monter quelque chose à manger…

Je ne sais pas du tout de quoi j'ai l'air à ce moment-là, mais ça ne doit pas être encourageant, car il hausse les épaules :

— Bon... Demain, peut-être...

Puis il sort.

Je fixe quelques secondes la porte fermée, puis me jette dessus sans réfléchir. Nouvelle séance d'hystérie, cris et malédictions, supplications et coups de poing, égratignures et menaces... Au bout d'une éternité, je me laisse tomber sur le sol, exténué, puis rampe jusqu'au matelas, sur lequel je me jette en gémissant.

Mes idées se bousculent. Je pense à mes parents, à Drummondville, qui se réjouissaient de mon retour aux études après plusieurs années d'errance existentielle ; à Judith, que je devais appeler ce soir, qui essaiera elle-même de me joindre, essaiera à nouveau demain matin, puis demain soir... Intriguée, elle appellera mes parents, qui lui diront n'avoir aucune nouvelle. Combien de temps essaieront-ils de me joindre, comme ça ? Deux ? Trois jours ? L'inquiétude se pointera enfin le nez et ils entreront en communication avec l'Institut de littérature, sûrement lundi. On leur dira que je n'étais pas présent à mon premier cours. Ce sera la panique : mes parents qui descendront en catastrophe, qui interrogeront le propriétaire de mon logement... Judith, en colère après tout le monde ; ma mère, qui pleurera sans arrêt ; mon père, qui jouera les durs mais qui sera brisé intérieurement... La police de Montcharles entreprendra finalement des recherches... Mais comment retrouver un jeune homme inconnu qui vit dans une nouvelle ville depuis à peine deux jours et qui ne connaît absolument personne ? Qui aura remarqué ses déplacements, sa balade en vélo ? Qui ? Un des deux ou trois voisins qui travaillaient à leur gazon ? Bien sûr que non ! Des jeunes en vélo, il en passe des dizaines par jour !

Personne ne m'aura remarqué.

D'ici une semaine, mon signalement sera officiellement sur les listes de recherche de la Sûreté du Québec.

Et moi, d'ici une semaine, je serai où ? Encore ici ? Ailleurs ?

Vivant ?

Je repense à l'autre gars, le moribond de tout à l'heure.

Le visage dans le matelas, je hurle. Pendant tellement longtemps que je crois m'être endormi dans cette position.

Mon poignet me fait si mal, on le dirait cassé. Incroyable ! En trois heures environ, j'ai écrit une soixantaine de pages ! Je suis épuisé, mais je ne veux pas arrêter. Je veux tout raconter, jusqu'à aujourd'hui. Beaulieu m'a dit qu'ils reviendraient assez tard, ce soir, aussi bien en profiter.

Une petite pause, et je continue…

Extraits du journal de Maude (I)

15 avril 1971

Louanges à Toi, mon Dieu, et bénis tous ceux que j'aime.

Je suis très nerveuse, aujourd'hui, car il s'est produit un événement très spécial. J'espère que cette nervosité est saine et non pas provoquée par toutes ces mauvaises influences qui polluent notre société. C'est pourquoi je veux T'en parler, Seigneur, afin que Tu puisses m'éclairer. Tu sais que T'écrire est pour moi une source de bonheur sans bornes...

Cela a vraiment commencé il y a deux semaines. Je ne T'en avais pas encore glissé un mot parce que je ne croyais pas que cela deviendrait si important. Ce jour-là, comme tous les vendredis en sortant du couvent, j'ai pris un taxi pour aller passer une autre merveilleuse fin de semaine chez papa et maman. J'ai donné l'adresse au chauffeur, mais il s'est retourné vers moi en me disant qu'il n'avait pas compris. C'est vrai que j'ai une toute petite voix et qu'elle m'occasionne souvent des problèmes. Mais une

petite voix est preuve d'humilité, non ? Et l'humilité,
à Tes yeux, est une qualité essentielle... J'ai donc
répété l'adresse timidement et c'est alors que le chauffeur m'a fait un très beau sourire, un sourire qui a
retroussé de jolie manière sa petite moustache brune.
Il devait avoir vingt-quatre, vingt-cinq ans, et semblait
très propre de sa personne, ce qui est assez rare aujour-
d'hui, avec tous ces jeunes hommes aux vêtements
fripés et aux cheveux longs. C'est si vulgaire ! Ne pas
respecter son corps, c'est ne pas Te respecter, me dit
toujours maman.

En continuant de sourire, le chauffeur m'a alors dit :

— J'aime bien les petites voix, surtout chez les
jeunes filles. Ça leur donne un air distingué.

C'était dit sans familiarité déplacée, avec gentillesse
et bon goût. Le compliment m'a beaucoup plu, cela
fait tellement changement des bonnes sœurs qui n'ar-
rêtent pas de me traiter d'idiote parce que je ne parle
pas assez fort... Mais je ne veux pas dire du mal des
bonnes sœurs, Seigneur, car je sais qu'elles travaillent
en Ton nom...

Durant le trajet, je me suis replongée dans la lecture des *Misérables* lorsque le chauffeur s'est mis à
me poser quelques questions. Rien d'indiscret, bien
sûr. Il avait un langage plutôt populaire, mais sans
tomber dans la vulgarité. Poliment, je lui ai dit que
j'étais pensionnaire au couvent et que c'était ma
dernière année. Je n'ai pas l'habitude d'engager la
conversation avec les hommes, mais celui-ci était
vraiment gentil. Il a alors ajouté que c'était très bien
que j'aille au couvent, que cela était beaucoup plus sain
que de suivre l'exemple de plusieurs jeunes filles
d'aujourd'hui qui vivent en commune, avec plusieurs
hommes, et qui prennent même de la drogue. Il s'est
excusé d'être si cru, mais cela, disait-il, le révoltait
trop. Évidemment, je ne pouvais qu'être d'accord

avec lui, Tu T'en doutes bien. Mais j'étais trop timide pour le lui dire. Il a alors conclu avec ces mots sentencieux :

— Il n'y a plus de morale.

Est-ce qu'il a dit « morale » ou « justice », je ne me souviens plus très bien, mais cela revient au même, de toute façon. Je n'ai rien répliqué à cela, mais intérieurement je partageais son opinion.

Lorsque la voiture s'est arrêtée, j'ai voulu payer, mais le chauffeur a refusé. Il m'a dit que c'était un petit cadeau :

— Des jeunes filles bien comme vous, c'est tellement rare !

Il me vouvoyait ! Moi qui n'ai que dix-neuf ans ! Quel galant homme !

J'ai insisté, mais en vain. Il m'a saluée poliment en relevant sa casquette, puis je suis sortie et il est reparti. Je me sentais très coupable, Seigneur, presque voleuse ! Moi qui n'ai jamais songé de toute ma vie à prendre le bien d'autrui ! Mais le chauffeur m'a dit que c'était un cadeau, alors...

Maman m'a accueillie les bras ouverts, comme à son habitude, mais m'a fait remarquer que j'étais toute rouge. Je ne savais pas pourquoi. Est-ce que je couvais quelque chose ? Quand papa est revenu de travailler, j'avais repris mon teint normal.

Le soir, dans mon lit, après ma prière, j'ai repensé à ce chauffeur de taxi. Quelle gentillesse ! Il semblait posséder de belles valeurs. Et il n'était pas vilain garçon...

C'est alors que je me suis sentie coupable, Seigneur. C'était la première fois que je songeais à un homme de cette manière et je sais qu'à mon âge il est inadmissible que je me laisse aller à de telles pensées. Au fond, c'est peut-être pour cette raison que je ne T'en ai pas parlé tout de suite, dans mon Journal. J'avais honte. C'est ridicule, je sais, puisque Tu vois tout et que Tu sais tout... Mais je ne me sentais pas encore prête à T'en parler directement... Peut-être que j'espérais qu'il sorte de mon esprit...

Le dimanche soir, papa m'a reconduite au couvent, et la semaine s'est bien déroulée même si, comme d'habitude, j'avais beaucoup de difficulté à suivre le rythme des cours. Il faut apprendre si vite ! Au bout de quelques jours, le chauffeur de taxi m'est complètement sorti de la tête.

Mais le vendredi suivant, je l'ai vu. Il m'attendait devant la porte du couvent, le dos appuyé contre sa voiture, les bras croisés, et il me souriait timidement.

— J'ai pensé que vous auriez encore besoin d'un taxi, pour retourner chez vos parents...

Moi-même, je me sentais bien intimidée. Je lui ai demandé comment il pouvait être sûr que je retournais chez mes parents. Il m'a répondu que toutes les jeunes filles correctes s'en vont à la maison après l'école. Décidément, ce jeune homme était vraiment galant et charmant...

Dans la voiture, il a dit :

— Rue des Ormes, c'est ça ? 5150, il me semble...

Il se souvenait même de l'adresse !

Nous avons parlé de la pluie et du beau temps quelques minutes, lorsque tout à coup il m'a demandé mon nom ! Une question qui, en temps normal, m'aurait paru beaucoup trop intime ! Pourtant, je lui ai répondu sans trop hésiter. Il a répété mon nom une ou deux fois :

— Maude Gauthier... C'est très doux, ce nom... Maude... Tous les noms de femmes devraient être doux...

À mon grand étonnement, je lui ai demandé le sien. Je sais très bien qu'une jeune fille ne devrait jamais demander le nom d'un étranger. C'est très, très mal !

Et tellement vulgaire! Pourtant, je Te jure que j'ai posé cette question avec détachement et innocence, sans aucune intention malsaine. Sûrement que le jeune homme l'a entendue de cette oreille, car c'est d'une voix égale, sans ruse ni malice, qu'il m'a répondu. Il s'appelle Jacques Beaulieu. Il m'a dit que c'était le prénom de son père et que ce serait celui de son fils, lorsqu'il en aurait un. Cette perspective semblait le réjouir. Moi, j'étais encore toute confuse de mon audace, mais comme monsieur Beaulieu semblait attendre une réaction de ma part, j'ai fini par demander:

— Vous aimeriez donc fonder une famille?

— La famille est la base de toute société qui se respecte, mademoiselle Gauthier.

Mademoiselle Gauthier... Tu dois avouer, Seigneur, que ce monsieur Beaulieu est vraiment un gentleman!

Chez moi, il a encore refusé que je le paie, malgré mon insistance. Je lui disais même que cela était inconvenant, mais il a rétorqué doucement:

— Vous me payez déjà beaucoup, mademoiselle Gauthier...

Il a profité de ma gêne pour s'éclipser.

Je crois bien être restée de longues minutes sur le trottoir avant de rentrer.

Alors mes tourments ont vraiment débuté, Seigneur. Durant toute la semaine qui a suivi, j'ai souvent pensé à lui. À tout moment, sans avertissement: en plein milieu d'un cours, ou durant un repas, ou le soir en étudiant, et même une fois ou deux pendant la prière du matin! Pas de mauvaises pensées, oh non! Tu sais bien que j'en suis incapable! Je songeais juste à sa gentillesse, à ses belles valeurs, à sa compagnie... Jamais quelqu'un n'avait été si attentionné avec moi... sauf papa et maman, bien sûr, qui sont de véritables saints. Je me savais coupable et, en même temps, je

me demandais ce qu'il pouvait y avoir de répréhensible
à rêver à quelqu'un de si gentil… Et même si je savais
que Tu voyais tout cela, Seigneur, je n'osais toujours
pas T'en parler directement. Je me sentais… chaotique.
Oui, c'est le mot. Chaotique.

Et puis… c'est arrivé. C'est cela que je dois absolument Te dire, Seigneur, car c'est cela qui entraînera
mon bonheur ou ma perte. Tu dois m'aider, m'éclairer…

Le vendredi suivant, donc aujourd'hui, il y a quelques
heures à peine, il m'attendait de nouveau devant le
couvent et j'avoue en avoir ressenti beaucoup de con-
tentement. Durant la course, nous avons discuté de
tout et de rien, et cette fois, j'étais plutôt à l'aise,
comme si je parlais à un bon ami… Enfin, j'imagine
que je parlais ainsi, mais je ne le sais pas vraiment,
puisque je n'ai jamais eu de véritable ami… À la fin
de la course, alors que je lui tendais l'argent (sans
grand espoir !), il m'a regardé un court moment, est
devenu rouge de confusion et, en baissant la tête, m'a
invitée à souper pour le vendredi suivant.

Il m'a invitée pour une sortie, Seigneur !

Je crois bien être devenue encore plus écarlate que
lui ! J'avais peine à croire à ce qu'il venait de dire ! Cela
m'apparaissait si incongru, si inattendu… si brutal,
aussi. En même temps, je ressentais une immense
chaleur, qui partait de mon ventre et qui me remontait
jusqu'aux joues. Qu'est-ce que c'était que cette bouffée
inconnue et étrange ?

— Une sortie très correcte ! a-t-il fini par ajouter en
me regardant enfin. Dans un restaurant très chic, que
je connais.

Il m'a assuré qu'il me ramènerait très tôt, aux en-
virons de vingt-deux heures. Je voulais lui répondre
que j'étais déçue, que je l'avais cru plus correct. J'ai
ouvert la bouche et dit :

— Je ne sais pas… il faudrait que j'en parle à
maman et à papa…

C'est cela que je voulais T'avouer, que j'avais honte d'écrire ! En disant une telle chose, j'admettais donc indirectement que l'idée me plaisait ! Car je ne peux Te le cacher, Seigneur, Toi qui connais tout de nos cœurs impurs : oui, j'aimerais aller au restaurant avec ce monsieur Beaulieu ! Et tout mon trouble vient de là !

Nous nous sommes donc quittés là-dessus. Il semblait plein d'espoir, mais n'a pu s'empêcher de s'excuser de son audace. Il a ajouté que si je refusais, il comprendrait parfaitement et ne m'importunerait plus jamais. Bouleversée par toutes ces émotions, je l'ai encore laissé partir sans payer !

Papa et maman se sont inquiétés de mon état durant le souper, convaincus que j'étais fiévreuse. Je suis montée me coucher très tôt.

Il est maintenant presque minuit et je ne peux plus me retenir, Seigneur. Depuis deux semaines, je T'écris des petites choses sans importance, mais maintenant il faut que je sois honnête. Qui donc m'a poussée à dire à ce monsieur Beaulieu que j'allais en parler à maman et à papa ? Est-ce Toi, qui vois en cet homme bonté, pureté et honnêteté ? Ou l'Autre, le Diable, qui veut me tenter ? En croyant bien faire, je pourrais me noyer dans le Mal, Tu sais comme je suis naïve ! J'ai besoin que Tu m'éclaires, Seigneur !

Je vais donc retourner me coucher. Envoie-moi un signe, Seigneur, un signe qui me dira ce que je dois faire, un signe qui révélera la pureté ou la noirceur de cette éventuelle rencontre.

Oh ! avec combien de crainte je me couche entre mes draps glacés… Par quoi et par qui mes rêves seront-ils hantés ? Guide-moi, Seigneur, et que Ta volonté s'accomplisse.

Amen.

◆

16 avril

Louanges à Toi, mon Dieu, et bénis tous ceux que j'aime.

La nuit dernière, j'ai rêvé de lumière, Seigneur, de Ta lumière qui m'éblouissait et chantait dans mon cœur. J'y vois un signe : l'invitation de ce monsieur Beaulieu t'apparaît correcte et pure. Je peux donc en parler à papa et à maman sans crainte, avec Ta bénédiction !

Durant le déjeuner, j'ai tout expliqué à mes parents : ma première rencontre avec monsieur Beaulieu, puis la seconde, sa gentillesse, ses belles valeurs, son savoir-vivre… puis son invitation. Je parlais lentement, avec un calme qui me surprenait.

Papa et maman m'ont écoutée sans un mot, puis se sont regardés gravement. Maman a fini par me demander ce que j'en pensais. Je lui ai avoué que j'avais envie de cette sortie mais que, comme je n'étais pas certaine d'être dans le bon chemin, je T'avais demandé de m'envoyer un signe. Signe que j'avais eu. Papa et maman ont approuvé silencieusement, manifestement fiers de mon attitude. Puis, maman s'est tournée vers papa et a attendu. Il a essuyé sa bouche, plié sa serviette et, après un long silence, a expliqué que la première rencontre avec un jeune homme était un événement important qu'on ne devait pas traiter à la légère. Il aurait espéré que cela arrive un peu plus tard dans mon cas, mais il a ajouté qu'après tout maman avait mon âge lorsqu'elle l'avait rencontré pour la première fois. Cependant, comme je n'étais pas encore en mesure de décider par moi-même qui je pouvais ou ne pouvais voir, il était hors de question que j'aille au restaurant, seule, avec cet inconnu. Par contre, maman et lui acceptaient volontiers de le recevoir à souper samedi soir prochain. Après quoi, ils pourraient décider si monsieur Beaulieu était digne de leur confiance et de leur fille.

— Il est vrai qu'il n'est que chauffeur de taxi et que c'est une condition bien modeste. Ta mère et moi, sans être riches, ne manquons pas d'argent. Par contre, nous avons toujours cru davantage aux richesses du cœur et de l'âme… S'il est vraiment aussi pur qu'il prétend l'être, alors sa condition sociale importe peu…

J'ai remercié mes parents d'une voix posée, mais mon cœur battait très vite. Je dois l'admettre : je souhaite vraiment que cette rencontre ait lieu.

J'ai très hâte à la semaine prochaine, Seigneur. Ce souper aura des conséquences importantes pour moi, j'en suis convaincue… Suis-je en train de devenir une adulte ? Peut-être que oui… Tout cela est si excitant et si troublant… Je Te demande de répandre Ta grâce sur cette rencontre, samedi prochain. Je sais que, si Tu le veux, tout se passera bien. J'ai confiance en Toi. Je me remets entre Tes mains.

Amen.

◆

23 avril

Louanges à Toi, Seigneur, et bénis tous ceux que j'aime.

Il est venu… il est reparti… et je vais le revoir ! Oh ! tout a été tellement formidable, tellement parfait ! Et ce, grâce à Toi, Seigneur, je le sais !

Hier, monsieur Beaulieu m'attendait devant le couvent et je lui ai transmis l'invitation de mes parents. Il a semblé très ému et m'a dit qu'il acceptait avec joie et honneur.

Aujourd'hui, j'ai passé l'après-midi dans une sorte de fièvre étrange et déroutante. Enfin, à dix-huit heures pile, il est arrivé. J'avais peine à le reconnaître, sans sa casquette, et surtout habillé de ce chic complet à cravate. Il était encore plus beau garçon. Il a vigoureusement serré la main de mon père (un bon point pour lui) et a tendu un bouquet de fleurs à ma mère (un autre très bon point!).

À moi, il a pris délicatement la main et s'est incliné en souriant. Il semblait sûr de lui sans être arrogant. Poli, galant, mais solide.

Nous sommes passés au salon et il a refusé tout alcool, se contentant d'une tasse de thé. Il a beaucoup discuté avec papa, de sujets dont la plupart me dépassaient complètement. Monsieur Beaulieu avait un langage plutôt populaire, mais il donnait l'impression de maîtriser parfaitement ses idées et, surtout, il ne tombait jamais dans la vulgarité (ce qui aurait irrité papa au plus haut point). Il parlait avec passion, mais sans être déplacé. Papa, impressionné, s'animait à son tour. Moi, j'écoutais en silence, nerveuse. De temps en temps, monsieur Beaulieu s'enquérait de mon opinion et je balbutiais une vague réponse. À l'écart, maman suivait la discussion en souriant.

À un moment donné, monsieur Beaulieu a dit qu'il se sentait bien ici; il sentait que cette maison abritait une famille unie et aimante. Mon père a rougi, signe chez lui d'une vive émotion positive. Il a alors confié à monsieur Beaulieu que ses paroles prouvaient qu'il était un jeune homme juste. Un tel compliment de la part de papa démontrait déjà la bonne impression que monsieur Beaulieu lui faisait. D'ailleurs, ce dernier fut manifestement touché par les paroles de papa, car ses yeux pétillèrent littéralement, et il affirma:

— Ce compliment est bien plus important que vous ne le croyez, monsieur Gauthier, car pour moi la justice est la base de tout.

Puis, nous sommes passés à table. Durant le souper, monsieur Beaulieu a dévoilé un nouvel aspect de sa personnalité : son sens de l'humour. Non pas qu'il racontât des blagues, mais il aimait faire quelques allusions comiques (de bon goût, bien sûr) et riait souvent, avec bonne humeur, un rire bon enfant et communicatif qui égayait tout le monde. Moi-même, j'ai ricané discrètement à quelques reprises. À ces moments-là, il me regardait avec respect en souriant.

Puis, au dessert, ce que j'attendais (et, jusqu'à un certain point, redoutais) est arrivé. Papa, tout en sucrant son café, est devenu solennel et, sans regarder notre invité, lui a demandé quelles étaient ses croyances religieuses. Pas de détour, avec papa. Il a toujours soutenu que pour se rendre jusqu'à Toi, il fallait emprunter le chemin le plus droit, sans sinuosités.

C'était le moment de vérité. J'avoue que moi-même, je m'étais posé plusieurs fois cette question au cours des derniers jours, et même si je me disais qu'un homme aussi bon que monsieur Beaulieu ne pouvait que croire en Toi, j'attendais la réponse avec une certaine appréhension.

Ce n'est pas une réponse simple que nous fit monsieur Beaulieu, mais presque un discours, plutôt impressionnant. En résumé, il a dit quelque chose qui ressemblait à ceci :

— Vous avez sûrement remarqué, monsieur Gauthier, que je suis un homme de condition modeste, et je ne m'en cache pas. Je suis fils unique d'une famille plutôt pauvre et mes parents, qui sont maintenant morts, étaient trop occupés à maintenir la tête hors de l'eau pour me parler de Dieu. Mais mon père, qui est l'homme que j'ai admiré le plus dans ma vie, m'a enseigné une valeur essentielle : la justice. Cette valeur renferme toutes les autres, comme il me l'a souvent expliqué. Il est juste d'être bon, il est juste d'être honnête et généreux, comme il est injuste d'être mauvais, malhonnête ou égoïste. Voilà ce que mon père m'a appris. Aujourd'hui, cette règle de conduite est mienne. Dieu, je ne Le connais pas vraiment. Je ne vais pas à la messe et ne prie pas comme les gens prient habituellement. Mais si Dieu est le symbole suprême de la Justice, comme je l'ai déjà entendu quelque part, s'Il est l'opposé de l'injustice et s'Il récompense les Justes, alors je propage Sa parole autant que n'importe lequel de Ses disciples. Et ça, monsieur Gauthier, c'est ce que je pense vraiment, car je suis sincère, comme tout homme juste doit l'être.

Le silence qui suivit était très lourd. C'était là un discours très audacieux et très beau à la fois. Peux-Tu, Seigneur, désapprouver une telle conception de Ton message ? Au fond, monsieur Beaulieu croit en Toi, en Ton enseignement, c'est juste que personne n'a pris la peine de lui parler directement de Toi ! Pour moi, cela semblait clair. Mais l'était-ce pour mes parents ?

Papa observait gravement ses mains croisées sur la table. Puis, il a relevé la tête et il a dit que cette philosophie sur la justice était très belle et très noble. Il a ajouté :

— Quant à Dieu, monsieur Beaulieu, je peux vous assurer qu'il est la Justice même.

— Alors, nous partageons la même foi, monsieur Gauthier.

Le visage de papa s'est éclairé, et il a jeté un coup d'œil vers maman, qui souriait de satisfaction. J'ai su alors, avec certitude, que tout s'était bien déroulé et que j'allais revoir monsieur Beaulieu. Comme si celui-ci l'avait aussi compris, il m'a lancé un long et tendre regard. J'ai baissé la tête, gênée mais immensément heureuse. J'en ai aussi profité pour Te remercier silencieusement, Seigneur...

Comme je Te remercie encore ce soir, en écrivant ces lignes de bonheur. Merci ! Merci d'avoir placé un

homme si pur sur mon chemin ! Je ne te décevrai pas
et resterai une jeune fille convenable, humble et dévouée à Ta parole. Merci mon Dieu et bénis monsieur
Beaulieu, que je vais revoir la semaine prochaine.

Je suis heureuse, car je vis une grande étape, un
grand changement dans ma vie. Une étape pleine de
lumière.

Amen.

◆

23 juillet

Louanges à Toi, mon Dieu, et bénis tous ceux que
j'aime.

Cela fait officiellement trois mois, aujourd'hui, que
je fréquente Jacques. Depuis trois mois, je partage
chacun des beaux moments de cette liaison avec Toi,
alors Tu sais à quel point je suis heureuse. Et je suis
certaine que Tu ne désapprouves pas ce que nous
vivons, Seigneur. Nous ne nous voyons qu'une fois par
semaine et nous nous contentons d'aller au restaurant
et au cinéma, alors que tant de jeunes gens dansent,
s'embrassent et... font d'autres choses encore plus
épouvantables... Le plus loin que Jacques est allé,
ç'a été de m'embrasser sur les joues, lors de nos deux
dernières sorties. La première fois, j'ai cru mourir de
honte, mais la deuxième fois, je l'ai laissé faire avec
joie. Après tout, on s'embrasse sur les joues entre
parents, alors il n'y a rien de mal à ça, non ?

Tout à l'heure, il est venu souper ici. C'est la cinquième soirée qu'il passe avec nous, à la maison, et
de nouveau, il a fait excellente impression. Papa lui
parle de plus en plus de son travail de comptable et
aujourd'hui, il a même expliqué quelques trucs de
base à Jacques : comment faire un budget, comment

faire de bons placements... Jacques semblait tout comprendre, il appréciait vraiment. Après le souper, cela a été à son tour de montrer quelque chose à papa : les échecs. Jacques avait apporté un petit jeu portatif et a expliqué les règles du jeu à papa, qui s'est montré vivement intéressé. Il avait joué quelques fois, mais il y avait si longtemps qu'il avait oublié les règles.

— C'est mon père qui m'a initié aux échecs, a expliqué Jacques. C'est le jeu le plus noble, le plus juste qui soit.

Papa et lui ont joué quelques parties et Jacques les a toutes gagnées. Il m'a ensuite expliqué les règles à mon tour. J'ai voulu prendre les pièces blanches, mais Jacques s'est opposé. Il a dit qu'il prenait toujours les blanches, jamais les noires. Blanches ou noires, je n'ai rien compris à ce jeu et, après deux parties, j'ai abandonné. Papa et Jacques ont encore disputé quelques joutes, que Jacques a encore toutes gagnées, puis la soirée s'est terminée. Papa, en riant, lui a dit qu'il finirait bien par le battre et Jacques, bon enfant, a accepté le défi. Ils s'entendent vraiment bien tous les deux, je suis si contente. Ma mère, comme d'habitude, a peu parlé, mais à son regard, je comprends qu'elle est heureuse pour moi.

Alors, voilà, après ces trois premiers mois de bonheur, je ne peux qu'espérer la même chose pour le futur. Je ne veux pas aller trop loin, Seigneur, mais... Est-ce possible que Jacques soit l'homme de ma vie ? Est-il trop tôt pour y penser ? J'en ai parlé à mon confesseur, le père Bélile, Tu sais comme il est bon et discret... Il m'a conseillé la prudence et de ne pas être trop pressée. Il a raison. Après tout, Jacques est le premier garçon que je rencontre... Mais comment pourrait-il y avoir mieux ? Et puis, je n'ai pas envie de fréquenter plusieurs cavaliers, Tu le sais bien... J'imagine que, si tout continue ainsi, les choses se préciseront, jusqu'à… Oh ! Je suis tellement heureuse, jamais je n'ai ressenti de telles choses ! Est-ce l'amour ? Oui, sûrement… Qu'est-ce que ça peut être d'autre ?

Merci pour cette vie si merveilleuse, Seigneur ! C'est à Toi que je dois tout cela, à Ton infinie Bonté, et sache que mon bonheur ne me fera jamais oublier que je suis Ta servante et que Tu es mon maître. Je Te rends grâce et demeure soumise à Ta volonté.

Amen.

Ils ne sont pas encore revenus. Il ne doit pas être très tard. Six heures et demi, peut-être sept. Comment savoir ? Allez, on reprend.

J'ai donc fini par m'endormir, d'un sommeil de plomb, sans rêve.

C'est le bruit de la serrure qui me réveille. Pendant une seconde, je suis complètement déconcerté. Où suis-je ? Puis je me souviens et le désespoir s'abat sur moi.

La porte s'ouvre et je me redresse sur mon matelas. Beaulieu entre, tenant sa maudite carabine, mais cette fois pointée vers le sol. Avec un petit sourire navré, il s'excuse de me réveiller. Moi, je le regarde sans bouger. Il y a une drôle d'odeur qui parvient à mes narines, en provenance du corridor. De la nourriture ?

Beaulieu s'excuse aussi d'être obligé de traîner ce fusil avec lui, mais il n'a pas vraiment le choix.

— Faut que je me défende, tu comprends…

Pauvre lui ! S'il continue, je vais avoir des remords de conscience…

Je me lève maladroitement, en rentrant nerveusement ma chemise dans mon pantalon. Vaguement, je réalise que j'ai une colossale envie de pisser.

— Faut qu'on discute, fait Beaulieu.

Enfin une parole sensée ! Et pour l'encourager dans cette direction, je m'assois sur mon matelas en affectant une attitude calme. Une stratégie que j'essaie, comme ça...

Beaulieu semble approuver cette attitude.

— Bon. Comme je te le disais hier...

Qu'est-ce qu'il vient de dire là ? Hier ? Ahuri, je lui demande ce qu'il veut dire. Il m'explique avec un vague étonnement que nous sommes en fin de matinée.

J'ai dormi toute la soirée d'hier, toute la nuit et toute la matinée ! D'une traite ! Je ne savais pas que la peur et la panique étaient de si bons somnifères...

Beaulieu me répète qu'il ne peut pas me tuer, puisque je n'ai rien fait de mal. Il insiste sur le fait qu'il n'est pas un assassin, malgré ce que j'ai vu hier dans cette chambre. En réalité, il dit qu'il est un homme juste. Il prononce ces derniers mots avec solennité, comme s'il s'agissait d'une conférence.

— Oui, juste ! poursuit-il en se mettant à marcher de long en large dans la pièce. La justice, voilà ce qui est le plus important pour moi ! Je respecte ce qui est juste et méprise ce qui ne l'est pas. Je me bats contre ce qui est injuste.

C'est quoi, ça, un cours de morale ? Où veut-il en venir ? Il est tellement sérieux, tout à coup. Il arrête enfin de marcher et me considère un court instant, comme s'il se demandait s'il devait continuer ou non. Après hésitation, il ajoute :

— Comme je combats aussi *ceux* qui sont injustes...

Je crois comprendre.

— Le gars d'hier... Il vous a fait quelque chose de grave, c'est ça ?

J'ai ma voix du matin, rauque et glaireuse. Je tousse un peu. Mon haleine est épaisse, je meurs de faim et ma vessie menace d'exploser.

Beaulieu me regarde intensément de ses petits yeux bleus et ses sourcils se froncent légèrement. On dirait qu'il regrette d'en avoir trop dit. Je répète :

— Est-ce que le gars d'hier vous...

— Ça te regarde pas vraiment, je pense...

— Mais... est-ce qu'il est mort ? Est-ce qu'il...

— Je t'ai dit que c'était pas de tes affaires !

Je vois le canon de son arme se redresser et je me protège instinctivement de mon avant-bras, de nouveau terrorisé. Il se calme aussitôt et se met à frotter doucement sa tempe droite du bout des doigts. Je me tais, conscient du côté dangereux de ma situation, et décide de fermer ma grande gueule.

Beaulieu inspire profondément et reprend, plus posé :

— Ce que je veux dire, c'est que t'es pas responsable. C'est pas toi qui es injuste, c'est la situation. C'est différent. Au fond, t'es une victime, t'es innocent.

Il me fait un grand sourire, comme s'il allait m'annoncer que j'ai gagné le million.

— À cause de ça, donc, il est pas question que je te traite comme un salaud ou un criminel. Ça fait que j'ai décidé de...

— Vous me laissez partir ! que je m'écrie stupidement, aussi énervé qu'un enfant à qui on annonce un voyage à Disneyland.

Beaulieu est pris de court. Il a un ricanement gêné.

— Non, non, je peux pas prendre ce risque-là, je te l'ai expliqué, hier...

Il précise enfin sa pensée. Durant le jour, je pourrai me promener dans la maison comme bon me semblera : aller au salon, manger avec eux en bas, lire dans cette chambre, faire ce que je veux. Mais la nuit et lorsque Beaulieu travaillera, je devrai demeurer dans cette pièce et la porte sera verrouillée.

Voilà.

En l'écoutant, j'ai l'impression que mon corps se ratatine, comme si je rétrécissais de cinquante centimètres. Tout content, Beaulieu conclut son alléchante offre en lançant :

— Disons que tu es un invité. Mais avec une liberté limitée.

Le pire, c'est l'absence totale d'ironie dans sa voix. Il croit vraiment me faire une faveur ! D'ailleurs, tout en pointant la porte de son arme, il ajoute :

— En passant, on dîne dans une quinzaine de minutes. Si tu descends avec moi, Maude va te faire les meilleures crêpes de tout Mont…

Je me mets à hurler. J'avais beaucoup crié au cours des vingt dernières heures, ma voix était fêlée, mais l'énergie ne manquait pas. Je hurle toutes sortes de phrases désordonnées : je ne veux pas de sa criss de liberté limitée, je ne veux rien savoir des crêpes de sa femme, je ne veux pas être son invité, je veux juste m'en aller, un point c'est tout. Je vocifère tout ça en marchant vers lui, faisant fi de son arme. J'ai l'intention de faire quoi, au juste ? Le pousser ? Le frapper ? Manger sa carabine ?

Très rapidement, Beaulieu m'assène un coup de crosse dans l'estomac, ce qui me garde plié en deux pendant de longues secondes.

— T'es pas ben smatt, le jeune ! Moi, j'essaie d'être correct, pis toi, tu réagis comme un sauvage !

Comme un papa qui gronde son enfant ! Je l'entends marcher vers la porte tandis qu'il lance :

— Je vais être obligé de verrouiller encore la porte ! C'est toi qui l'as voulu ! Réfléchis à ça, cet après-midi !

La punition, maintenant ! Le temps que je reprenne mon souffle et que je me redresse, la porte est refermée et, bien sûr, verrouillée.

Je vais plaquer mon oreille contre la porte. Des pas qui descendent. Puis, des voix d'en bas. Une voix féminine qui questionne. L'ado, je crois. Beaulieu qui grogne une réponse. Puis, bruits de vaisselle, de discussions mornes. Ils mangent. Tout simplement! Il y a un homme enfermé dans leur maison, au second, et eux, petite famille traditionnelle, dînent comme tous les jours!

Je jette des regards désespérés autour de moi, sur le plancher, les murs, au plafond...

Là, sur le mur du fond... il y a comme une trace... Un contour indécis, une forme rectangulaire sous la peinture. Je m'approche et palpe la forme avec mes doigts. À l'intérieur du rectangle, il y a une légère dépression, comme s'il y avait déjà eu une ouverture...

Une fenêtre. Une fenêtre qu'on a condamnée, puis peinte du même vert que les autres murs...

Si on a condamné la fenêtre de cette pièce, c'est que ni moi ni le gars d'hier ne sommes les premiers à y être enfermés...

Je parcours la pièce en palpant tous les murs, comme si j'espérais trouver quelque chose, une échappatoire, un trou, mais rien. Juste ces murs vides et verts, vides et verts...

Et mon envie de pisser qui gonfle...

Je me dirige alors vers le coin opposé à mon matelas, baisse ma braguette et urine avec un petit ricanement idiot. J'arrose longuement une partie du mur et le plancher de bois franc. La flaque d'urine s'élargit, frôle mes pieds; quelques rigoles s'étirent sur un mètre, vers le milieu de la pièce... et moi, je n'arrête pas de me bidonner. Je recule de quelques pas et contemple mon œuvre. Si c'est ma chambre, aussi bien marquer mon territoire, non? Voilà, l'enfant en punition s'est vengé! J'en ressens une mesquine et puérile joie. Et si je chiais aussi? Un beau tas de merde au milieu de ma pisse, ce serait chic! Mais oui, quelle idée brillante, quelle idée *intelligente!*

Je retourne m'asseoir sur mon matelas et pleure doucement.

Je reste ainsi longtemps à broyer du noir. Une heure, deux heures, peut-être un peu plus. À un moment donné, des pas se font entendre dans le couloir. Un bruit de robinet qui coule, dans la salle de bain d'à côté. Puis, les pas s'éloignent.

Je me couche sur mon lit avec un long soupir et me mets à réfléchir à ma situation et à toutes les solutions qui s'offrent à moi. Je réalise que la violence et la force sont, pour l'instant, inutiles et ne mèneront à rien, sinon à ma mort. Ma seule chance est de jouer le jeu, du moins momentanément. Ainsi, Beaulieu sera rassuré et finira tôt ou tard par baisser sa garde. Avant tout, sortir de cette chambre et pour ça, je dois jouer mon rôle d'invité.

Je ressasse tout ça pendant une couple d'heures. Pour la première fois depuis mon arrivée ici, je me sens calme et lucide.

La porte finit par s'ouvrir de nouveau. Beaulieu est de retour, mais sans arme, cette fois. Je suis si étonné de le voir sans carabine que j'ai l'impression qu'il lui manque un membre. Aussitôt, il renifle : il a remarqué l'odeur d'urine et ses yeux tombent sur la flaque près du mur. Je ressens une brève panique puis, confus, bredouille des excuses en expliquant que je n'arrivais plus à me retenir. Il me considère avec réprobation, puis finit par ricaner, en m'assurant que ce n'est pas grave, qu'on va nettoyer ça… Il me demande si je suis maintenant calmé, l'air souriant, conciliant. Encore ce côté bien intentionné.

Je me lève. L'absence du fusil fait mûrir en moi un plan différent. Beaulieu n'est pas très large, il est plutôt bedonnant. Je ne me suis jamais battu de ma vie, mais peut-être que je réussirais à le flanquer par terre, à courir jusqu'à l'escalier… Mais je résiste à cette idée. Pas tout de suite. D'abord, descendre en bas. Là, ce sera plus facile... Donc malgré ma folle envie de lui hurler : « *Va te faire enculer, ostie de malade mental !* », je réponds d'une voix piteuse :

— Oui, j'ai retrouvé mon bon sens... J'ai agi en imbécile, tantôt, je m'excuse...

Beaulieu approuve et m'assure qu'il n'est pas rancunier.

— Moi-même, parfois, ça m'arrive de perdre le contrôle.

Sans blague ? ai-je envie de dire, mais je me mords la lèvre avant de prononcer le moindre mot.

De nouveau, il m'invite à me joindre à eux pour le repas. C'est l'heure du souper. Moi qui aurais cru que le temps me semblerait atrocement long, j'ai l'impression qu'il passe à la vitesse du son.

Je lui dis que j'accepte son invitation. Et ce n'est pas seulement par stratégie, mais par besoin primaire : mon estomac est en train de s'autodigérer.

Le visage de Beaulieu s'illumine de satisfaction. Incroyable ! Il croit donc vraiment que j'accepte ma situation, que je me résigne ? Sa déconcertante naïveté me rassure un court moment, puis me fait peur : s'il croit si facilement à mon petit jeu, c'est qu'il est vraiment cinglé...

— À la bonne heure ! s'exclame-t-il. Maude a fait des côtelettes, tu m'en donneras des nouvelles !

La pensée des côtelettes me met vraiment l'eau à la bouche.

Puis, tout bonnement, Beaulieu me tourne le dos et sort de la chambre. Perplexe, je finis par comprendre qu'il s'attend à ce que je le suive.

Je le regarde s'éloigner un bref moment... Devant moi, me tournant le dos... Ce serait si simple...

Il se retourne.

— Tu viens, le jeune ?

En bas… Attendre d'être en bas…

Beaulieu est déjà dans l'escalier quand je me retrouve dans le couloir. Toutes les portes sont fermées. Si j'en ouvrais une ?… Ça va trop vite dans ma tête… Il faut que je m'en tienne à ma ligne de conduite, sinon tout va déraper. D'abord, me rendre en bas ! Après, j'agirai !

Maintenant que j'écris cela, je me rends compte que le plus logique aurait été le contraire, que j'agisse en haut et non en bas… mais j'étais si nerveux, si déboussolé…

Au milieu de l'escalier, je revois la cuisine, cette pièce dans laquelle je suis innocemment entré hier avec la simple intention d'appeler un taxi… Ce souvenir me fait amèrement grincer des dents. Beaulieu est déjà en bas et passe dans la pièce suivante. J'arrive à la cuisine et l'odeur des côtelettes est alléchante. Mais il y a une autre odeur, plus désagréable, celle que j'ai sentie ce matin…

Je m'arrête, regarde rapidement autour de moi… L'horrible papier peint vert à fleurs mauves, le four, le frigo jaune, la porte sous l'escalier qui mène sûrement à la cave. Elle est cadenassée, comme hier. Aucune issue donc de ce côté… Au-dessus de l'évier, une fenêtre, mais plutôt petite. Je ne suis pas sûr que mon corps y passerait. Et la porte d'entrée, celle qui donne dans la cour.

Je tente de l'ouvrir d'un geste rapide. Verrouillée, évidemment ! Et pas de mécanisme manuel pour l'ouvrir, pas de petit bouton sur le côté de la poignée : ça prend une clé.

Verrouillée à clé de l'intérieur.

— Par ici, le jeune ! me crie la voix de Beaulieu.

Automatiquement, je me mets en marche vers la pièce d'à côté. Ne pas attiser sa méfiance.

Au milieu de la salle à manger trône la table, avec toute la famille assise autour. Beaulieu me regarde, tout avenant. Michelle, les cheveux en bataille, me dévisage d'un air curieux. La petite fille est là aussi et fixe son assiette en silence. Quant à Maude, elle trottine autour de la table et remplit les assiettes de patates pilées. Elle me jette un rapide regard gêné, puis poursuit son travail de bonne petite ménagère.

Surréaliste. Absurde.

— Viens t'asseoir ! propose Beaulieu en indiquant une chaise libre à sa gauche.

Tout ça ne colle pas, ne peut pas coller à ce qui m'arrive. Personne ne voit donc la démence de cette situation ? Je ne suis plus dans la réalité, c'est la seule explication. Je ne peux plus prendre pied nulle part et je glisse vers quelque chose d'horriblement déstabilisant.

En marchant vers la table, j'enregistre le plan de la pièce dans ma tête. Les murs sont recouverts d'un papier peint rose pastel parfaitement écœurant, avec de petits motifs circulaires rouges. Sur le mur à ma droite se trouvent plusieurs peintures insignifiantes ainsi que deux fenêtres donnant sur la cour, trop petites pour qu'un homme puisse y passer, du moins rapidement. Dans un coin, il y a une petite table sur laquelle sont alignées des figurines chinoises. En face, une large ouverture donne accès à la dernière pièce du rez-de-chaussée, que je devine être le salon. Mais c'est l'autre mur qui m'intéresse, celui qui donne sur la rue. Une large fenêtre me nargue et m'éclabousse de soleil. Tout en m'assoyant, je ne la quitte pas des yeux. Je peux voir l'extérieur, je distingue nettement le terrain vague en face de la maison. En deux secondes, je pourrais atteindre cette fenêtre, mais il y a un problème : elle est constituée de deux hauts et larges châssis rectangulaires, eux-mêmes divisés en huit carreaux vitrés, bien séparés individuellement par des pentures de bois. Tenter de casser chacun de ces carreaux serait une entreprise longue et inutile, sauf pour appeler à l'aider. Cette fenêtre s'ouvre-t-elle? Je vois deux petites manettes, sûrement pour faire pivoter chacun des châssis rectangulaires... Ça doit prendre plusieurs secondes...

Il y a aussi la deuxième porte d'entrée, juste à gauche de la fenêtre. Est-elle aussi verrouillée de l'intérieur? Il y a fort à parier que oui...

Un bruit me fait revenir à la réalité: c'est Maude qui s'assoit à son tour. Elle fait rapidement un signe de croix et récite une courte prière, les yeux fermés. Elle est la seule à se livrer à ce rituel désuet.

— Bon appétit, le jeune! me dit Beaulieu. Tu m'en donneras des nouvelles!

Et ils se mettent tous à manger. Beaulieu avec enthousiasme, Maude sans bruit et le regard baissé, Michelle en nous observant tous avec un certain intérêt, et la petite fille... elle se contente d'ouvrir la bouche et de mastiquer, son visage vide encadré par ses longs cheveux noirs et plats, ses yeux de crapaud mort figés dans le néant... De nouveau, je me demande ce qui ne va pas chez elle. Muette? Sourde? Les deux? Déficiente?

Je baisse les yeux vers mon assiette pleine, devant moi.

Jouer le jeu...

Je commence à manger, avec un manque total de naturel. Mais dès la première bouchée, mon estomac me rappelle que je n'ai pas bouffé depuis plus de vingt-quatre heures et bientôt, je mange sans aucun effort. En deux minutes, j'ai presque terminé mon assiette lorsque Beaulieu parle enfin:

— Bon! On va faire les présentations...

Il me désigne l'adolescente, Michelle. Je m'étonne d'apprendre qu'elle a seize ans. Je lui en donnais deux ou trois de plus, facilement. Elle me dévisage pendant de longues secondes, puis continue à manger, avec son air taquin.

Beaulieu me présente aussi sa femme Maude, même s'il l'a déjà fait la veille. Elle me jette un très rapide coup d'œil durant lequel elle me fait une étrange grimace, qui se veut peut-être un sourire. Elle est manifestement très embarrassée et je comprends qu'elle trouve cette situation aussi désagréable que moi. Elle est sûrement le membre de cette famille le plus équilibré, du moins celui qui s'approche le plus de la *normalité*. Je l'observe longuement, en me disant qu'elle est peut-être ma planche de salut...

Jacques, la voix plus sèche, dit alors :

— Pis ça, c'est Anne...

Il parle de la fillette, j'imagine. Elle continue son repas, mécaniquement, sans réagir à son nom.

— Elle a dix ans, pis elle est comme ça depuis sa naissance, fait alors Michelle à mon intention.

Je sens un malaise de la part de Beaulieu et de sa femme. Michelle, contente d'avoir piqué ma curiosité, continue, un sourire en coin :

— Elle a jamais dit un mot, elle réagit jamais à rien... Elle fait rien de ses journées, elle peut rester assise des heures sans bouger. Pis l'école, ça vaut pas la peine d'y penser ! Une...

— Correct, Michelle, c'est assez, la coupe sèchement son père, la bouche pleine de viande.

Michelle retourne à son assiette sans cesser de sourire. De toute évidence, elle s'amuse. D'ailleurs, tout semble l'amuser, cette fille...

Sans lever les yeux, elle ajoute alors rapidement :

— Comme si c'était la malédiction de la famille...

— Michelle, tu vas la fermer quand je te dis de la fermer ! crie alors Beaulieu en frappant sur la table.

Tous sursautent, sauf Anne, qui n'a pas un tressaillement. L'ombre d'un sourire plane toujours sur les lèvres de l'adolescente, mais je devine qu'elle est intimidée par la colère de son père. Maude, en tournant un regard d'animal blessé vers Michelle, lui murmure que ce n'est pas très gentil de parler ainsi de sa petite sœur. Puis, en se remettant à manger, elle ajoute encore plus bas :

— Ce n'est pas de sa faute si elle est comme ça…

Je me mets à examiner Anne avec plus d'attention. Elle mange toujours de son air de somnambule… quand tout à coup, sans aucune raison, elle tourne la tête vers moi. Un long et désagréable frisson me parcourt l'échine. Ses yeux me font l'effet d'une porte ouverte sur le néant, à un point tel que j'en ressens un réel vertige, comme si j'allais tomber. Rapidement, je replonge le nez dans mon assiette, pressé de me cramponner à quelque chose de tangible. Au bout de quelques secondes, je me tourne discrètement vers Anne. Elle a recommencé à manger.

Beaulieu, redevenu de bonne humeur, lance à sa femme un compliment sur son repas. Maude, avec un petit sourire gêné mais flatté en même temps, le remercie.

— Tu dis ça chaque fois, Jacques…

— Mais je le pense ! Pas vrai que c'était bon, le jeune ?

— Oui, délicieux, je réponds poliment.

Je commence à en avoir assez qu'il m'appelle toujours « le jeune » ! Je lui ai pourtant dit mon nom, hier ! Comme si elle avait aussi remarqué ce détail agaçant, Michelle, de sa voix légèrement nasillarde, me demande mon nom. Mais j'écoute à peine. Mon attention est revenue à la porte, dont j'étudie chaque centimètre : le bois peint en bleu-gris, les petites fissures dans la peinture déjà vieille, les traces de doigts sales autour de la poignée… Tous ces détails grossissent démesurément dans mon champ de vision. Vaguement, je dis mon nom, sans quitter la porte des yeux. Mes muscles se bandent graduellement et la porte, devant moi, palpite imperceptiblement... Elle est sûrement verrouillée elle aussi, mais il faut que j'essaie... J'ai joué le jeu assez longtemps... Un bond rapide, deux secondes au max, et j'y suis.

— Yannick Bérubé, fait la voix lointaine de Michelle. Ça m'étonnerait que tu sois du coin...

— Oui, parle-nous donc de toi, le jeune !

Je bondis si rapidement que mon genou se cogne avec force contre la table. Avant même que la douleur se rende à mon cerveau, je suis à la porte, je saisis la poignée comme s'il s'agissait de la main de Dieu et me mets à la tourner avec frénésie.

Verrouillée. Évidemment. Sans petit bouton, sans déclenchement manuel. Fermée à clé.

Toutes les portes de cette maison se ferment à clé, autant de l'intérieur que de l'extérieur. J'en mettrais ma main au feu. De nouveau, l'image de la prison s'impose à mon esprit confus.

Lentement, je me retourne vers la table.

Ils sont assis tranquilles, ustensiles figés à la main, et me dévisagent avec étonnement... sauf Anne, évidemment. Beaulieu a même l'air déçu !

— Voyons, le jeune, c'est pas... c'est pas très correct, comme attitude... Nous, on t'offre le souper, pis toi...

Je ne bouge toujours pas. Quelque chose gonfle en moi, une sorte de bile qui monte... Beaulieu fait un geste vague, de nouveau souriant :

— Bon ! Calme-toi, pis viens prendre ton dessert !

Maude, incertaine, ajoute même :

— J'ai des beignes au miel...

Alors, sans un mot, je sors de la pièce. Je dois m'éloigner d'eux au plus vite, sinon je vais être malade. Rapidement, je monte l'escalier. Une résolution vient de s'emparer de moi, une résolution qui se trouve encore dans mon subconscient, mais qui va atteindre ma conscience d'une seconde à l'autre… J'entends Beaulieu dire, dans la salle à manger : « C'est pas grave, ça va passer… »

Ça va passer ! Et comment, que ça va passer !

En haut, dans le couloir, j'ouvre la première porte à ma gauche en me disant que, si elle est verrouillée elle aussi, je la défonce, tout simplement. Mais elle s'ouvre sans résistance. Un grand lit double, un bureau, une commode. La chambre des Beaulieu. Sur la commode, une photo que je vois mal et des petits bibelots en verre. Sur le bureau, il y a un jeu d'échecs tout en bois, avec de belles pièces sculptées. Les murs sont peints bleu ciel, avec une bande de papier peint représentant des oiseaux. Je suis prêt à parier que c'est Maude qui s'occupe de la décoration…

Et là, une fenêtre à guillotine, qui donne sur la rue. La rue si près. Un petit saut de trois ou quatre mètres, même pas. Rien pour se casser une jambe.

Je fonce sur la fenêtre et l'ouvre. Elle lève d'environ dix centimètres, puis bloque. Je force à m'en éclater les veines du front, elle ne bouge plus. Ma tête bourdonne, je regarde partout dans la chambre, l'adrénaline me gicle dans la cervelle. Je cherche une chaise, une lampe, n'importe quoi pour lancer dans cette ostie de fenêtre. Pas de chaise. Une petite lampe au-dessus du lit, mais fixée dans le mur.

Alors, je me mets à frapper à deux poings dans la fenêtre, me mordant les lèvres jusqu'à les faire saigner. Tandis que je frappe comme un forcené, je me rappelle la vitre incassable dans la chambre de la petite… et, soudain, la vitre casse, mon poing passe à travers ! Elle n'est pas incassable, celle-là ! Avec mes paumes, j'agrandis le trou, me moquant des légères coupures qui apparaissent sur mes mains.

— On pique une petite crise ?

La voix est tout près de moi. Malgré ma surexci-
tation, je reconnais la voix de Michelle. Le crâne
envahi par un brouillard sombre, je me retourne d'un
coup sec, tout en balançant ma main vers la voix,
comme si je voulais chasser une mouche importune.
Je vois ma main atteindre la joue droite de l'adolescente. Le coup n'est pas bien fort, mais elle titube vers
l'arrière, surprise. Je ne m'occupe plus d'elle et retourne
à la fenêtre. Derrière la vitre cassée, il y en a une seconde, sur laquelle je commence aussi à frapper.

Cette fois, c'est Beaulieu qui s'écrie dans mon dos :
— Heille, heille, le jeune, ça va faire !

Je me fous complètement de leur présence, de leurs
avertissements, de leurs menaces ! En fait, d'entendre
une seconde voix décuple ma colère, qui devient hystérie, et de nouveau je me retourne en propulsant non
plus ma main mais mon poing, sans regarder, à l'aveuglette, en poussant un cri de rage informe.

Beaulieu reçoit mon poing en plein sur le nez.
J'aurais voulu viser que je n'aurais pas fait mieux.
Pendant une poussière de seconde, je ressens une sa-
tisfaction presque orgasmique. Mais aussitôt, je m'im-
mobilise complètement, car j'aperçois le regard de
Beaulieu braqué sur moi.

Dans ce regard, je vois ma mort. C'est aussi clair,
aussi évident que si je lisais mon nom sur une feuille.

Avec une rapidité époustouflante, il est sur moi ;
ses deux mains me saisissent la gorge, deviennent étau
et serrent avec une force que je ne lui aurais jamais
soupçonnée. Je tente de me libérer, frappe sur ses
jambes, ses bras, son corps, mais il ne bronche même
pas. Son teint est littéralement gris et sa bouche n'est
qu'un mince fil chauffé à blanc qui fend le bas de son
visage. Ses narines palpitent comme des bouches de
poissons agonisants et ses yeux me transpercent la
tête, des yeux qui dégoulinent de lave haineuse...

Et tandis qu'il serre de plus en plus, un râle très bas, très grave, à peine perceptible, fuse de ses lèvres serrées, sans discontinuer, comme une vapeur qui sortirait d'une bouilloire trop chaude...

Je commence à suffoquer. Je lance un regard par-dessus les épaules de Beaulieu. À l'écart, Michelle, la joue légèrement rougie, observe la scène d'un air intrigué. Ma vue s'embrouille, devient floue. Mes bras font de larges mouvements éperdus. J'accroche quelque chose, le jeu d'échecs, je crois... Tout devient violet... De très loin, j'entends quelqu'un d'autre entrer dans la chambre et la voix paniquée de Maude me parvient déformée, aquatique...

— Arrête, Jacques, je t'en supplie ! Pas quand nous sommes à la maison !

Phrase absurde... et horrible par tout ce qu'elle sous-entend...

Je ne vois plus rien, je n'entends plus que mon chaos intérieur, et alors que je vais perdre conscience, les deux mains lâchent mon cou. Pendant quelques secondes, l'air ne passe plus, puis soudainement un ouragan envahit ma gorge et je me mets à tousser, le larynx en feu.

La vue finit par me revenir. Je suis étendu sur le sol. Ils sont là, Maude, Michelle, Beaulieu, d'abord déformés, puis de plus en plus stables. Beaulieu, rouge comme un homard, a la main plaquée contre sa tempe et, les yeux fermés, la bouche tordue, gémit de souf-france. Derrière lui, sa femme ne bouge pas et son regard alarmé fait du va-et-vient entre lui et moi. Et Michelle ? Elle m'observe avec attention. Elle ne sourit pas, cette fois. Elle a juste l'air... intéressé.

Ma respiration redevient normale graduellement. Des larmes coulent de mes yeux. Je voudrais me re-lever, mais mes muscles sont liquéfiés. Beaulieu se serre maintenant la tête à deux mains. C'est par un

ultime et suprême effort de volonté qu'il a détaché
ses mains de mon cou. S'il avait hésité une seconde
de plus, je serais mort.

Mort.

Cette pensée me foudroie avec une telle force que
je me sens de nouveau sur le point de m'évanouir,
mais la voix forte et douloureuse de Beaulieu me secoue :

— Retournez en bas ! Toutes les deux !

J'entends les deux femmes sortir. Je ne peux toujours pas bouger. J'ouvre la bouche pour dire quelque
chose, mais un râle affreux me déchire la gorge et je
me remets à tousser.

Les secondes passent. Enfin, je réussis à me redresser un peu. Beaulieu s'est enfin lâché le crâne et,
les yeux toujours fermés, prend de grandes respirations.
Il me voit enfin et, tout à coup, se met à faire les cent
pas dans la pièce. D'une voix ultra-rapide, il reconnaît
qu'il n'aurait pas dû faire ça, mais que je l'avais
cherché, que mon comportement ne lui avait pas laissé
le choix.

— Je trouve que c'est un comportement très ingrat !
Très, très ingrat ! Est-ce qu'on t'a bien traité ? Hein ?
Est-ce qu'on t'a bien traité, oui ou non ? Hein ? Hein ?

Il se reprend la tête à deux mains en grimaçant.
Pétrifié, à moitié redressé, je n'ose rien dire. Il se calme
de nouveau et, presque avec fierté, dit :

— Mais tu vois, je me suis arrêté à temps... Je t'ai
dit que j'étais juste. Tu en as eu la preuve.

Puis, en me regardant très gravement, il ajoute, la
voix bizarre :

— La violence est mauvaise, le jeune... Très mauvaise...

Je ne parle toujours pas. J'ai trop peur. Et dire que
tout à l'heure j'avais envisagé l'idée de me battre
avec lui !

— Envoie… Lève-toi et retourne dans ta chambre.

Je finis par me mettre sur mes pieds. Sans un mot, éperdu, je retourne dans le couloir. Quelques secondes après, je suis dans la pièce verte et Beaulieu, qui m'a suivi, me dit :

— Après la petite scène que tu viens de nous faire, je vais être encore obligé de barrer ta porte… Désolé, mais c'est toi qui l'as voulu.

Sur quoi il sort. Bruit de clé dans la serrure.

Je demeure longtemps debout, immobile. Mes idées se replacent enfin.

J'ai failli me faire tuer. Je viens de passer à deux doigts de la mort.

Une terrible nausée me gonfle l'intérieur de la bouche.

Depuis hier, depuis mon arrivée ici, j'ai ressenti différentes émotions face à l'inconnu, à l'inhabituel : angoisse, panique, incertitude… Mais ce que je ressens en ce moment, debout dans cette horrible chambre verte, est parfaitement différent. Un homme a voulu me tuer et, par miracle, a changé d'idée à la dernière seconde. Cet homme est un fou qui semble perdre facilement le contrôle. Donc, il peut déraper de nouveau et, de nouveau, vouloir me tuer.

N'importe quand.

Et je suis sans défense.

Je me laisse tomber sur le matelas. J'ai soudain chaud à en mouiller ma chemise. Je me roule doucement en boule et me mets à pousser des petites plaintes presque inaudibles.

Pour la première fois de ma vie, je ressens réellement cette obscure, cette incontrôlable émotion… Celle qui cloue votre cœur et arrache des morceaux de votre âme…

J'ai peur.

Extraits du journal de Maude (II)

17 mars 1974

Louanges à Toi, mon Dieu, et bénis tous ceux que j'aime.

C'est décidé, le mariage aura lieu le 11 août, le jour même de mes vingt-trois ans. C'est Jacques qui a eu cette bonne idée. Je trouve cela très romantique.

Je l'aime tellement, Seigneur... L'autre jour, ma voisine Julie m'a demandé comment je pouvais en être certaine puisque je n'avais jamais aimé un homme avant lui. Voilà une question quelque peu ridicule, non? Une femme ne doit aimer qu'un seul homme dans sa vie! Et pour moi, cet homme, c'est Jacques! Il est gentil, doux, il me respecte et même lorsqu'il m'embrasse, il le fait sans aucune arrière-pensée. C'est bizarre, ça, embrasser. Chaque fois, j'ai l'impression de faire quelque chose de nouveau, d'inconnu. Agréable, certes, mais tellement... particulier. D'ailleurs, Jacques n'a jamais tenté rien de plus intime. Je me donnerai à lui seulement pendant notre nuit de noces et il approuve parfaitement. Ainsi, tout se fera selon Ton enseignement.

Nous avons beaucoup de petits plaisirs en commun: le cinéma, les cartes, les promenades… Par contre, malgré mes efforts, il ne s'intéresse pas du tout à la lecture. Il a bien essayé de lire un ou deux romans, pour me faire plaisir, mais après vingt pages, le volume lui tombe des mains. Je respecte ça, même si je ne comprends pas. Moi qui adore lire! C'est papa qui m'a transmis cette passion et c'est toujours lui qui me recommande les bons livres. En ce moment, je suis en train de lire *Cyrano de Bergerac*. Quelle merveilleuse histoire d'amour!

Je parle souvent de Toi à Jacques. Chaque fois, il m'écoute et semble parfaitement d'accord, même si lui parle peu de Toi. Il croit en Toi, bien sûr, il vient à la messe avec moi, mais il dirige rarement la discussion vers la religion. L'important, c'est qu'il applique Ta parole et Tes principes, n'est-ce pas? Tu as toujours dit de se méfier des hypocrites qui crient Ton nom partout sans mettre en pratique Tes Évangiles. Jacques, lui, est guidé par la justice. Chacun de ses gestes est motivé par cette belle valeur. Donc, je n'ai pas à m'inquiéter.

Alors, oui, je l'aime. Et j'ai très hâte au mariage. Ce sera une belle cérémonie, organisée par papa et maman. Mes tantes et oncles seront là, mes cousins et cousines aussi, ainsi que plusieurs amis de papa et maman. Jacques, lui, est sans famille. Il est fils unique et ses parents sont morts en mer il y a quelques années, au cours d'un voyage. Il dit que ses cousins et cousines ne sont pas vraiment près de lui. Il invitera donc uniquement quelques collègues de travail et amis. Et si ce mariage se fait avec Ta bénédiction, Seigneur, ce sera le plus beau de tous.

Maman m'a donné d'importants conseils, aujourd'hui. Elle m'a dit de respecter mon mari, de l'écouter en tout temps et de lui être parfaitement soumise.

Telle est Ta parole. Maman a toujours suivi ces règles et sa vie a été remplie de bonheur. Tu récompenses toujours ceux qui écoutent Tes enseignements, Seigneur. Je suivrai donc l'exemple de maman.

Papa et Jacques continuent de jouer aux échecs régulièrement, et Jacques gagne toujours, il est vraiment bon! J'ai fini par comprendre les règles du jeu, mais je suis tellement mauvaise! Jacques lui-même m'a dit que c'était inutile, que ce jeu n'était pas fait pour moi. Il a raison, comme toujours.

L'autre jour, papa a dit en riant:

— Peut-être que, si je prenais les pièces blanches, je gagnerais moi aussi!

Jacques n'a pas ri. Il dit qu'il a toujours refusé et qu'il refusera toujours de jouer avec les noires. Ça nous a bien amusés, papa et moi. Tous les grands joueurs ont leurs superstitions, paraît-il...

J'attends donc le grand jour avec impatience et fébrilité. Répands Ta Lumière sur ce mariage, Seigneur, et donne-moi une belle et grande famille, afin que nous soyons plusieurs à proclamer Ta Parole et Ta Grandeur. Je bénis Ton nom tous les jours...

Amen.

◆

12 août

Louanges à Toi, mon Dieu, et bénis tous ceux que j'aime.

Me voilà mariée! Ce fut une cérémonie formidable. Jacques était beau et très ému, il a même versé quelques larmes. Évidemment, maman a pleuré comme une Madeleine et papa rayonnait de fierté. Toute la parenté était là et même le père Bélile, mon confesseur, est venu pour la messe! Moi, je me sentais au départ plutôt confuse et intimidée. Ce n'est que lorsque Jacques a glissé l'anneau à mon doigt que j'ai senti Ta présence et Ta bénédiction. J'ai senti Tes mains unir les nôtres, et enfin le bonheur m'a submergée.

Le souper et la soirée furent très bien, j'ai même dansé quelques danses, à ma grande confusion. Jacques s'est amusé, mais sans abuser de l'alcool. Il m'a présentée à ses amis, des messieurs tous très gentils et sympathiques. Quelques-uns faisaient partie du même club d'échecs que lui et ils m'ont appris que Jacques était le champion de la ville. Il ne m'avait jamais dit ça. Je reconnais là sa grande modestie…

Pour notre première nuit de noces, nous avions réservé une chambre dans un très bel hôtel, très chic. Et c'est dans cette chambre, Seigneur, que je me suis livrée à mon mari.

Évidemment, je ne veux pas parler de ça en détail, c'est trop intime, mais il faut que je T'en glisse un mot, car… c'est important, je crois…

J'étais très nerveuse et très gênée. J'attendais debout dans la pièce, incapable de faire quoi que ce soit. Je n'étais pas complètement ignorante, je savais bien en quoi consistait l'acte proprement dit, mais… Comment devais-je agir exactement? Était-ce à moi de faire le premier geste? Je Te priais de tout mon cœur. Pourtant, je savais que cela devait arriver, que c'était normal, que ce n'était ni mal ni sale puisque cela se déroulait dans les liens sacrés du mariage, que c'était même un devoir… Mais j'avais peur, Seigneur, et Jacques le sentait. Gentiment, il me répétait: « N'aie pas peur, tout va bien aller… » Et il m'a amenée vers le lit.

Je suis très mal à l'aise d'écrire ça, mais j'en ai besoin, Seigneur, je suis sûr que Tu comprends…

Au début, il a été très doux. Mais lorsqu'il m'a possédée, j'ai eu mal, beaucoup. J'ai crié autant de souffrance que de peur. Qu'est-ce que c'était que cette douleur ? L'amour n'est pas supposé faire mal, l'amour est bon et doux ! Toi, Seigneur, Tu ne m'as jamais fait souffrir. Alors, si j'aime mon mari et si lui m'aime, pourquoi cet acte d'amour m'était-il si douloureux ? Je ne comprenais plus. Quand j'ai crié, Jacques m'a dit que ce n'était rien, que c'était normal la première fois. Il m'a dit d'attendre, que j'allais aimer cela moi aussi. Alors, je me suis tue et j'ai attendu. Il s'est activé de plus en plus vite, mais moi, j'avais aussi mal, peut-être même davantage. Je ne disais toujours rien, mais j'avais légèrement tourné mon visage sur le côté, car je trouvais le sien bizarre. Il se convulsait, grimaçait, je ne l'avais jamais vu comme ça et cela m'effrayait un peu. Et il faisait des bruits rauques avec sa bouche. Alors, j'attendais. Mais je n'aimais toujours pas cela. Pourquoi donc ? Était-ce normal ? Allais-je encore endurer cette morsure longtemps ? Je la trouvais malsaine, cette douleur, obscène, même. Vulgaire. Et, surtout, inutile.

Au bout de trois ou quatre minutes, il s'est mis à bouger si vite qu'il me terrifiait, je croyais qu'il était devenu fou ! Et moi, ça me brûlait, là, en bas, je ne pouvais plus en subir davantage, j'ai voulu lui crier d'arrêter, que je n'en pouvais plus... mais au même moment, c'est lui qui a crié. Un cri sourd, animal, assez effrayant. Il avait donc mal lui aussi ? J'étais éperdue, je ne comprenais plus rien! Il s'est finalement arrêté et s'est retiré. Enfin, ma douleur s'éloignait graduellement. Mais elle ne disparaissait pas complètement, la brûlure persistait.

À ma grande surprise, Jacques m'a dit que cela avait été merveilleux ! Pourtant, il avait crié ! Je le lui ai dit et il a ricané, en m'embrassant sur le nez. Il a dit :

— J'ai crié de plaisir, ma chérie !

De plaisir ? Comment est-ce possible ? Comment pouvait-il avoir aimé cela alors que moi, j'avais tant souffert ?

J'ai glissé mes doigts là et j'ai senti du sang ! Du sang, Seigneur, j'avais saigné ! Et autre chose, aussi, un liquide gluant qui m'a levé le cœur.

Tout protestait en moi, je voulais m'insurger contre une telle chose... mais je me suis rappelé les paroles de maman, ses paroles qui sont aussi les Tiennes, qui viennent de Tes saintes Écritures... Je me suis souvenu de la faute d'Ève... C'est pourquoi, lorsque Jacques m'a demandé si j'avais aimé cela, j'ai répondu oui.

Si l'amour doit passer par cet acte, si même Toi Tu l'approuves, alors je me soumets. J'imagine qu'avec le temps tout s'éclaircira pour moi. Si tous les autres couples le font, ça ne doit pas être si désagréable. C'est sûrement ma faute. J'étais si nerveuse, si maladroite... Tout cela s'arrangera, j'en suis sûre...

Tu vois, juste de T'en parler m'a réconfortée et m'a fait mieux comprendre ! Tu m'as encore éclairée, Seigneur, comme d'habitude, et je T'en rends gloire !

Je suis donc mariée et heureuse ! Tout à l'heure, vers midi, nous partons pour la Gaspésie ! Ce sera sûrement le plus merveilleux des voyages ! Bénis mon mari et mes parents, Seigneur.

Amen.

Quelle heure peut-il bien être ? Moi qui n'ai jamais voulu porter de montre… Je dirais à peu près neuf heures. Ça doit faire cinq ou six heures que j'écris, c'est fou. Mais ça me fait tellement de bien. Comme quand je m'étais cassé le bras et que le docteur, au bout d'un mois, m'avait enlevé mon plâtre. Le soulagement ! La délivrance !

Allons, je n'ai pas encore fini. Pas tout à fait…

Je me réveille ce matin après une autre nuit de plomb, sans rêves. De nouveau, une courte seconde d'ahurissement en ne reconnaissant pas l'endroit où je me trouve. De nouveau, la nausée en me souvenant enfin.

Au milieu de la pièce, il y a un bac en métal empli d'eau, du savon, du shampoing, une serviette et des vêtements.

Je me déshabille et me lave. Renaissance totale. J'en profite aussi pour éponger ma flaque d'urine, dans le coin. Une fois ma toilette terminée, je pisse dans le bac d'eau puis examine les vêtements propres. Un peu courts, un peu quétaines : pantalon brun, chemise rayée de la même couleur. Sûrement des vêtements de Beaulieu. Il y a même des caleçons, des Mr. Brief antédiluviens. Pas question que j'enfile les vêtements de ce dingue. Je remets donc mes vêtements fripés. Au moins, je me suis lavé.

Debout, je regarde autour de moi bêtement pendant quelques minutes. Il y a cette odeur désagréable, celle que j'ai sentie hier, qui persiste toujours. Qu'est-ce que ça peut bien être ?

Le souvenir du moribond me traverse rapidement l'esprit…

On frappe à ma porte. En bas, on a sûrement entendu que je me levais.

— On a pas tout à fait fini de déjeuner, fait la voix de Beaulieu de l'autre côté de la porte. Tu te joins à nous ?

— Mangez de la marde, toute la gang !

Je ne crie même pas, je lâche ça d'une voix lasse, écœurée. Les pas de Beaulieu s'éloignent. Moi qui voulais donner l'impression de coopérer, je ne m'y prends pas très bien. Mais je n'ai pas le cœur à descendre, vraiment pas. Je me sens trop déprimé. Je vais donc m'étendre sur mon matelas et laisse mes sombres pensées m'engloutir complètement.

Je me remémore la scène d'hier, lorsque Beaulieu a voulu m'étrangler. Je me concentre sur ce souvenir, de façon masochiste, je cherche à retrouver avec complaisance la terreur ressentie, mais en vain… car une autre pensée s'installe peu à peu, celle de mes parents. Ils doivent déjà avoir appelé la police de Montcharles. A-t-elle commencé les recherches ? Sûrement pas. Après tout, j'ai vingt-trois ans, pas quinze. N'empêche, mes parents doivent nager en pleine panique. Je ressens tout à coup une immense tristesse, une insupportable culpabilité d'être la raison de leur inquiétude. Je donnerais mes deux jambes pour avoir un téléphone, pour pouvoir les appeler et leur dire de ne pas s'inquiéter, que je suis vivant, que je ne suis pas blessé… et pour pouvoir leur dire de prévenir la police parce que je

suis prisonnier d'une famille de fous dont l'un des
membres a déjà essayé de me tuer… pour les implorer
de venir me sortir d'ici… de venir me chercher… de
m'aider, maintenant, tout de suite…

Et Judith ? Elle doit mourir d'inquiétude elle aussi.
Je m'ennuie d'elle. On est ensemble depuis deux ans
et, franchement, ça va bien. Bonne complicité, bonne
entente, bonnes baises… Oui, je l'aime. Beaucoup.

Pour la première fois, l'idée que je ne les reverrai
peut-être plus jamais m'effleure l'esprit.

Les heures passent dans cet état mi-déprimé, mi-
angoissé, un malaise qui ne se compare à rien, qui me
gèle le corps et l'esprit, qui me plonge dans un état
presque comateux…

Puis, la voix de Beaulieu transperce la pellicule
fiévreuse qui enrobe tout mon être :

— Tu viens dîner, le jeune ?

Je sursaute, comme si je me réveillais. Peu à peu,
mon corps reprend contact avec la réalité et je me
redresse lentement, les membres pleins de goudron.
Beaulieu répète la question et, sans trop réfléchir, je
réponds que oui, je vais descendre.

La porte s'ouvre, Beaulieu m'attend dans le couloir.
Je me lève et vais le rejoindre. Il me regarde en souriant :

— À la bonne heure !

Il n'a plus son arme et semble satisfait de ma réaction.

— Je peux aller à la salle de bain ?

Je suis sincère. C'est bien beau de pisser, mais il y
a d'autres évacuations qui deviennent pressantes.
Beaulieu me montre la salle de bain du menton.

Je ferme la porte derrière moi et prends quelques
minutes pour me soulager. J'en profite pour examiner
la pièce : un bain avec douche, une pharmacie fermée,
un petit lavabo, et une fenêtre minuscule par laquelle

même un enfant ne pourrait se faufiler. Je profite du bruit créé par la chasse d'eau pour fouiller rapidement dans la pharmacie : produits de beauté, crèmes, Q-tips, sparadraps, aspirines… Rien de tranchant, rien qui pourrait être une arme… à moins que j'envisage d'attaquer Beaulieu à coups de rasoir électrique.

De retour dans le couloir, Beaulieu me fait signe de passer le premier. Il est calme, souriant, mais aussi sur le qui-vive, prêt à attaquer à la moindre de mes réactions. Je me souviens aussitôt de ses mains autour de mon cou, de son regard noir comme la mort, et décide de ne rien tenter pour l'instant.

Encore une fois, je me joins à eux par simple besoin vital. Il faut bien que je mange ! Je ne tente pas d'avoir l'air gentil, ni méchant, ni rien du tout. Je mange mécaniquement, sans regarder personne, dans un état semi-déconnecté. De temps en temps, je jette un coup d'œil vers la fenêtre et fixe un bref moment ce dehors qui m'apparaît tellement inaccessible. Je dois ressembler à la petite Anne, qui a exactement le même air absent et cadavérique qu'hier.

Après avoir englouti la moitié de mon repas, sans avoir dit un seul mot, j'examine enfin mes « hôtes ». Michelle mange lentement, l'air renfrogné. Maude, elle, ne quitte pas son assiette des yeux. Elle est aussi embarrassée et gênée qu'hier. Elle, elle me laisserait partir, j'en suis convaincu. Il faut absolument que je me fasse d'elle une alliée. La voix molle, je lui dis donc :

— C'est délicieux, Maude…

Je me trouve ridicule et regrette presque ces paroles. D'ailleurs, Michelle a un ricanement sans joie et dit d'un ton moqueur :

— Que tu es gentil, Yannick ! Demande-lui donc sa recette, tant qu'à y être ! La prochaine fois, c'est toi qui pourrais nous recevoir !

Beaulieu réprimande sa fille.

— Je veux que tu sois polie avec notre invité !

— Notre invité ! Voyons, p'pa ! T'es ben le seul à le voir comme ça !

Il cligne des yeux, déconcerté. Michelle me regarde un moment puis renifle avec rancœur. Si ma présence l'amusait au début, ce n'est plus du tout le cas. Plus lucide que son père, elle commence à réaliser l'absurdité de la situation, mais si je me fie aux regards noirs qu'elle me lance depuis tout à l'heure, je suis loin d'être convaincu qu'elle me laisserait tout simplement partir...

Alors, quoi ? Que ferait-elle ?

Et soudain, un bruit incongru : le téléphone sonne. Ça vient de la pièce du fond, là-bas, le salon. Tout le monde se regarde, interdit, pétrifié. Le téléphone sonne deux, trois, quatre coups. Michelle fait mine de se lever, mais son père lui jette un regard foudroyant et elle demeure assise, boudeuse. Moi, j'ai des fourmis dans les jambes. Quelles seraient mes chances si je me levais pour bondir vers le téléphone ?

Nulles, bien sûr...

Les sonneries cessent enfin et je sens nettement la tension se relâcher. Beaulieu se remet à sourire et poursuit son repas.

— On peut même plus répondre au téléphone ! soupire l'adolescente. Ç'a pas d'allure ! Faut que tu décides ce que tu vas faire de lui, p'pa ! Tu y as pensé ?

Cette remarque, qu'elle a lancée comme si je n'étais pas présent, me donne la chair de poule jusqu'au bout de la langue. C'est évidemment la question qui me hante depuis deux jours, mais le ton employé par Michelle sous-entend des possibilités pas nécessairement rassurantes...

Je me tourne vers Beaulieu, la bouche pleine, incapable d'avaler ma bouchée de macaroni. Il soupire

longuement, se frotte la moustache, embêté. Michelle
ajoute alors :

— Pourquoi tu fais pas la même affaire avec lui
qu'avec les autres ?

Le visage de Beaulieu se rembrunit et il grogne à
sa fille de se taire.

Les autres ? J'avais donc raison : l'homme découvert vendredi n'était pas le premier ! Mais quels
autres ? Et que leur a-t-il fait ? De peine et de misère,
j'avale ma bouchée et demande :

— Quels autres ?

Je n'ai pu m'empêcher de le demander, alors que
je sais très bien que je n'aurai pas de réponse. Beaulieu
s'enfonce sur sa chaise, serre les dents et fusille sa
fille du regard.

Ces autres sont-ils tous morts ? Comme le moribond d'hier ? Car il est mort, maintenant, j'en suis
sûr, et son cadavre est en train de pourrir quelque part
dans la maison... Je n'ai aucune idée du parfum que
dégage un mort, mais ça doit ressembler à cet arôme
désagréable qui plane dans la maison depuis deux
jours...

— Quels autres ?

Mais qu'est-ce qui me prend ? Ferme ta gueule,
Bérubé ! Il va se mettre en maudit et on sait ce qui
arrive quand il perd les pédales ! Sauf que j'en ai assez
des sous-entendus tragiques, des hypothèses macabres
et, tel un imbécile, je persiste :

— Quels aut...

— Heille, tu vas-tu la fermer ? crie soudain Beaulieu
en avançant un visage rageur vers moi. Arrête de te
mêler de ce qui te regarde pas ! Je me mêle-tu de tes
affaires, moi ? Hein ?... Hein ?...

Et voilà, ça m'apprendra ! Je me ratatine sur ma
chaise, attendant avec terreur qu'il me saute dessus.
Mais non, rien. Il se contente de lancer à sa fille :

— Pis toi, je suis tanné que tu cherches le trouble avec tes questions ! Tu le fais exprès, je le sais ! Fais pas l'innocent !

Il a dit l'*innocent*... Pourquoi cette utilisation du masculin ?

Michelle baisse les yeux, boudeuse mais matée.

Le souper se poursuit dans un silence glacial. Moi, je n'arrête pas de penser à ces *autres*... Qu'est-ce que Beaulieu fait avec eux ? Il les tue ? les torture ? leur enseigne le tango ?

Pourtant, il est gentil avec moi... Pourquoi ? Parce que, comme il dit, je n'ai rien fait de « mal », c'est ça ? Et les *autres,* ils auraient fait quelque chose de « mal » ? Comme le gars d'hier ?

Celui-là aussi, il m'obsède... J'imagine son cadavre, caché quelque part dans la maison, dégageant cette vague puanteur... Je jette des coups d'œil autour, cherchant des yeux un placard dans lequel se trouverait le malheureux... Mon regard tombe alors sur cette porte cadenassée, sous l'escalier.

La cave... Il a jeté le corps dans la cave...

OK, ça suffit !

Me foutant de Beaulieu, du danger et du reste, je me lève et, d'un pas rapide, sans courir, vais au salon. C'est une grande pièce peinte en beige. Je remarque vaguement une télé, un divan, mais je vois surtout le téléphone accroché au mur et je marche vers lui, d'un pas assuré, sans même me demander comment réagissent les autres derrière moi. Je suis juste écœuré. Je veux juste que ça finisse.

Je tends la main vers le combiné quand Beaulieu apparaît devant moi, l'air plus déçu que dangereux. Je l'observe un moment, puis lance :

— Je veux appeler !

Je suis choqué, outré, comme si un portier refusait de me laisser entrer dans un club. C'est moi qui deviens déconnecté, on dirait ! Beaulieu, vraiment désolé, se contente de dire :

— Voyons, le jeune…

Alors je tourne les talons et marche vers la grande fenêtre du salon. Elle aussi est en deux châssis divisés en huit carreaux, mais je m'en fous. Je sens la main de Beaulieu sur mon épaule, mais me retourne et le repousse, oubliant toute prudence. A-t-il trébuché, est-il tombé ? Je ne sais pas. J'ai continué à marcher, en me disant que s'il me sautait dessus pour m'étrangler, je lui crèverais les yeux. Tout simplement.

J'arrive à la fenêtre et commence à tourner la manivelle. Vaguement, j'entends un placard s'ouvrir derrière moi, puis Beaulieu qui me dit de ne plus bouger. Je me retourne. La carabine est réapparue dans ses mains, pointée vers moi. J'hésite, regarde la fenêtre. Elle est entrouverte d'un centimètre. Je pourrais me pencher, approcher ma bouche de l'ouverture et hurler. Mais je ne vois personne dehors. Et combien de cris aurais-je le temps de pousser avant que ma cervelle éclate sous l'impact d'une balle ?

J'écarte les bras et beugle :

— Vous allez faire quoi ? Si je continue à ouvrir cette fenêtre, si je crie vers l'extérieur, si je saute sur votre femme ou vos filles, vous allez me descendre, c'est ça ?… C'est ça ?

Et, sans attendre de réponse, je ressaisis la manivelle de la fenêtre. Je n'ai plus peur, tout à coup. Le non-sens de ma situation est venu à bout de ma peur.

Je ne sais pas trop à quoi je pensais, à ce moment-là. Je me disais peut-être confusément que j'aimais mieux risquer la mort que de continuer à subir cette absurdité. Peut-être que je me disais aussi qu'il n'aurait pas vraiment le cran de me tuer, comme ça, devant sa famille, en plein jour et de sang-froid. Je ne sais pas. Le plus probable, c'est que je ne pensais à rien.

La voix de Beaulieu me parvient, calme mais autoritaire.

— Écoute-moi, le jeune…

Son ton est si différent que je ne peux m'empêcher de me tourner vers lui, sans lâcher la manivelle des mains. Il pointe toujours son arme vers moi, mais son attitude est transformée, comme s'il était devenu un roc, une montagne.

— J'ai dit que je te tuerais pas et j'ai pas changé d'idée… Mais si tu lâches pas cette manivelle, si tu t'immobilises pas immédiatement, si tu tentes un autre geste d'évasion, je te tire une balle dans le genou. Tu mourras pas, mais tu vas souffrir le martyre. Longtemps. Des jours entiers.

Et il ajoute, un rien désolé :

— La violence est mauvaise, mais si tu me laisses pas le choix…

Je regarde dehors, la rue calme et si proche, puis je reviens au salon… Lentement, par strates, la réalité de la situation reprend possession de mes sens et je finis par lâcher la manivelle. Je remarque enfin ce qui se passe autour de moi. Maude, tout près, nous observe de ses yeux craintifs. Michelle, à l'entrée du salon, est appuyée au mur et attend le dénouement avec intérêt et nervosité. Au bout de quelques secondes, la petite Anne entre dans la pièce ; elle bouge si peu en marchant qu'on dirait quasiment qu'elle flotte, et va à la télévision sans s'occuper de personne. Elle allume le poste et un *soap* quelconque envahit l'écran. La fillette va s'asseoir sur le divan et là, le visage toujours aussi vide d'émotion, se met à regarder l'émission, parfaitement immobile.

Et ni Beaulieu, ni Michelle, ni Maude ne semblent surpris par cet agissement incongru.

Pendant une seconde, j'ai envie de me laisser tomber par terre et de pleurer jusqu'à me vider complètement, mais je réussis à me ressaisir et, sans trop savoir où je puise l'énergie et la force, j'articule lentement :

— Écoute bien… Même si tu évites la question, on pourra pas passer encore beaucoup de journées à manger ensemble comme si de rien n'était. Je le sais, tout le monde ici le sait, et toi aussi… Que tu le veuilles ou non, va falloir que tu prennes une décision…

Je me suis mis à le tutoyer, involontairement. Beaulieu garde son air grave, mais je vois bien qu'il est ébranlé par mon petit laïus. Michelle, toujours appuyée au mur, observe son père avec gravité. Et tout à coup, parfaitement imprévisible, la voix timide de Maude susurre :

— Il a raison, Jacques…

Beaulieu la dévisage avec un étonnement vaguement réprobateur, et elle baisse aussitôt la tête, terrifiée de sa propre audace. Si elle m'avait regardé, je lui aurais lancé un sourire de reconnaissance et d'encouragement. Mais ses yeux ne quittent plus ses mains, qu'elle tord nerveusement.

Nous restons tous immobiles et silencieux pendant une éternité, avec la télé comme seul environnement sonore. Beaulieu finit par dire, la voix neutre :

— Allez, en haut.

J'hésite. Ça veut dire quoi ? Il va en finir une fois pour toutes ? Il va m'expliquer ses intentions ? Ou il va de nouveau m'enfermer sans rien dire ? Il lève légèrement le canon de son arme pour manifester son impatience et, avec une grande lassitude, je me mets en marche, sans un regard pour personne.

En haut, je traverse le couloir aux portes fermées, en sentant Beaulieu qui me suit. Une fois dans la chambre verte, *ma* chambre, je me retourne vers lui. Il demeure dans l'embrasure de la porte et nous nous mesurons un moment du regard en silence. Puis, il finit par refermer la porte et j'entends la clé tourner dans la serrure.

Retour à la case départ.

De nouveau, cette envie de me laisser tomber par terre et d'éclater en sanglots... Mais ça suffit, le braillage. Pleurer n'est pas suffisant ; ça souligne le désespoir et la peur, mais ça ne fait pas sortir la rage et la frustration.

Je me jette donc sur les vêtements de Beaulieu et entreprends de les réduire en lambeaux. Dans les films, les personnages déchirent toujours les vêtements comme s'il s'agissait de simples mouchoirs, mais dans les faits, ça me prend au moins une demi-heure pour réussir à arracher une jambe du pantalon.

Mais criss ! que ça fait du bien !

J'achève de réduire en morceaux la chemise lorsque la porte s'ouvre. Beaulieu tient son arme baissée d'une main et une assiette d'une autre. Moi, je le regarde d'un air de défi, sans chercher à camoufler les vestiges de ses vêtements. Il n'y fait même pas attention. Il n'est ni de bonne ni de mauvaise humeur. Je crois qu'il réfléchit encore à mon petit sermon de tout à l'heure.

Il m'annonce qu'ils s'en vont, Maude et lui, chez des amis. Ils vont y souper et y passer une bonne partie de la soirée. Michelle, elle, sera chez des copines. Il ne parle pas d'Anne. En fait, il évite toujours d'en parler, je l'ai bien remarqué.

— Et Anne ?

Je veux juste le provoquer parce qu'au fond je m'en fous complètement. Beaulieu a une petite grimace contrariée et répond évasivement qu'elle vient avec eux. Court silence, puis il reprend :

— Alors, voilà, tu vas passer le reste de la journée tout seul... Tu comprends que je vais être obligé de laisser ta porte de chambre barrée, fait que...

Il dépose sur le plancher l'assiette dans laquelle se trouvent deux sandwichs et une canette de Coke. Beaulieu hésite, puis, sans me regarder :

— Je vais trouver une solution, le jeune... Je te jure... J'arrête pas d'y penser...

Qu'est-ce que je peux répondre à ça ?

Il tourne les talons pour repartir. L'idée de passer encore plusieurs heures seul à ne rien faire m'angoisse soudain et, sans même y penser, je lance :

— Tu as des feuilles de papier ?

Il ne comprend pas. Je lui dis que je voudrais de quoi écrire. Il me considère avec méfiance, ce qui m'exaspère :

— T'as peur de quoi ? Que je me fasse un canon en papier ? J'ai rien à faire, je voudrais au moins écrire ! C'est pas trop demandé, il me semble !

Je me gêne de moins en moins avec lui, on dirait. Peut-être parce que je sais qu'il est mal à l'aise de me garder prisonnier... Il finit par hocher la tête, sort (en refermant la porte, évidemment) et revient avec une pile de feuilles blanches et un stylo. Il les met sur le sol, à côté de l'assiette. Il regarde longuement les feuilles, comme si l'idée d'écrire relevait pour lui de la plus haute fantaisie, puis lâche enfin :

— Bon, ben... Bonne journée...

Me revoilà seul.

Bruits de gens qui se préparent, de mouvements... Puis porte qui s'ouvre, se referme... Silence... Étouffé, le vrombissement d'une voiture qui démarre et s'éloigne... Silence de nouveau.

Je pousse un appel. Puis deux ou trois cris brefs. Aucune réponse. Je suis vraiment seul.

Je m'approche de la pile de feuilles, la considère un long moment. Et, avant même de comprendre ce que je veux réellement faire, je me retrouve assis par terre et commence à écrire.

Voilà, terminé.

Une soixantaine de pages en à peu près six ou sept heures. Incroyable. Demain, je vais avoir la main enflée, je suis sûr...

Est-ce que ça valait la peine ? Est-ce que je me sens mieux d'avoir tout écrit ? J'sais pas.

Là, je suis épuisé. À bout. Je vais me coucher. Au moins, quand je dors, j'oublie.

◆

Ils sont revenus il y a environ une heure. Ça m'a réveillé. Aucune idée de l'heure qu'il peut être.

Ils parlent à voix basse, peut-être pour ne pas me réveiller. Ils montent les marches, puis Beaulieu grogne un peu plus fort :

— Michelle est pas revenue ! Je vais lui dire ma façon de penser, demain matin, à ce petit dévergondé-là !

Encore cette utilisation du masculin...

J'ai entendu Maude border sa petite fille, puis, après quelques minutes, le silence. Ils sont tous couchés. Sauf Michelle, qui n'est pas rentrée...

Je n'arrive pas à me rendormir. Alors je décide de me relire. C'est curieux. J'ai écrit mon histoire de manière très narrative, pas comme un simple résumé des faits. Pourquoi ? Pour que ça prenne plus de temps ? Par souci de réalisme ? Ou par simple défense, pour créer une sorte de distance ?

Pourquoi réfléchir à ça ? J'ai écrit parce que j'en avais envie. Et cela m'a fait tellement de bien, je m'en aperçois maintenant. Je me sens plus maître de moi, plus en paix, comme un homme perdu dans le désert qui a trouvé une oasis. C'est ça l'important, non ?

Tant que j'écrirai, je resterai accroché. Je ne sombrerai pas. Et tant que je ne sombre pas, il y a de l'espoir.

Je vais me recoucher, maintenant. En attendant demain. En attendant la suite. En attendant qu'il se passe quelque chose. Car il va se passer quelque chose, il le faut. C'est inévitable.

Je pense à Judith. Bonne nuit, Judith. Je t'aime.

Extérieur
Dimanche 23 septembre 1991

L'église était silencieuse, la messe terminée depuis dix bonnes minutes, mais Maude était toujours agenouillée. Les yeux fermés, elle priait en remuant silencieusement les lèvres. Assise à ses côtés, Anne regardait droit devant elle, le visage dénué d'émotion.

Enfin, Maude fit son signe de croix, se leva et prit la main de sa fille en marmonnant doucement :

— Viens, ma chérie...

Anne, docile, se laissa entraîner dans l'allée. Un prêtre âgé venait en sens inverse. Il s'arrêta :

— Bonjour, Maude, vous allez bien ?

Maude, arrêtée à son tour, sourit humblement :

— Très bien, mon père, merci...

— Et la petite Anne ?

— Elle va bien aussi.

Anne ignorait complètement la présence du prêtre. Elle attendait, immobile, que sa mère reparte.

— Cela fait vingt ans que je suis ici, Maude, et vous êtes de loin la plus fidèle de toutes les pratiquantes...

Elle inclina la tête.

— Je suis la servante de Dieu, mon père…

Le visage du père exprima de l'inquiétude :

— Mais je ne me rappelle plus la dernière fois que vous vous êtes confessée… Des années, en fait… Plusieurs années…

Maude ne dit rien, visiblement troublée.

— Mon prédécesseur, le père Bélile, était votre confesseur, je me souviens… Et depuis sa mort, il y a plus de quinze ans, vous ne m'avez jamais rendu visite dans le confessionnal…

Maude baissa la tête. Le prêtre se fit conciliant :

— Maude, je sais que vous aimiez beaucoup le père Bélile, mais vous pouvez aussi vous en remettre à moi… Faites-moi confiance, je serai…

— Ce n'est pas vous, mon père, ne prenez pas cela personnel… Je ne…

Elle hésita.

— Je ne peux plus me confesser… Plus comme… comme avant.

Le prêtre prit un air sévère.

— Tous ces péchés que vous gardez en vous depuis ces années… Ils ne vous tourmentent donc pas ?

Elle le regarda cette fois droit dans les yeux, le visage triste.

— Je suis la plus tourmentée des femmes, mon père…

Elle se remit en marche rapidement, sans lâcher la main de sa fille. Le prêtre ne la quitta pas des yeux jusqu'à ce qu'elle sortît de l'église.

Extraits du journal de Maude (III)

12 mai 1974

Louanges à toi, mon Dieu, et bénis tous ceux que j'aime.

J'ai une très grande nouvelle à T'annoncer : je suis enceinte ! Quelle joie ! Je vais enfin remplir le rôle ultime : être mère ! Car une femme n'est pas vraiment femme tant qu'elle n'a pas d'enfant. Ce grand bonheur, je vais le connaître grâce à Ta bonté, Seigneur !

L'acte sexuel auquel je consens si souvent trouve enfin son sens. Même si, comme je Te l'ai déjà dit, je n'ai plus mal lorsque nous le faisons, je continue à trouver cela sale, malgré tous mes efforts. Mais Jacques y trouve tellement de plaisir que je ne lui en parle pas. Après tout, l'important, c'est qu'il soit heureux. Maman me le demande d'ailleurs souvent : « Est-ce que tu rends ton mari heureux, Maude ? » Je lui assure que oui. Alors si Jacques est heureux, je le suis aussi.

C'est si merveilleux : je vais créer (par Ton intermédiaire, bien sûr !) la vie ! Je ne serai plus inutile, je ne resterai plus à l'appartement toute la journée à faire uniquement le ménage. Je vais élever un enfant! Que puis-je demander de mieux?

À l'idée d'être grands-parents, papa et maman débordent de joie et de fierté. Maman est déjà en train de tricoter de petits vêtements. Quant à Jacques, il ne tient plus en place! Je ne l'ai jamais vu comme ça, un vrai enfant! Il prend si soin de moi! Il m'amène souvent au restaurant et même que parfois il fait le ménage à ma place! L'autre jour, chez les Bisson, il n'a pas arrêté de parler du bébé. Il disait qu'il allait en faire un grand homme, qu'il allait l'élever dans l'esprit de la grande justice, comme son père l'a lui-même élevé. Il disait qu'il en ferait un garçon à son image. C'était vraiment attendrissant de le voir parler ainsi. Sauf qu'à un certain moment Pierre lui a fait remarquer en riant qu'il y avait une chance sur deux pour que le bébé soit une fille. Jacques a eu l'air dé-concerté, mais il a fini par ricaner et dire qu'il utilisait le masculin comme ça, par hasard, d'une manière générale. Moi, je sais bien qu'il espère de tout cœur un garçon. Il a même l'intention de l'appeler Jacques junior. Je le comprends, au fond. Tout homme souhaite un fils, non? C'est normal, la lignée doit se poursuivre. Moi, je n'ai aucune préférence. Je veux seulement qu'il soit en santé.

J'ébauche de grands projets pour mon enfant. Chaque soir, je lis à haute voix un passage de l'Évangile en caressant mon ventre, afin qu'il entende déjà Ton enseignement et en soit imprégné.

J'attends donc son arrivée dans la sérénité. Bénis cet enfant, Seigneur, et protège-le. Et merci de faire de moi une femme si comblée.

Amen.

◆

25 janvier 1975

Louanges à Toi, mon Dieu, et bénis tous ceux que j'aime.

J'ai accouché le onze janvier, mais j'étais trop fatiguée pour T'écrire. Je me sens maintenant plus reposée et peux donc enfin me confier à Toi.

L'accouchement a été long et douloureux, mais cette douleur est bonne, car d'elle jaillit la vie. C'est une petite fille, Seigneur, en parfaite santé, et elle est merveilleuse. Tout en la tenant dans mes bras, je l'embrassais partout. Elle bougeait lentement, comme une petite poupée mécanique, et elle a fini par s'endormir contre mon cœur. J'en ai pleuré d'attendrissement. C'était si magique ! Je me sentais si fière, si femme !

Mais je serais aveugle ou malhonnête, Seigneur, si je Te disais que Jacques a bondi de joie en apprenant qu'il s'agissait d'une fille. J'ai bien vu sa déception sur son visage… Cela m'a fait mal au cœur. Je le comprenais, mais c'était tout de même notre enfant, non ? En santé et jolie comme tout ! N'était-ce pas le plus important ? C'est ce que j'ai dit à Jacques, puis il a fini par sourire, en me disant que j'avais raison. Il a pris notre enfant dans ses bras et l'a bercée doucement. Cela m'a rassurée, même si je percevais toujours cette pointe de déception dans son regard. Je lui ai dit en lui touchant le bras :

— Le prochain, Jacques, ce sera un garçon…

Cette phrase lui a redonné toute sa bonne humeur. Il s'est mis à bercer la petite avec plus d'entrain, en lui chantant une chanson. Celle-ci a entrouvert un œil, puis s'est rendormie aussitôt. Mon mari et ma fille ensemble ! Quelle scène magnifique !

La vie à la maison a complètement changé, évidemment, mais pour le mieux. Nous étions heureux avant, certes, mais maintenant Michelle (Jacques tenait à ce nom, qui me plaît aussi) apporte le soleil tous les jours. Je m'occupe d'elle sans cesse, inlassablement. Je lui lis souvent des passages de la Bible et je suis convaincue, Seigneur, qu'elle écoute et ressens la grandeur de ces paroles. Elle boit très bien au sein, ne pleure presque jamais; bref, c'est un ange. Quand Jacques revient du travail, il se précipite au salon et joue avec elle jusqu'au souper. Il l'appelle parfois « mon petit bonhomme », ce qui au départ m'indisposait un peu, mais je me suis dit qu'au fond, c'est bien inoffensif. Il a l'air si heureux... sauf le soir, parfois, lorsque je le surprends devant le berceau, les yeux fixés sur Michelle... Dans ces moments, la pointe amère revient dans son regard...

Pour cette raison, Seigneur, je Te demande une grande faveur : fais en sorte que notre prochain bébé soit un garçon, pour que notre bonheur, et surtout celui de mon mari, soit complet et sans ombrage. Fais que je retombe enceinte rapidement et que je donne naissance à un fils, un fils qui sera digne de son père. Bénis aussi Michelle, ma fille chérie. Bénis toute notre petite famille.

Amen.

Lundi soir, quatrième journée. Dur à croire.

Ce matin, je me réveille avec le poignet tout endolori. Je fixe le plafond depuis environ une demi-heure quand Beaulieu entre. Le fusil dans une main, une pile de vêtements dans l'autre. Il dépose pantalons et chemises sur le sol en me disant qu'il a acheté tout ça hier pour moi. J'hésite à enfiler ces vêtements, je ne veux rien qui vienne de lui. Mais comme je ressemble de plus en plus à un clochard, je finis par m'y résoudre. Auparavant, j'ai même pu prendre une vraie douche et me raser… sous la surveillance de la carabine, bien sûr.

Le pantalon noir est un peu long, la chemise grise un peu étroite, mais dans ces vêtements neufs et propres, je me sens littéralement renaître. J'en suis presque de bonne humeur !

Beaulieu, en remarquant ma pile de feuilles manuscrites, m'a demandé ce que j'écrivais.

— Ce qui me passe par la tête.

Il hoche la tête et n'insiste pas.

Je descends déjeuner avec eux. Autre repas surréaliste, absurde. Peu de paroles sont prononcées. Je ne songe même pas à tenter une évasion. À quoi bon? Les portes seront de nouveau verrouillées, et le temps que j'ouvre une fenêtre, Beaulieu pourra me maîtriser dix fois. Car je me suis fait une raison : il est beaucoup plus fort que moi. Sans arme, je n'aurai jamais le dessus sur lui.

Anne mange toujours mécaniquement, le visage blême et impassible. Elle me fascine vraiment, celle-là. À part ses vêtements, rien n'a changé chez elle depuis mon arrivée. On dirait qu'un peintre a figé pour l'éternité cette non-expression sur son visage. Elle ne me regarde pas et c'est tant mieux. Je me sentirais incapable de supporter son regard noir et immense.

D'ailleurs, j'ai remarqué que Beaulieu lui-même ne la regarde jamais.

L'odeur désagréable qui planait dans la maison depuis samedi a disparu. Pourtant, je jurerais qu'un cadavre dégage une puanteur pendant des jours et des jours... Je jette un coup d'œil vers la porte de la cave, toujours cadenassée... Je donnerais cher pour aller coller mon nez contre la porte... mais je suis sûr que je ne sentirais rien. L'odeur a bel et bien disparu.

Je trouve l'explication : Beaulieu a sorti le cadavre de la cave et est allé l'enterrer. Où ? Dans la cour ? J'imagine des archéologues, dans cent ans, creusant ici et trouvant sous le beau petit gazon vert une dizaine de squelettes...

Je n'ai plus faim, tout à coup...

— Je pars travailler dans une dizaine de minutes, me lance Beaulieu. Évidemment, va falloir que tu restes enfermé dans ta chambre toute la matinée... Quand je reviendrai dîner, tu pourras te joindre à nous...

Michelle, avec un soupir exaspéré, jette avec agacement son couteau dans son assiette, puis monte l'escalier rapidement. Beaulieu marmonne une vague excuse au nom de sa fille, mais je l'entends à peine, soudainement obsédé par une autre idée. Le couteau

de Michelle dans l'assiette me fait réaliser que moi-
même, depuis tout à l'heure, j'en manipule un. En
fait, j'ai un couteau sous la main depuis que je prends
mes repas ici, avec eux, et jamais l'idée de m'en servir
comme arme ne m'a effleuré l'esprit. C'est quand
même étonnant. Au fond, peut-être pas... Quand,
pendant vingt ans, un couteau de table a servi uniquement à tartiner du pain ou à couper de la viande,
l'idée de l'utiliser pour attaquer quelqu'un ne va pas
de soi. Vraiment pas.

Mais après quatre jours, l'idée vient de germer. Je
fixe longuement mon couteau dans ma main droite et
le trouve soudainement très pointu, très tranchant, très
dangereux. Je jette un œil discrètement autour de moi.
Maude mange la tête baissée, comme toujours. Beaulieu
vient de se lever pour aller porter son assiette à la
cuisine. Michelle est en haut.

À toute vitesse, je glisse ma nouvelle arme sous
mon pantalon, plaquée contre mon ventre, et laisse
retomber ma chemise par-dessus. Mon cœur bat à
toute vitesse et je regarde avec affolement autour de
moi, persuadé qu'on m'a vu. Je remarque alors Anne.
Elle a arrêté de mastiquer et, la fourchette à moitié
levée, me transperce de son regard d'encre.

Tout mon corps se glace instantanément. Elle a
vu ! Elle a tout vu, j'en mettrais ma main au feu !
J'essaie désespérément de lire quelque chose dans
son regard. Va-t-elle me dénoncer ? En serait-elle
capable ? A-t-elle seulement compris ce qu'elle a vu ?
Mais je ne décode rien dans ses yeux de poisson mort !
Rien de rien, sinon l'abîme absolu, le gouffre noir et
total dans lequel je sombre avec une nausée grandissante...

La voix de Beaulieu brise enfin cet état insupportable :

— Bon, je vais être en retard, moi... Faut que tu
remontes, le jeune...

Beaulieu m'attend à la cuisine, souriant. Il n'a plus sa carabine. Il a compris, lui aussi, qu'il peut me maîtriser d'une seule main s'il le veut. Pour la première fois de ma vie, je regrette d'être si peu fort physiquement.

Je me lève avec hésitation et marche vers l'escalier avec une absence totale de naturel. J'ai l'impression que le couteau glissé dans mon pantalon s'est mis à gonfler et qu'il est désormais visible pour tous. Je ne peux m'empêcher de tourner la tête vers Anne, qui s'est remise à manger. Mentalement, je lui hurle de toutes mes forces : « *Qu'est-ce que tu vas faire ? Je le sais que tu m'as vu, alors qu'est-ce que tu vas faire, criss de zombie !* »

En haut, la première porte à droite est ouverte, et ce, pour la première fois. À l'intérieur, je vois Michelle enfiler ses souliers. Je m'arrête une brève seconde et, à toute vitesse, comme si je prenais une photo, j'enregistre ce que je vois de la chambre. Les murs sont rouges. Écarlates. Cramoisis. Rouges à faire peur. Je distingue un lit, un bureau, une commode. Il me semble voir aussi des posters de groupes rock sur les murs, mais une affiche en particulier attire aussitôt mon regard. Elle est fixée au mur au-dessus du lit et même s'il s'agit manifestement d'un dessin assez simpliste, sûrement fait par Michelle elle-même, je crois deviner qu'il représente une reine, à cause de cette couronne rouge sur la tête. Elle tient aussi un sceptre, ou quelque chose du genre, et porte une longue robe rouge. Il y a quelque chose de particulièrement attirant dans ce dessin maladroit ; je plisse les yeux pour mieux distinguer le visage, mais Beaulieu lance dans mon dos :

— Oui, je le sais, la décoration est épouvantable... Mais les jeunes ont des goûts tellement bizarres...

Côté décoration, sa femme et lui n'ont de leçon à donner à personne, mais je garde cette remarque pour moi.

Je fais deux pas dans ma chambre, puis me retourne. Beaulieu est là, devant moi, sans arme…

… et moi, j'ai un couteau…

L'idée de le sortir de mon pantalon et de frapper Beaulieu me fait soudain frissonner, autant de plaisir que d'horreur. Je n'ai pas encore décidé si je vais le faire quand je vois Michelle, derrière Beaulieu, sortir de sa chambre et regarder vers nous. Ça me déstabilise quelque peu et cela donne le temps à Beaulieu de refermer la porte et de la verrouiller.

Je me jette sur mon matelas, sors le couteau de mon pantalon et me mets à l'examiner avec minutie. Sur la lame, les reflets de différents scénarios apparaissent, dignes des meilleures séries B hollywoodiennes.

Premier scénario (classé pour tous) : j'essaie de briser la serrure avec le couteau pendant qu'il n'y a personne à la maison. Une musique de suspense accompagne ma corvée. Une fois en bas, la caméra me cadre serré tandis que j'ouvre la fenêtre de la salle à manger. Un travelling final accompagne ma course dans la rue.

Ouais…

Deuxième scénario (classé treize ans, langage vulgaire) : en descendant dîner tout à l'heure, je sors mon couteau et menace de les tuer s'ils ne me laissent pas partir. En gros plan, on pourrait me voir saisir Maude et la prendre en otage. Ou même Anne, qui se laisserait sûrement faire. Ne voulant pas mettre leur vie en péril, Beaulieu, après un long dilemme filmé sur un fond de musique grave, n'aurait d'autre possibilité que de me laisser partir. J'amène mon otage jusque dans la rue, et là je le laisse filer, tandis que je fous le camp avec le même travelling que dans le scénario précédent.

Humm…

Troisième scénario (classé seize ans, langage vulgaire et violence) : je descends dîner, le couteau sous le pantalon. Tous sont assis. Au moment où je passe derrière Beaulieu, qui mange sans se douter de rien, une musique infernale explose. Je sors le couteau en vitesse et le lui plante violemment dans le dos. Non, pas dans le dos, l'arme n'est sûrement pas assez solide. Dans le cou, tiens. Gros plan de la lame qui pénètre la chair. Ne pas lésiner sur le sang. Montage serré sur les *reaction shots* des autres. Michelle réagira sûrement la première. Mais elle n'a que seize ans, merde, je ne peux pas tuer une mineure! La critique va nous sauter dessus et il faudra classer le film pour dix-huit ans! Bon: deux ou trois paires de claques, et je l'étends sur le plancher. Quant à Maude et Anne, elles ne réagiront même pas. Ensuite, j'appelle la police. Scène finale avec cinquante policiers qui envahissent la maison ainsi que Judith qui se jette dans mes bras.

Ah!

Ce dernier scénario me fait rire et me terrifie en même temps. Est-ce que je serais capable de faire ça? De tuer quelqu'un? Est-ce que l'instinct de survie, le désir de fuir et la panique peuvent pousser jusque-là?

Je me repasse ce scénario sans cesse, indécis, jusqu'à ce qu'on frappe à ma porte et qu'une voix timide me parvienne de l'autre côté de la porte.

— Monsieur Yannick?

C'est Maude. Elle est montée pour me parler directement, c'est une première! Michelle est à l'école et son mari au travail, peut-être qu'elle s'ennuie ou bien… ou bien elle veut me laisser partir!

Je bondis jusqu'à la porte.

— Oui?

— C'est moi, Maude… Je…

Un court silence. Je l'imagine très bien, derrière la porte, toute repliée, se tordant les mains, rouge comme une tomate, gênée à en mourir. Elle m'explique assez laborieusement qu'elle doit partir une heure ou deux avec Anne. Sa voix est faible, embarrassée, la voix d'une femme qui n'a pas parlé souvent parce qu'elle a toujours cru qu'elle n'avait rien à dire...

— Bon, alors... Au revoir, monsieur Yannick...

Je m'appuie alors des deux mains contre la porte.

— Maude, attendez... Écoutez-moi.

Je l'ai entendue faire deux pas, mais elle s'arrête. Je dois faire attention, très attention. Depuis le début, je me dis que Maude est celle qui pourra me tirer d'ici, et le moment est peut-être venu. J'inspire profondément et prends une voix douce, calme mais assurée :

— Maude, si vous me laissiez sortir de la chambre ? Tout seul toute la journée, ce n'est pas drôle, je vais m'ennuyer...

J'exagère peut-être un peu... Elle est timide et soumise mais pas stupide à ce point, quand même ! Elle bredouille qu'elle ne peut pas et qu'elle doit partir, sinon elle va être en retard. Je change de tactique et lui demande où elle va. Longue hésitation avant de me répondre :

— Chez le docteur d'Anne... Et ensuite, je vais à l'église...

Elle me dit au revoir. Prenant un ton plus ferme, je lance aussitôt :

— Maude, vous ne pouvez pas me garder prisonnier ici longtemps, vous savez bien que ça n'a pas de sens !

Elle bredouille que je ne suis pas un prisonnier mais un invité. Je ricane méchamment. Qui veut-elle convaincre ? Elle-même ?

— Je suis prisonnier et vous le savez ! D'ailleurs cette maison est une prison ! Avec ses portes qui se verrouillent à clé de l'intérieur...

— C'est pour Anne, répond doucement Maude. C'est pour l'empêcher de sortir... Parfois, elle... elle sort de la maison sans qu'on s'en rende compte...

Est-ce vrai ? En tout cas, ça expliquerait la fenêtre incassable de sa chambre... Quoique j'aie beaucoup de difficulté à imaginer cette petite fille inerte casser une fenêtre…

— Et cette pièce dans laquelle je me trouve ? Sans meubles, avec cette fenêtre murée qu'on devine sous la peinture… Vous allez aussi me dire que c'est pour votre fille ?

Silence. Mes paumes, contre la porte, sont couvertes de sueur. J'ajoute :

— Il n'y a que Jacques qui veuille me garder ici, vous le savez ! Et vous savez aussi qu'il a tort !

— Jacques n'a jamais tort, monsieur Yannick, dit-elle d'une voix égale, étrangement mécanique. C'est mon mari.

Je recule d'un pas et regarde longuement la porte. Une telle soumission envers son conjoint est-elle encore possible ? En 1991 ? Pendant un instant, j'essaie d'imaginer la vie de cette femme qui, élevée dans des valeurs anciennes, a fini par faire abstraction de ses propres pensées et de ses propres rêves… et le peu que j'entrevois fait monter en moi la colère, la révolte et la pitié.

J'entends Maude respirer un peu plus fort, puis :

— Il faut que je parte, monsieur Yannick…

Je me suis laissé emporter, je vais la perdre. Je la rappelle, lui dis que j'ai besoin de parler à quelqu'un de raisonnable, mais elle finit par s'éloigner. Cinq minutes après, j'entends la porte se fermer en bas.

En vitesse, je vais chercher mon couteau. Tant qu'à être seul dans la maison, aussi bien tester mon scénario numéro un…

Pendant vingt minutes, je m'acharne sur la porte et essaie d'introduire la lame du couteau dans toutes les fentes possibles : dans la serrure, sous la poignée, sous les pentures… Mais rien à faire. Quand je force trop, la lame se courbe tellement qu'elle risque de casser. Je réussis seulement à écailler un peu de peinture.

Je finis par donner un coup de pied dans la porte en l'insultant puérilement. Puis, un autre coup de pied. Et plusieurs autres. Je prends même mon élan et rentre dedans, l'épaule la première. Deux, trois fois. Je me fais mal, mais la porte ne bronche pas.

Ce n'est vraiment pas une porte de chambre ordinaire, ça... C'est une porte solide et capable de supporter tous les assauts.

Une porte de prison.

Je reprends mon couteau, cherche des yeux quelque chose, n'importe quoi, à ouvrir, à fendre, à casser... Il n'y a rien. Juste mon matelas, des vêtements, le seau de métal pour pisser... et la fenêtre condamnée. Avec mon couteau, je pourrais peut-être la démurer, je pourrais la...

Je délire complètement.

Je jette le couteau par terre et fais les cent pas. Aux chiottes, le scénario un.

Restent le deux et le trois...

Oui, pas le choix... Au prochain repas, je dois tenter quelque chose avec ce couteau.

En attendant, je vais écrire... Et je crois que ça va être la dernière fois parce que tout à l'heure je vais essayer quelque chose d'ultime, de dangereux et d'irréversible. Je vais attaquer, vraiment. Jusqu'à ce que quelqu'un tombe.

Beaulieu... ou moi.

◆

Je me suis trompé.

Je ne suis ni chez moi en sécurité ni mort. C'est la nuit et je suis toujours ici, chez les Beaulieu. Sauf que...

Je continue d'écrire parce que maintenant ça a vraiment un sens. L'écriture est la seule chose que je peux encore contrôler. Surtout depuis ce qui s'est passé il y a quelques heures…

Ce midi, j'entends Beaulieu monter l'escalier. Je me dépêche de prendre le couteau, de le glisser sous mon pantalon et de le recouvrir de ma chemise. J'attends.

C'est ce midi que ça se passe.

La porte s'ouvre et Beaulieu, sans arme, apparaît. Je me tiens raide comme une barre, convaincu que le couteau se voit facilement. Mais Beaulieu est d'une humeur splendide.

— Le dîner va être prêt juste dans une quinzaine de minutes, mais en attendant, je voudrais te montrer quelque chose… Ça t'intéresse?

Devrais-je me méfier? Il semble plutôt enthousiaste. L'important est de descendre. En fait, je pourrais peut-être l'attaquer maintenant, dans le couloir…

Oui, peut-être…

Je lui réponds donc que ça m'intéresse et Beaulieu devient tout excité, comme un enfant. Il me dit de le suivre tout de suite et… il repart! Sans m'attendre!

Subjugué, je sors de ma chambre. Le corridor est vide, Beaulieu est déjà en bas… Est-ce qu'il est excité au point qu'il en oublie toute prudence?

Rapidement, je traverse le couloir et, en passant devant la porte de Michelle, je tente ma chance: je prends la poignée, tourne… La porte s'ouvre. La chambre rouge de l'adolescente m'apparaît, vide… avec la grande fenêtre qui donne sur la cour.

Après tout, peut-être que je n'aurai pas à utiliser le couteau…

J'entre dans la chambre, un peu incertain, convaincu que Beaulieu va monter d'une seconde à l'autre. Je jette rapidement un regard vers le dessin de la reine rouge, sur le mur. Je vois mieux son visage, cette fois, et même si le dessin est grossier, les yeux sont particulièrement réussis. Un regard fauve, puissant et moqueur, étonnamment vivant, qui me suit avec insistance tandis que j'avance vers la fenêtre. Un regard familier, que je n'arrive pas à replacer... Au bas de l'affiche, une signature : *Michelle Beaulieu, 8 ans, 1983*. Michelle a fait ce dessin à huit ans ? Pour un enfant de cet âge, c'est drôlement réussi...

J'arrive à la fenêtre à guillotine, commence à la soulever. Après quelques centimètres, elle reste coincée. Calvaire ! Est-ce qu'il y a une seule fenêtre qui s'ouvre complètement, dans cette maison de fous ?

Je vois une chaise, dans un coin. Parfait pour casser une vitre.

Je m'approche. Sur la chaise, il y a un soutien-gorge rouge. Je le prends pour l'écarter et, pendant une seconde, j'imagine Michelle habillée seulement de ce sous-vêtement écarlate, avec sa démarche fauve, son petit sourire étrange aux lèvres... Ce flash dure à peine le temps d'un clignement d'œil, mais assez longtemps pour que je me traite d'imbécile, et au moment où je lâche le soutien-gorge, une voix derrière mon dos se fait entendre :

— Tiens, tiens...

Je sursaute brusquement. C'est Michelle, dans l'embrasure de la porte. Les bras croisés, elle me considère avec sa moue moqueuse. Pendant un bref moment qui me semble une éternité, nous nous regardons sans bouger, lorsqu'elle lance cette phrase parfaitement inattendue :

— Les boules des filles... Ça vous a toujours fascinés, vous autres, les gars, hein ?

— De... de quoi tu parles ?

Du menton, elle désigne mes pieds. Le soutien-gorge est tombé sur mon soulier droit. Nerveusement, je secoue mon pied pour écarter le sous-vêtement et me sens rougir comme un voyeur pris en flagrant délit. En entendant Michelle pousser un petit gloussement, je me trouve soudain ridicule. Franchement! Qu'est-ce que j'ai à être impressionné par cette ado de seize ans? Et soudain, la voix de Beaulieu, en bas, m'appelle d'un ton interrogateur, me ramène à la réalité. Je saisis la chaise à deux mains, la soulève et préviens froidement Michelle:

— Si tu t'approches de moi, je te casse le nez.

Je vais vers la fenêtre en brandissant la chaise, mais l'autre, calmement, dit dans mon dos:

— Le temps que tu donnes deux ou trois coups dans cette fenêtre pour la casser, mon père va être ici avant même que tu sautes... Écoute, il s'en vient déjà...

En effet, en bas, la voix devient insistante:

— Le jeune? Qu'est-ce que tu fais, koudon?

Le fou et dément Beaulieu, mais aussi tellement inconscient et naïf... Je l'entends se mettre en marche, s'approcher de l'escalier...

Et le sourire de Michelle qui attend patiemment...

Elle a raison, la p'tite criss...

Je remets la chaise sur le plancher et rapidement, en passant devant l'adolescente immobile, je sors de la chambre et commence à descendre les marches en prenant une attitude calme. En plein milieu de l'escalier, je tombe sur Beaulieu. Je lui explique que je me suis arrêté aux toilettes et que j'ai parlé avec sa fille. Ma voix est un peu haletante, je sens de la sueur sur mon front, mais je crois m'en sortir assez bien. Il me considère avec suspicion pendant quelques instants, mais son excitation reprend rapidement le dessus:

— Bon, viens-t'en, je veux te montrer quelque chose...

Sauf que cette fois il a la prudence de me laisser passer le premier. Tandis que je descends, je me dis que je pourrais l'attaquer là, maintenant... Mais il me

surveille trop, je n'aurai même pas le temps de sortir
l'arme de mon pantalon. Non, plus tard... Quand il
aura baissé sa garde...

Je me demande avec nervosité si Michelle va me
dénoncer... Sûrement, oui. Mais elle reste en haut,
dans sa chambre.

À la cuisine, Maude est occupée avec ses chaudrons et ne se tourne même pas vers moi. Beaulieu
me dit d'aller au salon.

En entrant dans la pièce peinte d'un beige sale et
démoralisant, je regarde automatiquement l'extérieur
par la fenêtre. C'est devenu une sorte de réflexe, on
dirait. Chaque fenêtre attire automatiquement mon
regard. En ce moment, dehors, il fait gris, mais jamais
journée ne m'a semblé plus superbe, plus merveilleuse...

Anne est assise dans un fauteuil et ses yeux sont
fixés sur le téléviseur qui diffuse un dessin animé. Sur
le moniteur du magnétoscope scintille le mot PLAY.
Je suis convaincu qu'elle a vu cette cassette des centaines de fois... D'ailleurs, se rend-elle compte qu'elle
écoute un vidéo? Se rend-elle compte de quoi que ce
soit?

Plusieurs photos de famille encadrées tapissent les
murs. Il y a aussi deux étagères recouvertes de petits
bibelots d'animaux en porcelaine. De nouveau, je remarque les deux fenêtres... Une petite qui donne sur
l'arrière de la maison, une grande à carreaux qui donne
sur l'avant. Et aussi le téléphone au mur... Sauf que
le fil qui sort de l'appareil pend dans le vide. Beaulieu
l'a déconnecté.

Et au milieu de la pièce, une table à cartes dépliée
avec une chaise droite d'un côté et un fauteuil de
l'autre. Sur la table trône un jeu d'échecs en bois,
sûrement celui que j'ai vu dans la chambre des maîtres.
En voyant le jeu d'échecs, je crois deviner l'intention

de Beaulieu... Est-ce possible ? Ce serait vraiment trop... incongru.

— Maude ! appelle Beaulieu. Sors donc Anne du salon.

Maude entre dans le salon et va fermer la télévision, sans susciter la moindre réaction de la part de sa fille. Elle prend Anne par la main et lui dit doucement de venir avec elle à la cuisine. La fillette se laisse faire sans répliquer. En voyant le jeu d'échecs monté et installé, Maude a une brève lueur de panique dans le regard, puis elle sort. Je jurerais que Beaulieu s'est senti soulagé en voyant sa fille s'éloigner.

Il me désigne la table, me dit de m'asseoir. J'avais donc bien deviné. Mais il débloque complètement ! Il croit vraiment que j'ai envie de jouer aux échecs avec lui ? Je lui réponds qu'il n'en est pas question. Il a l'air déçu.

— Tu sais pas jouer ?

— Oui, je joue de temps en temps, mais... mais...

Je ne peux m'empêcher de ricaner. C'est vraiment trop absurde. Beaulieu insiste :

— Écoute, c'est quand même mieux de jouer aux échecs que d'attendre tout seul dans ta chambre...

Malgré sa folie, il est souvent capable d'un certain bon sens dans ses idées saugrenues. Beaulieu possède sa propre logique, et c'est peut-être cela qui est le plus déroutant.

Je finis par accepter. Non pas que l'idée de jouer aux échecs m'enchante (c'est sûrement la dernière chose dont j'ai envie !), mais je me dis que ça va endormir la méfiance de Beaulieu et me permettre d'échafauder mon plan d'attaque.

Beaulieu pousse un grognement de satisfaction. Incroyable comme il peut avoir l'air si inoffensif, si... sympathique ! Oui, carrément. Je m'apprête à m'installer dans le fauteuil, mais il me dit de m'asseoir sur l'autre chaise.

— C'est pas à cause du fauteuil, c'est parce que je joue toujours avec les pièces blanches.

En effet, les blancs sont installés du côté du fauteuil.

— Toujours ?

— Toujours.

Et son regard brille avec une sorte de supériorité. Bon. Superstition de joueur, je suppose.

La partie commence, mais je n'y porte aucune attention, je déplace mes pièces sans réfléchir. Je perds plusieurs pièces en quelques minutes, mais je m'en moque, trop occupé à penser à mon attaque prochaine. Quand on se lèvera pour passer à table, pendant que Beaulieu se lèvera, je le frapperai avec mon couteau. Non, quand nous serons debout. Oui. Il me suivra sûrement, j'en profiterai pour sortir mon couteau, et juste avant d'entrer dans la salle à manger, je me retourne et splatch ! dans le ventre ! C'est sûrement l'endroit le plus facile à viser et le plus facile à transpercer... Et ça ne le tuera pas. Ça va juste le mettre hors circuit un bon moment... Après, si Maude intervient, j'aurai juste à lui crier « Bouh ! » pour qu'elle s'évanouisse de peur. Quant à Michelle, je l'allonge. Je ne suis peut-être pas costaud, mais je peux tout de même maîtriser une fille de seize ans ! Après, j'ouvre la fenêtre de la salle à manger et *bye-bye*.

— Échec...

Le mot me fait sursauter. Pour la première fois, j'examine vraiment le jeu et constate qu'en effet la tour de Beaulieu menace mon roi. Nonchalamment, je le déplace. Beaulieu fait de même avec sa reine.

— Échec...

Nouveau déplacement de ma part. Beaulieu pousse son fou sur deux carreaux. La voix calme, il annonce :

— Et mat.

Il m'a battu en moins de cinq minutes. Bon, j'ai joué n'importe quoi, ce n'est pas surprenant. Et puis, ça n'a aucune importance… N'empêche, ça m'agace d'avoir perdu contre mon geôlier. Beaulieu me propose une revanche. C'est absurde, mais j'ai envie de le battre, juste pour mon plaisir personnel. Maintenant que mon plan est tracé, je suis sûr que je peux le mettre échec et mat en dix minutes. Non pas que je sois un très bon joueur d'échecs, mais je suis convaincu que ce simple chauffeur de taxi quétaine et sans envergure est un piètre joueur.

Michelle entre dans le salon et, en nous voyant devant le jeu d'échecs, soupire :

— Fuck, c'est pas vrai !

— Surveille ton langage, Michelle ! grogne Beaulieu.

L'adolescente sort du salon d'un pas mécontent. Beaulieu revient à moi :

— Alors ?

Il a un petit sourire de défi et cela me convainc. Nous replaçons nos pièces et cette fois je suis attentif au jeu. Sauf qu'en moins de dix coups Beaulieu a déjà mangé mes deux tours et ma reine. Désarçonné, je redouble de concentration. Je perds mon fou… deux pions… mon autre fou… Et tout à coup, Beaulieu dit d'une voix douce :

— Et mat en quatre coups.

— Hein ?

— Je te mets échec et mat après les quatre prochains coups.

J'observe le jeu, désorienté. De quoi parle-t-il ? Il bluffe, voyons ! Il veut m'impressionner en utilisant le langage des grands joueurs. Je continue donc à jouer. Trois coups après, Beaulieu prononce « Échec ». Nerveusement, je tente un repli. Au quatrième coup, je suis « et mat ».

Je dévisage Beaulieu pendant de longues secondes. Il soutient mon regard, calme, souriant, fier. Je l'ai sous-estimé, c'est évident. Il m'explique qu'il joue depuis qu'il a onze ans, qu'il est membre depuis vingt ans du club d'échecs de Montcharles et qu'il est champion de la ville.

Il croise les bras et ajoute, sans sourciller :

— Personne m'a jamais battu.

— Tu charries un peu, non ?

— Personne. Sauf mon père, qui m'a tout montré. Mais même durant les dernières années de sa vie, nous étions de force égale. Au club, ils m'appellent l'Imbattable et il y a un prix de mille dollars pour celui qui me battra. C'est encore jamais arrivé.

Je me demande si, à son club d'échecs, ils sont au courant que Beaulieu est non seulement le meilleur joueur de la ville, mais aussi le plus dément du pays. Sûrement pas.

— Personne m'a jamais battu et personne me battra jamais.

Prétentieux, avec ça ! Méchamment, je réplique qu'il est champion d'une petite ville, qu'il n'a sûrement jamais participé à des championnats provinciaux.

— Non, ce genre de gloire m'intéresse pas. Pis ça changerait rien. Je gagnerais là aussi. Je gagnerais contre n'importe qui.

Voilà, le fou reprend le dessus. Je décide de ne rien répondre, ce serait inutile. Et au fond, je me fous éperdument qu'il prétende être le meilleur joueur d'échecs de toute la galaxie ! Tout à l'heure, avec son couteau dans le ventre, il risque d'être un peu moins performant. Mais Beaulieu, qui est lancé, ajoute :

— Tu sais pourquoi personne m'a jamais battu ? Parce que je suis toujours juste.

Il me sourit étrangement puis me montre le jeu de ses deux mains largement ouvertes.

— Regarde le jeu, le jeune, regarde-le. Des pions, des tours, des cavaliers, des fous, des reines et des rois! Deux armées, deux royaumes qui s'affrontent! Seuls les Justes doivent gagner, parce que la Justice gagne toujours! Seul celui qui applique la Justice peut faire gagner le bon royaume: le Royaume des Blancs, des Purs, des Justes! C'est mon Royaume! Et je suis le Justicier qui le fait gagner! Et je gagnerai le restant de mes jours! Parce que je suis le plus Juste!

Je croyais avoir tout entendu de cet homme, mais il vient d'atteindre de nouveaux sommets. Un mystique des échecs! Il a l'air si convaincu. Je ne peux m'empêcher de lui dire que c'est rien qu'un jeu. Il a alors un petit sourire tellement hautain que j'en ai presque l'impression d'être le plus ridicule des deux. Il me dit:

— Tu penses ça, hein?

Je ressens le puéril besoin de lui montrer l'absurdité de ses théories: s'il est le grand Justicier, comme il le prétend, le vrai Juste, comment peut-il injustement me garder prisonnier ici? Ma petite attaque ne le désarçonne pas du tout.

— Il n'y a rien d'injuste là-dedans. Si je te tuais, cela serait injuste pour toi. Mais si je te laissais partir, tu irais tout raconter à la police, pis ça serait injuste pour moi et ma famille, parce que tu comprends pas ce qui se passe ici. Tu te doutes pas de la grande, de la très grande chose que je suis en train d'accomplir.

— Si je la connaissais, cette grande chose, peut-être que je pourrais comprendre...

Il me regarde profondément dans les yeux. Je vois bien qu'il a envie de se confier, ne serait-ce que pour me clouer le bec, mais il se tait. On dirait qu'il essaie de lire dans mes pensées.

La voix de Maude nous appelle: le dîner est prêt. Sans transition, le visage joyeux et bon enfant de Beaulieu réapparaît:

— Ah, on va se régaler !

Et il se lève. Un peu interdit, je l'imite. Il marche devant moi, me tournant le dos, parfaitement inconscient. Moi, je le suis et je n'arrête pas de me dire que c'est le moment de le frapper, mais comme c'est moi qui étais supposé être devant et lui derrière moi, je suis tout mêlé, tout confus, je me demande si je devrais le frapper dans le dos, j'hésite, je ne sais plus et je me traite de crétin, d'imbécile, de peureux, ma main est contre mon ventre, j'hésite à relever mon chandail et à saisir le couteau, tandis que la voix intérieure continue de me traiter d'idiot, de me hurler que je dois le frapper, là, maintenant, *tout de suite !*

Nous nous assoyons à table. Pendant une seconde, j'ai envie de pleurer de rage. Je suis un lâche, un criss de lâche ! Ce repas ne doit pas se terminer sans que j'aie tenté une attaque ! Il le faut !

Et ils se mettent à manger. Beaulieu demande à sa fille comment va l'école. Michelle bougonne que c'est trop con et trop lent, elle espère que ce sera plus passionnant l'année prochaine au cégep… et moi, je sens contre mon ventre le couteau qui brûle, chauffé à blanc…

Soudain, je sens une présence sur moi. Une présence psychologique troublante. Je tourne la tête. À ma droite, Anne me fixe intensément, comme la veille, avec ses grands yeux vides, affreux… Ces grands yeux qui m'ont vu, hier, prendre le couteau… Cette fois, au lieu de détourner le regard, je soutiens le sien de longues secondes, tandis que quelque chose gonfle en moi.

Sans réfléchir, je lui demande :

— Qu'est-ce que t'as à me regarder de même, toi ?

C'est idiot, je le sais, et une partie de moi me recommande de me taire. Après tout, ce n'est qu'une pauvre débile profonde qui ne comprend rien, mais son regard me tue, et je répète, la voix grinçante :

— Qu'est-ce que t'as à me regarder?

La petite, évidemment, n'a aucune réaction. Beaulieu me demande ce qu'il y a. Au lieu de m'excuser, je persiste. Je dis que sa fille n'arrête pas de me dévisager. Moi-même, je soutiens son regard pour la première fois; pourtant, les ténèbres de ses pupilles me terrifient plus que jamais, ce qui décuple ma rage.

— Ça lui arrive, des fois, bougonne Beaulieu en lançant un très bref regard vers Anne. Faut pas faire attention…

— Mais j'y fais attention, justement! Ça fait deux fois qu'elle me fixe comme ça!

Je suis fou, tout ça va foutre mon plan d'attaque en l'air! Mais c'est sorti tout seul, j'ai pas pu m'en empêcher. Comme quelqu'un qui descend une pente raide en courant et qui ne peut plus s'arrêter, j'avance la tête vers la fillette et lui lance :

— Dis quelque chose! Dis ce que tu veux au juste! Allez, dis-le!

Maude, désespérée, se met à bredouiller des excuses, m'implore d'être indulgent : elle est comme ça depuis sa naissance, elle est innocente, elle ne comprend rien de ce qui se passe, elle est toute pure… Tout à coup, contre toute attente, Beaulieu prend ma défense :

— C'est pas une raison pour écœurer le monde! Si elle est pas capable de se tenir à table, elle va se passer de dîner! Envoie-la dans sa chambre!

— Jacques, elle n'a rien fait de mal! s'écrie alors Maude. Elle est toujours comme ça, tu le sais bien!

Moi, je ne dis plus rien, abasourdi par cette scène que j'ai déclenchée bien malgré moi. Je vois Maude crier pour la première fois et elle n'en est que plus pathétique, plus démunie. Beaulieu, qui ne l'écoute pas, tend un bras pour saisir Anne, indifférente, mais il arrête soudain son geste, hésitant. Je vois très bien un éclair de crainte passer dans ses yeux.

Et le couteau, sur mon ventre, qui me brûle toujours tel un fer chaud… et cette sensation qui gonfle toujours en moi…

— Michelle ! tonne Beaulieu. Amène ta sœur dans sa chambre !

L'adolescente, en soupirant de lassitude, fait mine de se lever, mais Maude, cette fois au bord des larmes, redouble de vigueur :

— Jacques, pour l'amour du Ciel, c'est ta fille ! Est-ce qu'un étranger est plus important que ta propre fille ?

Beaulieu semble ébranlé un court moment. Il regarde sa femme, confus, tourmenté…

… le couteau… la brûlure… la sensation qui monte…

Beaulieu se lève, frappe sur la table et vocifère :

— Je te permettrai pas de contredire ma volonté, Maude ! Tu m'entends ?

Et enfin, ça explose. Sans que j'y aie vraiment pensé, sans même m'en rendre compte, je me retrouve debout, mon couteau brandi, et, en poussant un cri épouvantable, je frappe de toutes mes forces vers Beaulieu, sans viser un endroit en particulier. La lame atteint une épaule, je la sens entrer dans la chair, mais elle se casse, ce qui me déséquilibre complètement, au point que je me retrouve étendu sur la table, au milieu des assiettes et des condiments. Du coin de l'œil, je vois Beaulieu, les yeux écarquillés d'ahurissement, basculer par-derrière et s'écrouler.

Cris, chaises poussées, cacophonie. Je me relève rapidement, l'adrénaline déferle dans ma tête, j'évalue la situation en un centième de seconde. Beaulieu est sur le sol, grimaçant et à moitié sonné, et la lame cassée du couteau sort de son épaule droite. Maude et Michelle sont déjà penchées sur lui. Maude est en pleine panique et Michelle, même si elle est plus calme, démontre une certaine inquiétude pour son père.

Anne me regarde toujours.

Me sauver, maintenant et vite.

Tout va très rapidement dans ma tête : oublier les portes, elles sont verrouillées à clé... Je pense à aller ouvrir une fenêtre du salon, mais les Beaulieu bloquent le passage... La fenêtre de la cuisine ? Trop petite...

En haut...

Je me retrouve dans l'escalier que je grimpe quatre à quatre. Tandis que j'entre dans la chambre de Michelle, j'entends l'adolescente crier en bas :

— Yannick ! Il est monté en haut !

Mon cœur va exploser dans ma poitrine d'une seconde à l'autre. Je saisis la chaise à pleines mains et la lance dans la fenêtre. Les deux vitres volent joyeusement en éclats dès le premier coup. À l'aide de la chaise, j'agrandis l'ouverture et m'appuie des deux mains sur le rebord. Je me donne un élan et saute dans le vide.

Sensation d'infini, de chute dans le néant... puis j'atteins le sol, mal. Un éclair de douleur traverse ma jambe gauche et, en poussant un cri, je m'étends sur le sol de tout mon long. Court étourdissement, puis j'ouvre les yeux, juste à temps pour voir le visage de Michelle disparaître de la fenêtre, en haut.

Je me relève. Ma jambe est OK, rien de cassé ni de foulé. Pendant un bref moment, je regarde autour de moi, affolé. Je suis dans la cour derrière la maison. Tout près, une haie qui donne sur les bois. Mauvaise direction. Je dois aller vers la rue. Là, ils n'oseront pas me poursuivre. Je pourrai crier, aller frapper à des portes...

Je me mets enfin à courir, contourne la maison... J'arrive dans le stationnement. Devant moi, à dix mètres, la rue, vide, paisible... Je crois que j'ai éclaté de rire en la voyant... Je redouble de vitesse en passant devant la porte de côté, sans me méfier...

Celle-ci s'ouvre soudain, une silhouette surgit à mes côtés et quelque chose de dur me percute le tibia droit. La douleur explose dans ma jambe et vibre jusqu'à mes lèvres. Je m'écroule en poussant un cri bref et roule sur le dos; en me tenant la jambe à deux mains, je gémis comme un animal blessé.

Après plusieurs secondes, je réussis à ouvrir les yeux. Michelle, debout au-dessus de moi, tient une batte de baseball. Malgré la colère qui crispe son visage, je perçois de l'excitation dans son regard noir.

— Je le savais que p'pa te faisait trop confiance! Lui pis ses osties d'idées de justice!

Je veux me relever avec l'intention de lui casser la gueule, mais ma jambe me fait vraiment trop mal. Je tourne la tête et aperçois la rue, si près... Personne ne va donc voir ce qui m'arrive? Mais il n'y a pas de maison en face, seulement un terrain vague... Et le voisin de gauche est partiellement camouflé par la haie... Crier, il faut que je crie de toutes mes forces... Mais comme si elle lisait dans mes pensées, Michelle me prévient: si je pousse un seul cri, elle me casse la tête. Je regarde autour de moi avec désespoir, toujours en tenant ma jambe douloureuse... Près de moi, une petite fille... C'est Anne... Elle me tourne le dos, penchée sur le gazon. On dirait qu'elle joue avec quelque chose sur le sol...

J'essaie encore de me lever... Nouvelle déflagration douloureuse dans ma jambe. Je retombe en gargouillant un cri.

— Ta gueule, je t'ai dit!

Michelle lève la batte, prête à frapper de nouveau, lorsque Beaulieu sort à son tour. Il crie à Michelle d'arrêter.

— Pas de violence inutile, Michelle!

Il tient son épaule, de laquelle il a arraché la lame du couteau. Il y a un peu de sang, mais la blessure ne semble pas très grave, à mon grand désappointement. Sans hésitation, Beaulieu me soulève en me tenant sous les bras. Je tente mollement de me débattre, mais inutilement. Beaulieu me traîne vers la porte, puis, une fois à l'intérieur, me propulse sur le sol. Nouvel atterrissage douloureux, nouveaux gémissements.

Beaulieu referme la porte rapidement :

— On a attiré l'attention de personne, c'est le principal…

Et voilà, de retour dans la maison. Cette constatation me donne envie de vomir. J'étais si près, si près de réussir, c'est pas possible… Je tourne la tête vers Maude, qui est toute proche, et tends la main vers elle en la suppliant de m'aider.

Elle est désespérée, je le vois bien, mais elle n'ose intervenir. Michelle tient toujours sa batte de baseball. Elle la brandit fièrement devant ses parents et lance avec un clin d'œil :

— Ça vous rappelle rien, ça ? Avec Alain ?… Vous vous rappelez ? Des beaux souvenirs, hein ?

Maude pousse un gémissement. Encore des mots qui sous-entendent tant de folies, tant d'horreur… La bouche sèche, je réussis à bredouiller :

— Laissez-moi partir…

Michelle me crie de fermer ma gueule et lève la batte, prête à frapper. Maude s'exclame :

— Michelle, non ! Pas toi ! Pas toi aussi !

Beaulieu ordonne à sa fille de se tenir tranquille ; boudeuse, Michelle baisse son arme. Comme si on lui avait dit de ranger ses jouets.

— Anne ! s'exclame soudain Maude. Mon Dieu, elle est dehors !

Elle sort à toute vitesse en refermant la porte derrière elle.

Moi, j'ai enfin arrêté de bouger. Je ne tiens plus ma jambe, je suis étendu de tout mon long, immobile, les yeux fermés. Épuisé. J'entends la voix de Beaulieu, pleine de rage et de déception :

— Pourquoi t'as fait ça ? Pourquoi ? Ç'a rien donné, rien ! Regarde de quoi t'as l'air, astheure !

J'ouvre les yeux. Il grimace en massant son épaule blessée. Une lueur de folie traverse ses pupilles et il grogne :

— Je le sais pas ce qui me retient de...

Il lève le pied, comme pour me frapper. Je me cache mollement le visage en gémissant, mais Beaulieu ne frappe pas. Il se calme, appuie sa main contre sa tempe et marmonne en respirant longuement :

— Non, non... la violence est mauvaise... très mauvaise...

— Tu me fais rire, p'pa, avec ça ! réplique durement Michelle. Tu trouves pas que t'as été assez patient avec lui ? T'aurais dû le tuer dès le début ! Comme les autres !

Et là-dessus, à une vitesse étonnante, elle lève la batte et frappe de nouveau mon tibia droit.

Il existe des degrés de souffrance si élevés qu'on ne sait plus ce qui se passe ni ce qu'on fait. J'en suis là. Je ne sais pas si je hurle ou si je pleure. Je sens seulement le craquement de mon os, aussi nettement que si je l'avais cassé moi-même entre mes mains. Mon martyre est tel que je ne ressens plus la douleur, mais quelque chose de pire, de plus profond, quelque chose qui nous fait souhaiter la mort. Ça remonte le long de ma gorge et tout à coup, je vomis tandis que la voix brumeuse et lointaine de Beaulieu beugle :

— Michelle ! Ça va faire ! Dans ta chambre !... Pis pas de télévision de la soirée !

Et c'est accompagné par ces mots démentiels que je bascule dans l'inconscience...

◆

Je suis resté évanoui très longtemps, dans un état semi-comateux, semi-délirant. Parfois, je refaisais surface, l'espace de quelques secondes, pour replonger aussitôt dans la tempête de mon inconscience. J'ai senti une ou deux fois qu'on me donnait à boire, qu'on glissait des pilules dans ma bouche... Une fois, j'ai eu un réveil un peu plus long, assez pour réaliser que j'étais de retour sur mon matelas, dans mon horrible chambre verte... J'ai distingué confusément Beaulieu, penché sur ma jambe... Il la recouvrait de quelque chose de froid et de mouillé... J'ai sombré de nouveau. J'ai eu un autre réveil plus long, durant lequel j'ai vu Maude et Beaulieu en train de me nourrir... La tête redressée, j'avalais la nourriture tel un zombie... Je voulais parler, mais la fièvre m'engourdissait. Je me suis évanoui...

Durant ces heures tumultueuses, j'ai fait des rêves étranges... Mélange de cris, de fuite, de regards glauques et de rires déments... Il y avait Beaulieu qui jouait aux échecs avec un cadavre en putréfaction... Mes parents qui pleuraient devant une tombe... Tellement confus... Un de ces rêves était plus clair, plus troublant que les autres : Michelle s'approchait de moi, elle était complètement nue, à l'exception d'un soutien-gorge rouge, et elle se masturbait avec une batte de baseball en minaudant devant moi :

— Viens me faire mal, Yannick...

Enfin, je me réveille complètement. Je ne sens presque plus la fièvre. Je suis épuisé, mais je ne souffre plus vraiment. Beaulieu est assis près de moi. Le seul éclairage provient d'une petite lampe nouvellement installée près de mon matelas.

J'ai un plâtre à la jambe. Beaulieu m'explique qu'il me l'a fait lui-même. Il brandit fièrement un livre médical sous mon nez :

— Je suis un autodidacte, moi. Pis j'apprends vite...

Ça ne me rassure pas du tout. Je lui dis que le plâtre est peut-être mal fait, que mon os est sûrement mal placé... J'ai déjà eu un plâtre au bras, quand j'étais petit, et il y a eu des complications... Peu impressionné, il me dit de ne pas m'inquiéter.

Pas m'inquiéter ! Et il me lance ça en souriant !

— D'ailleurs, j'ai soigné ma propre blessure...

Il touche son épaule, celle que j'ai « poignardée ».

— Rien de grave, mais quand même...

Il me le dit avec un petit air de reproche. Est-ce qu'il veut que je me sente coupable ? Il peut toujours rêver !

Je lui demande l'heure et j'apprends avec étonnement qu'il est vingt et une heures. Près de neuf heures d'inconscience et de délire !

Le désespoir revient d'un seul coup. J'ouvre la bouche pour parler, dans l'intention d'implorer Beaulieu, ou de l'engueuler, ou de l'insulter, ou de pleurer, tout simplement, je ne sais pas au juste. Mais il met un doigt devant sa bouche et dit :

— Pas ce soir, le jeune. On parlera demain. Y a ben des affaires qu'on va se dire, demain...

Je referme la bouche. Il ajoute, soudain enthousiaste :

— D'ailleurs, il faut que je parte : je m'en vais à mon club d'échecs. Le lundi soir, c'est les échecs ! C'est sacré !

Au moment de sortir, il ramasse mon manuscrit et dit :

— J'ai lu ce que t'as écrit... C'est pas très gentil, ce que tu dis de nous... Ça prouve que tu comprends vraiment rien, le jeune...

Il a l'air déçu. Je ne réponds rien, vaguement outré qu'il ait souillé la seule chose personnelle que je possède dans cette maison. Il dépose le manuscrit près de mon matelas, éteint la petite lampe et marche vers la porte. Avant de sortir, il me lance un drôle de regard, mi-sympathique, mi-triste.

— Bonne nuit, le jeune…

Je ne réponds toujours rien.

Je demeure immobile dans l'obscurité, incapable de clarifier mes idées. Je tremble, j'ai froid et chaud, je ne me sens vraiment pas bien, je voudrais crier, mais je suis trop épuisé. Je me rendors rapidement, malgré moi.

Je me réveille d'un seul coup. J'ignore l'heure qu'il est, mais si je me fie au silence total de la maison, nous sommes en pleine nuit. Je tremble légèrement. J'ai fait un cauchemar, mais je ne me souviens plus de quoi il s'agissait.

Vague douleur à la jambe. Impossible de me rendormir. Pris d'une soudaine impulsion, j'allume la petite lampe à mon chevet, saisis mon manuscrit, l'installe sur mes cuisses et commence à écrire, malgré mon piètre état.

Plus que jamais, l'écriture est la seule bouée qui me reste.

J'imagine que maintenant l'aube n'est pas loin. J'ai noirci au moins vingt pages, je brûle de fièvre, ma jambe n'est que souffrance, la fatigue m'étourdit… Curieusement, je n'ai plus peur. Ce stade est dépassé. Ce que je ressens après cette vaine tentative de fuite, seul avec ma jambe cassée dans cette chambre faiblement éclairée par une vieille lampe, c'est une sourde et molle résignation. Et ça, c'est pire que la peur. Dans la peur, il y a au moins un moteur qui gronde.

La résignation, c'est une carrosserie vide.

Extérieur
Lundi 24 septembre 1991

Au club d'échecs de Montcharles, cinq parties se jouaient à différentes tables. À l'une d'elles, Jacques Beaulieu se mesurait à un jeune homme d'une trentaine d'années. Près d'une dizaine de personnes autour de la table observaient la partie avec intérêt. Après un long moment de réflexion, Jacques déplaça sa reine blanche et annonça calmement :

— Et mat en cinq coups.

Son adversaire étudia le jeu intensément, puis, avec un petit sourire résigné, hocha la tête et fit basculer son roi sur l'échiquier. Il y eut quelques applaudissements.

— Une autre victoire pour Beaulieu !

— Je vous le dis : il a signé un pacte avec le diable !

On rigola, on discuta. Un homme dans la cinquantaine s'approcha de Jacques en lui tendant la main :

— Salut. Je m'appelle André Payette. Je suis membre du club depuis trois semaines, mais c'est la première fois qu'on se rencontre.

— *Enchanté, monsieur Payette.*

— *Non, non, laisse faire les manières, voyons!
André, c'est parfait! Écoute, j'ai entendu parler de
toi: Beaulieu l'imbattable! Réputation enviable.*

*Jacques eut un sourire humble, mais une lueur
d'orgueil brilla dans ses yeux. André lui fit un clin
d'œil:*

— *Faut que je vérifie ça par moi-même... Qu'est-
ce que t'en dis?*

*Jacques accepta et les deux hommes s'installèrent.
André voulut prendre les pièces blanches, mais
Jacques, poliment, s'y opposa.*

— *Beaulieu prend toujours les blanches! expliqua
quelqu'un.*

— *Privilège de champion! ajouta un autre.*

— *Tous les champions ont leurs manies, approuve
André en tournant les noires vers lui.*

*En soixante-quinze minutes, Jacques gagna trois
parties. André finit par s'incliner avec une moue
admirative:*

— *Hé ben, le défi va être de taille, on dirait!*

— *T'es un bon joueur, André...*

— *Pas assez, on dirait!*

*Un homme de race noire s'approcha pour s'adres-
ser à André:*

— *Salut. Moi, c'est Norbert. Je te propose de jouer
une partie contre moi, t'as plus de chances de gagner
que contre Jacques!*

*Jacques ricana, mais André observa froidement
Norbert:*

— *Non, ça m'intéresse pas...*

*Un peu perplexe devant une telle froideur, Norbert
s'éloigna.*

*Vingt-trois heures approchaient et on se préparait à
fermer. Tout en sortant, André et Jacques continuaient
de discuter. En constatant qu'André s'éloignait du
stationnement, Jacques lui demanda où était sa voiture.*

— *Je suis venu à pieds. J'habite pas très loin…*

— *Je te donne un* lift, *si tu veux…*

Deux minutes plus tard, le taxi de Jacques roulait sur le boulevard désert. Les deux hommes échangeaient amicalement et semblaient bien s'entendre. Jacques finit par demander :

— *Pourquoi tu as refusé de jouer une partie contre Norbert ? Il est très bon…*

André garda le silence un court moment puis, la voix plus grave, dit :

— *Je l'ai vu une couple de fois, lui, depuis que je suis membre… J'avoue que ça m'a surpris…*

— *Quoi, ça ?*

— *Qu'il y ait un Noir dans le club…*

Jacques n'était pas sûr de comprendre.

— *Tu veux dire que ça te surprend d'avoir vu* juste *un Noir dans notre club ? C'est assez normal, non ? Il en pleut pas dans le coin ! Je suis sûr qu'on peut compter tous les Noirs de Montcharles sur nos deux mains !*

— *Pis c'est parfait comme ça…*

Jacques se tut, perplexe. Il fronça les sourcils, comme s'il commençait à comprendre. La voix lointaine, André ajouta :

— *De toute façon, je pense pas que ce nègre va rester longtemps dans le club…*

Jacques sursauta au mot « nègre *» et se tourna vers André.*

— *Qu'est-ce que tu veux dire ?*

André, tout en regardant distraitement par la vitre de la portière, marmonna :

— *Je me comprends…*

Jacques revint à la route. Son visage s'était durci.

— *Tourne à la prochaine, fit André.*

Il essaya de relancer la discussion sur un autre sujet, mais Jacques, refroidi, répondait par monosyllabes.

La voiture s'arrêta devant un petit bungalow. Avant de sortir, André se tourna vers Jacques.

— *Écoute, ce que je t'ai dit tout à l'heure... Je voulais pas te choquer... Je pensais juste que... Comme t'es un gars qui me donne l'impression d'avoir ben de l'allure, je me suis dit qu'on était sur la même longueur d'ondes, mais...*

Il se tut, un peu embarrassé. Jacques ne disait rien.

— *Tu m'en veux pas ? ajouta enfin André.*

Jacques sourit.

— *Ben non, voyons...*

— Good ! *Tu vas être au club la semaine prochaine ?*

— *Tous les lundis.*

Ils se donnèrent la main et André sortit de la voiture. Jacques le regarda remonter la petite allée devant la maison et son visage redevint dur.

Il reprit la route.

Extraits du journal de Maude (IV)

11 décembre 1976

Louanges à Toi, mon Dieu, et bénis tous ceux que j'aime.

Ça y est, je suis enceinte ! Enfin ! Un autre enfant ! Il devrait naître vers la mi-août. Je suis très excitée, mais ce n'est rien comparé à ce que Jacques ressent. Il dit qu'il va enfin avoir son fils, car pour lui, il n'y a aucun doute sur le sexe de l'enfant. Je suis du même avis, Seigneur. Je sens que je porte un mâle, même si je n'arrive pas à expliquer cette sensation. Jacques clame à tous qu'il fera de « Junior » un exemple de droiture et de moralité.

Michelle n'a que vingt-trois mois, mais elle semble comprendre ce qui se passe. Cela ne m'étonnerait pas : elle est tellement précoce pour son âge ! Elle parle déjà beaucoup, et elle a tout un caractère ! Jacques et moi l'aimons tellement...

Nous sommes heureux et attendons ce deuxième enfant avec impatience. Je Te rends grâce pour tant de bonheur, Seigneur.

Amen.

◆

26 février 1977

Louanges à Toi, Seigneur, et bénis tous ceux que j'aime.

Depuis quelque temps, je m'ennuie à la maison. Je n'ai pas vraiment d'amis à moi ; les seules personnes que nous fréquentons sont les Bisson et, parfois, les Lagacé, des amis de Jacques. Nous ne les voyons qu'une ou deux fois par mois, les week-ends. La semaine, je reste donc seule dans notre petit appartement, avec Michelle. Je sais qu'il y a de plus en plus de femmes mariées qui travaillent, mais pour moi, c'est hors de question. Jacques ne serait pas d'accord. Moi non plus, d'ailleurs : ma place est à la maison, avec ma fille de deux ans et mon bébé à naître. Mais je trouve les journées plus longues qu'avant, je ne sais pas pourquoi. Peut-être ma grossesse joue-t-elle plus sur mes émotions que je ne le crois…

Avant, je jouais beaucoup avec Michelle, mais elle devient de plus en plus indépendante et préfère jouer seule, s'inventant des histoires incompréhensibles avec ses poupées. De temps en temps, nous sortons, pour marcher ou magasiner. Je fais le ménage. Et je lis. Surtout des classiques du siècle dernier, qui sont beaucoup plus moraux que les bouquins d'aujourd'hui. Enfin, en général, car il y a des exceptions. Par exemple, l'autre jour, j'ai commencé *Nana*, d'Émile Zola, pourtant considéré comme un grand écrivain. J'ai arrêté après deux chapitres. Quel roman décadent ! Cet homme devait être loin de Ta Lumière, Seigneur, pour décrire de tels vices ! Heureusement, je tombe souvent sur de vrais trésors, comme *Crime et Châtiment*. Quel roman extraordinaire et bouleversant! Voilà une histoire édifiante, un exemple à suivre pour tous.

Michelle vieillit bien et s'affirme de plus en plus, parfois même un peu trop, ce qui me fait bien rire. Parfois, Jacques est un peu dur avec elle. Lorsqu'elle pleure (ce qui arrive très rarement), il lui dit d'arrêter, que seuls les faibles pleurent. Si elle joue trop longtemps avec ses poupées, il les lui enlève, affirmant que cela risque de la ramollir. Je ne m'oppose pas, évidemment, mais je peux bien Te le dire à Toi, Seigneur: je le trouve un peu sévère. Je suis sûre cependant qu'il fait tout cela pour le mieux. Et puis, moi, je n'ai jamais été capable d'avoir la moindre parcelle d'autorité, ce qui est encore pire...

Tout ça, ce sont des détails, car tout va très bien et la vue de mon ventre qui grossit est pour nous le plus grand des bonheurs. Bénis ma famille, Seigneur, et surtout mon futur bébé.

Amen.

◆

20 mars

Louanges à Toi, mon Dieu, et bénis tous ceux que j'aime.

Cela fait deux semaines que la tragédie s'est produite, mais j'étais trop bouleversée pour t'en parler avant, même si Tu sais déjà ce qui s'est produit. Maintenant ça va mieux, car j'ai compris beaucoup de choses.

Papa et maman sont morts. Ils passaient un week-end dans Charlevoix et un incendie a ravagé leur hôtel. Les flammes les ont épargnés, mais la fumée a eu raison d'eux. On a rapatrié les corps et l'enterrement a eu lieu ici, au cimetière de Montcharles. Pendant plusieurs jours, je n'ai pas accepté cette mort. Je la trouvais cruelle et injuste. Jacques, lui-même bouleversé, m'a consolée de son mieux. Il m'a dit qu'ils avaient vécu une vie exemplaire et qu'au moins ils étaient partis ensemble. Il avait raison, mais je continuais à refuser.

Durant ces quinze jours, Jacques a été un exemple de dévotion. Il m'a consolée tous les soirs, s'est beaucoup occupé de la maison, a passé beaucoup de temps avec Michelle... Bref, il a été une bouée pour moi.

Peu à peu, j'ai commencé à me faire une raison. J'ai fini par accepter Ta décision. Si Tu as rappelé papa et maman à Toi, c'est parce que leur mission était terminée sur terre et que leur heure était venue. Et pour ne pas les bouleverser, Seigneur, Tu as eu la miséricorde de les rappeler ensemble...

Lorsque j'ai enfin compris et accepté cela, une grande paix s'est installée en moi. Je me suis mise à genoux et je T'ai rendu grâce. Je sentais aussi papa et maman, là-haut, à Tes côtés, qui me regardaient avec bienveillance, et je leur ai rendu grâce aussi.

En ce moment même, je vous le dis encore : je vous aime, papa et maman, du plus profond de mon âme. Continue de me protéger, papa, du haut du Paradis. Et toi, maman, continue de me dicter tes sages conseils, toi qui as été une épouse et une mère exemplaires. Tous les deux, ne cessez jamais de m'aimer... jusqu'à ce que moi aussi, je retourne vous embrasser dans l'éternité.

Amen.

◆

28 avril

Louanges à Toi, mon Dieu, et bénis tous ceux que j'aime.

Nous avons eu une très bonne surprise, Jacques et moi, lors de la lecture du testament.

Comme je le savais déjà, nous n'héritons d'aucune somme d'argent : papa et maman m'avaient toujours prévenu de ça. Selon eux, l'argent gagné trop facilement jette l'Homme dans la paresse et l'oisiveté. Ils ont donc légué toutes leurs liquidités à des œuvres de charité. Jacques et moi avons accepté cette décision sans aucune déception ni colère, à la grande surprise du notaire.

Par contre, nous héritons de la maison. Ça, c'est une excellente nouvelle, car l'appartement risquait d'être vraiment petit avec un deuxième enfant. L'idée d'aller vivre avec ma famille dans la maison de ma jeunesse me ravit au plus haut point. Jacques lui-même est très emballé par cette idée :

— Aller vivre dans la maison de tes parents, c'est tout un honneur, Maude. C'est aller vivre dans la maison où l'Ordre et la Justice ont toujours régné...

Comme notre bail se termine le premier juillet, cela nous laisse deux mois pour faire des petites rénovations, comme préparer les chambres des enfants (ils vont avoir chacun leur chambre, Seigneur, Tu imagines !). Le terrain vague de l'autre côté de la rue, en face de la maison, appartenait aussi à papa et maman et vient avec la maison. Papa ne s'en était jamais vraiment servi, il affirmait qu'il n'y avait rien à faire avec cette mauvaise terre, trop humide et trop instable. Par contre, j'y ai passé mon enfance, je jouais dans les hautes herbes avec mes poupées. Nos enfants pourront faire de même.

Cela ramène un peu de soleil dans notre vie et c'est bien la preuve que papa et maman, du haut du Ciel, continuent de veiller sur moi.

Cet été sera sûrement l'un des plus beaux de ma vie ! Merci, mon Dieu, et merci, papa et maman.

Amen.

◆

11 juillet

Louanges à Toi, mon Dieu, et bénis tous ceux que j'aime.

Voilà, cela fait six jours que nous avons emménagé. Je me sens tellement bien, ici. J'ai l'impression que papa et maman ont laissé leur cœur dans cette maison et cela lui donne de la vie, de la beauté et de la lumière, comme si l'amour la traversait de part en part, de la cave au grenier. Michelle a sa chambre, celle du bébé est presque prête, et il en reste une de libre. Un autre bébé, ne serait-ce pas fantastique, Seigneur ?

Nous avons retouché toutes les pièces de la maison, sauf la cave. Ce n'est encore qu'un très vaste espace de béton, sans divisions, qui servait de lieu de rangement et d'atelier pour papa. Nous nous sommes débarrassés de tout le bric-à-brac et maintenant la cave est vide et inutile. Éventuellement, nous la rénoverons, mais pour l'instant, nous n'avons pas assez d'argent. D'ailleurs, pour économiser, nous avons conservé presque tous les meubles de la maison. C'est vrai que nous ne sommes pas très riches (un salaire de chauffeur de taxi, c'est bien peu pour toute une famille), mais au fond nous n'avons pas besoin de plus. Nous avons l'essentiel : la famille et l'amour.

Jacques est descendu à la cave, hier, et y est resté une bonne heure. Je suis descendue le rejoindre. Il se tenait au centre de la cave, immobile, et fixait les murs de béton, le regard dans le vague. Il m'a expliqué qu'il réfléchissait, qu'il se demandait à quoi pourrait bien servir cet endroit.

— En l'honneur de tes parents, il faut que cette cave serve à quelque chose de beau, de noble. Tu es d'accord ?

Comment pouvais-je ne pas être d'accord avec une si belle intention ? De toute façon, je suis toujours d'accord avec Jacques. Il cherche donc une idée pour la cave. Le brave chéri ! Je suis sûr qu'il va trouver quelque chose de vraiment bien.

Je vais accoucher dans cinq semaines. Je sens mon enfant bouger en moi, c'est si excitant ! La vie est belle, Seigneur, grâce à Ton amour infini.

Amen.

◆

16 août

Louanges à Toi, mon Dieu, et bénis tous ceux que j'aime.

Nous avons besoin de Toi, Seigneur, nous avons besoin de Ton aide dans le grand malheur qui nous frappe...

J'ai dû entrer à l'hôpital le trois, soit dix jours avant la date annoncée, à cause de problèmes imprévus et assez graves. Je me suis mise à perdre du sang. On devait donc sortir le bébé tout de suite, il était en danger. Je pleurais, Jacques aussi était fou d'inquiétude malgré les bonnes paroles du docteur Allard. On m'a fait une césarienne, mais...

Ho, mon Dieu ! Il était trop tard ! Mon petit bébé était déjà mort lorsqu'ils l'ont sorti de mon ventre ! Il était mort et... et c'était un garçon !

Je me sens incapable d'écrire les détails, Seigneur, c'est trop éprouvant, trop douloureux... Quand Jacques a compris, quand il a constaté qu'il s'agissait d'un petit garçon... Il a pris son fils, son fils mort, et s'est mis à pleurer en le serrant contre lui, en le berçant doucement. Jamais je n'ai vu scène plus triste...

Alors, il y a eu cette altercation terrible. Jacques a brusquement arrêté de pleurer ; son visage est devenu dur, il s'est tourné vers le docteur Allard et… Ho ! Seigneur ! il a laissé tomber le bébé ! Il l'a laissé tomber sur le plancher et s'est jeté sur le docteur ! Il s'est mis à le bombarder de coups de poing tout en lui criant des insultes, en lui hurlant que c'était sa faute, qu'il avait mal fait son travail, qu'il avait tué son fils ! Et moi, je pleurais, je pleurais !

Il faut que Tu lui pardonnes un tel emportement, Seigneur ! Ce n'est pas dans sa nature, lui qui est toujours calme et gentil ! Je ne l'avais jamais vu comme ça. C'était la douleur, l'épouvantable douleur qui lui faisait perdre tout contrôle. Moi, je lui ai déjà pardonné, et je suis convaincue que Tu feras de même.

Je suis resté neuf jours à l'hôpital. Les Bisson et les Lagacé sont venus me rendre visite, ils ont été très gentils. Les Bisson ont même accepté de garder Michelle quelques jours.

Le retour à la maison a été épouvantable. Mon pauvre Jacques… Il n'est pas encore retourné travailler, il est trop brisé… Il passe de longues heures avec moi, silencieux, hébété, puis il pique des crises de rage et recommence à accuser le docteur Allard. Je lui dis qu'il a tort de l'accuser, parce qu'au fond…

… au fond, je sais très bien que la responsable, c'est moi, Seigneur. Une femme qui ne peut accomplir son devoir de procréatrice jusqu'au bout est-elle encore femme ? Est-elle digne ? C'est ce que j'ai dit à Jacques, mais il refuse cette explication et continue de tout mettre sur le dos du docteur.

— Il n'a pas la compétence requise ! Un médecin incompétent, Maude ! C'est grave ! C'est criminel ! C'est… c'est injuste !

Quand il parle ainsi, la rage le métamorphose tellement que je ne le reconnais plus. Il me fait même un peu peur. Mais il finit toujours pas se calmer, puis il pleure. Et nous pleurons ensemble, Seigneur, et je lui promets un autre fils très bientôt. Les médecins m'ont assurée que je pourrais avoir d'autres enfants sans problème. Je le lui ai promis. J'ai dit que Tu nous aiderais, et je sais que Tu le feras, Seigneur. D'ailleurs, le père Bélile me l'a dit. Je suis allée me confesser, avant-hier, je lui ai dit que je n'avais pas réussi à mener à terme ma mission de mère. Il m'a dit que cette faute serait réparée le jour où j'aurais un autre enfant et que Tu m'aiderais à y parvenir. Bénissez le père Bélile, mon Dieu, il est si gentil et compréhensif !

L'enterrement a eu lieu cet après-midi. Notre petite Michelle ne devait pas comprendre vraiment ce qui se passait, mais elle sentait tout de même la gravité de l'événement, car en silence elle fixait gravement le petit cercueil suspendu au-dessus de la fosse.

Pendant l'enterrement, je T'ai prié, Seigneur, pour l'âme de mon petit bébé ; je T'ai demandé de lui réserver une place de choix parmi Tes anges… mais je T'ai surtout demandé pardon. Pardon de n'avoir pas su être une vraie mère… Et je demande aussi pardon à mon fils… Pardon de ne pas avoir été capable de te garder parmi nous… Je t'aurais tellement aimé, mon chéri… Je t'aimais déjà tant…

Durant toute la cérémonie, Jacques n'a pas pleuré une seule fois. Il avait le visage vide, absent… Comme s'il était en état de choc… Je trouvais ce calme presque pire que ses crises de larmes…

Dans la voiture, il s'est mis à se parler à lui-même, à voix haute, oubliant complètement ma présence… Sa voix était douce, lointaine… Il disait qu'il l'aurait aimé, cet enfant, qu'il l'aurait élevé comme son père l'avait élevé, lui, qu'il serait devenu un homme noble et juste. Lui aussi aurait compris le grand principe du jeu d'échecs, lui aussi aurait toujours gagné…

— Le docteur Allard n'a pas seulement tué un enfant : il a tué un futur disciple de la Justice !

Ces paroles insensées me faisaient un peu peur, Seigneur, mais je ne disais rien. Je sais que c'est temporaire. Le malheur nous égare toujours pendant un certain temps…

Quand nous sommes rentrés, tout à l'heure, Jacques est descendu aussitôt à la cave. Je l'ai suivi avec Michelle dans les bras. Jacques s'est mis à marcher de long en large sur le sol en ciment, le front plissé. Puis, il s'est arrêté et a regardé autour de lui, l'air soucieux. Une lueur a traversé son regard et il m'a alors demandé de monter : il voulait être seul. J'ai obéi.

Nous vivons donc un grand deuil, Seigneur, et je suis tellement malheureuse… D'abord papa et maman, puis notre fils naissant… mais je sais que nous serons capables de surmonter cette épreuve, car nous aurons un autre fils, Tu nous y aideras. J'ai confiance en Toi.

Amen.

◆

21 août

Louanges à Toi, mon Dieu, et bénis tous ceux que j'aime.

Jacques n'est toujours pas retourné travailler. Financièrement, ça commence à être un peu serré, mais il dit qu'il a encore besoin de quelques jours. Je respecte cette décision et la comprends.

Ce qui m'inquiète un peu plus, c'est ce qu'il fait depuis quatre jours. Il déjeune en silence, descend dans la cave, remonte pour le dîner, puis redescend jusqu'au souper. Tout ça en silence, sans me dire ce qu'il mijote.

Une ou deux fois, je suis descendue pour constater par moi-même. Il était assis sur le sol, les jambes croisées, perdu dans de profondes pensées. En même temps, il semblait attendre quelque chose. Son expression était vraiment étrange. Chaque fois, il m'a dit de remonter. Sans brusquerie ni colère. Il voulait seulement être seul.

Je n'ose l'interroger. Quand il voudra me parler, il le fera, et en attendant, c'est mon devoir de respecter sa volonté, comme je l'ai toujours fait. Mais je me pose des questions, Seigneur. Pourquoi reste-t-il en bas si longtemps? À quoi pense-t-il, ainsi immobile pendant toutes ces longues heures? Pour lui changer les idées, je me suis même offerte à lui à quelques occasions, ce que je n'avais jamais fait de mon propre chef. Je voulais lui montrer mon vœu d'avoir rapidement un autre enfant. Mais cela ne le sort pas vraiment de son état presque catatonique.

Je Te demande donc, Seigneur, d'aider Jacques, de l'éclairer de Ta lumière afin qu'il voie l'espoir des jours à venir. Et, encore une fois, donne-moi rapidement un autre fils, afin que le bonheur revienne dans notre famille.

Amen.

Voilà, maintenant, je suis fixé. Mon sort a enfin été décidé. Et je ne sais pas encore si cela doit me rassurer ou m'inquiéter davantage...

En me réveillant, je regarde autour de moi. La chambre est plongée dans l'obscurité, mais je devine la porte, des vêtements sur le sol, le seau, un petit tabouret qu'on a sûrement apporté pendant mon sommeil... Puis, je me fais un auto-examen rapide. Je ne suis qu'en caleçon, mon corps est recouvert d'une croûte de sueur séchée. Ma jambe droite est dans le plâtre. Je la soulève un peu pour la regarder. Un plâtre bizarre, amateur, qui ne m'inspire guère confiance. La douleur est engourdie et très supportable. Je repense à la souffrance éprouvée hier et j'en ai la nausée. Quelques légères coupures aux mains, mais elles sont déjà en voie de cicatrisation. Pour ce qui est de mon état général, ça peut aller. Je n'ai plus vraiment de fièvre ni mal à la tête.

Je reste au moins une demi-heure immobile dans la semi-pénombre, à fixer le plafond, à me laisser ballotter doucement par les vagues de la résignation. Avec cette jambe cassée, je peux oublier toute tentative de fuite... Je vais rester cloué sur ce matelas pendant... pendant... De nouveau, une vague nausée...

La porte s'ouvre et la lumière du plafond s'allume. C'est Beaulieu qui entre. Il trouve mon état satisfaisant et cela le rend heureux. Derrière lui, Michelle avance de quelques pas. À sa vue, je remonte instinctivement la couverture, pris d'un soudain frisson de peur.

— Du calme, le jeune, me dit Beaulieu en déposant un plateau de nourriture sur le sol, près de mon matelas. Y a plus personne qui va te faire de mal...

Sur quoi, il se tourne vers sa fille d'un air mécontent. Michelle, même si elle est manifestement agacée par la situation, n'ose rien dire et baisse même les yeux sous le regard réprobateur de son père. Moi, je ne peux m'empêcher de la dévisager, ressentant une réelle terreur. Il y a à peine vingt-quatre heures, cette gamine de seize ans m'a attaqué à coups de batte de baseball. Mais contrairement à Beaulieu, qui avait tenté de m'étrangler sous l'emprise d'une crise de rage incontrôlable, Michelle m'a battu avec une entière lucidité, en pleine maîtrise d'elle-même, avec la volonté de me faire mal. Pour cette raison, elle m'effraie peut-être plus que son père...

— Envoie, Michelle ! lance Beaulieu avec impatience.

Michelle soupire, agacée. Elle est habillée très simplement, jean noir et t-shirt assez ample, mais cette manière qu'elle a de se tenir, les mains sur les hanches, la tête sur le côté... De nouveau, je ressens l'aura magnétique, quasi sexuelle, qui rayonne de cette fille. Mon rêve de cette nuit me traverse l'esprit... et je me traite aussitôt de fou : comment puis-je ressentir la moindre attirance pour celle qui m'a cassé une jambe avec tant de violence et de haine ?

Beaulieu s'impatiente. Pendant un instant, l'adolescente semble sur le point d'envoyer paître son père, mais elle se retient et devient soudain docile. Elle lève la tête vers moi mais sans vraiment me regarder dans les yeux.

— Je m'excuse de ce que j'ai fait... J'ai très mal agi... J'aurais pu t'empêcher de te sauver sans être aussi violente... C'était mal et injuste...

La forme est aux antipodes du fond, mais Beaulieu est satisfait. D'ailleurs, c'est sûrement lui qui a dicté ces phrases à sa fille, celle-ci se contentant de me les répéter sans conviction. Beaulieu me lance donc:

— Tu vois, le jeune? Elle regrette! C'est pas une mauvaise fille, hein?

Croit-il vraiment aux remords de Michelle? Peut-il être aussi naïf? Et puis, elle m'a pas bousculé, criss! elle m'a cassé une jambe! À coups de batte de base-ball!

Déconnecté, tellement déconnecté...

Il dit à Michelle qu'elle peut sortir et celle-ci ne se fait pas prier. Elle me jette tout de même un dernier regard noir qui à lui seul dément toutes ses belles excuses.

Beaulieu s'approche, retire la couverture et examine attentivement mon plâtre. Avec satisfaction, il dit que tout semble parfait et que dans un mois et demi, on devrait pouvoir l'enlever.

— C'est ce qu'ils disent dans le livre médical que j'ai acheté. Avoue que pour un amateur, je me débrouille bien, hein?

J'ai beau lui expliquer que mon os est peut-être mal replacé, que la fracture est peut-être multiple, que ma jambe risque de reprendre tout croche, rien à faire. Il est sûr de lui.

Un mois et demi couché sur ce matelas, dans cette famille de fous... Pendant une seconde, je songe au livre de Stephen King, *Misery,* et, intérieurement, j'émets un ricanement sinistre. Beaulieu me désigne le plateau sur le plancher: il est près de midi. Après une hésitation, je me redresse, m'appuie contre le mur et commence à manger. Après tout, c'est pas une grève de la faim qui va améliorer mon sort.

Beaulieu s'assoit sur le tabouret tout près de moi. Je mange en silence, sans réaction. Depuis mon réveil, je me sens dans un état semi-comateux, incapable de réagir à quoi que ce soit. Mais Beaulieu dit soudain une phrase qui fait enfin craquer, puis éclater cette coquille fragile :

— Pendant un mois et demi, on va te servir à manger dans ton lit, comme ça ! Avoue que t'as de la chance !

C'est plus fort que moi : le plateau sur mes genoux vole en l'air et va s'écraser contre un mur. Je m'allonge vers Beaulieu et réussis à le saisir par le col pour l'attirer à moi. Son visage ahuri est tout près du mien et sans le lâcher, sans même penser aux conséquences d'une réaction aussi imprudente, je lui crache au visage ma haine, je lui dis qu'il va payer pour tout ça, qu'il va payer pour ma jambe cassée, qu'il va payer au centuple. Avant même qu'il ait le temps de revenir de sa surprise, je le lâche et me mets à pleurer.

— Vas-tu me laisser partir, ciboire ? Ta fille m'a cassé une jambe, c'est pas assez ? Il va falloir qu'il m'arrive quoi pour que j'aie le droit de m'en aller ? Y a juste toi qui veut me garder ici, c'est clair que ta femme pis ta fille sont pas d'accord ! Quand est-ce que tu vas me laisser partir ?

Je repense soudain à une phrase que Michelle a prononcée pendant qu'elle me frappait, et cela court-circuite ma crise de larmes.

— Il faut que tu me dises ce qui se passe ici… que tu m'expliques ce que tu fais avec les autres.

La stupéfaction de Beaulieu cède la place à la méfiance.

— Quels autres ?

— Ta fille a dit que t'aurais dû me tuer comme les autres ! Arrête de me niaiser pis réponds-moi ! Au point où j'en suis, j'ai le droit de savoir !

Il finit par émettre un très long soupir et se lève avec peine, comme s'il était très fatigué. Il arpente lentement la pièce, en frottant sa petite moustache brune, vraiment embêté. Je m'appuie de nouveau le dos contre le mur et j'attends.

Car il va parler. Je le sais.

Tout à coup, il revient s'asseoir sur le tabouret, croise ses doigts entre ses jambes et me regarde droit dans les yeux. La voix égale, sûre et inébranlable, il me dit :

— J'ai tué des gens, le jeune. Beaucoup de gens.

Je me doutais de ça depuis un bon moment, mais l'entendre de sa propre bouche me ratatine littéralement l'estomac. Je veux alors lui dire de se taire, que j'en ai assez entendu, mais, toujours calmement, il ajoute :

— Je suis un homme juste, pis c'est pour ça que j'ai tué. En près de quinze ans, j'ai tué un peu plus d'une douzaine de personnes. Parce que c'était injuste que ces personnes vivent. Et c'était juste qu'elles meurent.

Long silence. Mon estomac n'est plus ratatiné, il est complètement émietté. Stupidement, je demande si Maude est au courant. Il répond oui. Et Michelle ? Aussi.

— Et… Anne ?

Il tique, contrarié.

— Anne est même pas au courant qu'elle vit.

J'ai tellement peur, tout à coup, que j'en ai mal aux dents. Pourtant, je ne peux pas m'empêcher de poser d'autres questions ridicules, comme pour créer une distance, pour empêcher le silence…

— Ta femme et ta fille… elles sont d'accord avec… avec *ça* ?

— Elles savent que c'est juste.

— Même Maude ?

Il hésite, se trouble, puis répond évasivement :

— On a réglé ça, tous les deux… il y a longtemps…

Un psychopathe. Un vrai. Comme dans les films. Ces gens-là existent donc réellement ? Ils n'ont pas été créés par Hollywood pour satisfaire un public en mal de sensations fortes ? Les lèvres sèches, j'ouvre la bouche et déclare :

— T'es malade, Beaulieu.

Il fallait que je le dise. Cela allait trop de soi. Comme une relation de cause à effet. Comme le résultat d'une opération mathématique élémentaire.

Mais au lieu de se mettre en colère, il a un petit ricanement sans joie, comme s'il s'attendait à ma réaction. Il prononce alors un long discours, éparpillé, confus, et plus il parle, plus il se redresse, se lève, s'énerve et monte le ton. Il dit que ma réaction ne l'étonne pas, que c'est ce que tout le monde penserait de toute façon, à cause des valeurs hypocrites qui balisent notre société. Il y a des personnes qui *objectivement* (il insiste sur ce mot, souligne qu'il ne s'agit pas de critères personnels) ne méritent pas de vivre et lui, il rend service à tout le monde en les éliminant. Il parle de violeurs, de chefs d'entreprises qui exploitent leurs ouvriers, de maris infidèles, de médecins incompétents, de tueurs d'enfants qui restent seulement cinq ans en prison, de racistes malsains, de toute une racaille humaine que la justice officielle est incapable de contrôler.

— Tu la vois, la justice, dans notre société ? crie-t-il. Moi, je la vois pas ! Toute ma vie, j'ai vu l'injustice ! Toute ma vie ! C'est mon père qui me l'a fait remarquer et il avait raison ! Jamais il a trouvé le moyen de propager la vraie Justice pis pendant longtemps, j'ai rien trouvé non plus, me contentant de faire de mon

mieux et d'observer avec dégoût ce qui m'entourait !
Mais j'ai fini par trouver ! Il y a quinze ans, à la mort
de mes beaux-parents, j'ai eu une illumination ! Depuis
ce temps, je suis le Justicier ! J'élimine les non-justes !
Ceux que plein de gens souhaitent voir mourir, sans
jamais oser passer à l'acte ! Parce qu'ils n'ont pas la
conscience tranquille eux-mêmes ! Mais moi, j'ai la
conscience nette ! Je suis un Juste, un vrai, je peux
donc éliminer les non-justes ! Pas avec plaisir ni mé-
chanceté, non ! Non, non ! Jamais je tue avec violence
ou cruauté, jamais ! En tout cas, je… j'essaie de…

Il se trouble un moment, a un geste colérique, puis
reprend rageusement :

— Non, jamais de violence inutile, jamais ! C'est un
devoir, c'est tout ! Un travail, pas une partie de plaisir !
Je dépiste les non-justes, je les élimine, ensuite je…

Il s'arrête de nouveau, hésitant, comme s'il était
redevenu lucide, comme s'il réalisait ce qu'il était en
train de révéler. Il pousse un ricanement méprisant et
me crache au visage, de plus en plus hystérique :

— Mais pourquoi je te dirais tout, ça donne rien !
Tu comprendrais pas ! Comme tu comprends pas en
ce moment ! La fausse moralité de notre monde est
tellement entrée dans ta tête que tout ce que tu vois,
c'est que je suis un assassin, point à la ligne ! Hein ?
Tu vois pas la justice, la vraie, dans tout ça ! Tu vois
pas que ce que je fais est juste ! Hein, que tu le vois
pas ? Hein ?… Hein ?… *Hein !…*

Il est terrible, avec ses yeux hallucinés, penché au-
dessus de moi… Je m'enfonce le plus profondément
possible dans mon matelas, convaincu qu'il va se jeter
sur moi d'une seconde à l'autre et me tuer à mains
nues. Tout au long de son discours, j'ai prié pour qu'il
s'arrête, se taise, mais chaque phrase, chaque mot
s'est enfoncé dans mon crâne telle une aiguille dans
une poupée vaudou…

Il se tait enfin et plaque sa main sur sa tempe en grimaçant de douleur. Il se remet à marcher, en respirant douloureusement, puis la souffrance semble s'estomper. Quand il revient à moi, le front couvert de sueur, légèrement essoufflé, il est plus calme.

— Michelle t'a dit que j'aurais dû te tuer comme les autres… C'est la preuve qu'elle comprend pas encore parfaitement… Comme elle comprend pas encore que la violence inutile est mauvaise… Elle est encore jeune… Je lui parle beaucoup de ce que je fais, je lui explique… En vieillissant, il finira par comprendre…

Il a dit *il*… Encore cet emploi déroutant du masculin…

— De toute façon, il va falloir qu'elle comprenne bientôt si elle doit prendre la relève…

Ai-je bien compris ? Cette éventualité m'horrifie tellement que je ne peux m'empêcher de demander :

— Est-ce que… est-ce que Michelle a déjà…

Je n'ose terminer ma phrase. Beaulieu me regarde avec une réelle surprise, puis me dit que non.

— Elle était trop jeune… Mais maintenant, peut-être que…

Il se tait, songeur. De nouveau, je veux lui demander ce qu'il insinue, mais il revient à son idée première : contrairement à ce que pense Michelle, il ne peut pas me tuer, car je n'ai rien fait d'injuste. S'il me tuait, plus rien ne tiendrait, tout son système s'écroulerait et cela le rendrait semblable aux non-justes qu'il combat. Et tandis que je l'écoute, fasciné malgré ma terreur, je constate une fois de plus qu'il y a une cohérence étonnante dans sa folie, une sorte de logique délirante…

Logique peut-être, mais délire quand même. Malgré la peur toujours présente, je lui lance qu'il ne réussira à convaincre personne d'autre que lui et que toutes ses théories sont démentielles et tordues.

Il a un petit sourire hautain et répond fièrement :

— Pourtant, il y a une preuve que ce que je dis est vrai, que j'ai raison... Les échecs.

Il commence à m'agacer avec ses échecs !

— Les pièces blanches, c'est mon armée, l'armée de la Justice ! Et je gagne toujours contre l'armée noire, les non-justes ! Le fait que je gagne toujours prouve que j'ai raison ! Le fait que je n'ai jamais perdu une partie prouve que ma Justice est la bonne !

— Arrête ! Je n'en peux plus de tes délires, de tes théories absurdes ! Ça suffit !

Il relève le menton, l'air ridiculement hautain, et se contente de rétorquer :

— Si ce que je dis est faux, si je délire, alors prouve-le-moi pis bats-moi.

— Te battre ?

— Oui. Bats-moi aux échecs.

Je suis sur le point de lui crier mon exaspération, quand je vois une lueur traverser son regard, sa moustache se retrousser, sa bouche s'entrouvrir...

— C'est ça, prononce-t-il. Ça y est, je viens de trouver...

Il s'approche, s'assoit sur le banc, avance la tête vers moi, le visage radieux. Et c'est là que j'ai enfin entendu l'impossible :

— Je vais te laisser partir le jour où tu vas gagner une partie d'échecs contre moi.

J'en reste bouche bée. Dois-je rire ou pleurer ? Il m'aurait dit : « *Tu vas sortir d'ici si tu réussis à avaler cinquante bananes en cinq minutes* » que je n'aurais pas trouvé cela plus grotesque.

— Jacques, c'est...

C'est la première fois que je l'appelle par son prénom.

— C'est... voyons, ça n'a pas de sens... Personne ne t'a jamais battu !

— Parce que j'ai raison.

— Mais les autres, ceux qui jouent contre toi, ce n'est pas pour prouver une théorie! Ils ne le savent même pas que tu... que tu tues des gens!

Seigneur, comment puis-je évoquer *ça*?

— Pas grave, le jeune. Eux savent pas ce que représentent les échecs, mais moi, je le sais. Je le sais que mon armée blanche est un symbole de ce que je suis, de ce que je fais! Je gagne parce que j'ai raison. Mais si quelqu'un me bat un jour... Si tu finis par gagner contre moi, ça voudra dire que j'ai tort... Pis si j'ai tort, si j'ai eu tort toute ma vie, ben tu pourras partir pis prévenir la police, parce que ma vie, de toute façon, aura plus de sens...

— Mais j'y crois pas, *moi*, à cette théorie-là! J'y crois pas, à la symbolique des échecs, à ton armée blanche contre l'armée noire! Comprends-tu ça? J'y crois pas!

— C'est pas grave, j'te dis! répète-t-il patiemment. L'important, c'est que tu penses que tu as raison! C'est en toi qu'il faut que tu croies.

Sa réponse me désarçonne. Encore et toujours cette maudite logique de l'absurde! Tellement déroutant...

Il croise les bras, souriant, et attend ma réponse. Appuyé contre le mur, je le regarde, lui, puis je regarde la chambre, les murs, la porte, le plateau de bouffe renversé sur le sol, je reviens à Beaulieu, retourne aux murs... J'ai l'impression de perdre pied, de déraper... Doucement, je me mets à parler, comme si j'analysais froidement la situation:

— Toi, Beaulieu, tu es convaincu que tu as raison...

— Ben oui.

— Tu es donc convaincu que je ne te battrai jamais...

— Sûr et certain.

— Ben, c'est absurde, alors ! Ça veut dire que tu es certain que je vais rester ici le restant de mes jours ! Tu proposes une solution à laquelle tu ne crois même pas, c'est... ça tient pas debout !

C'est l'enfer ! On se croirait dans un film des frères Marx ! Même pendant que j'écris ça, j'ai de la difficulté à croire que cette scène a vraiment eu lieu...

Pas désorienté du tout, Beaulieu me dit que je ne resterai pas ici le restant de mes jours, parce que je vais finir par comprendre, à force de perdre aux échecs, que c'est *moi* qui ai tort...

— Pis le jour où tu vas comprendre ça, il y a ben des affaires qui vont changer... Entre toi pis moi, entre toi pis mes idées... Dans ta tête, aussi...

Ah, c'est ça ! Une cure ! Un lavage de cerveau ! En fait, il veut me faire changer d'idée, il veut que je finisse par être d'accord avec lui, en espérant que... que quoi, au juste ? Que je devienne un disciple, un chevalier de la Justice à mon tour ? Que je parte en croisade avec lui contre tous les non-justes de la Terre ? Est-ce qu'il espère vraiment *cela* ? Est-il cinglé à ce point ?

Et pourquoi moi ? Pourquoi vouloir me mettre de son côté ? Dieu du ciel, *pourquoi* ?

— Qu'est-ce que t'en penses, le jeune ?

Long silence.

— Sors.

— Pardon ?

— VA-T'EN ! SORS D'ICI, CRISS TON CAMP !

J'essaie même de me lever, mais un élan de douleur me rappelle que ma jambe est cassée et je me laisse retomber en gémissant. J'entends Beaulieu se lever et me tourne vers lui. Il tient la porte ouverte, il est sur le point de sortir. D'un ton éminemment sérieux, il conclut :

— Gagne une seule partie contre moi, pis t'es libre.

Il sort et ne prend même pas la peine de refermer la porte, ce qui me semble la pire des insultes.

Tandis que je fixe le plafond en respirant bruyamment, une image tournoie avec insistance dans ma tête : Max von Sydow, dans *Le septième sceau,* qui joue aux échecs contre la Mort.

Mais pour moi, c'est pire : si Sydow perd, c'est fini. Moi, si je perds, ce n'est pas fini ! Ça recommence, encore et encore et encore...

Je prends mon oreiller, le plaque contre mon visage et me mets à hurler. Je hurle ainsi de longues minutes, puis je décide que l'oreiller, au fond, est inutile. Je l'enlève donc et hurle vers le plafond, ma voix résonnant avec fracas dans la pièce vide. Je suis pris d'une envie de destruction apocalyptique, je voudrais que chacun de mes cris arrache des pans de mur complets de cette maison impossible... Je hurle longtemps, longtemps... et d'épuisement je tombe dans un demi-sommeil tourmenté...

Et je termine le récit des événements de cette journée en envoyant chier tout le monde ! À défaut de pouvoir semer la destruction autour de moi, je crache ma rage et mon mépris sur ce papier que je déchire avec mon crayon haineux, sur cette feuille misérable qui me sert de catharsis !

Allez chier !

Toute la gang !

Allez tous chier !

Extraits du journal de Maude (V)

9 septembre 1977

Louanges à Toi, mon Dieu, et bénis tous ceux que j'aime.

J'ai sûrement tort, Seigneur, mais Jacques m'inquiète de plus en plus.

Hier, il est rentré du travail plus tard qu'à l'habitude, alors que j'étais en train de faire manger Michelle. Il tenait une grosse caisse de bois entre ses bras et il est descendu directement à la cave, sans un regard pour nous. Il est remonté au bout de quelques secondes pour ressortir aussitôt de la maison. Il a descendu une seconde caisse à la cave, est remonté, a refermé la porte et, enfin, nous a regardées, tout souriant. Il nous a embrassées et m'a demandé si j'avais passé une belle journée. C'était la première fois depuis la mort de notre petit Jacques junior que je le voyais de bonne humeur. Enfin ! Je savais que mes prières ne resteraient pas vaines ! Cela m'a tellement emplie de joie que je ne lui ai même pas demandé ce qu'il y avait dans ces caisses. Pas tout de suite, en tout cas...

Alors que nous terminions notre souper, je me suis finalement informée au sujet des caisses. Il s'est troublé et m'a dit qu'il ne pouvait en parler pour l'instant. Il m'assurait que cela allait être extraordinaire, mais qu'il était trop tôt pour en parler. Je ne comprenais rien à ce qu'il racontait. Il m'a alors demandé avec le plus grand sérieux de ne jamais descendre à la cave, jusqu'à ce qu'il soit prêt à tout me révéler. Je n'ai pas pu m'empêcher de lui exprimer ma surprise et ma déception d'une telle attitude, comme s'il n'avait plus confiance en moi. Il m'a dit que cela n'avait rien à voir avec la confiance, que bientôt il me dirait et me montrerait tout, mais pas maintenant. Il m'expliquait tout cela avec douceur, sans agacement ni colère. De nouveau, il m'a demandé de promettre.

Que pouvais-je faire, Seigneur ? Jamais je ne pourrais m'élever contre les consignes de Jacques, Tu le sais bien ! J'ai donc promis, même si au fond de moi j'étais triste. Pour la première fois, je sentais un fossé entre mon mari et moi.

Jacques a passé la soirée dans la cave. J'entendais des bruits sourds, comme s'il bricolait. Lorsqu'il est remonté vers vingt-deux heures, je lui ai demandé si *cela* avançait. Il a répliqué :

— Pas de questions, Maude !

Et cette fois son ton était dur.

Je me suis tue. Après tout, il avait raison. Je devais attendre. J'avais promis.

Ce matin, quand Michelle m'a réveillée, Jacques était déjà parti travailler. J'ai eu un choc en voyant qu'il avait installé un cadenas à la porte de la cave. C'était vraiment la preuve qu'il ne se fiait plus à moi. Pourtant, jamais je ne serais descendue ! Jamais je n'aurais désobéi à mon mari ! Croit-il donc que je suis une mauvaise femme ? Ne lui ai-je pas toujours démontré mon obéissance et mon soutien en tout ?

Je suis déçue, Seigneur, mais j'entends Ta Voix et celle de maman : je dois me soumettre et avoir confiance. Ce que prépare Jacques sera digne de lui et digne de la justice qu'il a toujours défendue... Alors, j'écoute vos voix et j'espère...

Amen.

◆

24 septembre

Louanges à Toi, mon Dieu, et bénis tous ceux que j'aime.

Il se passe quelque chose d'anormal et d'inquiétant, Seigneur, et cette fois je ne peux plus en douter !

Comme Tu le sais, ces derniers temps, Jacques a passé la plupart de ses soirées à la cave, à préparer son merveilleux projet. Chaque fois qu'il remontait, il était de bonne humeur et cela me rassurait. Néanmoins, il me manquait et je le sentais loin de moi.

Les choses allèrent ainsi pendant deux semaines. Le dimanche, Jacques ne m'accompagnait plus à la messe. Cela m'attristait, mais il était si occupé. Seule avec Michelle, j'allais déposer des fleurs sur la tombe de notre petit Jacques junior...

Puis, hier soir, il est remonté de la cave plus tôt que d'habitude, vers vingt heures, grave et nerveux à la fois : il sortait. Je ne devais pas l'attendre pour le coucher, il était possible qu'il rentre tard. Je lui ai demandé où il allait. Il m'a vaguement répondu que cela avait un rapport avec la cave et que, par conséquent, il ne pouvait m'en parler pour le moment. Il m'a lancé un beau sourire pour me rassurer.

Mais ses lèvres tremblaient.

J'ai joué avec Michelle jusqu'à son coucher, à vingt heures. (Jacques ne s'occupe presque pas d'elle, ces temps-ci, sauf qu'à l'occasion je le trouve penché sur son petit lit en train de lui susurrer des mots insaisissables.) J'ai ensuite écouté la télé. À vingt-trois heures, vaincue par la fatigue, je suis allée me coucher, un rien inquiète. Jamais il ne rentrait si tard, sauf lorsqu'il allait à son club d'échecs, le lundi.

Un bruit de porte, provenant d'en bas, m'a réveillée. Il était un peu plus d'une heure du matin ! Je suis demeurée étendue les yeux ouverts, attendant qu'il vienne me rejoindre dans la chambre. Mais au bout de dix minutes, intriguée, je suis descendue. La cuisine était plongée dans le noir, à l'exception d'un filet de lumière verticale en provenance de la porte de la cave. Elle était entrouverte. Jacques était dans la cave à une telle heure ? Alors qu'il travaillait le lendemain matin ? Ce n'était vraiment pas raisonnable, mais comme j'avais promis de ne pas aller voir, je ne savais trop quoi faire. Je me suis approchée de la porte ouverte, avec l'intention de l'interpeller. Ce n'est pas désobéir, n'est-ce pas, Seigneur ? Seulement l'appeler, sans ouvrir davantage la porte, sans descendre une seule marche… Cela me paraissait tout à fait correct.

Des bruits me parvinrent d'en bas : déplacement d'objets, mais aussi un marmonnement. Jacques parlait à quelqu'un ! Qui avait-il bien pu ramener avec lui en pleine nuit ?

Je demeurais immobile devant la porte, incertaine. Par l'entrebâillement lumineux, je distinguais les premières marches. Malgré moi, j'ai commencé à avancer la main… Pas pour descendre, Seigneur, je le jure ! Juste pour… pour ouvrir un peu plus la porte, afin de mieux l'appeler…

Au même moment, je l'ai entendu remonter. J'ai reculé de deux pas, me sentant coupable. Pourtant, je n'avais rien fait de mal ! La porte s'ouvrit toute grande et Jacques apparut. En me voyant, il s'arrêta net. Je ne distinguais pas ses traits, car la lumière de la cave, derrière lui, l'éclairait à contre-jour, découpant sa sombre silhouette dans le rectangle lumineux. J'arrivais tout de même à deviner le désordre de sa tenue, ses cheveux en bataille, j'entendais sa respiration sifflante. Il m'effrayait, Seigneur, je te l'avoue avec honte! Pour balayer cette impression ridicule, je lui ai demandé avec qui il était.

Pour toute réponse, il a éteint la lumière de la cave, a refermé puis verrouillé la porte, à mon grand étonnement.

— Tu parlais tout seul?

Je ne voulais pas me moquer de lui, j'étais réellement déconcertée. Il est allé allumer la lumière de la cuisine. J'ai enfin vu son visage recouvert de sueur, sa bouche dure, son regard accusateur. C'est d'ailleurs ce qu'il a fait: il m'a accusée d'être descendue dans le but de l'espionner. Je l'ai assuré du contraire. Je venais l'appeler, c'est tout. Avec un regard que je ne lui connaissais pas, il m'a lancé sèchement:

— Mens-moi pas, Maude!

J'étais offusquée, au point de répliquer d'une voix beaucoup plus forte et dure qu'il ne m'est permis de le faire. Je ne mentais pas! Seulement, toute cette histoire commençait à prendre des proportions inquiétantes et il en oubliait son rôle de mari et de père!

Alors... Oh, mon Dieu! Il m'a frappée! Jacques, mon mari qui ne m'avait jamais démontré le moindre signe d'agressivité, m'a donné une gifle en plein visage!

Aussitôt, la flamme étrange de son regard a disparu, et il s'est transformé en homme terrifié par son propre geste. Il a crié: « Ho, Maude, Maude, je ne voulais pas! » Et aussi incroyable que cela puisse paraître, il s'est jeté à genoux, à mes pieds, pleurant à chaudes larmes, et il répétait « Pardon! Pardon! » sans cesse, sanglotant, misérable ! Je crois qu'il faisait encore plus pitié qu'à la mort de notre bébé ! Alors, je me suis mise à pleurer aussi. Car c'était ma faute ! Oui, ma faute ! De quel droit est-ce que je répliquais à mon mari ? De quel droit est-ce que je lui posais des questions, alors qu'il m'avait priée d'être patiente ? Ne pouvais-je donc pas tout simplement avoir confiance en lui, comme je l'avais toujours fait ? Je l'ai relevé, l'ai pris dans mes bras et lui ai dit que plus jamais, jamais je ne lui poserais de questions avant qu'il ne me le permette ! Je l'ai juré sur Ta tête, Seigneur, et punis-moi si je manque à ma parole !

Les sanglots de Jacques ont fini par cesser. Il m'a embrassé avec tendresse, m'a dit que très bientôt je saurais tout, et il a juré de ne plus me frapper, jamais. Il s'est traité de lâche et de salaud, j'ai même dû lui dire doucement de se taire.

Je suis retournée dans mon lit, tandis que Jacques allait à la salle de bain pour se laver. Seule entre mes draps, j'ai frotté doucement ma joue encore brûlante. Bien sûr, j'avais eu tort, mais était-ce une raison pour me frapper ? Je ne savais plus, Seigneur ! Papa n'a jamais frappé maman… Du moins, je ne le crois pas…

Et ses cheveux en désordre, la sueur sur son visage… Ces marmonnements dans la cave…

J'ai alors perçu un faible bruit, un peu plus fort que le son de l'eau du bain, dans la salle de bain. Un léger cri. Michelle se serait-elle réveillée ? Avec toute cette scène dans la cuisine, c'était bien possible.

Je me suis levée. Dans le corridor obscur, un autre petit cri retentit, mais cela provenait de la salle de bain. Jacques était-il blessé ? Inquiète, je suis allé pousser la porte.

Tu sais, Seigneur, que notre bain est contre le mur latéral droit, et que toute personne se trouvant dedans tourne donc le dos à la porte. Jacques y était installé et, manifestement, ne m'avait pas entendu. Moi, je pouvais voir l'eau qui coulait toujours du robinet, le bain à moitié plein... à moitié plein d'une eau étrangement rougeâtre... et je pouvais voir aussi ce que ses mains faisaient...

Quelle terrible, quelle atroce vision !

Il se mutilait les doigts ! Je le distinguais nettement : il prenait une aiguille, se l'enfonçait sous un ongle, la ressortait, puis la rentrait sous un autre ongle ! Le sang coulait de ses doigts, teintait l'eau de plus en plus rougeâtre ! Même si je ne voyais pas son visage, je l'entendais pousser de faibles gémissements de douleur et surtout, surtout, Seigneur, je l'entendais balbutier ces mots :

— La violence est mauvaise... La violence est mauvaise...

Un cri est remonté dans ma gorge et j'ai dû mordre mon poing pour l'étouffer. Rapidement, je suis retournée dans le couloir, puis dans mon lit, défaillante. Oui, j'aurais pu lui dire d'arrêter, de ne pas se faire du mal, lui répéter que je lui pardonnais sa gifle. J'aurais pu intervenir... mais je ne l'ai pas fait parce que j'étais terrorisée, Seigneur ! Et lorsqu'il est venu se coucher, j'ai fait semblant de dormir, trop épouvantée pour lui parler. Même ce matin, lorsqu'il est parti travailler, de bonne humeur, en me souhaitant une bonne journée, j'ai dû faire un effort pour lui sourire, car la terreur m'habitait encore...

En ce moment, Michelle joue au salon. J'écris ces mots dans la salle à manger, en jetant de furtifs coups d'œil vers la porte verrouillée de la cave, et je sens toujours la peur dans mon ventre... Pour la première fois, Seigneur, mon mari me fait peur. C'est absurde, je le sais, je n'ai pas le droit de douter de lui. Je dois continuer à l'aider, à l'appuyer et à lui obéir, et je vais le faire... Je l'aime toujours, là n'est pas la question...

Mais j'ai peur, je n'y peux rien. J'en ai honte. Tellement honte que tout à l'heure, avec Michelle, je suis
allée à l'église avec l'intention de me confesser, mais
on m'a dit que le père Bélile était à Rome pour une
cure. Le brave homme vieillit, son cœur est de plus
en plus atteint et il avait besoin de ressourcement,
m'a-t-on expliqué.

Alors je me confesse directement à Toi, Seigneur:
cette peur me rend coupable et je m'en frappe la
poitrine. Mais je ne peux pas Te mentir...

Aide-moi, je T'en supplie. Et vous aussi, papa et
maman, aidez-moi à être plus forte! Montrez-moi
que j'ai tort! Redites-moi que Jacques est toujours le
même homme extraordinaire et qu'il prépare quelque
chose de magnifique, comme il me l'a dit... Éclairez-
moi de votre lumière, pour que je cesse d'avoir peur...

J'ai confiance en vous.

Amen.

Onze octobre. Je n'ai pas écrit depuis deux semaines. L'écriture est un exutoire, certes, mais comme il ne se passe presque rien de la journée, j'en ai bien peu à raconter... Sauf que, depuis quelques jours, j'ai l'inquiétante impression de décrocher, de décoller, de me détacher de l'idée que je me faisais du réel... Ça ne me rassure pas du tout. Il est donc temps d'écrire. Le crayon me servira peut-être d'ancre pour que je ne dérive pas trop...

Du lundi au vendredi, je suis seul. Le matin, Beaulieu vient me porter à déjeuner, ainsi qu'une bassine d'eau, du savon et un rasoir électrique pour ma toilette. Il m'aide aussi à m'habiller, chaque jour je porte des vêtements propres. Évidemment, je pourrais rester en sous-vêtements, puisque je ne sors pas de mon lit, mais m'habiller m'aide à conserver le moral. Il part travailler, revient dîner et en profite pour me monter à manger. Les premiers jours, je ne lui parlais pas, boudeur... mais peu à peu on s'est mis à discuter. De tout et de rien. Hier, on a même parlé de sport ! Moi qui ne connais rien dans ce domaine ! Parfois, le soir, je repense à ces discussions de manière objective et j'ai peine à y croire. Je me rends compte que, dans d'autres circonstances, Beaulieu serait un homme d'agréable compagnie, et cette constatation me déroute chaque fois. Je ne suis pas devenu son ami, loin de là ! Si j'en avais l'occasion, je lui casserais la tête sans remords. Mais parfois, je me surprends à attendre sa visite... Parler est tout de même mieux que ces longues heures de solitude, durant le jour...

Car elles sont longues, ces heures... Souvent, je réfléchis. À mes parents, qui doivent me croire mort. À Judith, qui doit garder espoir. À la police de Montcharles, qui a dû abandonner toute recherche. Mais je ne me complais pas trop dans ces réflexions, c'est trop démoralisant.

En fait, ma principale occupation est la lecture. Après quatre jours à ne rien faire dans mon lit, sur le point de devenir fou, je demande à Beaulieu s'il a des livres à me passer. Il me dit qu'il ne lit pas, mais que sa femme, elle, est une grande lectrice.

— Je vais lui en parler, le jeune. Je suis sûr qu'elle va te trouver quelque chose.

Quelques minutes après, Maude entre timidement dans ma chambre, osant à peine me regarder, les mains croisées devant elle.

— Jacques a dit que vous aviez quelque chose à me demander.

Sa voix est si faible, si dénuée d'assurance. Je m'accroche toujours à cette idée qu'elle est le seul membre de cette famille qui peut peut-être m'aider. Je désigne donc sur le sol les restes de galettes que Beaulieu m'a apportées ce matin et lui demande si elle les prépare elle-même. Elle me répond par l'affirmative, sans me regarder. Je lui lance, un peu trop enthousiaste, que ce sont là les meilleures galettes du monde.

— Vous dites ça pour m'amadouer, rétorque-t-elle d'une voix égale.

Ça me désarçonne un peu. Elle est peut-être insécure et naïve, mais pas conne, on dirait. Je lui jure sur

Dieu que je dis la vérité, et aussitôt elle relève la tête, le regard légèrement désapprobateur.

— N'utilisez pas le nom de Dieu futilement, monsieur Yannick. C'est mal.

J'avais déjà remarqué son côté *Jesus' freak*. Je décide d'utiliser cette perche pour l'atteindre.

— Vous êtes très croyante, n'est-ce pas ?

— Pas vous ? s'étonne-t-elle.

Je lui dis que oui, bien sûr, absolument, qu'avant d'être enfermé ici, j'allais à la messe tous les dimanches... Bref, n'importe quoi. Elle semble me croire et, pour la première fois depuis mon arrivée ici, elle me regarde pendant au moins une minute sans baisser les yeux. Cela m'encourage :

— D'ailleurs, moi qui ai toujours mené une bonne vie, je ne trouve pas ça très juste, ce qui m'arrive ici...

Son visage tressaille. Je suis sur le bon chemin.

— Et vous, Maude, vous croyez que c'est juste ?

Elle baisse la tête, incertaine, mais la relève rapidement et, avec un aplomb étonnant, me lance :

— Oui, je le crois.

Celle-là, je ne m'y attendais pas. Je me reprends aussitôt et la prie de m'expliquer ça.

— Si Jacques dit que c'est juste, alors ça l'est.

Encore cette dévotion insensée envers son mari, c'est ridicule ! Il y a même de la hardiesse dans ses grands yeux noirs normalement tristes et soumis. Cette femme a dû être belle déjà. Heureuse et belle. Elle ajoute que Jacques croit en Dieu, même s'il ne l'accompagne plus à la messe depuis des années. En appliquant la justice toute sa vie, il a propagé à sa manière l'enseignement du Très-Haut. On s'égare, je dois la ramener à elle. Je lui redemande si elle trouve mon emprisonnement juste, indépendamment de ce que pense son mari. Son visage se crispe de nouveau et sa voix redevient incertaine :

— Toute ma vie est entre les mains de Dieu. S'il accepte tout ça, s'il accepte ce qui se passe ici, c'est parce que ce doit être ainsi. Dieu a…

— C'est pas ça que je vous demande ! que je la coupe un peu sèchement, agacé par ses bondieuseries qui, finalement, ne me sont d'aucun secours. Je vous demande ce que vous pensez *vous*, Maude ! *Vous !* Dans votre âme et conscience !

Elle regarde autour d'elle, légèrement affolée, comme si elle cherchait de l'aide. Cette femme n'a sûrement presque jamais réfléchi de sa propre initiative. Elle s'en remet toujours à son mari ou à Dieu, se croyant inapte à défendre ses propres opinions. Si je peux l'amener à penser par elle-même, pour elle-même, alors c'est gagné : au fond d'elle-même, elle *sait* que cette situation est absurde et injuste…

Sentant le bateau tanguer sous ses pieds, elle s'empresse de changer de cap :

— Vous aimeriez avoir des livres, c'est ça ?

Si je pousse trop, je vais la perdre pour de bon. Je décide donc de ne pas insister… pour cette fois.

Elle sort pour aller me chercher un livre. J'attends sans grand espoir, me disant qu'elle va revenir avec un Harlequin, ou un Danielle Steele, ou quelque chose du même genre… À ma grande surprise, elle me met entre les mains une vieille édition de poche de *Crime et Châtiment,* de Dostoïevski.

— Vous avez lu ça ?

— Bien sûr ! C'est un chef-d'œuvre ! Aussi bon que *Les Misérables* !

Pour la seconde fois, mes préjugés se sont retournés contre moi. L'autre jour, j'étais convaincu de battre un simple chauffeur de taxi aux échecs, et aujourd'hui, je m'imaginais Maude lire uniquement des romans sentimentaux à deux sous. Moi qui me suis inscrit à un cours de littérature, je n'ai jamais lu ni Hugo ni Dostoïevski. J'en ressens une fugitive honte…

— Vous m'en reparlerez, fait Maude d'un air convaincu.

Et comme si elle se rendait compte de la presque familiarité d'une telle phrase, elle rougit violemment et sort de la chambre.

Pendant plus d'une semaine, j'ai lu plusieurs heures par jour ce gros livre de sept cents pages, aux caractères minuscules, et je l'ai terminé il y a quatre jours. C'était vraiment excellent, même si l'histoire de base peut sembler un peu naïve. Un jeune Russe, Raskolnikov, pour défier les règles strictes de la morale, tue sans raison une vieille femme. Malgré lui, le voilà pris de remords, mais il tente de les combattre, convaincu que seuls les faibles éprouvent de tels sentiments. Son combat intérieur sera vain et il finit par se dénoncer à la police. En prison, le remords le prend de nouveau, cette fois non pas à cause de son meurtre mais parce qu'il se trouve faible de s'être dénoncé. C'est sa fiancée Sonia qui, à force d'amour, de compassion et de belles paroles, lui fera comprendre que son geste (celui de se dénoncer) était au contraire une preuve de force et de haute moralité. Raskolnikov est illuminé, trouve Dieu et accepte l'emprisonnement en sachant que le bonheur l'attend au bout de son chemin de croix. Péché-souffrance-rédemption. Pas étonnant que Maude ait aimé. Un roman qui se termine par la victoire de Dieu et de la morale, qui montre la toute-puissance de l'amour d'une femme fidèle et croyante, ne pouvait que lui plaire. Quand je lui ai remis le livre, je l'ai retenue pour lui parler un peu. Je voulais reprendre la discussion où nous l'avions laissée, l'autre jour, aller un peu plus loin, l'atteindre un peu plus profondément. Et curieusement, je me disais que je pourrais utiliser le livre de Dostoïevski à cette fin, sans trop savoir comment. Mais Maude, gênée, a dit qu'elle était trop occupée pour discuter et elle est sortie, en me laissant le premier tome des *Misérables*.

Depuis quatre jours, je lis donc Hugo. Je n'ai jamais autant lu de ma vie.

Situation absurde. Dingue.

Les soirées sont plus… disons, stimulantes. Car tous les soirs se joue ma destinée. En effet, entre sept heures et neuf heures (sauf le lundi où il va à son club), Beaulieu vient jouer aux échecs dans ma chambre, sur une petite table qu'il dresse à côté de mon matelas. Je m'assois, le dos appuyé contre le mur, et nous jouons très sérieusement, dans un silence presque total. J'ai toujours très hâte à ces soirées. Car si, au début, je jouais uniquement pour passer le temps, je me suis fait une raison et j'ai fini par me dire que ma véritable chance de salut était *là,* sur cet échiquier. C'est simple : il faut que je le batte ! Si j'y arrive, il respectera sa parole et me laissera partir, j'en suis convaincu. Beaulieu a beau être fou à lier, il n'est pas menteur, car à sa manière… aussi incroyable que cela puisse paraître… il est *juste…*

Je dis bien : à sa manière !

Je joue donc avec passion, concentration, en me disant qu'un de ces soirs il sera plus fatigué, moins concentré, et je le battrai ! C'est insensé de croire ça, je le sais : il n'a jamais perdu, *jamais !* (Ça aussi, je le crois.) Mais c'est le seul, du moins le principal espoir qu'il me reste ! Alors, je joue, je joue et je joue ! Je me creuse la tête et j'élabore de nouvelles stratégies, plus complexes les unes que les autres. Je réfléchis parfois jusqu'à trois, quatre minutes avant de déplacer une pièce, essayant de m'imaginer le reste de la partie avec une telle force que j'en ai souvent mal à la tête. Mais immanquablement, Beaulieu finit par lâcher une phrase du genre : « *Et mat en quatre coups »,* sur un ton très calme, comme si cela allait de soi. Un bref moment de désespoir, et je replace les pièces pour une autre partie. Nous pouvons en jouer entre sept et dix par soir. Elles durent en moyenne dix-quinze minutes, parfois vingt, parfois cinq. Il y a cinq jours, nous jouions depuis près de trente minutes et ça allait plutôt bien pour moi. J'avais prévu quatre coups d'avance (une première dans mon cas!) et il me semblait impossible que cette stratégie soit contrée. Je me disais même que j'avais une chance, une vraie, lorsque Beaulieu a déplacé son cavalier et a pris ma reine. Je n'avais pas vu venir ce coup du tout, alors qu'il était pourtant évident! Et sans ma reine, ma stratégie s'écroulait, la partie était foutue! Pour enfoncer le clou, Beaulieu a susurré:

— Et mat en six coups.

C'est la première et seule vraie crise que j'ai piquée à la suite d'une défaite. Je voyais avec une complète lucidité l'inutilité, la futilité de ce combat perdu d'avance. J'ai hurlé. J'ai lancé le jeu à travers la pièce. J'ai même essayé de me lever pour étrangler Beaulieu. Ce dernier s'est contenté de sortir de la chambre, sans un mot, l'air navré. Et cette moue désolée a décuplé ma rage.

J'ai crié une partie de la nuit en frappant sur les murs, j'ai rampé jusqu'à la porte pour l'arracher avec mes dents, j'ai vomi de rage et de désespoir. L'épuisement a fini par me jeter dans l'inconscience.

Le lendemain soir, nous recommencions à jouer. Aucun mot n'a été dit sur ma crise de la veille.

J'attends ces soirées avec impatience, toujours. Et si, les premiers soirs, j'essayais de lui faire voir l'absurdité de ce duel, j'ai vite abandonné devant l'inanité de mes paroles.

Beaulieu et moi sommes seuls lorsque nous jouons. Une fois, Michelle est venue faire un tour. Elle est évidemment au courant du marché que son père a conclu avec moi, tout comme Maude. Elle nous observe donc jouer quelques instants, en silence. Ses cheveux

blonds-jaunes sont un peu moins en bataille que d'habitude, sa ligne noire sous les yeux moins grossière.
Elle porte un pantalon rouge en cuir, un chemisier
assez chic. Elle doit sortir. A-t-elle une vie sociale très
active ? A-t-elle des amies ? Si oui, savent-elles à quel
point elle est dangereuse ? Sûrement pas... A-t-elle
un *chum* ?

Baise-t-elle ? .

Encore une fois, et ce, bien malgré moi, malgré le
fait qu'elle m'ait cassé une jambe, son charme bizarre et déroutant, mélange de dureté et de sensualité,
me frappe, me trouble... Et encore une fois, je l'imagine dans son soutien-gorge rouge... Je l'imagine en
sous-vêtements, provocante, lascive... et je chasse
aussitôt cette image absurde et incongrue de mon
esprit, vaguement honteux.

— Tu sais ben qu'il te battra jamais, p'pa !

Ça sonne comme un reproche, non pas comme un
compliment. Beaulieu ne dit rien, concentré sur son
jeu, frottant doucement sa ridicule moustache brune.
Michelle s'adresse à moi, avec ce mépris désormais
familier :

— Tu t'imagines vraiment que tu vas le battre un
jour ? *Wake up, man !*

Je me dis la même chose tous les jours, mais l'entendre de quelqu'un d'autre me donne envie de pleurer.
Cette fois, Beaulieu relève la tête un tantinet et, sans
quitter le jeu des yeux, demande à sa fille de nous
laisser tranquilles. Elle sort en soupirant avec exagé-
ration.

Anne aussi est venue une seule fois durant nos
parties. Elle est restée sur le seuil de la porte d'entrée,
son père lui tournait le dos et ne pouvait la voir. Elle a
regardé le dos de Beaulieu pendant de longues secondes, plus pâle que jamais, puis a tourné ses deux
grands trous noirs vers moi, une seconde à peine. Ç'a

été suffisant pour transformer mon sang en glace. Elle a fini par sortir, sans un bruit.

Ça, ce sont les semaines. Le premier week-end, je l'ai passé seul. En fait, les quatre jours qui ont suivi ma blessure et la proposition de Beaulieu, j'ai refusé de parler à quiconque. J'ai donc passé mon premier samedi à écrire toute la journée avec une frénésie qui confinait à la démence. J'ai noirci une centaine de pages dans lesquelles je décrivais mille et une méthodes pour assassiner chacun des membres de cette foutue famille. C'était fou, illisible, dénué de sens et de cohérence, et à la fin de la journée, j'ai tout déchiqueté en braillant de rage et de frustration. Je suis resté en état de transe jusqu'au dimanche soir. Peu à peu, l'évidence se frayait un chemin dans ma tête.

Le lundi soir, j'acceptais de jouer aux échecs avec Beaulieu. Il en a été carrément ému !

La deuxième fin de semaine a été un peu plus mouvementée (mais tout est relatif : en ce moment, pisser et chier dans le seau de métal à côté de mon matelas devient une aventure !). Dans l'après-midi du samedi, Beaulieu et Michelle m'ont fait descendre au salon pour écouter la télé. Moi qui ai toujours détesté cette boîte à images abêtissante, j'ai failli verser des larmes de joie en écoutant un jeu-questionnaire débile et un film de série Z. Michelle, ennuyée, a dit qu'elle allait bricoler dans la cour. Maude nettoyait le four dans la cuisine. Anne devait être dans sa chambre, assise sur son lit à fixer le mur. Beaulieu est resté avec moi et nous avons regardé la télé comme deux bons copains…

Il en a profité pour me faire faire de l'exercice : avec des béquilles qu'il avait trouvées Dieu seul sait où, je me suis promené dans le salon pendant une dizaine de minutes. Beaulieu m'encourageait, heureux de me voir aller, comme s'il était mon thérapeute. Et je dois avouer que moi-même j'éprouvais un plaisir enfantin à déambuler ainsi, maladroitement, sous le regard de mon geôlier…

… et je me suis vu alors frapper Beaulieu avec ma béquille… lui fendre le crâne d'un coup précis…

Ridicule… Avec Michelle en plus, dans la cour, prête à me casser l'autre jambe…

Guérir… Une fois guéri, je tenterai une nouvelle fuite… Pas avant. Avec mon plâtre, ce serait un suicide d'essayer…

Je me suis donc contenté de marcher un peu et d'écouter la télé. Le bonheur que m'ont procuré les images sur l'écran s'est vite transformé en souffrance. Souffrance de voir l'extérieur, de voir que dehors la vie continuait et que tous se foutaient de moi…

… sauf papa et maman, bien sûr… et Judith…

J'ai remarqué que le téléphone dans le salon était de nouveau branché. Beaulieu a compris qu'avec ma jambe cassée je m'y rendrais plus lentement qu'une tortue, alors…

D'ailleurs, pendant que j'écoutais la télé, il a sonné… Cette sonnerie m'a fait l'effet d'une décharge électrique. À Maude qui s'approchait pour décrocher, Beaulieu a lancé :

— On répond pas.

Obéissante, Maude a rebroussé chemin. Après huit sonneries, le téléphone s'est tu.

Mais durant ce tranquille après-midi de télévision, un petit événement en apparence insignifiant vient réactiver ma terreur. Le générique final du film est en train de défiler sur l'écran lorsque Michelle entre dans la maison par la porte de la cuisine. Elle a les mains couvertes d'huile et fouille dans un tiroir. Agacée, elle vient au salon et demande où est le tournevis. Beaulieu, écrasé dans son fauteuil, une limonade à la main (je ne l'ai jamais vu boire d'alcool), lui lance un regard interrogateur.

— J'en ai besoin pour réparer les *breaks* de mon bicycle.

Même si elle ne parle pas très bien (et je suis sûre qu'à la maison elle se retient, car aussitôt qu'elle laisse échapper un juron, son père la ramène à l'ordre), elle n'a aucun de ces tics de langage propres aux ados : « *Tsé…* », « *Genre que…* », « *C'est comme…* », « *Pis toute, là…* ». C'est sûrement une des raisons qui font qu'elle a l'air plus vieille que son âge…

Avec fierté, Beaulieu se tourne vers moi :

— Tu vois ça, le jeune ? Ma fille qui répare elle-même son vélo ! Débrouillard, hein ?

— Débrouillar-*de* ! rétorque sèchement Michelle.

Beaulieu ignore complètement la remarque et se met à réfléchir à voix haute :

— Le tournevis… Attends un peu… Peut-être qu'il est dans la cave…

Il semble aussitôt regretter ses paroles. D'ailleurs, tout se fige dans la maison. Le bruit de la brosse nettoyant le four s'arrête instantanément. Je me tourne vers la cuisine et vois Maude, à quatre pattes devant le four, immobile. Je ne vois pas sa tête, camouflée à l'intérieur, mais je suis sûr qu'elle dresse l'oreille. Michelle, elle, hausse les sourcils d'étonnement, puis ose un petit sourire malin. Beaulieu se mord les lèvres, le visage sombre.

La cave… J'avais donc raison… Il se passe des choses dans cette cave à la porte cadenassée…

Beaulieu se lève alors en disant qu'il descend chercher le tournevis. Michelle lui dit alors :

— C'est vrai que tu la connais tellement bien, ta cave…

Elle a toujours son sourire baveux. Beaulieu la fusille du regard, la bouche pincée. À la cuisine, Maude a sorti la tête de son four et nous regarde, littéralement terrifiée.

— Tu pourrais amener Yannick avec toi, ajoute Michelle. C'est la seule pièce de la maison qu'il a pas encore…

— Heille, Michelle, tu fais-tu exprès, batince !

Tout le monde sursaute, moi le premier. Il se masse aussitôt la tempe gauche en fermant les yeux. Michelle a cessé de sourire et a même baissé la tête, matée. Cet aspect de sa personnalité me déroute. Cette fille manifestement rebelle, marginale et peu portée sur l'esprit de famille provoque sans cesse son père, et pourtant elle se soumet toujours à son autorité, comme si le respect paternel finissait toujours par l'emporter.

Beaulieu se calme et, avec une voix de mauvais acteur, il explique :

— C'est pas gentil de le narguer, Michelle… Tu sais bien qu'il peut pas descendre à la cave avec sa jambe cassée…

Et il m'adresse un sourire parfaitement faux. Pauvre Beaulieu. Je pourrais lui dire qu'il perd son temps. Mais j'ai trop peur. Beaucoup trop. Je me contente d'afficher un sourire aussi faux que le sien.

Le soir, on a joué aux échecs.

Le lendemain, dimanche, après le dîner, ils sont partis pour le reste de la journée, je ne sais où. Pour le souper, ils m'ont laissé des viandes froides, des fruits, des jus… J'essais de les imaginer en train de souper avec des amis… Beaulieu qui rigole, Maude qui sourit timidement, Michelle qui s'emmerde, Anne qui… qui ne fait rien… J'imagine les amis des Beaulieu sourire poliment à Anne, lui passer doucement la main dans les cheveux alors qu'intérieurement ils doivent être indisposés devant cette enfant morbide qu'ils sont obligés de supporter…

Les Beaulieu reçoivent-ils de la visite ? En temps normal, je l'ignore, mais depuis que je suis ici, ils n'ont évidemment reçu personne. Trois fois, au cours des deux dernières semaines, on a sonné à la porte. Chaque fois, Beaulieu montait dans ma chambre, me bâillonnait et redescendait... Ainsi ficelé, je tendais l'oreille. J'entendais la porte d'en bas s'ouvrir, une brève discussion dont je ne percevais pas les mots, puis la porte se refermait. Une fois, la personne est entrée, car j'ai entendu des bruits de chaises, une discussion qui s'étirait... Sûrement un ami de Beaulieu. Fou d'espoir, je m'étais jeté en bas de mon matelas et, avec ma jambe valide et mes mains, m'étais mis à frapper le sol. Mais au bout de quelques secondes, Beaulieu était monté et, le visage dur, m'avait appliqué un mouchoir mouillé sur le nez. Ça devait être du chloroforme ou quelque chose du genre, car j'avais perdu conscience rapidement. Quand j'étais revenu à moi, le silence était total dans la maison. Le visiteur était parti.

Jamais personne n'est venu l'après-midi, pendant la semaine, sauf une fois. Mais Maude n'a pas répondu. Elle doit avoir des consignes à ce sujet...

J'ai tenté une pathétique fuite, il y a cinq jours. Depuis que j'ai la jambe dans le plâtre, Beaulieu ne ferme plus la porte de ma chambre, sauf lorsqu'il va travailler. Une nuit, j'ai littéralement rampé hors de mon matelas. J'ai réussi à me mettre debout et, à cloche-pied, en me tenant aux murs, j'ai réussi à traverser une partie du couloir plongé dans les ténèbres. Mais avant que j'atteigne les marches, Beaulieu était levé, endormi, ébouriffé, la moustache en broussaille, et il me ramenait dans mon lit, sans agressivité, grommelant seulement que j'agissais en enfant. Et il retournait se coucher, me laissant tout penaud sur mon matelas. Franchement, dans d'autres circonstances, cette scène aurait relevé du plus grand comique. Dans d'autres circonstances...

Voilà à quoi ressemble mon morne quotidien. Voilà pourquoi j'ai parfois la désagréable impression de me détacher de la réalité, que le réel, le vrai, celui qui existait dehors, en dehors de moi, n'existe plus…

L'événement le plus notable s'est peut-être produit aujourd'hui, juste avant le souper. Inconsciemment, c'est peut-être pour ça que j'ai retrouvé l'envie d'écrire… Je suis en train de lire lorsque j'entends Maude monter l'escalier. Les sons me parviennent parfaitement car, comme Beaulieu est revenu du travail et qu'il se trouve en bas, la porte de ma chambre est ouverte. J'entends Maude entrer dans sa chambre, puis en sortir au bout de quelques minutes. Aussitôt, je l'appelle. Je me dis qu'il est temps que je poursuive ma petite campagne de relations publiques.

Maude apparaît dans l'embrasure de la porte, incertaine. Je lui dis que lire toute la journée, c'est long, que j'ai envie de parler un peu.

— Allons, juste quelques mots, Maude… Votre mari est en bas, vous n'avez rien à craindre… Et avec ma jambe dans le plâtre…

Elle hésite toujours. J'ajoute :

— Je voulais vous parler de *Crime et Châtiment*…

L'appât est bon. Curieuse, elle fait quelques pas dans la chambre et me demande comment j'ai trouvé le livre. Je me lance dans une critique apologique, au grand plaisir de Maude. Elle ne va pas jusqu'à sourire, mais elle me regarde intensément, ce qui est déjà énorme. Je lui dis à quel point j'ai trouvé le personnage de Sonia exceptionnelle.

— Elle fait ce que toute femme amoureuse devrait faire ! que j'ajoute. Aider l'homme aimé, le supporter, lui montrer le bon chemin…

Maude hoche doucement la tête et esquisse même un vague sourire, ce qui relève du tour de force ! Elle a de nouveau fait quelques pas (sûrement sans s'en rendre compte) et se trouve maintenant au milieu de la pièce.

— N'est-ce pas, Maude ? Si le mari fait quelque chose de mal, sa femme a le devoir de le lui indiquer... Non ?

Son sourire vacille. Elle a compris.

— Maman a toujours dit qu'un bon mari sait toujours ce qu'il fait et que ce qu'il fait est toujours bon. Le rôle de la femme est donc d'aller dans le même sens que son mari.

Bon Dieu ! c'est pas une femme, ça, c'est une caricature ! Elle se ferait lapider par n'importe quelle fille le moindrement évoluée, c'est certain ! Moi-même, j'ai de la difficulté à jouer le jeu et je dois me retenir pour ne pas lui hurler : « *Réveille-toi, criss de cruche ! On est en 91 !* » Je poursuis donc calmement :

— Bien sûr, c'est ce qu'il faut faire... dans les cas où le mari a raison... Mais s'il a tort...

Elle ne répond rien.

— Maude, je suis sûr que Sonia est un modèle de femme, pour vous... Un modèle d'amour, de dévotion et de vertu... Elle a aidé son amoureux en lui ouvrant les yeux... Alors pourquoi... pourquoi ne feriez-vous pas la même chose ?

Je m'attendais à la voir défaillir, balbutier, mais c'est d'une voix dure et sans faille qu'elle me dit :

— Vous me prenez pour une idiote, n'est-ce pas, monsieur Yannick ?

Ses yeux noirs sont soudain magnifiques et pour la première fois sa ressemblance avec Michelle me saute aux yeux.

J'arrête la comédie et dis, plus gravement :

— Je veux juste que vous vous interrogiez sur ce qui se passe. Je veux que vous vous posiez enfin des questions.

— Parce que vous pensez que je ne m'en suis jamais posé ? Mais c'est fini, maintenant ! C'est moi qui ne comprends pas la portée de ce que Jacques fait, voilà tout ! Et Dieu m'a aidée à accepter cette incapacité de ma part !

— Mais Dieu n'a jamais encouragé le meurtre, Maude ! Il n'a jamais...

— Il a brûlé Sodome et Gomorrhe parce que le vice y régnait ! Il a noyé toute l'armée du pharaon qui poursuivait Moïse ! Il a exterminé l'humanité pécheresse au complet avec son Déluge ! Dieu a tué des millions de gens, monsieur Yannick ! Parce que ces gens représentaient le Mal ! Et c'est ce que fait Jacques ! Il élimine le Mal !

Elle n'a jamais parlé avec autant de force. Elle halète presque, victorieuse. Que puis-je répondre ? Que puis-je répondre à une fanatique religieuse qui va jusqu'à justifier les assassinats de son Dieu ?

Non... Ce n'est pas Dieu qu'elle justifie... C'est son mari... Je le vois à cette petite lueur hésitante dans son regard... Oubliant toute prudence, j'articule d'une voix basse :

— Vous ne croyez pas ce que vous dites, Maude...

Elle chancelle, le visage soudain crispé par quelque chose qui ressemble à de la panique. Tant pis! S'il faut la brusquer, je vais le faire sans remords ! Je ne suis pas en position d'épargner qui que ce soit! Est-ce qu'on m'a épargné, moi ? Sans prudence, sans me demander si Beaulieu risque de nous entendre ou non, je lance :

— C'est votre crainte de Dieu et vos principes qui vous empêchent de réagir. Et c'est pour ça que vous admirez tant Sonia: au fond, vous voudriez être comme elle, avoir la force et le courage de crier ce que vous pensez vraiment ! Crier à votre mari que ce qu'il fait est mauvais ! Mauvais et injuste !

Ses yeux deviennent vitreux, humides, sa bouche se met à trembler.

— Mais qui êtes-vous pour me dire de telles choses ! Vous êtes un étranger, ici ! Un étranger !

— C'est en plein ça! que je réplique sèchement.
Un étranger que votre fou de mari garde ici de force!
Envers et contre tous! Contre vous!

Maude tourne alors les talons et s'éloigne à toute
allure. Ah, non! Elle ne va pas encore se sauver! Pas
cette fois! Elle dérape, elle est sur le point d'ouvrir
toute grande cette porte fermée depuis tant d'années,
je ne vais pas la laisser se défiler!

— Après toutes ces années à prier Dieu, à idéaliser
le mariage, c'est la récompense que vous espériez?
C'est ça, l'idée que vous vous étiez faite du bonheur?
Vous n'êtes pas heureuse et vous le savez! Vous êtes
malheureuse, Maude, *malheureuse à mourir!*

Elle fait volte-face et de grosses larmes coulent sur
ses joues, mélange effrayant de colère et de désespoir.

— Vous n'avez pas le droit! hurle-t-elle, hystérique. Vous n'avez pas le droit, vous n'avez pas le
droit, *vous n'avez pas le droit!*

C'est tout simplement insoutenable. Devant moi,
j'ai la souffrance de la conscience, la conscience im-
puissante parce qu'on ne lui a jamais donné le droit
d'être lucide. Je voudrais plaindre cette femme, avoir
pitié d'elle, mais j'en suis incapable. C'est peut-être
ce qui rend cette scène si effroyable.

Je ferme les yeux, pris d'une étourdissante nausée.

Soudain, une voix inquiète, en bas:

— Maude?

Nous avions complètement oublié Beaulieu. Soudain
apeurée, elle sort en vitesse de ma chambre et je l'entends descendre les marches. Sons de discussion. Ça
y est, Maude va raconter à son mari que je la harcèle
et Beaulieu va me foutre la correction du siècle! Mais
les minutes passent et personne ne monte. Maude a
dû inventer une histoire à Beaulieu... et lui, avec son
incroyable naïveté, l'a crue.

Pourquoi n'a-t-elle rien dit? Est-ce la preuve que
j'ai touché quelque chose en elle? Que je l'ai gagnée

à ma cause ? Impossible à savoir… Les prochains jours me le diront, j'imagine…

Tout à l'heure, nous avons joué aux échecs. Huit parties. Huit défaites.

Encore un mois dans le plâtre. Si, pendant tout ce temps, je n'ai pas réussi à battre Beaulieu (ce qui est à peu près sûr) ou si je n'ai pas réussi à convaincre Maude de m'aider à partir (ce qui n'est pas évident), alors ce sera la fuite. Par n'importe quel moyen. Une fois sur pied, mon unique raison de vivre sera la fuite. Après tout, la dernière fois, j'ai presque réussi… même si ça m'a coûté une jambe.

Et la prochaine fois, ça me coûtera quoi ?

J'ai assez écrit pour ce soir, je crois. Je vais me coucher.

Pour être en forme demain soir.

Pour être prêt à de nouvelles parties.

Une. Gagner juste une partie. Statistiquement, ça doit arriver. Il n'a jamais perdu, c'est vrai, mais il n'a sûrement jamais joué autant de parties avec le même adversaire. Mathématiquement, j'ai donc des chances.

Juste une.

Une.

◆

Le vingt-six octobre. Un mois d'enfermement.

Complètement dément.

Chaque journée se traîne péniblement. Maude n'a pas osé revenir me voir depuis notre affrontement. Je lis plusieurs heures par jour. De grands classiques, mais tous portés sur le bien, la morale : Hugo, Bernanos, Claudel… C'est tellement plein de bonnes intentions que ça en devient écœurant, comme une sauce trop riche…

Quand je ne lis pas, je réfléchis. J'attends le soir…

Je ne compte plus le nombre de parties jouées chaque semaine. Ça me possède complètement. La nuit, je rêve de jeux parfaits, de stratégies incroyables.

Et il gagne! Toujours, tout le temps! Toutes les criss de parties! Chaque fois qu'il annonce « et mat » en trois, quatre ou cinq coups, c'est un coup de marteau dans ma tête, un lambeau de ma chair arraché! Pourtant, je suis devenu un bon joueur! Un très bon, même! Michelle, l'autre jour, est venue nous observer et elle m'a dit que je m'améliorais. Elle se foutait de ma gueule, je le sais, mais elle a tout de même raison! Je battrais la plupart des joueurs d'échecs réguliers, j'en suis sûr!

Mais c'est Beaulieu, l'ennemi à abattre!

À une ou deux reprises, la partie a été relativement chaude. Je le savais au front plissé de Beaulieu, aux longues minutes de réflexion avant chaque coup, à la lenteur de certains de ses déplacements… En ces rares occasions, l'espoir m'a effleuré. Mais la défaite n'en a été que plus cuisante.

Quand il me quitte, vers neuf heures, neuf heures et demi, il me répète avec fierté qu'une fois de plus il a prouvé qu'il avait raison. Avant, je me taisais et me contentais de l'envoyer chier mentalement. Mais hier soir, je lui ai répondu spontanément, sans réfléchir :

— Tu penses ça? Je vais te prouver que t'as tort, Beaulieu! Que c'est moi qui ai raison!

Je me suis étonné moi-même. Beaulieu a aussi semblé surpris, mais j'ai bien vu aussi une étincelle de satisfaction traverser son regard. Car ma réaction démontre que, malgré moi, je suis en train d'embarquer dans son jeu. Inutile de me le cacher : j'aimerais le battre pour m'en aller, oui, mais aussi pour lui montrer qu'il a tort. Que ses théories folles sur la justice et les échecs, c'est de la merde. Du pur délire. J'aimerais gagner une partie juste pour le voir s'écrouler, juste pour voir les dégâts qu'une telle révélation lui infligerait! Je crois que ça me ferait autant plaisir que de sortir de cette maison!

Penser ainsi m'inquiète un peu.

Je dois réajuster mon tir : dès ce soir, chaque partie représentera la possibilité de ma liberté, et rien d'autre.

Rien d'autre!

◆

Il s'est passé quelque chose tout à l'heure. Faut que je l'écrive. Faut que ça sorte de moi.

Beaulieu et moi avons fini nos parties depuis environ une demi-heure. Ma lampe est éteinte et seul l'éclairage du corridor diffuse une faible lueur dans ma chambre. Je fixe le plafond en repassant dans ma tête les dernières parties, essayant d'analyser mes failles et mes faiblesses, lorsqu'une silhouette se profile dans le rectangle de la porte. Je reconnais Michelle. Elle finit par avancer dans la pièce et peu à peu je la distingue plus nettement. Elle est habillée d'une robe de chambre rouge vif qui me rappelle étrangement le dessin de la reine rouge dans sa chambre. Elle n'arbore pas son sourire moqueur habituel, ce qui la rend presque méconnaissable. Elle avance de sa démarche féline et masculine à la fois, puis s'arrête au milieu de la pièce.

— Tu dormais?

Je lui réponds que non. Sa visite m'intrigue et me met sur le qui-vive. Avec cette fille, on ne sait jamais à quoi s'attendre.

Elle brandit alors un morceau de vêtement : je reconnais le soutien-gorge rouge. Sans raison précise, je ressens une gêne fugitive, mais je ne dis rien. D'en bas proviennent en sourdine les sons de la télé, un bruit de robinet ouvert…

— L'autre jour, quand tu l'as trouvé dans ma chambre, ç'a dû te donner des idées, hein?

— Absolument pas, que je réponds un peu trop rapidement.

— Ostie de menteur! rétorque-t-elle avec colère. Tu penses que je les vois pas, tes petits regards en coin? Tu penses que je le savais pas, l'autre jour, à quoi tu songeais en me regardant?

Bon Dieu! suis-je si transparent? Lit-elle dans mes pensées? Malgré la pénombre, elle doit deviner mon malaise car, avec un petit ricanement nasillard, elle ajoute:

— T'oses même pas l'avouer.

Non, pas question! Cette fois, cette sale agace de seize ans n'aura pas le dessus sur moi! Y a une limite!

— Ça suffit, Michelle... À quoi tu joues, au juste?

— Justement, moi, je joue jamais! Contrairement à toi pis ta gang!

Ma gang?

Elle est tout près de mon matelas et se penche, plie les genoux. Ses cheveux longs et filasses effleurent mon menton et un frisson me traverse le ventre.

— Toi, tu joues! Tu joues à me regarder, à me désirer, à fantasmer sur moi! Moi, l'ado de seize ans qui t'excite à mort, même si t'oses pas te l'avouer clairement! Envoie! Dis-le, ostie de pisseux! Admets-le donc!

Il faut que je lui cloue le bec. Ce serait tellement une belle victoire, pour moi, de déstabiliser cette petite garce! Je réponds donc avec force:

— Oui. Oui, je fantasme sur toi.

Je regrette aussitôt ces stupides paroles. Loin d'être bouche bée, l'adolescente a un sourire satisfait et murmure avec dédain:

— C'est justement pour ça que tu m'auras jamais...

Ses yeux me crachent littéralement dessus. Moi, je me sens minuscule, et je n'y peux rien! Rien de rien! Je pourrais au moins la frapper, elle est là, tout près!

Ce serait facile ! Mais je ne peux pas bouger. Je me sens trop… minable.

Elle se relève et sort rapidement de la chambre, sa robe de chambre rouge flottant derrière elle.

Je frappe avec rage sur mon matelas. Qu'est-ce qui me prend, sacrament ! Est-ce que cette immobilité forcée me ramollit à ce point ? Le pire, c'est qu'elle a raison ! Je suis minable ! Minable de bander sur une ado même pas si belle, qui est peut-être encore vierge malgré les airs de salope qu'elle se donne ! Minable surtout de me laisser impressionner par elle ! Elle doit rire de moi pas à peu près, en ce moment !

C'est fini, maintenant, fini ! Elle ne m'aura plus ! Je ne me laisserai plus damer le pion par elle ! J'en fais le serment !

Je tourne et retourne sur mon matelas pendant une bonne heure, tremblant de colère, mais finis par m'endormir.

Je rêve. Je baise une fille. Elle est à quatre pattes devant moi et je la pénètre avec une frénésie que je ne me connais pas. Tout est rouge, autour de nous, les murs, le plancher, l'éclairage, le plaisir qui monte dans mon ventre… Et tandis que j'éjacule au point d'en avoir mal, la fille me lance :

— Profites-en, parce que le seul endroit où t'as le courage de m'avoir, c'est dans tes rêves !

En disant cela, elle tourne la tête vers moi, moqueuse. Je reconnais Michelle.

Je me réveille aussitôt et regarde autour de moi avec panique. La lumière du couloir est éteinte, tout le monde est couché.

Quelque chose de poisseux, entre mes jambes, sur mon sexe encore à demi dressé…

Je me mets à crier, incapable de me retenir. Je crie un seul mot : non ! Je le crie une vingtaine de fois, dans la noirceur de ma chambre.

La lumière du couloir s'allume et Beaulieu apparaît, me demande ce qui se passe. Je lui crie de partir, de foutre le camp. Mais il insiste, inquiet, et prononce même cette phrase grotesque :

— Allons, le jeune, tu peux me le dire ! Je veux juste t'aider, moi...

Instinctivement, je me saisis du second tome des *Misérables* et le lui lance de toutes mes forces. Il finit par battre en retraite. La lumière s'éteint.

J'imagine Michelle, dans sa chambre, en train de ricaner dans son lit...

J'enfonce mon visage dans l'oreiller et me mets à pleurer...

Il fallait que je me défoule... J'ai allumé ma petite lampe et j'ai écrit... Mais la lave coule toujours dans mes veines... L'écriture n'est plus satisfaisante... Frapper le papier, le déchirer même avec mon crayon ne suffit plus... C'est sur quelqu'un que je veux frapper, sur de la chair, sur un visage, je veux voir du sang gicler sous mon poing...

Je perds les pédales. Complètement...

Me revoilà en train de pleurer ! Ça ne peut plus durer ! Il faut que je parte d'ici ! Beaulieu, mon tabarnac, c'est de ta faute, de ta criss de faute ! Je vais te battre aux échecs, tu m'entends ? Je vais te battre, t'écraser ! Pis si je te bats pas, je vais me sauver en vous tuant, toi, ta folle de femme, ta plote de fille pis ton petit zombie avec ses gros yeux de poisson mort ! Je vais tous vous tuer, toute la câliss de gang ! Je vais pisser sur vos cadavres, pis je vais rire ! Rire ! Rire à en mourir ! D'ailleurs, je ris déjà, à l'instant !

Ah, ah ! Ah-ah-ah !

Ah-ah ah-ah, ah-ah-ah, ahahahahahah ! Ah ah ah ah-ah-ah-ah ahahahahahahah ah ahaha ! Ah-ah ! AH-AH-AH-AH ! AHAHAHAHA ! AH ! AH ! AH ! AH ! AAAAAAAAH !

Extraits du journal de Maude (VI)

27 février 1978

Louanges à Toi, mon Dieu, et bénis ceux que j'aime.

Cela fait cinq mois que Jacques travaille dans la cave et il ne m'a toujours pas dit ce qu'il trame. Il y a deux mois, il y a passé une semaine complète. Depuis, il y descend seulement une ou deux fois par semaine, mais il en remonte chaque fois dans un état second.

J'ai lutté pour éloigner l'inquiétude de mon cœur, comme Tu le sais, mais c'est au-delà de mes forces. Bien sûr, il m'a dit qu'il préparait quelque chose de formidable, mais j'ai de plus en plus de doutes. Il y a des bruits tellement étranges qui viennent de la cave, par moments... Et des voix, aussi. Impossible de savoir si Jacques parle seul ou avec quelqu'un. Surtout, il y a ces odeurs qui, à deux ou trois reprises, ont envahi la maison, désagréables et inconnues. La plupart des gens ne seraient-ils pas inquiets à moins? La plupart des épouses ne seraient-elles pas descendues dans la cave? Mais pas moi. Malgré mon inquiétude, je resterai fidèle, c'est mon devoir.

Je n'ose plus lui poser aucune question, surtout depuis ce terrible soir où il m'a frappée... et où il s'est planté des aiguilles sous les ongles... Depuis, il n'a plus levé la main sur moi, Seigneur, et il est très gentil, très avenant... mais je dois l'avouer : depuis ce fameux soir, je ne le regarde plus comme avant... Ces pensées me culpabilisent tellement que l'autre jour je m'en suis confessée au père Bélile. Il a dit comprendre mes inquiétudes. Certes, Jacques a fait une mauvaise chose en me frappant, mais le père Bélile m'a expliqué la faiblesse de l'Homme. Il m'a aussi rappelé mes devoirs, m'a exhortée à la patience. Il ne m'a pas jugée. Quel brave homme ! Son cœur malade l'affaiblit beaucoup, je le sens de plus en plus fragile, mais il continue à tendre une oreille compréhensive et bonne vers moi...

Michelle parle beaucoup. Elle a un langage beaucoup plus développé que la plupart des fillettes de trois ans, nous sommes très fiers d'elle. Par contre, je la trouve de plus en plus agressive. Elle ne pleure presque jamais, mais elle crie beaucoup. Cela ne m'étonne pas. Jacques est sévère avec elle et la traite durement. Il est juste, comme toujours, mais il manque parfois de douceur. Il m'a répliqué, l'autre jour :

— Si on élève Michelle avec trop de laisser-aller, il va devenir une chiffe molle !

Il a parlé de Michelle au masculin... Sûrement une erreur inconsciente. N'empêche, je n'ai pas aimé cela...

Et puis... Tu sais à quel point je n'aime pas parler de ces choses, Seigneur, mais comme Jacques veut absolument un garçon, nous faisons l'acte très souvent. Je ne me refuse jamais, évidemment, mais je n'éprouve toujours aucune forme de plaisir à faire cela... Même que j'en suis rendue à détester carrément cet acte animal, dégoûtant et douloureux... Pour la millième fois, j'essaie de comprendre comment cette action peut être associée à l'amour, comment des femmes peuvent y éprouver du plaisir… Ouvre-moi les yeux, Seigneur…

La meilleure chose qui pourrait arriver, c'est que je tombe enceinte d'un garçon… C'est peut-être la seule chose qui remettrait tout en ordre… Mais c'est moi qui suis intolérante… Au fond, tout est en ordre ! Jacques est redevenu gentil, heureux, attentionné… C'est juste cette… cette cave qui m'embête…

Pardonne-moi, Seigneur, d'être si méfiante… Rends-moi plus forte…

Amen.

◆

30 février

Louanges à Toi, mon Dieu, et bénis tous ceux que j'aime.

Encore cette cave, encore et toujours !

Hier soir, Jacques est entré assez tard et je l'ai entendu descendre. Il n'est remonté que vers quatre heures. Il a pris une douche et est venu se coucher, exténué. J'ai fait semblant de dormir, je n'ai pas posé de questions.

Ce matin, les odeurs bizarres sont revenues.

En sortant du lit, ce matin, Jacques avait des pansements aux pieds. Et une grande écorchure au cou, aussi. Il m'a vaguement parlé d'une blessure au travail. Se blesser les deux pieds en conduisant un taxi ? Et son cou ? Pardonne-moi, Seigneur, mais je suis sûre qu'il me ment ! Cette blessure est encore liée à sa cave, je le sais !

Je voudrais me calmer, me convaincre que tout va bien, mais de tels détails ébranlent ma confiance et ma tranquillité. Bientôt, quand Jacques va tout m'expliquer, je vais peut-être en rire, mais pour l'instant je n'y arrive pas.

J'ai tort, je sais, tellement tort. Je n'ai pas le droit, moi, faible femme, de douter de la droiture de mon mari. Demain, j'irai à la confesse. Le père Bélile me fera du bien, comme toujours.

Et Toi aussi, mon Dieu, Tu m'aides. Juste en T'écrivant, je sens Ta lumière me rassurer.

Bénis-nous tous.

Amen.

Extérieur
Mardi 29 février 1978

Le docteur Philippe Allard, veuf de cinquante-quatre ans, écoutait son disque préféré, les Quatre Saisons de Vivaldi, les yeux fermés, un sourire extatique aux lèvres, bien enfoncé dans un fauteuil de son vaste et riche salon.

Brusquement, la porte d'entrée qui communique directement avec le salon s'ouvrit : le docteur Allard avait la mauvaise manie de verrouiller sa porte seulement au moment du coucher, manie d'autant plus mauvaise que la maison du docteur était en pleine campagne, à trois kilomètres de toute habitation.

Le médecin se leva et dévisagea avec effroi l'homme dans l'embrasure de la porte.

— Que... qu'est-ce que vous voulez ?

— Vous me reconnaissez pas ?

Le docteur Allard fouilla dans sa mémoire et trouva enfin.

— Mais oui... Vous êtes monsieur... Le nom m'échappe, mais... Votre femme était ma patiente, elle a perdu son bébé à l'accouchement...

Il recula, pas rassuré pour autant.

— Et vous m'avez attaqué en pleine salle d'accouchement, parce que…

— Parce que vous avez tué mon fils ! grogna Jacques Beaulieu en avançant vers le docteur. Mon petit Jacques junior, qui serait devenu un grand Juste, comme moi, comme mon propre père !

— Je…je ne comprends pas de quoi vous parlez…

— Pis vous l'avez tué ! Votre incompétence l'a tué !

Le docteur, qui ne croyait pas encore que cet homme pouvait être dangereux, adopta une attitude conciliante.

— Voyons, monsieur… comment déjà ? Je vous ai déjà expliqué qu'il n'y avait aucun moyen de le sauver. Un autre médecin n'aurait pu faire…

— Menteur !

L'intrus se mit alors à avancer. Le médecin réalisa finalement, qu'il était peut-être en danger : il s'élança vers le téléphone posé sur une petite table en vitre près du divan, prit le combiné et composa le 9-1-1. Cependant, Beaulieu avait aussi atteint la table et d'un geste sec il arracha le câble téléphonique du mur.

— Attendez ! bredouilla le docteur. Essayez de…

Le poing de Beaulieu l'atteignit au nez. Il s'écroula par-derrière et, dans sa chute, accrocha la petite table sur laquelle se trouvait un coupe-papier. Celui-ci suivit le même chemin et se retrouva sur le tapis, tout près du médecin. Le docteur Allard secouait faiblement la tête, étourdi, en touchant son nez qui doublait de volume. Jacques Beaulieu, debout devant lui, leva un doigt solennel et clama d'une voix théâtrale, sans colère :

— Philippe Allard, je vous condamne à mourir. Votre incompétence est responsable de la mort d'un enfant innocent. Le meurtre d'un enfant est l'une des choses les plus injustes de ce monde. Par conséquent, il

est juste que vous disparaissiez. Telle est ma décision. Telle est la Justice.

Il se mit à califourchon sur le médecin encore étourdi, entoura son cou de ses mains et, le visage froid, sans émotion, commença à serrer. L'autre écarquilla les yeux, sentit l'étouffement, essaya de se débattre, mais Beaulieu serrait de plus en plus fort, insensible aux coups de poing dans ses flancs. Le médecin étira le bras sur le tapis et trouva le coupe-papier. Il lança sa main armée vers le haut, à l'aveuglette, et la lame entailla le cou de Jacques. Cri de surprise et de douleur. Beaulieu lâcha sa victime, toucha son cou et constata, incrédule, qu'il y avait du sang sur ses doigts. Son regard, maintenant bestial, retourna à sa victime.

— T'as osé… T'as osé…

Le docteur Allard, pris d'une quinte de toux, voulut frapper une seconde fois, mais Beaulieu le désarma sans difficulté et enfonça le coupe-papier dans l'épaule gauche du médecin, qui poussa un cri de douleur. La lame ressortit et s'attaqua au flanc gauche.

— Oh, mon Dieu! se mit à gémir le médecin, les yeux grands ouverts. Oh, mon Dieu…

Beaulieu se remit debout. De sa main libre, il agrippa sa victime par le collet et la releva d'un mouvement brusque tout près de son visage. Sous sa petite moustache frémissante, sa bouche grimaçait de haine.

— N'implore pas Dieu! C'est moi, Dieu, ici! C'est moi, le Juste! C'est moi! C'est moi!

Sur quoi, il frappa sa victime à la gorge et la lâcha. Le docteur se mit à zigzaguer dans le salon, arrosant de longs jets écarlates les murs et les meubles autour de lui, tandis que ses mains frénétiques tâtaient son cou, à la recherche du coupe-papier enfoncé dans sa gorge.

— *Tu veux l'empêcher de sortir! vociférait Beaulieu. Tu veux empêcher la vie de te quitter, hein?... Hein?... Hé ben, non! Il est trop tard! Tu vas mourir parce que la Justice l'a décidé! Parce que je l'ai décidé! Moi! Moi! Moi!*

Le docteur Allard, telle une marionnette folle et grotesque, émettait des sons gluants et incompréhensibles. Sur le point de s'écrouler, il s'approcha sans s'en rendre compte de Jacques. Ce dernier, arrosé par le sang du médecin, poussa un cri rageur et porta un terrible coup de poing au visage torturé.

— *MOIIII!*

Après un ultime bond, le malheureux s'étendit sur le sol, face contre terre, et cessa de bouger. Sous lui, une flaque écarlate s'élargissait rapidement.

Beaulieu se mit à tourner autour du cadavre, légèrement penché, la voix démentielle:

— *T'es mort, là, hein? T'es mort!... Hein?... Hein?...*

Mais ce fut de courte durée. En une seconde, Jacques Beaulieu se transforma complètement: la folie meurtrière sur son visage fit place à l'ahurissement, puis à la panique.

— *Ho, non...*

Le souffle court, il considéra les meubles et les murs ensanglantés autour de lui.

— *Oh, non... non... non...*

Il se mit à faire les cent pas dans le salon. Il massa d'abord sa tempe droite en gémissant, puis se frappa carrément le crâne du poing. Son regard tomba alors sur un vase en verre. Il prit le vase, alla devant le foyer, là où il n'y avait pas de tapis sur le sol, et jeta le bibelot sur le ciment. Le vase se cassa en mille morceaux. Le visage de Jacques s'assombrit et, mécaniquement, il enleva ses souliers, puis ses chaussettes, sans quitter des yeux les morceaux de verre.

— *La violence est mauvaise, marmonna-t-il.*

Le visage fermé, il commença à marcher sur les débris du vase, très lentement. Le verre craqua, pénétra dans la chair sous ses pieds nus. Jacques se mordit les lèvres, poussa un gémissement étouffé.

— *La violence est mauvaise…*

Il fit deux autres pas. Le sang et les larmes se mirent à couler.

— *La violence est… mauvaise…*

Il se retourna et recommença. Les mêmes morceaux s'enfoncèrent une seconde fois dans ses blessures à vif. Jacques éclata en sanglots, tituba, mais fit encore quelques pas.

— *Mauvaise… mauvaise… mauvaise!*

Il finit par s'écrouler sur un divan et enfouit son visage dans ses mains.

Les minutes passèrent. Peu à peu, les sanglots s'estompèrent. Quand il se releva, il était de nouveau digne, solide. D'une voix ferme, il lança vers le cadavre:

— *Justice est faite. Pour toi… et pour moi.*

Il alla prendre une douche et soigna ses pieds blessés. Il lava ses vêtements, les fit sécher. Il prenait son temps. Pendant que ses vêtements séchaient, il demeura assis au salon, observant le vide devant lui.

Dehors, la température était douce. Il s'assura qu'il n'y avait personne sur la longue route de campagne perdue, puis transporta le cadavre dans le coffre de sa voiture.

Il était resté en tout et pour tout soixante-dix-neuf minutes dans la maison du docteur Allard.

Une demi-heure plus tard, il stationnait sa voiture dans sa cour. La rue des Ormes était déserte, comme l'est toute rue d'un quartier résidentiel aux alentours de minuit. Jacques alla ouvrir la porte de la cuisine, puis celle de la cave. Il respirait un peu plus vite, mais cette accélération semblait provoquée par l'excitation plus que par la peur. Il retourna dehors, sortit le corps du coffre et le transporta dans la maison.

Dans la cuisine obscure, il tendit l'oreille. Aucun bruit. Tout le monde dormait.

Le cadavre dans les bras, il descendit à la cave.

Oyez! Oyez! Population de Montcharles, grande nouvelle en ce vendredi neuf novembre! Je n'ai plus de plâtre! Sonnez trompettes et tout le bataclan...

Ce midi, Beaulieu monte à ma chambre avec Michelle. Tandis qu'il s'affaire sur ma jambe, sa fille, armée de la carabine, me surveille attentivement. Elle serait trop contente si je faisais le moindre geste louche. Pas question que je lui donne cette satisfaction. Et puis, je suis trop préoccupé pour tenter quoi que ce soit: si ma jambe n'est pas guérie? Si l'os a mal repris? Si mon membre demeure difforme, infirme? J'attends dans la plus grande inquiétude. Enfin, ma jambe apparaît. Un froid terrible l'envahit aussitôt. Je m'attends à la voir toute rouge et enflée. Au contraire, elle est pâle et maigre, assez effrayante. Beaulieu me rassure: c'est normal, elle n'a pas pris l'air depuis longtemps.

Et moi, Beaulieu, sais-tu depuis combien de temps je ne l'ai pas pris?

Moment fatidique: je dois me lever. Beaulieu m'aide à me redresser, puis me lâche. J'esquisse quelques pas, mais ma jambe est si molle, elle échappe tellement à mon contrôle que je trébuche. Il me rattrape en ricanant, me disant d'y aller mollo. Après quelques minutes, je peux faire quelques pas seul, péniblement, en boitant. Je ne pourrai jamais me sauver dans un tel état! Ironiquement, Beaulieu continue de me rassurer, affirmant que tout cela est normal, mais je n'en suis pas sûr... Ma claudication semble plus profonde qu'un simple engourdissement... Mon os s'est mal ressoudé, je le sens... Mon tabarnac! si tu m'as rendu infirme pour le restant de mes jours en plus!... Évidemment, je ne lui laisse pas voir ma rage et je joue l'enthousiaste.

— Dès ce soir, tu redescends souper avec nous. Maintenant que t'es guéri, y a plus de raisons qu'on te serve!

Il rit. Je l'imite, j'en mets même un peu trop. Michelle, la carabine en main, m'envoie un véritable crachat visuel. Elle voit clair dans mon jeu. J'évite de la regarder.

En sortant, Beaulieu verrouille ma porte. Hé oui! Maintenant que je marche, on revient à la case départ...

Je fais des exercices tout l'après-midi. Il faut absolument que je sois d'attaque: je veux essayer de fuir dès ce soir. Je n'ai aucune idée comment, mais je vais le faire! Au bout de quelques heures, je suis couvert de sueur et épuisé, mais j'arrive à trotter dans ma chambre. Par contre, je claudique toujours légèrement. Ça m'inquiète vraiment, ça...

Je me mets à penser à un plan de fuite. Le plus simple possible et, surtout, le plus rapide. Beaulieu ne s'attend sûrement pas à me voir faire une tentative si vite, je dois profiter de l'effet de surprise. Quand il viendra me chercher tout à l'heure pour le souper, ce sera le moment. Il me laissera passer le premier dans le couloir, comme d'habitude... Alors, je me mettrai à courir, je dévalerai les marches et si Michelle se met sur mon chemin, je lui casse la gueule. Si elle n'est pas armée, je suis sûr que je peux la mettre K.-O. Le temps que Beaulieu arrive en bas, je prends une chaise et la lui fracasse sur la tête. Du côté de Maude et Anne, je n'aurai pas à m'inquiéter. Ensuite, au salon, j'ai tout mon temps pour ouvrir amplement la fenêtre à carreaux et… dehors !

C'est risqué, c'est fou, il y a une chance sur cinq que ça marche, mais j'en suis rendu là. Je suis prêt à tout et chaque fois que je mettrai le pied hors de cette pièce, j'essaierai de fuir ! Il faudra que Beaulieu me tue pour m'en empêcher !

Oui, qu'il me tue !

Pour la première fois depuis un mois et demi, je m'habille au complet. Je remets mes vêtements à moi, ceux que j'avais en arrivant ici il y a un siècle. Voilà. Je suis prêt. J'attends.

Je songe alors à une chose : une fois hors de cette maison, je ne jouerai plus aux échecs contre Beaulieu. Je ne l'aurai donc jamais battu… Je ne lui aurai jamais montré que c'est moi qui avais raison…

Je me traite d'imbécile. Qu'est-ce qui me prend de penser à ça, je perds l'esprit ou quoi ? Ai-je vraiment cru que je pourrais le battre un jour ? Vraiment ? Peut-être que oui… Peut-être qu'à un moment je me suis laissé prendre au jeu…

Il est plus que temps que je foute le camp d'ici…

Quand Beaulieu vient me chercher pour le souper, Michelle l'accompagne, toujours avec la carabine, ce qui n'était vraiment pas prévu. Et Beaulieu tient dans ses mains quelque chose que je finis par reconnaître : une chaîne, avec un anneau à chaque extrémité ! Il a l'air tout déconfit, tout penaud. Il m'explique que, comme j'ai déjà essayé de me sauver une fois, il n'a pas tellement le choix… Il s'agenouille donc et passe les deux anneaux autour de mes chevilles. C'est d'abord le désespoir qui me submerge, puis la rage. Si Michelle n'était pas là à me surveiller avec la carabine, j'aurais frappé à deux mains sur le crâne de son père.

Beaulieu se relève, me demande de marcher. La chaîne a à peine un pied de longueur, mes pas sont petits. Impossible de courir sans me casser la gueule. Beaulieu me considère toujours aussi tristement, puis hausse les épaules.

— Désolé, le jeune... Si tu savais comme ça m'écœure... Au moins, tu peux marcher...

Je ne sais par quel effort de volonté j'arrive à refouler mes hurlements. Je suis même sur le point de les envoyer au diable et de refuser de descendre, mais je me ravise rapidement. La résignation est un luxe que je ne peux plus me permettre. Être en bas, c'est au moins être près d'une sortie. J'aviserai une fois là.

Je traverse donc le corridor à petits pas, comme un condamné marchant vers la prison. Je dois prendre mille précautions pour ne pas dégringoler l'escalier la tête la première. Comment m'évader dans de telles conditions ? J'en pleurerais.

La première chose que je remarque, à la cuisine, c'est l'extérieur, par la petite fenêtre. Non seulement il fait déjà noir, mais il y a de la neige ! Pas beaucoup, un mince duvet, mais quand même... Seigneur ! La dernière fois que je suis allé dehors, on pouvait encore se promener en t-shirt ! Je ressens soudain un vague et désagréable vertige.

Le souper est morne. Maude, que je n'ai pas vue depuis des semaines, évite mon regard durant tout le repas. Michelle, au contraire, me surveille sans cesse et réussit à me couper complètement l'appétit. Anne, inutile d'en parler. Seul Beaulieu est de bonne humeur, tout heureux de mon retour. Ce fou s'attache de plus en plus à moi. Pire : si je me sauvais, ce n'est pas de la colère qu'il ressentirait tout d'abord, mais de la déception.

Pendant que je me force à avaler des aliments, à répondre gentiment à Beaulieu, mon cerveau tourne comme une dynamo pour essayer de trouver un moyen de fuite. Mais avec cette foutue chaîne! Et le lourd regard de Michelle!

Après le repas, Beaulieu, enthousiaste, me demande si je suis prêt à une bonne soirée d'échecs. Cette proposition me rallume. Seul avec Beaulieu, je serai plus en mesure de tenter quelque chose.

— Pis à soir, on joue au salon! annonce-t-il, tout content.

À ces mots, Michelle se lève et, rageuse, monte à l'étage. Beaulieu hausse les épaules. Maude, déconcertée, n'ose rien dire.

Au salon, la table à échecs est déjà prête à nous accueillir. Je crois avoir souri malgré moi. Je m'installe devant les noirs, Beaulieu devant les blancs. Nous n'avons besoin de rien nous dire, c'est maintenant de l'ordre du rituel. Mais après quelques coups, je demande, le plus innocemment possible:

— Tu pourrais m'enlever cette chaîne au moins pendant qu'on joue, non? Ça m'aiderait à me concentrer...

Il me sonde du regard, cherche une faille en moi. Je hausse même les épaules et lâche avec négligence:

— À moins que tu aies peur que je te batte...

Touché: il sourit d'un air entendu, se lève, va à la cuisine. J'entends Maude lui dire quelque chose, Beaulieu répondre sèchement, puis revenir. Il a un trousseau de clés. Il me le donne et me dit:

— Détache-toi toi-même. C'est la plus petite clé.

Je m'exécute. Les anneaux tombent sur le sol. Je me redresse lentement, tends le trousseau à Beaulieu au-dessus du jeu. Il le prend, sans me quitter des yeux, prêt à toute éventualité. On se regarde un long moment ainsi, puis il dit:

— Je te fais confiance. On a fait un marché, tous les deux… Je suis sûr que tu vas le respecter.

— Bien sûr, que j'approuve en le traitant intérieurement de gros criss d'épais.

Nous continuons la partie. Pour la première fois depuis des semaines, je ne m'intéresse pas au jeu. Je réfléchis à ma fuite. À un moment donné, il va se lever pour aller se chercher une limonade, comme il le fait toujours en plein milieu d'une partie. Il n'y a pas de raison qu'il ne le fasse pas ce soir. La cuisine est juste à côté, mais tout de même, il me laissera seul quelques instants… C'est là que j'en profiterai pour aller à la fenêtre. Voilà.

Tandis que je pense à tout ça, Beaulieu en profite pour me prendre un fou, une tour et deux pions en moins de cinq minutes. D'une voix déçue, il annonce qu'il me met « et mat » en trois coups. Je constate les dégâts. Tout en replaçant les pièces, il fait remarquer que je ne suis pas dans mon assiette, ce soir.

— Tu joues à peu près comme la première fois qu'on a joué…

Sa remarque m'insulte profondément. Je me sens humilié de jouer une dernière partie aussi médiocre, maintenant que je suis un bon joueur. Comme mon plan de fuite est élaboré, je reviens au jeu et me concentre de toutes mes forces. Je ne laisserai pas à Beaulieu le souvenir d'un mauvais joueur !

Ridicule. Comment pouvais-je penser ainsi ? Maintenant que c'est la nuit et que tout cela est passé, je n'arrive pas vraiment à me l'expliquer. Pourtant, la suite allait être bien plus absurde…

Tandis que je joue sérieusement, toujours en gardant à l'esprit que Beaulieu peut se lever d'un moment à l'autre pour aller à la cuisine, la petite Anne entre dans le salon et nous regarde avec son visage cadavérique. Beaulieu semble perdre ses moyens et, agacé, appelle sa femme.

— Amène-la dans sa chambre, Maude ! Je peux pas me concentrer !

Maude vient chercher sa fille, qui se laisse mener docilement. Mais tandis qu'elle sort du salon, elle garde la tête tournée vers nous et ne quitte pas son père des yeux. Et je perçois nettement la sueur sur le front de Beaulieu...

Nous jouons depuis une dizaine de minutes, j'attends toujours que Beaulieu se lève pour aller à la cuisine (il va le faire, il le fait toujours !) lorsque je suis saisi d'une illumination. Le jeu m'apparaît soudain avec une clarté totale, et une stratégie incroyable, fantastique, se développe sous mes yeux, avec une facilité déconcertante ! Une combinaison brillante ! Là, en deux coups, je peux le mettre échec ! Il réagira en déplaçant sa tour, il n'aura pas le choix... et ensuite, en trois coups, je le mets « et mat » !

Oui, « et mat » ! Je le vois, c'est là, sur le jeu, et c'est dans la poche ! *Dans la poche !*

D'une main nerveuse, je joue mon coup. Rapidement, Beaulieu joue le sien. Voilà, tout va bien, tout va comme prévu, c'est trop beau ! Je déplace donc mon cavalier avec une lenteur exagérée, comme si les pièces étaient en cristal. Après une éternité, j'ose enfin enlever mon doigt de sur ma pièce et je prononce le mot tant rêvé :

— Échec.

Ce mot, je me force à le chuchoter, sinon je le hurlerais. Mais dans ma tête, ça hurle quand même, mes oreilles sont devenues deux immenses haut-parleurs remplis de friture et de distorsion. Beaulieu, ahuri, a une petite moue d'admiration sincère.

— J'ai mon voyage ! Ben là, le jeune, chapeau ! C'est la première fois que tu me mets échec ! Pis y en a pas beaucoup qui peuvent se vanter de ça !

Ta gueule, pis joue ! Déplace ta tour pour essayer de t'en sortir, fais-le, c'est le seul coup que tu peux jouer ! Fais-le, pis moi, tout de suite après, je vais enfin pouvoir dire à mon tour : « Et mat en trois coups ! » Oui, « et mat », ostie de malade ! « Et mat », tes théories débiles sur la justice ! « Et mat », ta certitude d'avoir raison ! « Et mat » une fois pour toutes ! Après ça, je vais partir d'ici, parce que j'aurai gagné ! J'aurai gagné parce que j'aurai eu raison de ta folie ! J'ai raison pis pas toi ! Pas toi !

La main de Beaulieu plane au-dessus du jeu, mais au lieu d'aller à sa tour, elle va à l'extrémité de l'échiquier, prend son cavalier et effectue un mouvement imprévu…

— Lâche pas, le jeune, me dit Beaulieu sans aucune trace d'ironie. Tu t'en viens vraiment très bon…

Je ne reconnais plus le jeu. Non seulement il n'est plus « échec », mais il m'est désormais impossible de le mettre « et mat ». Mon chef-d'œuvre stratégique vient d'être pulvérisé par un simple coup que je n'avais pas vu…

Mais comment ai-je pu ? Comment se fait-il que je n'aie pas vu *ça !*

Pas de découragement… Il n'est pas trop tard…

Je joue un autre coup, trop rapidement. Beaulieu répond avec assurance, me prend une tour. Je réponds aussitôt. Beaulieu prend ma reine et annonce doucement :

— Et mat en six coups.

Il a raison. Il a raison. *Il a raison !*

Je devrais être anéanti, désespéré, brisé. J'ai passé si près de réussir… Justement ! Je me sens, au contraire, énergisé, sûr de moi, plein d'une confiance aveugle ! J'ai quand même réussi à le mettre échec, et ça, c'est un signe ! La victoire est proche ! C'est pour ce soir ! Oui, ce soir, je vais le battre !

Les mains tremblantes, je replace les pièces et nous commençons une autre partie. À ce moment-là, je ne pense plus à rien d'autre qu'à le battre. Même que…

il finit par se lever, comme je l'espérais... En plein milieu de la quatrième partie, alors que c'est à moi à jouer, il quitte le jeu, va à la cuisine... et moi...

... moi...

... je suis resté là! Assis! Et je me concentrais sur mon coup! Je me concentrais sur le jeu!

Et jamais, jamais l'idée de fuir ne m'a traversé à ce moment l'esprit! C'est seulement maintenant, après coup, que je m'en rends compte! Et quand Beaulieu est revenu avec sa limonade et a déposé un verre pour moi sur la table, je l'ai ignoré complètement... et la partie s'est poursuivie.

Nous avons joué six ou sept autres parties, comme ça. Je les ai toutes jouées en silence, dans un état second, convaincu que la prochaine serait la bonne...

À sa huitième victoire, Beaulieu annonce, en s'étirant:

— Grosse soirée! On va arrêter là...

Là-dessus, d'une voix forte, il appelle sa fille. Moi, je me sens complètement déstabilisé, comme si je me trouvais dans une roue qui venait soudainement d'arrêter de tourner. Que s'est-il passé? Quelle heure est-il? Dix heures dix! Je joue aux échecs depuis plus de trois heures et je n'ai même pas essayé de foutre le camp!

Beaulieu m'observe en souriant. Il y a de la malice dans son regard, une malice complice que je n'aime pas du tout.

Maintenant! Je dois tenter une fuite maintenant! Tant pis si Beaulieu est plus fort que moi, il faut que j'essaie quelque chose!

Je commence à me lever, sans quitter Beaulieu des yeux. Son sourire s'estompe. Il comprend que je suis sur le point de tenter quelque chose...

... et là-dessus, Michelle entre dans le salon. Elle est vêtue de sa robe de chambre rouge... et tient la carabine. Elle me regarde de son petit air baveux.

Bon Dieu ! cette fille peut donc lire dans mes pensées même à distance ! Beaulieu, en voyant que sa fille est armée, hoche la tête de satisfaction.

— Ça tombe bien ! Je voulais justement que tu le surveilles pendant que je le rattache… Tu commences à avoir de l'initiative, Michelle… C'est bon signe.

Beaulieu remet les anneaux à mes pieds. Je ne quitte pas l'adolescente des yeux, j'essaie de mettre toute la haine dont je suis capable dans mon regard. Ça ne semble pas l'impressionner du tout.

En voyant cette foutue chaîne à mes pieds de nouveau, je ne peux m'empêcher de pousser un très léger gémissement de désespoir. Trois heures ! J'ai été trois heures sans cette chaîne… et j'ai joué aux échecs ! Je dois être en train de devenir fou, c'est la seule explication…

Beaulieu me regarde, vaguement désolé encore de me voir avec cette chaîne. Puis, il dit à sa fille qu'elle peut aller remettre le fusil à sa place.

— Dommage, dit-elle en souriant. Je commence à aimer ça le tenir dans mes mains…

— Arrête de dire des niaiseries, Michelle !

Son petit sourire disparaît et elle obéit. Beaulieu me dit qu'il va écouter un peu la télé et me demande si je veux rester avec lui. Mais je me sens tellement déprimé… La voix éteinte, je lui dis que je préfère monter. Il précise qu'il va m'accompagner. Mais Michelle, revenant au salon au même moment, sans carabine, propose :

— Je vais y aller, moi, p'pa.

Aucune ironie, aucune moquerie dans sa voix. Elle dit cela d'un air détendu, jouant nonchalamment avec une boucle de ses cheveux qui tombe sur sa poitrine. Beaulieu hésite. Elle lui rappelle alors :

— Tu me disais, l'autre jour, qu'il serait temps que tu me donnes plus de responsabilités… Tu sais de quoi je parle…

Il examine sa fille, réfléchit en frottant sa petite moustache.

— Oui... Oui, c'est vrai, mais...

— Fais-moi confiance.

Je crois ne l'avoir jamais vue aussi sérieuse. Tout à coup, elle affiche une expression qui la fait ressembler à son père et cela me terrifie au point de sentir mes testicules se ratatiner. Beaulieu, toujours songeur, va à la fenêtre. Dehors, c'est la nuit noire, ténébreuse, mais tellement attirante, tellement plus rassurante que ce salon, que cette maison...

Beaulieu se retourne et, gravement, dit à sa fille qu'elle peut y aller, qu'elle a toute sa confiance. Elle hoche la tête avec le même sérieux et Beaulieu ne peut retenir un léger sourire de fierté. C'est sûrement la première fois qu'il implique sa fille à ce point dans ses « affaires » : je suis en train d'assister à une sorte d'étape initiatique. Et Beaulieu en est ému, comme un père qui assiste à la remise d'un diplôme à son enfant !

Un monde parallèle... Je suis carrément dans un monde parallèle... Fou, dément, mais parfaitement organisé...

Beaulieu revient vers moi et je lis clairement l'avertissement dans son regard : s'il arrive malheur à sa fille...

Nous montons les marches, moi à petits pas. Contrairement à son père, elle se tient derrière moi. Inutile que je tente quoi que ce soit avec cette chaîne... Nous passons devant la porte de Michelle, ouverte. À l'intérieur, je vois, pendant une seconde, ce dessin bizarre de la reine rouge, sur le mur... Voilà à qui me fait penser Michelle avec sa robe de chambre. Elle ressemble à son dessin... La porte de Maude est fermée. Est-elle couchée ? Est-elle assise dans son lit à tendre l'oreille ? Prie-t-elle, désespérée par cette situation ?

La porte d'Anne est ouverte et j'entrevois son petit corps dans le lit. Elle dort. J'ai peine à imaginer cette fillette les yeux fermés...

J'entre dans ma chambre obscure et me retourne. Michelle reste dans l'embrasure, sans un mot. Pourquoi a-t-elle voulu m'accompagner ? Uniquement pour montrer son implication à son père ?

Alors que je m'attendais au pire, elle se contente de dire, sur le point de tourner les talons :

— Bonne nuit, le fantasmeux...

Le dédain dans sa voix...

Je lui demande alors pourquoi elle m'en veut à ce point. Qu'est-ce que je lui ai fait, au juste ? Si elle croit que cela m'arrange, d'être ici ! Mais si elle a une solution, je l'écoute !

Elle arrête son mouvement, m'examine, le visage remarquablement glacial. Après tout, c'est peut-être elle qui pourrait m'aider... Non pas pour me rendre service, mais juste pour se débarrasser de ma présence encombrante... Mais sa réponse me ramène rapidement à la réalité :

— Le problème aurait dû être réglé dès le jour où t'es arrivé ici... Quand t'as découvert le gars, dans la chambre, p'pa aurait dû te tuer tout de suite...

Une fille de seize ans qui parle de meurtre avec un tel détachement, ça donne froid dans le dos ! Je me souviens de la batte de base-ball, de l'assurance avec laquelle elle tenait la carabine tout à l'heure... Et en même temps, je me rappelle son soutien-gorge rouge, sa démarche féline, mon rêve de l'autre nuit... Comment puis-je être terrorisé et excité par la même fille ?

— Il aurait dû crever le bouton tout de suite, avant que ça se remplisse de pus, poursuit l'adolescente. Mais il l'a pas fait. À cause de ses idées sur la justice...

— Tu sembles pas les partager... Tu trouves ton père ridicule, c'est ça ?

— J'admire p'pa! rétorque-t-elle avec ce respect que je lui ai souvent vu. Beaucoup, même! C'est juste que...

Elle se tait, surprise puis amusée.

— Tu veux me faire parler, hein, p'tit criss de manipulateur... Comme tu fais parler p'pa pis Maude...

Elle appelle toujours sa mère par son prénom. Comme si elle était incapable de s'apparenter à cette femme...

— Mais je m'en câliss... J'ai rien à cacher, moi. J'ai pas peur. Je me donne pas de raisons, ni de code, ni rien! C'est ça le problème avec p'pa. Ses supposées règles morales l'empêchent de profiter pleinement du pouvoir.

C'est la première fois qu'elle se confie ainsi et ça m'intrigue drôlement. Je lui demande de quel pouvoir elle parle.

— Le pouvoir d'être libre.

Il ne s'agit pas de cette pseudo-liberté que tous les ados revendiquent de manière puérile, j'en suis sûr. Elle fait allusion à quelque chose de plus profond, mais aussi de plus obscur.

— Libre de... de quoi?

— De tout.

Ce « tout » est si lourd de sens, englobe tant de choses... Ce n'est pas une adolescente de seize ans que j'ai devant moi, mais une entité noire. Elle a beau s'entourer de rouge dans sa chambre, c'est le noir qui émane d'elle. Pas le noir du Mal, non... Le noir du vide, le noir qui avale tout et que rien ne peut altérer... Le noir que l'Homme, depuis le début des temps, s'efforce de repousser par de vaines lumières et de délimiter par de dérisoires balises, mais qui sera toujours là, quelque part... parce qu'il est fondamental.

Elle ricane, comme si elle savait ce que je ressens. Cette fille lit en moi comme dans un livre ouvert et je

suis convaincu qu'elle est ainsi avec tout le monde...
car le noir s'infiltre partout...

— Tu me poses plus de questions, Yannick?...
Non?... T'as raison. Tu peux manipuler p'pa pis
Maude, mais avec moi, essaie même pas... Je suis
pas comme le reste de la famille...

Son sourire devient supérieur, fier.

— Je suis pas folle, moi...

Silence, puis elle ajoute, mystérieusement:

— La reine rouge est pas folle...

Même sans cette chaîne aux pieds, je ne tenterais
sûrement pas une évasion à l'instant. Si je lève le petit
doigt, du feu va sortir de sa gueule et me réduire en
cendres. Je n'ai pas peur. C'est plus que cela.

Je ne suis rien devant elle.

Je ne sais pas combien de temps nous serions de-
meurés ainsi à nous regarder si Beaulieu n'était pas
arrivé, bonasse, contrairement à l'ambiance et, bien sûr,
parfaitement inconscient de ce qui s'était passé... Il
dit qu'il n'y a rien de bon à la télé et que finalement il
va se coucher aussi. Puis, plus sérieusement, il demande à Michelle si tout a bien été. Elle répond par
l'affirmative, décontractée. Beaulieu, de nouveau ému,
met sa main sur l'épaule de sa fille.

— C'est bien, Michelle. Je suis fier de toi...

Elle feint l'indifférence, mais elle rougit légèrement
de fierté. Elle en est elle-même consciente car, embarrassée, elle s'éloigne et disparaît de ma vue. Ce semblant d'émotion qu'elle vient de manifester m'apparaît
comme le comble de l'incongruité.

Beaulieu la regarde s'éloigner et, comme pour lui-
même, murmure:

— Il est prêt, maintenant... Je pense que je vais
pouvoir passer aux choses sérieuses avec lui...

Ce n'est pas l'utilisation du masculin qui me donne
la chair de poule, mais ce qu'implique cette phrase,
ce qu'elle sous-entend... Beaulieu revient à moi.

— Toi aussi, je suis fier de toi. T'as bien joué à soir, le jeune...

Encore cette tonalité amicale... et qui contient autre chose, aussi, un sentiment plus troublant, que je n'ose approfondir... J'ai soudain envie de lui révéler ce que sa fille vient de me dire, il en prendrait pour son rhume... mais ce serait vain. Il ne me croirait pas, évidemment...

Ses yeux tombent alors sur mon manuscrit.

— Faudrait ben que je lise ce que t'as écrit depuis la dernière fois...

— Beaulieu, les nouvelles pages que j'ai écrites sont tout ce qui me reste de vraiment personnel... Pourrais-tu au moins respecter ça ?

Je suis sincère. Si je ne peux même plus conserver ce petit coin d'intimité, je vais vraiment devenir dingue.

Il réfléchit, hoche la tête et me sourit.

— T'as raison... De toute façon, c'est pas des lettres que t'envoies à la police, hein ?

Il rit. Puis, il enlève la petite clé du trousseau et l'envoie vers moi. Il me souhaite bonne nuit, puis sort. En verrouillant la porte. Je me retrouve dans la noirceur totale. À l'aveuglette, je déverrouille mes deux anneaux et la chaîne tombe. Dieu que ça fait du bien ! Je trouve à tâtons ma petite lampe et l'allume. L'éclairage bas jette des ombres sur les murs verts, le seau de métal, mon matelas, mes vêtements...

Ma chambre, dans laquelle je suis encore...

J'ai perdu le contrôle, ce soir... Je me suis laissé gagner par la fièvre du jeu... J'ai espéré le battre... C'est une idée absurde à laquelle je ne peux plus me permettre de croire.

Finis les échecs et l'espoir de la victoire ! Ce soir a été ma première et dernière défaillance ! Demain, je tente une fuite ! Ce sera samedi, Beaulieu me fera sûrement sortir de la chambre...

Et là, je tenterai quelque chose.

◆

C'est encore la nuit, mais il vient de se passer quelque chose et je ne retrouve pas le sommeil.

J'ai fait un autre rêve insensé. Je baisais avec Michelle, encore une fois. Elle me chevauchait avec furie et plus mon plaisir montait, plus elle me méprisait. Quelque chose de noir est sorti de sa bouche, a coulé sur moi, et je me suis réveillé.

J'en ai assez de rêver à cette fille, il faut vraiment que je sois *fucké*! Je pense à Judith, qui doit mourir d'inquiétude en espérant que je sois vivant, quelque part... et je me sens coupable.

Du bruit dans le couloir. Quelqu'un est debout, marche sans bruit. Va aux toilettes.

J'allume et me rends à la porte, sur laquelle j'appuie mon oreille. Petit toussotement. C'est Maude, je le jurerais. Puis, bruit de chasse d'eau, et de nouveau des pas discrets.

Je l'interpelle, d'une voix que j'espère pas trop forte. Les pas cessent de l'autre côté de la porte. J'appelle encore. Les pas se rapprochent de la porte de l'autre côté et une voix faible, timide, parvient à moi:

— Je suis juste allée aux toilettes, désolée de vous avoir réveillé...

C'est bien Maude. Je ne lui ai pas parlé depuis des semaines, depuis notre affrontement. Soudain, je décide de courir ma chance une dernière fois avec elle, un ultime essai avant le grand départ.

— Maude, je vais finir par me sauver d'ici, vous le savez bien... Avec ou sans vous, je vais le faire...

Je joue avec le feu: Beaulieu peut se réveiller, nous surprendre. Mais je me fous des risques, maintenant, je me fous du danger. Plus rien n'a d'importance...

De l'autre côté, aucun bruit. Maude est toujours
là. Elle écoute. Bon signe.

— Par contre, si vous acceptez de m'aider, vous
pourrez vous aussi fuir... Vous pourrez aussi vous
échapper de cette maison...

Cette idée m'est venue tout d'un coup. Et cela doit
l'atteindre, car malgré la porte j'entends sa respiration plus rapide.

— Oui, Maude... Si vous m'aidez à sortir d'ici, je
reviendrai vous chercher... Je vous sortirai de cette
triste vie...

Et, d'une certaine manière, je dis la vérité. Évidemment, en sortant d'ici, j'irais droit à la police,
mais je pourrais témoigner pour Maude. Expliquer
que c'est une pauvre femme faible d'esprit, victime
de son éducation religieuse et d'un mari tyrannique,
qui n'avait jamais eu assez de force et de confiance
pour se révolter, qui croyait faire son devoir en se
soumettant à cet enfer... Oui, je pourrais faire cela...
Elle le mérite bien, au fond...

Sa voix étouffée me parvient. Une voix tremblante,
bouleversée, comme la dernière fois, mais la colère
en moins.

— Vous n'avez pas le droit de dire ça, monsieur
Yannick! Vous... Et moi-même, je... je n'ai pas le
droit de... de...

— Oui, vous avez le droit, et vous le savez! Moi,
je vous en donne le droit! La justice, la vraie, vous
en donne le droit! Votre cœur vous en donne le droit!
Dieu vous en donne le droit!

— Non! dit-elle un peu trop fort. Non, non! Non!

Un grognement étouffé, au loin: Beaulieu qui doit
marmonner dans son sommeil. Aussitôt, j'entends les
pas de Maude s'éloigner.

Voilà, c'est fini. J'aurai tout essayé. Qu'elle aille
se faire foutre! Je m'évaderai seul! J'ai pas besoin de
son aide!

Demain, c'est fini ! Je l'écris encore et encore, comme une drogue qui me motive, un stéroïde qui me donne des forces…

Demain.

Demain.

Demain.

Demain.

Demain.

◆

Est-ce que quelqu'un m'entend ?

Est-ce que quelqu'un me lit ?

Il le faut. Car le papier n'est plus suffisant. Il me faut quelque chose de plus tangible, de plus réceptif. Quelque chose qui va absorber mes paroles, mes écrits, mes émotions. Après une telle journée, je dois sentir que quelqu'un reçoit ce que je vis…

À partir de maintenant, donc, je te parle. À toi n'importe qui. N'importe quoi. À une instance qui m'écoute, qui reçoit. Pas besoin que ce soit une personne, pas besoin que *tu* sois quelqu'un. Juste un récipient. Voilà, tu es mon Récipient. Celui dans lequel je peux tout verser, tout cracher, tout ce qui est en train de me pourrir l'âme et la raison. Ça te va ? Oui, ça te va. Prépare-toi, mon Récipient, tu vas recevoir toute une vomissure mentale…

Je te résume rapidement le lever de ce matin. Je me suis réveillé à neuf heures : pas étonnant après une si mauvaise nuit. En fait, c'est Beaulieu qui me réveille en entrant dans ma chambre. Il est accompagné de Michelle et celle-ci est accompagnée de la carabine. Ils sont en train de devenir de bons amis, ces deux-là…

Beaulieu me dit de m'habiller puis, sous la surveillance de sa fille et du fusil, me remet la maudite chaîne. Je perçois des sifflements sourds, qui semblent provenir de l'extérieur de la maison. Beaulieu reprend la petite clé, la remet au trousseau et m'explique le déroulement de la journée : Michelle est sur le point de partir chez une amie tandis que Maude, Anne et lui vont magasiner.

— J'aime pas le magasinage, mais comme il fait pas ben beau dehors, Maude aime mieux que je conduise.

Il rit. Trouves-tu ça drôle, mon Récipient ? Moi non plus.

Ces sifflements assourdis, c'est sûrement des rafales de neige... Les premières de l'année... Mon Dieu ! depuis combien de siècles suis-je donc ici ?

Je vais être seul tout l'avant-midi. Est-ce que ça doit faire mon affaire ou pas ? Seul dans ma chambre verrouillée, je ne pourrai pas tenter grand-chose...

— On a déjà déjeuné, mais Maude va te préparer à manger. Va te laver pis viens nous rejoindre en bas.

Parfait. Pendant le déjeuner, c'est là que je vais agir.

Je me retrouve seul dans la salle de bain, la porte fermée. Comment prendre ma douche avec cette chaîne aux pieds ? Je me contente de me laver avec une serviette et de me raser. De nouveau, je cherche quelque chose qui pourrait ressembler à une arme, mais rien.

Je me regarde longuement dans le miroir. Voilà. C'est le moment. Je sors, je descends à la cuisine, et là, j'attaque. Je prends une fourchette, un couteau, n'importe quoi, et je frappe. Je frappe jusqu'à ce que plus rien ne bouge. Que ce soit Beaulieu, Michelle... ou moi.

En sortant de la salle de bain, j'aperçois Anne. Elle se tient dans le couloir devant sa porte ouverte et me fixe de ses grands yeux cadavériques. Comme le couloir est peu éclairé, les ombres qui lui mangent la moitié du corps la rendent encore plus sinistre.

Je me trouve seul avec elle pour la première fois et, malgré la répulsion habituelle, je ressens une soudaine fascination, au point de m'approcher d'elle. Ses longs cheveux noirs tombent de chaque côté de son visage blanc, l'encadrent comme une malédiction. Ses yeux ont l'air de deux trous creusés dans le calcaire, qui chutent dans le néant. Deux trous qui me regardent... En tout cas, qui donnent l'impression de me regarder.

— Est-ce que tu me vois, au moins ?

Qu'est-ce qui me prend de lui parler ? C'est sorti malgré moi. Elle a la tête levée vers moi et ne réagit évidemment pas. Comme toujours, cela m'effraie, me rend mal à l'aise... et je suis écœuré de cette sensation qu'elle cause en moi, écœuré de sa présence angoissante, écœuré d'être si bouleversé par une simple petite débile profonde inoffensive... Écœuré et humilié...

— C'est vrai que tu comprends rien ? Que t'es légume ? Complètement ?

Rien ne bouge sur son visage. Ça me rend fou. C'est pas possible ! Un mannequin de cire est plus expressif qu'elle ! Ses yeux se mettent alors à grossir, à enfler, à envahir tout son visage, je vais tomber dedans, m'y perdre, m'y noyer...

Et là, je la frappe.

Rien de grave, mon Récipient, juste une gifle sur la joue gauche. Mais une gifle quand même. À une enfant de dix ans, handicapée mentale, innocente, qui n'a rien fait...

Mais justement, elle ne fait rien ! Jamais rien ! Et c'est ça qui me rend dingue, me fait perdre mes moyens !

Elle est tellement molle que cette simple claque la projette sur le côté, contre le mur. Elle s'écrase par terre, comme une roche, boum ! Je te le dis, mon Récipient, aucun réflexe pour se protéger ou pour garder l'équilibre, pour s'accrocher au mur, rien ! Boum, par terre ! Comme une marionnette qu'on aurait jetée dans un coin ! Boum, criss !

Elle demeure par terre, à moitié couchée, à moitié appuyée contre le mur, un bras sur sa cuisse, l'autre étendu sur le côté, le regard accroché à rien. À l'exception de ses cheveux un peu désordonnés, elle n'a pas changé d'un atome. Pas de larmes, pas de grimaces. Sa joue n'est même pas rouge, elle est aussi blanche qu'avant ma gifle. Une idée épouvantable me traverse l'esprit : elle n'a pas de sang dans les veines. Elle est creuse, vide. Pas de sang, ni de cœur, ni d'âme. Juste un puits, un abysse…

Je frotte ma main contre mon pantalon, dégoûté. De ce que j'ai fait, mais aussi d'avoir touché à ce… cette…

Beaulieu arrive en courant, inquiet. Il demande ce qui se passe. Je lui dis sans conviction qu'Anne est tombée. Je frappe des enfants, des malades mentaux, et je fais l'hypocrite en plus…

De nouveau, je me dis que ça tourne de moins en moins rond dans ma tête… qu'il faut que je parte d'ici avant de… de…

Beaulieu devient sombre et jette un rapide coup d'œil vers sa fille. Sa fille qu'il n'ose jamais regarder en face, qu'il évite toujours… Il a peur d'elle, comme moi, mais pour des raisons plus profondes, plus intimes, que je ne connaîtrai sans doute jamais… Il crie vers l'escalier :

— Maude ! Ta fille est tombée !

Alarmée, Maude nous rejoint en deux secondes. Anne, qui n'a pas bougé un doigt depuis sa chute, se laisse redresser, docile. Moi, j'explique mollement qu'en sortant de la salle de bain, je l'ai vue là, par terre… Maude, en réconfortant sa fille, retourne vers l'escalier sans me regarder. Elle m'évite, je le vois bien…

Avant de disparaître dans l'escalier, Anne tourne la tête vers moi. Aucune trace de colère dans ses yeux, aucun reproche. Pas le moindre signe laissant croire qu'elle éprouve quoi que ce soit à mon sujet, ne serait-ce que de l'incompréhension. J'aurais préféré voir de la haine dans son regard plutôt que ce vide impossible.

Je chasse Anne de mes pensées et dis à Beaulieu que je suis prêt à descendre. Mais je n'ai pas le temps, semble-t-il : ils partent dans une dizaine de minutes. Tu te doutes bien, mon Récipient, que ça fait pas mon affaire du tout, ça ! En m'efforçant de rester calme, j'explique que je dois manger, que j'ai faim... Beaulieu me rassure : il y a des fruits et des croissants dans ma chambre, je ne manquerai de rien.

— On va revenir pour dîner... Pour les échecs, on se reprendra cet après-midi, ajoute-t-il avec un clin d'œil.

Je ne dis rien. Je vais être trois heures tout seul dans cette foutue chambre, trois heures à ne rien faire, à repousser encore mon évasion, à repousser, encore et encore et encore et...

... et soudain, je saute sur Beaulieu. Le tout pour le tout. Rien à perdre. À la grâce de Dieu.

Beaulieu est si surpris qu'il en tombe à la renverse. Il s'écrase sur le plancher, sa tête heurte le sol avec force et il pousse un gémissement de douleur.

Moi, j'essaie de courir vers l'escalier. Mais avec la chaîne, je perds l'équilibre et m'écroule à mon tour. Je me mets à ramper désespérément, convaincu que je vais y arriver, que je vais descendre chaque marche et qu'en bas je vais mordre tout le monde, jusqu'à ce qu'ils me laissent sortir... mais je sens deux bras puissants me saisir sous les aisselles et me relever. C'est Beaulieu. Il me crie de me calmer, mais moi, je hurle et je me mets à frapper comme un sourd, aveuglé de rage, hystérique...

... et, évidemment, je finis par recevoir un coup de poing en pleine poire. Aussi puissant que celui qu'il m'a donné la première fois, il y a tellement, tellement, tellement longtemps...

À moitié assommé, je comprends vaguement qu'on me traîne dans le couloir... J'entends bien Beaulieu me crier des choses, mais je ne reconnais aucun mot... Puis on me lance et j'atterris brutalement sur le plancher... Beaulieu crie toujours... Je le sens, penché sur moi, en train de détacher ma chaîne, mais je suis trop étourdi pour réagir... Je commence à percevoir les mots...

— ... très déçu... pas le droit de... perdre patience...

Et il me balance un coup de pied dans l'estomac. J'en ai le souffle coupé pendant au moins une minute.

Peu à peu, je reprends mes esprits et discerne enfin ce qui m'entoure. Beaulieu est debout et, grimaçant, appuie la main contre sa tempe. Il semble plus calme. Il me regarde enfin, comme un père qui gronde son enfant, puis me dit froidement :

— Je t'ai enlevé ta chaîne ! T'en profiteras pour te défouler ! Ça va peut-être te calmer pour le dîner !

Même si je sens mon œil enfler, même si je respire encore avec difficulté, même si mes jambes sont en chiffon, j'essaie de me relever dans l'intention de lui sauter à nouveau dessus. Et s'il me renvoie au tapis, je vais me relever et recommencer... et recommencer encore... jusqu'à ce que je sois devenu une gélatine informe et inerte !

Mais je suis à peine relevé que Beaulieu est déjà sorti et je l'entends verrouiller la porte. Mollement, je me jette contre elle, tente de l'ouvrir, pousse quelques cris, puis me laisse tomber sur mon matelas. Même pas la force de pleurer.

Faut que je m'arrête un peu, la fièvre me donne le vertige... Parce que j'ai de la fièvre, tu le savais, le

Récipient? Attends de savoir pourquoi... Attends, ça s'en vient, tu es trop pressé... Jusqu'à maintenant, tu n'as ingurgité que les hors-d'œuvre, attends de voir le plat principal... Tu risques d'en faire une indigestion... Mais tant pis, il faut que tu sois là, que tu avales tout, sinon c'est moi qui vais exploser et éclabousser partout...

Bon. J'ai arrêté d'écrire quinze minutes, je peux reprendre.

Je reste donc étendu sur mon matelas, complètement éteint, à écouter les Beaulieu, d'en bas, se préparer. Au bout d'une dizaine de minutes, tout le monde est sorti. Très lointain bruit d'un moteur de voiture qui se met en marche.

Mais le vrombissement ne s'éloigne toujours pas.

La porte d'en bas s'ouvre soudainement et se referme. Quelqu'un est revenu. Maude ou Jacques a oublié quelque chose. Un tiroir qu'on ouvre. Puis, des pas dans l'escalier. On entre dans une chambre. On en ressort. Mais au lieu de s'éloigner, les pas se rapprochent de ma porte. Je me redresse sur mon matelas. On déverrouille ma porte, elle s'ouvre... et Maude apparaît, en manteau, légèrement recouverte de neige.

Une formidable bouffée de chaleur m'envahit. Elle vient me délivrer! J'ai réussi à lui faire entendre raison! Mais je suis à peine sur mes pieds qu'elle lance quelque chose dans ma chambre rapidement en expliquant à toute vitesse :

— Voilà, au cas où vous manqueriez de lecture !

Et la porte se referme aussitôt. Les pas s'éloignent. Bruit d'un tiroir qu'on referme. Porte qu'on ouvre et referme. Enfin, le moteur de la voiture s'éloigne à son tour.

Ahuri, je fixe sur le plancher un exemplaire de *Cyrano de Bergerac*.

Elle est revenue seulement pour ça? Ça ne tient pas debout. Elle aurait couru le risque que je lui saute dessus seulement pour me prêter un livre qu'elle aurait pu me donner à n'importe quel autre moment ? Beaulieu ne l'aurait pas laissée faire ! Elle lui a sûrement dit qu'elle avait oublié son argent ou quelque chose du genre.

Pourquoi est-elle réellement revenue ?

Et quand elle a refermé la porte, il manquait quelque chose... Un bruit...

Je marche vers la porte et, en me traitant d'idiot, saisis la poignée.

Elle tourne. La porte s'ouvre.

Tu comprends, le Récipient ? Maude était revenue pour me libérer ! Mais comme son devoir l'empêchait de le faire directement, de manière claire et évidente, elle a déverrouillé ma porte discrètement, sans me le dire. Pour se donner bonne conscience. Ainsi, elle pourra se dire qu'elle ne m'a pas *vraiment* libéré. Qu'elle m'a juste donné un coup de main... Tu saisis ?

Évidemment, j'ai compris tout cela plus tard. Pour l'instant, en ouvrant la porte, je ressens seulement une incrédulité totale. Le couloir apparaît devant moi et je demeure de longues secondes à le contempler, incapable de bouger. Puis, je crie :

— Y a quelqu'un ?

Aucune réponse. Comme seul bruit, le vent extérieur, qui frappe les parois de la maison. Je répète ma question. Toujours rien.

Alors, je me mets à courir. Je boite toujours un peu, mais jamais je n'ai eu l'impression d'une telle course. Je traverse le couloir comme une fusée, je dévale l'escalier en une seconde. Dans la cuisine, je me mets à hurler, un cri sauvage et victorieux. Je ne me suis jamais senti comme ça, comme si je venais de prendre cinq grammes de cocaïne d'un seul coup. Par la fenêtre, je vois confusément des rafales blanches. La tempête semble sérieuse, mais je m'en moque ! La neige sera mille fois plus douce que cette prison ! Je me jette sur la porte de la cuisine et tourne la poignée. Verrouillée, évidemment. Mais je m'en criss ! Je vais l'ouvrir sans problème ! Je pourrais appeler la police, bien sûr, mais je *veux ouvrir cette porte !* Rien ne peut m'arrêter, maintenant, rien ! Le trousseau de clés doit être dans un de ces tiroirs, il me semble avoir déjà vu Beaulieu l'y prendre… Voilà, le trousseau, juste là ! Je m'en empare, fébrile, tente d'introduire une clé dans la serrure de la porte, le trousseau me glisse des doigts, tombe sur le sol…

Et là, j'éclate de rire. Qu'est-ce que j'ai à paniquer comme ça, comme s'ils étaient à mes trousses ? Je suis seul ! Seul ! Ils ne reviendront pas avant deux heures, alors je peux bien me tranquilliser un peu pour ouvrir cette foutue porte !

Sans cesser de rire, je m'appuie le dos contre la porte et tente de faire le calme en moi en fermant les yeux. Quand je rouvre les paupières, mon regard tombe sur la porte de la cave, sous l'escalier.

Je m'arrête net de rire.

Cette cave sur laquelle je me suis posé tant de questions…

J'ai enfin l'occasion de vérifier. Ça ne prendrait que deux minutes. Même pas. Quelques secondes. Après, je pars d'ici. Je le sais que ça peut sembler ridicule, mon Récipient, mais je devais voir, je ne pouvais partir sans au moins y jeter un œil… pour voir si la vérité était aussi horrible que je le craignais… pour m'exorciser de quelque chose…

Juste un coup d'œil… Et j'avais tellement de temps !

Je ramasse le trousseau : la clé du cadenas s'y trouve sûrement. Je m'approche de la porte de la cave et insère une première clé d'une main tremblante. Pas la bonne. Une seconde. Ça ne marche pas non plus. Si ça ne fonctionne pas avec la troisième, je pars.

La clé s'insère parfaitement. Le cadenas se détache.

De toute façon, avec le recul, je me rends compte que même si je n'étais pas descendu, j'aurais manqué mon évasion quand même... Je n'y suis pas resté assez longtemps pour que cela ait vraiment changé quoi que ce soit...

Ce que j'ai découvert? C'est ça que tu veux savoir, hein, le Récipient? C'est ce que tu attends avec impatience, hein?

Attends une minute, je

Attends... Je recommence à

Attends un peu...

Ça va. Pendant une seconde, le vertige est revenu, je pensais que j'allais être malade, mais non, c'est passé... OK. Écoute. Écoute bien.

J'allume le commutateur. En bas, l'escalier donne sur un mur. Il faut donc descendre pour voir la cave proprement dite.

Ce que je fais. Rapidement. Car j'ai toujours l'intention de n'y rester que quelques secondes. Tout en dévalant les marches, je me prépare mentalement au pire.

En bas, une drôle d'odeur me frappe les narines. Désagréable, un peu comme celle qui flottait il y a quelques semaines dans la maison. Mais autre chose, aussi. Odeur fade, chimique, comme dans un laboratoire de chimie...

La cave n'a aucune division, elle s'étend sur plusieurs mètres devant moi, directement sur le plancher de ciment. L'éclairage est modeste, diffusé par un néon de faible intensité, étouffé par les murs de béton, mais c'est amplement suffisant pour distinguer toutes ces personnes, debout, à environ cinq mètres devant moi. Terrifié, je suis sur le point de remonter à toute vitesse, convaincu que je suis tombé en pleine réunion de psychopathes… mais les individus ne bougent pas. Ne parlent pas. Des mannequins. Ça ne peut être que ça. Ils sont de côté et se font face en deux groupes, chaque groupe divisé en deux rangées.

Qu'est-ce que c'est que ça ?

Je me mets donc en marche vers les mannequins. Et là…

Attends… Attends une minute…

C'est dur, c'est effrayant ! Je ne pensais pas que ce serait si difficile à écrire, que cette expulsion serait si pénible… T'es là, hein, mon petit Récipient ? T'es là et tu absorbes tout, n'est-ce pas ? Il le faut… Il le faut absolument…

Plus j'approche, plus je les distingue : ils portent tous des toges… D'un côté, des toges blanches… De l'autre, des toges noires… Et ces drôles de coiffures sur leur tête… Des casques d'armée, des tuques avec des grelots, des couronnes…

Tu commences à comprendre, hein, mon petit Récipient ? Et moi aussi, je saisissais de plus en plus, mais je continuais d'avancer. Malgré la boule d'horreur dans mon ventre, je ne m'arrêtais pas, parce que je voulais voir leurs visages…

Ils sont tous debout sur des sortes de petits chariots à roulettes… et sous eux, sur le plancher, on a dessiné des carreaux noirs et blancs…

Je n'arrête toujours pas. Leurs visages… Voir leurs visages…

Enfin, je les distingue nettement. Avant même de voir à quel point ils sont blêmes, avant même de lire leurs expressions figées en un masque sinistre, avant même de réaliser à quel point leurs yeux sont écarquillés et parfaitement artificiels comparés au reste du visage, avant même de constater les terribles blessures

arborées par certains d'entre eux, je comprends qu'il
s'agit de vraies gens. De gens morts. De cadavres. Et
j'ai

Attends, attends un peu, câliss !...

Les quelques secondes pendant lesquelles je suis
resté figé à les dévisager ont été suffisantes pour que
je me fasse une idée du tableau d'ensemble. Il y a des
hommes et des femmes, à première vue des adultes,
mais d'âges variés... J'en vois deux, en toge blanche,
qui ont le visage et les mains vraiment... très... en
mauvais état, comme... décomposés, c'est affreux...
Là, du côté des toges noires, je reconnais le moribond
qui agonisait dans ma chambre lors de mon arrivée...
Il est là, figé dans la mort, inexpressif, le visage balafré
de blessures, les yeux effrayants...

Et sur un des chariots, il y a un piédestal très haut,
et dessus est assis... Seigneur Dieu ! c'est un bébé
minuscule, de quelques jours à peine, au visage verdâtre et flasque, vêtu d'une toge blanche miniature !
Il tient un ridicule petit sceptre, porte une couronne
grotesque et son visage blanc, impassible, est troué
de deux globes oculaires démesurés, terriblement
faux, brillants comme deux billes étincelantes...

Ils sont morts ! Ils sont tous morts ! Et ils sont...

Ostie ! Je m'arrêterai pas là ! Mon crayon est pris
de convulsions, je ne reconnais plus mon écriture
mais... pas grave, hein, le Récipient ? Toi, tu me
comprends, c'est ça l'essentiel... Oui, oui... Oui...

Absorbe. Avale.

Je me retourne enfin et me sauve. En courant. Sans
un regard en arrière. Je trébuche dans l'escalier, me
relève, le monte quatre à quatre. En haut, je saisis le
trousseau de clés et j'attaque la serrure de la porte de
la cuisine. Mes mains tremblent tellement, j'ai de la
difficulté à insérer la bonne clé. Je hurle de rage et de
peur. C'est absurde, je sais, je ne suis pas plus en

danger que tout à l'heure, mais ces cadavres, en bas…
Il faut sortir d'ici… M'éloigner d'eux… Pour toujours…

Enfin, la porte s'ouvre. Une rafale de neige et de
froid me fouette le visage. La tempête est terrible.
C'est insensé de sortir ainsi, en souliers et sans manteau ! Je n'ai qu'à appeler la police et à l'attendre ici !

Mais je ne peux pas rester une seconde de plus
dans cette maison… Je ne peux pas rester avec ces
cadavres, en bas… Ces cadavres qui attendent qu'une
nouvelle pièce s'ajoute au jeu…

Je sors. La neige monte jusqu'à mes mollets et
instantanément, le froid me mord la chair. Je me mets
à courir vers la rue, que je distingue avec difficulté
devant moi. Mais alors que je suis toujours dans la
cour, je vois à travers les tourbillons deux phares de
voiture s'approcher… Et cet insigne de taxi, sur le
toit !

Les Beaulieu reviennent ! Déjà ! Mais ils viennent
de partir !

La voiture est tout près, impossible de filer de ce
côté sans qu'ils m'interceptent. Ils m'ont même sûrement déjà vu ! Et de l'autre côté, c'est un cul-de-sac,
une rivière ! Je tourne sur moi-même, affolé, entouré
de neige et de vent. Je me souviens alors du champ
derrière la maison… Oui, aller m'y cacher… et fuir…

Je vire les talons et fonce. À l'arrière de la maison,
la neige est plus compacte, ma course en est ralentie.
Le froid entre de plus en plus dans mon corps, mais
je le sens à peine, la peur et la panique occupant toute
ma conscience. Au fond de la cour, il y a une haie de
cèdre. Furieusement, j'écarte les branches, pénètre
dans la haie. Elle est dense, serrée, les branches me
lacèrent le visage, accrochent mes vêtements. Pendant
un moment, je me retrouve parfaitement immobilisé,
piégé, mais avec un cri de rage je traverse enfin. Ma

chemise se déchire complètement, découvrant totalement mon ventre et mon torse.

Devant moi, le champ s'étend et se perd dans la neige. Je baisse la tête, tente vainement de ramener sur mon torse les restes de ma chemise et me mets à avancer. Le froid me fouette la chair, mais pas question d'arrêter. Je suis enfin dehors, ce n'est pas une maudite tempête qui va me faire reculer! J'entends les rires moqueurs du vent qui m'aveugle et me charrie de la neige en plein visage, mais je marche, j'avance, je suis libre!

Tout à coup, quelque chose craque sous mes pieds et je m'enfonce dans l'eau. Une mare, un étang, je ne sais trop quoi! La couche de glace, camouflée par la neige, était trop mince pour mon poids, et me voilà dans l'eau jusqu'au torse! Le froid est si mordant que, pendant quelques secondes, je me contente de hurler, tétanisé par ce terrible étau. Il faut que je bouge, sinon c'est l'hypothermie! Je me mets à me démener en tous sens, avançant péniblement dans l'eau, balayant la neige et la glace devant moi, à la recherche d'un sol dur. Enfin, je touche la terre ferme, je me hisse, me retrouve à plat ventre, le torse humide contre la neige. Les yeux fermés, je m'exhorte à bouger: mon corps trempé est en train de geler, je vais mourir si je reste ainsi! Pourtant, je demeure immobile, m'abandonnant à l'épuisement et au froid, sentant mon corps sombrer de plus en plus dans l'insensibilité...

Je perçois alors une présence, quelqu'un ou quelque chose qui passe juste à côté de moi, et j'ouvre enfin les yeux. À quelques centimètres de mon visage, une paire de jambes. Tout en haut, à des milliers de kilomètres, la tête perdue dans la tourmente, Beaulieu me regarde, le visage grave. Sa moustache est recouverte de neige, ses cheveux frisés voltigent au vent et ses yeux me lancent des éclairs accusateurs.

Pendant l'ombre d'une seconde, je vois Dieu.

Un bras tremblant, bleuté, suppliant, s'élève vers Beaulieu, et je comprends vaguement que c'est le mien.

Indifférent à la furie, Beaulieu ne bouge toujours pas, ses yeux sont toujours rivés sur moi. Ma main est près de son ventre, ne peut monter plus haut, tremble à s'en détacher de mon bras. Beaulieu la regarde enfin, mais persiste dans son immobilité. Ma vue défaille, s'assombrit. Je ne sens plus le froid ni la douleur, mon corps est une épave insensible qui coule peu à peu dans une mer sans fond. Tout devient sombre, glauque, et juste avant de m'évanouir, je vois Beaulieu se pencher, comme au ralenti, et saisir doucement ma main…

Et, enfin, l'Absence…

◆

Je me suis encore arrêté un peu, mon Récipient. Je crois que ma fièvre s'est calmée. On dirait bien que je vais m'en sortir, une fois de plus…

Si j'ai manqué mon coup, ce n'est pas parce que je suis allé dans la cave. Je n'y suis resté que trente secondes. Même avec trente secondes de plus, je serais tombé sur la voiture de Beaulieu. Beaucoup plus tard, il m'a expliqué : ils ne s'étaient même pas rendus au centre-ville, la visibilité étant trop réduite. Ils avaient donc rebroussé chemin. Une telle tempête au mois de novembre, on n'avait pas vu ça depuis des années. Et ça tombe le jour de mon évasion. Sans cette tempête, j'aurais eu le temps vingt fois de me sauver. Sans elle, même si j'étais tombé sur la voiture de Beaulieu, j'aurais pu fuir très loin dans le champ…

En fait, c'est faux : même avec cette tempête, j'aurais pu réussir. Le vrai responsable, c'est cet étang. Et la tempête, en le camouflant, a été son complice.

Il y a des hasards inadmissibles. À croire que… à croire qu'il a été décidé, par de plus hautes instances, que je devais rester dans cette maison, jusqu'à… jusqu'à ce que…

Que quoi ?

Je déraille, je le sais bien… D'où ton importance, mon petit Récipient. D'ailleurs, j'espère que tu peux encore en prendre, car je n'ai pas tout à fait fini de me vider…

La première chose que je vois en ouvrant les yeux, c'est le jeu d'échecs humains, les deux groupes de cadavres devant moi, face à face, sous le même éclairage blafard que ce matin. Je suis de retour dans la cave. Cette constatation devrait me faire hurler, mais mon extrême faiblesse me permet tout juste de pousser un gémissement. Je ne sais même pas si je pourrais me lever tant je me sens fiévreux.

Assis sur une chaise, je tâte mollement mon corps, mon visage… Je suis habillé d'un gros chandail de laine, d'un pantalon très épais… Aux pieds, j'ai de gros bas de laine et des pantoufles confortables… et la maudite chaîne à mes chevilles.

J'ai passé si près de réussir… si près…

Debout entre les deux groupes de cadavres, Beaulieu se tient immobile, les mains dans le dos, comme un arbitre sur le point de faire une mise au jeu. Son visage est très solennel, très grave, mais aussi mélancolique, attendri… Je ne reconnais presque plus le banlieusard quétaine. Au contraire. À mon grand étonnement, Beaulieu a l'air carrément noble.

— Sais-tu depuis combien de temps je suis sur ce travail incroyable, le jeune ? Depuis combien d'années je monte ce grand, ce remarquable projet ?

Sa voix aussi est méconnaissable. Subtile, raffinée.

— Presque quinze ans. Et la finale est proche. Il me manque seulement deux pièces. Un Fou blanc et un Fou noir.

Là-bas, tout au fond, je discerne contre le mur un établi, une table, des instruments sur les murs, un robinet... La nausée me prend. C'est sûrement là, dans ce « petit laboratoire », que Beaulieu empaille les corps...

Car c'est bien de ça qu'il s'agit : de cadavres empaillés. Tu l'as aussi compris, le Récipient, n'est-ce pas ?

Beaulieu écarte les bras, désignant ainsi avec fierté les deux équipes qui, figées pour l'éternité sur leurs petits chariots à roulettes, l'écoutent respectueusement.

— L'ultime jeu d'échecs ! La concrétisation parfaite du combat entre le Bien et le Mal, entre les Justes et les Non-Justes ! Le projet de ma vie !

Il ajoute plus bas, avec un sourire triste :

— Papa serait tellement fier de moi... C'est le genre de projet qu'il aurait aimé entreprendre, j'en suis sûr...

Là-bas, dans le coin de la cave, je distingue une silhouette et finis par reconnaître Michelle. Les bras croisés, appuyée contre le mur, elle observe la scène en silence, mi-sérieuse, mi-moqueuse.

Beaulieu se déplace vers les cadavres de gauche, recouverts d'une toge noire, et se met à déambuler lentement entre eux... Macabre et troublant spectacle que la vue de ce dément en train de marcher entre ses atroces créatures aux yeux de verre écarquillés... Il désigne un corps, puis un autre, et encore un autre ; pour chacun d'eux, il m'explique la genèse, toujours avec cette voix raffinée, presque didactique. Il me désigne d'abord un homme d'une trentaine d'années, petit, barbu, portant une vilaine blessure au front. Sur sa tête, un grotesque chapeau en forme de toiture évoque une tour : Martin Legendre, un ancien copain d'école, un propriétaire de restaurant qui sous-payait ses employés, les congédiait sans raison valable et fraudait le gouvernement. Beaulieu a vu en cet homme qui se croyait inébranlable une parfaite Tour noire. Il désigne ensuite du doigt, dans la première rangée, une femme d'une quarantaine d'années, au maquillage vulgaire, avec des cheveux artificiellement roux qui tombent sur sa toge noire. Le chapeau qu'elle porte ressemble à un casque de soldat : Isabelle Roy, une prostituée vicieuse qui se pavanait dans le nord de la ville, allant même jusqu'à prendre des clients mineurs. Elle travaillait pour le vice, en était un vulgaire instrument ; Beaulieu en a donc fait un Pion noir.

— Et ce violeur... et ce policier corrompu... et cette avocate qui défendait des criminels... Et d'autres, encore, que j'ai détectés au fil des années... Je les ai surveillés pendant des jours, parfois des semaines, pour m'assurer qu'ils avaient vraiment leur place dans mon armée noire. Puis, je les assommais, les emportais à la maison, dans la chambre de la Justice, les jugeais... et les éliminais.

La chambre de la Justice... Ma chambre... Je repense au moribond que j'y ai découvert lors de mon arrivée... J'étais arrivé au mauvais moment... Et cette senteur qui planait dans la maison les jours suivants... Ce n'était pas un corps en décomposition, non... C'était une odeur de taxidermie...

Nausée...

Beaulieu se tourne vers l'équipe des blancs et son visage rayonne d'admiration.

— Les Justes. Ceux-là, évidemment, je ne les ai pas tués. Ils sont morts de maladie ou d'accident... Je me suis contenté, humblement, d'aller les récupérer et de les emporter ici, où les attendait un plus noble destin que celui de pourrir en terre.

Autre image d'horreur : Beaulieu qui va déterrer, la nuit, des cadavres dans des cimetières...

Il se met à marcher entre les cadavres recouverts de toges blanches, exactement comme il l'a fait avec

les noirs, sauf que son regard est empreint de bienveillance. Il va jusqu'à mettre la main sur l'épaule de
quelques-uns. Je jette un coup d'œil vers Michelle.
Elle n'a toujours pas bougé et je peux lire une certaine
lassitude sur son visage.

Pour la deuxième fois, j'ai droit à une présentation
en règle. Là, cet homme de cinquante ans, affublé d'une
sorte de tuque avec des grelots : Albert Brouillette, un
ami du club d'échecs, mort d'un infarctus ; un homme
qui s'était toujours embarqué dans des projets complètement fous pour aider les plus démunis de la
société. Cette belle folie lui a valu de devenir un Fou
blanc. Et cette vieille femme avec un simulacre de
crinière sur le crâne, Louisette Bisson… Beaulieu ne
l'avait jamais rencontrée personnellement, mais elle
était considérée par toute la ville comme une sainte
pour avoir enduré pendant trente ans un mari alcoo-
lique et violent, et ce, sans jamais aucune plainte ni
reproche, tout en continuant d'élever ses quatre enfants
et de garder le ménage en ordre. Une force de la nature, infatigable, inépuisable, qui a mené sa vie d'enfer
au galop et que seul un cancer du cerveau avait fini par
mettre au tapis après des années de lutte acharnée.
Beaulieu avait vu en elle un Cavalier idéal. Et d'autres
encore, que je ne me rappelle pas…

Puis, il s'approche de deux corps que j'avais re-
marqués la première fois, en état de putréfaction
avancée ; on a peine à distinguer s'il s'agit d'hommes
ou de femmes… Ils ne sont pas côte à côte et, en me
fiant à leur position sur l'échiquier, je devine qu'il
s'agit de la Reine et d'une Tour. Beaulieu les observe
avec une admiration réelle.

— Les parents de Maude…

Peux-tu imaginer semblable abomination, le Récipient ? Ce fou, ce malade est allé jusqu'à utiliser ses
beaux-parents dans son projet cauchemardesque !

Encore une fois, j'ai voulu protester, crier, mais je me sentais si las, si vide…

— Leur état est assez lamentable, je l'avoue… Mais ils étaient enterrés depuis presque trois mois quand je suis allé les chercher… La taxidermie ne fait pas de miracle…

Il marche vers la Tour, qui évoque vaguement un homme…

— Henri Gauthier, mon beau-père. Homme de parole et de principe, honnête père de famille dont les convictions étaient aussi inébranlables qu'une forteresse. La plus solide des Tours blanches.

Il va ensuite vers la femme, coiffée d'une couronne. Beaulieu la contemple humblement et passe même doucement une main sur sa joue pourrie.

— Son épouse, Huguette… Mère aimante, épouse dévouée… Un modèle pour toutes les femmes de ce monde… Mon armée blanche ne pourra jamais avoir meilleure Reine.

Je ne bouge toujours pas, engourdi par une sorte de fascination malsaine. Beaulieu se déplace vers le haut piédestal, sur lequel trône le minuscule bébé aux yeux démesurés brandissant son petit sceptre incongru. Sa peau est verdâtre, abîmée, mais en bien meilleur état que celle des beaux-parents. Beaulieu l'a sûrement déterré beaucoup plus rapidement que les deux autres. Il se place devant le bébé et, en décelant l'infinie tristesse sur ses traits, je ne peux m'empêcher d'envisager la plus atroce des idées… Tu sais laquelle, le Récipient ? Tu t'en doutes, hein ? Et pour confirmer le pire, Beaulieu souffle d'une voix brisée :

— Mon fils, mon seul et unique garçon, Jacques junior…

On croit avoir atteint le sommet de l'horreur, mais non… Je ferme les yeux avec force et me mets la tête entre les mains, pour ne plus voir… Mais j'entends la voix désespérée et sanglotante de Beaulieu… Il explique qu'il avait attendu ce fils avec tant d'impatience… Il lui aurait donné la plus rigoureuse des éducations, il en aurait fait un grand serviteur de la Justice, le meilleur des hommes, pour poursuivre la noble lignée des Beaulieu… Ses sanglots cessent soudain et j'ose regarder. Il est maintenant du côté des noirs. Le visage déformé par la haine, il pointe un doigt accusateur vers un homme d'une cinquantaine d'années que je devine être le Roi.

— Mais lui! Lui, ce médecin, l'a tué par son incompétence! Mon fils est mort à cause de ce…

Il crache le mot comme s'il s'agissait de la pire des insultes:

— … non-juste!

Il réussit à reprendre un certain calme.

— Il était normal qu'il devienne le Roi noir. Pour que mon fils, le Roi blanc, soit son juste conquérant! Pour l'éternité!

Il baisse la tête, résigné.

— Maude ne peut plus avoir d'enfant… J'aurai jamais de fils…

Il lève la tête vers sa fille.

— Il ne reste que Michelle…

L'adolescente ne dit rien et regarde aussi son père, et sur son visage je perçois un curieux combat entre la fierté et l'agacement. Puis, Beaulieu se tourne vers moi et me fixe avec intensité. Il y a une intention étrange dans son regard, une intention floue que je n'aime pas, qui tente d'accrocher quelque chose en moi… Puis, la voix posée, il conclut:

— Tu sais tout, le jeune.

Un très long silence s'installe dans la cave. Ma nausée a empiré, je vais être malade d'une minute à l'autre. Pour la première fois depuis mon réveil, je parle enfin, d'une voix basse et rauque:

— Je veux… je veux remonter…

Je n'arrive à rien dire d'autre. C'est presque une supplication.

Beaulieu hoche doucement la tête, puis demande à sa fille de m'accompagner dans ma chambre. Elle s'approche et m'aide à me relever. Titubant, étourdi, je zigzague vers l'escalier et, sans un regard en arrière, je commence à monter les marches, tremblant de fièvre, haletant.

Dans la cuisine, Maude s'affaire à son fourneau. À ma vue, son regard s'emplit de tristesse, elle prend un visage désolé, mais retourne rapidement à ses chaudrons.

Je ne songe même pas à fuir. Je souffre trop. Dans le corps et dans l'âme. Je veux seulement aller dans ma chambre, me coucher, fermer les yeux…

La montée du second escalier est un calvaire. Je trébuche deux ou trois fois et Michelle doit me relever. En haut, le couloir tangue, s'allonge sans fin. Dans une des chambres, le visage fantomatique d'Anne flotte un moment… et enfin, j'entre dans la mienne… Je trouve la force de me tourner vers Michelle et, appuyé contre le mur, je balbutie :

— Michelle, ton… ton père… Il faut l'ar… l'arrêter… Il est fou, tu sais que… que j'ai raison…

La main sur la poignée, Michelle me considère un moment en silence. Elle secoue doucement la tête, vaguement écœurée, et sa voix pleine d'échos envahit la pièce :

— Vous avez tort… tous les deux…

Elle sort en refermant la porte.

Je tombe sur mon matelas et je crois m'être évanoui avant de l'atteindre.

Toute la journée, Beaulieu est venu régulièrement me donner des cachets, me mettre des bouillottes sur le front, changer mes vêtements… Un parfait infirmier…

C'est le soir. Il est tard. Je vais un peu mieux.

Quelque chose s'est passé, quelque chose de trop. Trop au point que j'ai eu besoin de toi, mon petit Récipient. Maintenant, tu dois être bien plein, rempli de pus et de vomi. J'ai eu besoin de toi comme jamais je n'ai eu besoin de quelque chose dans ma vie.

Mais maintenant que je suis vidé et que je peux m'avouer ton inexistence, je fais quoi? Quelle est la suite? Comment aller plus loin après une telle révélation?

Et aller où? Vers quoi?

Je pense que...

que...

Ostie, j'ai froid, tellement froid. Froid dans mon corps, dans mon âme. Un froid bien pire que celui de la tempête. Et je ne peux pas arrêter ces images dans ma tête qui tournoient à une vitesse incontrôlable... Beaulieu, les échecs, les cadavres de la cave, Michelle, les parties qui se suivent, les yeux de bille... et moi, moi qui suis ici, encore et encore, et qui joue, qui joue, qui joue des milliers et des milliers de parties...

Je pense que...

Faut que j'arrête. Je peux même plus me lire...

parce que là

ça marche pus mon affaire

ça marche pus pantoute

Extraits du journal de Maude (VII)

28 mai 1978

Louanges à Toi, mon Dieu, et bénis tous ceux que j'aime.

Et, surtout, aide-moi ! Aide-moi dans cet enfer que je traverse ! Et pardonne-moi, aussi, car Tu m'as envoyé la preuve que j'ai péché, que j'ai fait le Mal ! Maintenant que Tu es et seras mon seul confesseur, je dois tout T'écrire, même si cela dépasse mes forces et mon courage.

C'est samedi que Jacques m'a enfin permis de descendre à la cave, durant la sieste de Michelle. Il était très nerveux, Seigneur, comme le soir de notre premier rendez-vous, et j'ai interprété cela comme un bon signe. Il m'a conseillé de ne pas réagir trop violemment et d'écouter ses explications. J'étais bien nerveuse moi aussi, Tu T'en doutes bien ! Après ces neuf mois de mystère, d'inquiétudes et de bizarreries de toutes sortes, j'allais enfin découvrir le grand projet de mon mari.

Ho, mon Dieu ! L'horreur ! L'horreur quand j'ai vraiment compris ce que j'avais devant moi ! Sur le moment, je croyais que c'étaient quatre mannequins, mais je les trouvais si bizarres dans leur accoutrement! Surtout ces deux qui étaient en si piètre état! Et ce bébé, aussi, c'était étrange... Et ce quatrième, il me rappelait quelqu'un... J'ai alors reconnu le docteur Allard... J'ai enfin compris que ce n'étaient pas des mannequins...

Aie pitié de moi, Seigneur tout-puissant!

Jacques s'est mis à parler, mais je n'écoutais pas vraiment, j'étais tétanisée, incapable de la moindre réaction. Mais à un moment, ses explications sont parvenues jusqu'à ma conscience : ces deux corps, en piteux état, étaient... Papa, maman, c'est vous! C'est vous, ce n'est pas possible! Et ce petit corps, ce bambin juché sur son piédestal, c'est Jacques junior! Mon enfant, mon fils!

L'horreur, l'horreur, l'horreur!

Pour la première fois de ma vie, Seigneur, j'ai perdu le contrôle de mes actes. Quelque chose a éclaté en moi et je me suis mis à crier, à m'arracher les cheveux, même à frapper Jacques! Je sais, c'est terrible, je n'en ai pas le droit, mais j'étais complètement hystérique et je crois... Bonté divine! Je crois que j'en avais le droit, comment pouvais-je agir autrement? Comment Jacques a-t-il cru que je pouvais accepter ça?

Rapidement, il m'a immobilisée, m'a tenu les deux mains et m'a implorée de me calmer. J'ai fini par me taire, étourdie d'abomination. À toute vitesse, Jacques m'a expliqué sa mission, le jeu d'échecs humain, la concrétisation de la grande justice... Il a dit que c'était un honneur pour mes parents et pour notre bébé de participer à une telle œuvre... Il m'a assurée qu'il ne tuerait que pour les pièces noires, jamais pour les blancs...

Mais mes yeux sont revenus sur les corps de papa et maman... sur le corps de junior... alors, je me suis remise à crier, et dans un mouvement brusque je me suis dégagée de lui pour monter le plus vite possible dans notre chambre. J'ai entendu Jacques me suivre, mais je lui ai crié de ne pas entrer, sinon je crierais jusqu'à devenir folle. Il a obéi, mais de l'autre côté de la porte il a continué à parler.

— Tu me prends pour un meurtrier, Maude, parce que tu ne comprends pas encore, tu ne vois que la surface de tout ça. Mais je suis sûr que Dieu approuve ce que je fais ! C'est la Justice, il ne peut qu'être d'accord ! D'ailleurs, demande-lui ! Tu verras !

Je l'ai entendu redescendre. À côté, Michelle s'est mise à crier, mais elle s'est rapidement rendormie.

Pendant une heure, j'ai vécu dans la tourmente. Que devais-je faire ? Il fallait que Tu me le dises, Seigneur : que devais-je faire ? Jacques avait-il raison ? Approuvais-Tu ce qu'il faisait ou non ? J'avais besoin d'un signe, mon Dieu, et j'ai tout à coup su qui pouvait me l'envoyer en Ton nom : le père Bélile ! Demain, j'irais le voir !

J'ai passé la journée dans ma chambre, sans parler à Jacques, ni durant le souper ni durant la soirée. Le lendemain, je suis allée rapidement à l'église. En route, je me disais que j'avais peut-être tort d'aller confesser tout ça, que cela était un acte de trahison envers mon mari... Mais je voulais une réponse, Tu comprends ? J'en avais besoin maintenant ! Une réponse de Toi ! Une réponse que Tu m'enverrais par l'intermédiaire de mon confesseur !

En entrant dans le confessionnal, quand le père Bélile m'a saluée, j'ai tout de suite remarqué sa respiration plus pénible, plus saccadée que d'habitude, mais je n'y ai pas fait attention, trop préoccupée par ce que j'allais dire. Je lui ai donc tout raconté, Seigneur, tout ! Je pleurais en lui parlant, je tremblais de tous mes membres, partagée entre le soulagement de ma confession et la terreur de trahir mes devoirs d'épouse. Deux ou trois fois, j'ai entendu le père Bélile pousser de petites exclamations horrifiées, tandis que son souffle devenait de plus en plus haletant, mais je continuais de parler, plus rapidement, incapable de m'arrêter... et tandis que je lui disais avoir reconnu le cadavre de mon fils parmi les corps de la cave, j'ai entendu... j'ai entendu un hoquet terrible, douloureux. Le prêtre s'est mis à bredouiller des mots confus, puis il y a eu un bruit sourd de chute. Je ne voyais rien, évidemment, avec toute cette noirceur, mais je n'entendais plus le père Bélile. Je l'ai appelé à voix basse plusieurs fois, mais en vain.

Je me suis alors vraiment inquiétée. Je suis sortie du confessionnal et j'ai osé ouvrir la porte privée du prêtre. Oh! Mon Dieu! Il était affaissé sur sa chaise, le visage déformé par la douleur, les yeux fixes et écarquillés!

Il était mort, Seigneur! Mort!

Je n'ai pu m'empêcher de pousser un cri! Les pénitents et les vicaires se sont rassemblés autour du confessionnal, il y a eu une confusion terrible... Puis le vicaire Gagnon, après un bref examen, a conclu avec tristesse que le cœur malade du père Bélile avait finalement lâché prise : la crise cardiaque avait été fatale et fulgurante.

Je suis partie en courant et j'ai longuement erré dans les rues de la ville. Mon âme était en proie à la pire tempête qui soit : celle du remords! Car cette crise cardiaque n'était qu'un camouflage! La vraie cause de la mort du père Bélile, c'était moi! J'avais voulu tout confesser, j'avais voulu désobéir à mon mari, j'avais douté de lui, et pour bien me le montrer, pour me punir de telles pensées, Tu as rappelé à Toi le père Bélile, me montrant ainsi que j'étais responsable de sa mort ! Je voulais un signe de Ta part, pour savoir si ce que je faisais était bien ou mal, et Tu me l'as envoyé avec une effrayante clarté : ma confession l'a tué ! Et elle tuera quiconque l'entendra !

Ho, mon Dieu, pardon ! Pardon d'avoir douté, pardon, pardon, pardon !

J'avais donc compris. Lorsque je suis revenue à la maison, je suis allée voir Jacques au salon. Depuis deux jours, il attendait avec inquiétude une réaction de ma part. Sans élever la voix, je lui ai seulement dit que je ne voulais jamais être mise au courant de ce qu'il faisait dans cette cave, que je ne voulais plus jamais en entendre parler. J'acceptais ce qu'il faisait, mais je ne voulais pas être concernée. Visiblement rassuré, il a acquiescé.

— Jure-moi, Jacques, que Michelle ne saura jamais rien de tout cela.

Il me l'a juré, avec un air étrange que je refuse d'interpréter. Après cette courte discussion, je suis allée prier dans ma chambre.

Depuis trois jours, notre vie continue. Jacques et moi n'avons jamais fait la moindre allusion à la cave. Je le sentais nerveux au départ, mais maintenant il est redevenu exactement comme avant.

Et moi ?

Je ne peux pas Te mentir à Toi, Seigneur : je n'approuve pas les agissements de Jacques. Ce qui se passe dans notre cave me terrifie et me révolte. Mais la mort du père Bélile m'a tellement ébranlée... au point que je ne veux plus jamais me confesser à personne d'autre que Toi, dans ce cahier. Tu m'as clairement fait comprendre que je ne dois pas me mêler des affaires de mon mari, et même si cela est difficile, je me soumets.

Mais je suis si confuse, Seigneur, je doute tellement... Je ne sais plus... Je ne reconnais plus Jacques, je n'ose pas trop analyser ce que je ressens pour lui,

j'ai peur de découvrir des sentiments inavouables...
Et, surtout, je ne reconnais plus notre vie, j'ai basculé
dans un monde que je ne reconnais pas. Je trouve
que, depuis un an, les ténèbres envahissent de plus en
plus notre maison auparavant pleine de bonheur...
Qu'est-ce qui nous arrive, Seigneur ? Y a-t-il un sens
à tout ça ? Peut-être, oui... Peut-être que je compren-
drai plus tard... Le but de la mission de Jacques, qui
me semble si abominable aujourd'hui, m'apparaîtra
peut-être un jour...

Car Tu approuves tout cela, n'est-ce pas ? Tu ne
laisserais pas Jacques faire tout cela si Tu n'approu-
vais pas ! La mort du père Bélile en est aussi la preuve,
ça ne peut pas être un hasard : si tu me demandes de
ne pas interférer, c'est que Tu approuves... N'est-ce
pas ?

N'est-ce pas ?

Éclaire-moi, Seigneur... Envoie un peu de lumière
dans cette noirceur de plus en plus persistante...

Amen.

Je n'ai plus de fièvre. Je ne suis plus horrifié. Je n'ai plus peur.

J'ai passé toute la journée dans mon lit. Seules séquelles physiques de ma tentative de fuite d'hier : un bon rhume.

Côté mental… Sais pas. Sens rien.

Je ne fais rien de la journée. Je regarde le plafond. Je me laisse dériver.

Je finis par entendre des bruits de chaises, en bas. Odeur de friture. C'est l'heure du souper.

Je me lève. J'ai encore la chaîne aux chevilles. Beaulieu ne me l'a pas enlevée depuis hier. J'ai l'impression qu'il ne me l'enlèvera plus jamais. Je vais à ma porte qui n'est pas verrouillée et l'ouvre.

Je descends en bas, à petits pas, toujours en claudiquant légèrement. J'arrive à la salle à manger. On me dévisage avec surprise.

— Je viens manger avec vous.

Je dis ça d'une voix neutre, égale. Je m'assois, en jetant un coup d'œil par la fenêtre : déjà, la neige de la tempête semble avoir fondu en grande partie.

Maude a toujours son air embarrassé et triste, Michelle me fusille du regard… Beaulieu me sourit, tout heureux. Anne est égale à elle-même.

Le tableau familial désormais habituel… presque rassurant.

Pendant le repas, Beaulieu, comme toujours, est le seul à parler. Il raconte que la grève des taxis semble inévitable, même si lui est plutôt contre. Il parle de politique, d'un nouveau club vidéo qui va ouvrir tout près d'ici. Moi, j'écoute à peine. Je mange. Et j'attends. J'attends quoi ?

La soirée, bien sûr…

À un moment donné, Beaulieu me demande ce que j'en pense, alors que je n'ai aucune idée de ce qu'il vient de raconter. Je l'observe un moment, puis :

— Après souper, on joue aux échecs.

Ça ressemble presque à un ordre, mais Beaulieu ne s'offusque pas. Au contraire, il hoche la tête d'un air satisfait.

— Ben sûr.

Je recommence à manger en silence. Je sens le regard inquiet de Maude, celui, méprisant, de Michelle.

M'en fous.

Veux jouer.

Le battre.

J'aurais un couteau sous la main que je n'essaierais même pas de le tuer. Non. Le battre aux échecs est le meilleur moyen de l'anéantir.

Je vais le tuer en lui montrant qu'il a tort et que j'ai raison. Un meurtre sans arme, sans une goutte de sang, sans contact physique, mais d'une violence inouïe.

Après le souper, nous nous retrouvons devant notre table de jeu, au salon. Maude est à la cuisine. Michelle est assise près de nous, dans un fauteuil, et regarde la télé, même si elle me surveille du coin de l'œil. Elle doit s'attendre à ce que je tente quelque chose à tout moment.

J'en rirais, tiens.

On joue une partie. Deux. Quatre. Que je perds toutes, même si je joue bien. Pas grave. Pas découragé. Pas pressé.

On vient de terminer la sixième. Calmement, je replace les pièces pour une nouvelle partie. Beaulieu s'étire et dit qu'il est fatigué, que c'est assez pour ce soir. Mais moi, je continue à placer le jeu, indifférent, puis je dis, la voix complètement plate :

— Les blancs commencent.

Pendant un bref moment, il me considère avec une certaine inquiétude.

Ah.

Ah-ah.

Puis, il me lance ce petit sourire entendu et complice qu'il arbore un peu trop souvent à mon goût ces temps-ci.

— Hier, quand tu as essayé de fuir, j'ai été très déçu. Mais en te voyant aller ce soir, je me sens rassuré pis content. Je pense que tu commences à comprendre.

— Comprendre quoi ?

— Ben des affaires.

Toujours le sourire. Je ne dis rien. Il déplace un pion :

— OK, mais c'est vraiment la dernière de la soirée...

Et je rentre dans la partie. Avec une telle force qu'autour de moi le salon n'existe plus, ni Michelle assise près de nous, ni Maude à la cuisine. Il n'y a que le jeu. Je déplace mes pièces avec une minutie maniaque. Ma tête est pleine de bruits de bataille, de cris, de sons de clairon et de furie. Mon cavalier piaffe et se jette sur son adversaire en hennissant avec violence. Mes pions sortent de leur tranchée pour prendre d'assaut une tour adverse haute de mille mètres. Et moi, le roi, je demeure derrière les lignes d'attaque pour observer la bataille, la diriger et modifier mes stratégies… Et parfois, sans avertissement, mes pièces se transforment, deviennent des cadavres, des corps empaillés qui m'observent de leurs grands yeux artificiels et attendent, tels des zombies télécommandés, mon ordre d'attaquer le royaume ennemi dirigé par un bébé mort-né… Je ressens alors une éphémère terreur, une fugitive panique, puis tout se replace, les cadavres redeviennent mes soldats et ma reine revient à mes côtés pour me conseiller dans mes plans. Et la bataille reprend. Au loin, à plusieurs kilomètres devant, je vois les pointes du château de Beaulieu défier le ciel, ce royaume jusqu'à maintenant intouchable mais duquel je m'approche peu à peu après chacune de mes défaites. Je crie à mes hommes de ne pas lâcher et j'ordonne une nouvelle attaque. Je leur jure que nous gagnerons, car nous avons raison ! Moi, leur roi, j'ai raison !

Tout à coup, une voix réelle, incongrue, réduit en fumée ce spectacle épique : Maude demande à Beaulieu d'aller porter les ordures à l'extérieur. Je lève la tête, hébété. Beaulieu soupire, mais se lève. Avant de s'éloigner, il me dit qu'il n'en a que pour deux minutes et me lance un clin d'œil.

Pauvre fou. J'vais t'battre.

Maude, de loin, me regarde intensément pendant un bref moment. Nous ne nous sommes pas parlé depuis ma tentative de fuite, mais dans ses yeux je vois tout ce qu'elle vit depuis mon retour : la déception de mon échec, l'espoir d'une prochaine réussite et, bien sûr, le remords qui accompagne de telles pensées… Si j'avais encore un doute sur son implication directe et volontaire dans ma dernière tentative de fuite, il s'est maintenant définitivement envolé.

Elle finit par détourner le regard et monter à l'étage.

Je vois Beaulieu à la cuisine prendre trois sacs d'ordures puis sortir en laissant la porte de la cuisine ouverte. J'observe un moment cette ouverture rectangulaire qui donne sur la nuit et la liberté. Je pourrais me lever et tenter une fuite. Pas évident avec cette chaîne. Et Michelle, là, qui regarde d'un air las la télé... Tout de même, je pourrais essayer. Il faut que j'essaie.

Mais je n'ai pas envie, ce soir.

Cette constatation me donne le vertige et je ferme les yeux. Avec une clarté de plus en plus rare, je vois ce qui se passe en ce moment même ailleurs. Mes parents qui me croient mort, Judith qui désespère de plus en plus, l'université qui a annulé mes cours, mon appartement occupé par un autre... Je n'existe plus pour personne.

Sauf pour les Beaulieu.

L'instant d'un flash, je comprends ce qui est en train de m'arriver... et je vois l'abîme.

Beaulieu réapparaît alors devant moi en se frottant les bras et me dit qu'il fait pas chaud dehors. Je ne réponds rien. Nous reprenons la partie.

Au bout d'à peine deux minutes, Maude redescend ; elle s'approche, inquiète, et demande où est Anne. Agacé, Beaulieu répond vaguement qu'il n'en sait rien. Maude va alors à la fenêtre et s'exclame :

— Mon Dieu, elle est dehors !

Tandis qu'elle court vers la porte, Beaulieu lève un œil surpris vers la fenêtre.

— Elle est sûrement sortie quand t'as laissé la porte ouverte, tout à l'heure, fait Michelle avec indifférence.

Nous reprenons la partie. J'entends bien vaguement Maude revenir dans la maison, rassurer sa fille et dire qu'elle monte lui chercher une couverture chaude, mais je suis trop concentré pour m'intéresser à ces propos.

Sauf que je perçois graduellement une silhouette qui s'approche, fantomatique, une présence qui me cause un malaise et m'oblige à lever la tête. C'est Anne. Elle m'ignore et marche vers Beaulieu. Lui, les coudes sur les genoux, le front entre les mains, ne se rend compte de rien. Moi, j'observe, fasciné et angoissé, car je sens qu'il va se passer quelque chose.

Impassible, Anne regarde son père. Enfin, j'imagine qu'elle le regarde, puisque ses grands yeux glauques sont tournés vers lui. Beaulieu, avec un petit sourire victorieux, dirige sa main vers sa reine, sûrement sur le point d'effectuer le déplacement fatidique. Au même moment, d'un geste mécanique, Anne enfouit sa main sous son chandail et en sort quelque chose qu'elle dépose sur les genoux de Beaulieu. Celui-ci sursaute, baisse la tête puis se lève d'un bond en poussant un cri de dégoût. Je vois une souris, ou un mulot, je ne sais trop, en tout cas une bête morte, tomber sur le plancher. Je sursaute à mon tour et, tout à coup, je me revois lors de ma première tentative de fuite, couché sur le sol, la jambe fracassée… Près de moi, il y avait Anne qui me tournait le dos… Elle était accroupie, penchée vers le gazon, et donnait l'impression de jouer avec quelque chose…

Beaulieu se met à jurer en frottant frénétiquement son pantalon. Maude, de retour au salon avec une couverture dans les mains, demande ce qui se passe.

— C'est elle ! crie Beaulieu en pointant le doigt tour à tour vers sa fille et l'animal mort. C'est elle qui m'a mis ça sur les genoux ! Exactement comme quand elle avait…

Mais il ne termine pas sa phrase. Il dévisage Anne non pas avec son agacement ou son malaise habituel, mais carrément avec haine et terreur. Elle, de son côté, se contente de soutenir son regard, le visage dénué d'expression.

Maude amène sa fille avec elle tout en la rassurant, puis les deux disparaissent dans l'escalier.

Beaulieu finit par se rasseoir, le visage sombre. Michelle se lève, prend la petite bête par la queue et, tout en s'éloignant, murmure :

— Bon… Faut ben que quelqu'un nous débarrasse de ce monstre…

Elle en veut à son père. Elle lui en veut de sa réaction.

Beaulieu ne relève pas le reproche. Il demeure perdu dans ses noires pensées. Intrigué malgré moi, je demande :

— Qu'est-ce qui se passe, entre toi et Anne ?

Il lève enfin la tête et je comprends que je n'aurai pas de réponse.

— Fini pour ce soir, qu'il dit sèchement.

— Pas question ! Chaque partie doit être terminée !

Mon ton plein de rage me surprend moi-même. Agacé, Beaulieu grommelle qu'elle est de toute façon terminée, déplace brusquement sa reine et grogne :

— Et mat en trois ! Bon ! T'es content, là ?

J'analyse rapidement le jeu. Il a raison. Évidemment. Silence.

Le téléphone sonne. Beaulieu se lève et va répondre sans enthousiasme. Puis, il se met à parler avec ce qui semble être un bon ami.

Je me lève, mou, un peu voûté. D'un pas lent, suivi par le cliquetis de ma chaîne, je marche vers l'escalier. Je passe à côté de Beaulieu, qui m'ignore complètement.

Flash : je me mets à hurler au secours, en espérant que le type à l'autre bout du fil m'entende.

Autre flash : je prends ce bibelot *cheap* sur l'étagère, je le fracasse sur le crâne de Beaulieu, puis me sauve.

Je continue de marcher.

Je monte les marches. En haut, je passe devant la porte fermée de la chambre de Michelle. Je l'entends s'activer derrière.

Troisième flash : j'ouvre la porte, j'entre et je viole Michelle.

Je continue de marcher.

Je passe devant la porte ouverte de la chambre d'Anne. À l'intérieur, Maude borde sa fille couchée dans le lit.

Dernier flash : j'entre, j'étrangle Maude et je crève les grands yeux morts d'Anne.

Je continue de marcher.

J'entre dans ma chambre. M'assois sur le lit.

Au bout de cinq minutes, Beaulieu passe la tête par la porte et me souhaite bonne nuit. Sa gaieté est revenue, du moins en partie. Il ferme la porte et j'entends la clé dans la serrure. C'est la seconde nuit qu'il me laisse avec ma chaîne aux pieds. J'imagine qu'il ne veut plus courir de risque.

Je pense à demain. Beaulieu va travailler, je vais être enfermé toute la journée.

Demain soir, il faudrait que je fasse une nouvelle tentative de fuite. Il faudrait, oui…

Je me mets à y songer. Mais mes pensées reviennent toujours aux parties d'échecs…

Je décide d'écrire.

Voilà, c'est fait.

Je vais me coucher.

C'est tout.

Extraits du journal de Maude (VIII)

16 mai 1980

Louanges à Toi, mon Dieu, et bénis tous ceux que j'aime.

Ça y est, après presque trois ans, alors que je me demandais de plus en plus si j'étais devenue stérile à cause des complications de ma dernière grossesse, je suis enfin enceinte. Je Te prie pour que ce soit un garçon. Car notre petite Michelle a maintenant cinq ans et... bon, je dramatise peut-être, mais Tu sais que Jacques traite souvent Michelle comme un garçon : il refuse qu'elle porte des robes et qu'elle joue à la poupée, la traite de mauviette quand elle pleure (ce qui arrive si peu souvent), et j'ai l'impression que ce traitement commence à avoir des effets troublants. Hier, Michelle s'est battue avec le voisin de sept ans et elle l'a fait saigner du nez ! Je l'ai évidemment grondée, mais elle prétend qu'elle s'est seulement défendue, en arborant son petit air arrogant. Bref, un petit garçon fera le plus grand bien à Jacques.

Nous installerons la chambre du bébé dans la pièce en face de la salle de bain. Elle est plus petite que

celle du fond, mais celle-ci sert à Jacques pour...
Enfin, Tu sais de quoi je parle...

Et puis, non! Je refuse de parler de cela! Jusqu'à
maintenant, Jacques a été heureusement très discret!
Il n'utilise la chambre du haut que pendant mon
absence. Je n'ai jamais vu de signes de son *travail*, je
n'ai aucune idée où il en est là-dedans et c'est parfait
ainsi! Quand Michelle demande pourquoi elle ne peut
aller à la cave, il explique qu'il y range des outils très
dangereux. Aux amis qui viennent nous visiter, il explique évasivement que c'est un énorme débarras et
qu'il ne veut montrer ce fouillis à personne. Il a installé
un cadenas pour empêcher Michelle de descendre en
cachette. Donc, au moins, je ne suis au courant de
rien, je ne vois rien, et mon souhait le plus cher est que
cela continue ainsi. Si ce n'était de ces odeurs qui
envahissent à de rares moments la maison pendant
une ou deux journées... Durant ces jours-là, je suis la
plus malheureuse des femmes... Mais on s'habitue à
tout, même au malheur... Mais ça suffit! J'ai dit que
je refusais d'en parler, même d'y penser, alors, c'est
fini!

Je devrais donc avoir mon nouveau bébé en janvier
prochain. Le même mois que Michelle, c'est amusant.
Les mois de janvier promettent d'être mouvementés
dans l'avenir! Jacques vole littéralement de joie. Il redouble d'attention pour moi, m'amène au restaurant,
comme à l'époque où j'étais enceinte de Michelle...

... mais en même temps, ce n'est plus pareil, Seigneur, Tu le sais bien. Je lui dis que je suis contente,
que j'apprécie ce qu'il fait, j'évite de le peiner ou de
le décevoir... mais j'ai désormais beaucoup de difficulté à apprécier la présence de Jacques. Oh, bien sûr,
je l'aime encore! Je suis sa femme, je dois l'aimer et
le supporter, même s'il fait des choses que je... que
je ne peux pas...

Non, assez ! Pas un mot là-dessus, j'ai dit ! Assez !

Je ne pourrais arrêter d'aimer mon mari, évidemment, mais... enfin, quelque chose a changé, je dois bien Te l'avouer.

De toute façon, je suis sûre que ce bébé va m'aider. L'idée d'être de nouveau mère m'excite vraiment. Allons. Peut-être est-ce enfin la récompense que Tu m'envoies pour tous les malheurs passés... et présents ?

J'attends et espère.

Amen.

◆

10 septembre

Louanges à Toi, mon Dieu, et bénis tous ceux que j'aime.

Pourquoi tant de malheurs, Seigneur ? Est-ce une nouvelle épreuve que Tu m'envoies ? Que Tu *nous* envoies ?

Hier, je suis allée passer une échographie, Tu sais, cette technologie qui permet de voir le sexe des fœtus... Moi, je me méfie un peu de ça, mais Jacques était si pressé d'avoir la confirmation du sexe de l'enfant...

Mais la foudre s'est abattue sur nous : c'est une fille, Seigneur ! Une seconde fille ! Et selon le docteur, les risques d'erreur sont minimes !

Je ne rentrerai pas dans les douloureux détails, mais jamais, jamais je n'ai vu Jacques dans un tel état. C'est encore pire que lors du décès de Jacques junior, car ce n'est pas seulement du désespoir et de la tristesse qu'il éprouve en ce moment, c'est... Quand il me regarde, je vois presque du mépris dans ses yeux. Du dégoût. Et surtout de la rancune... Il ne me le dit pas, bien sûr, mais... Quand j'ai pleuré dans ses bras, il n'a rien dit. Depuis hier, en fait, il n'a pas dit un mot. Il reste seul, m'évite, garde le silence.

Pendant les repas, de temps à autre, il me fixe… Et ses yeux, Seigneur… Ses yeux me font si mal… Même Michelle remarque son attitude…

Et je ne peux m'empêcher de le comprendre. Il a raison. Son accusation silencieuse est justifiée. Quel genre de femme suis-je donc pour être incapable de lui donner un fils vivant ?

Je suis tellement, tellement malheureuse ! Tout m'échappe, je ne sais plus à quoi me raccrocher. Parfois, je doute même de ce qui est bien et de ce qui est mal. Je me suis toujours dit qu'avec le temps les choses s'arrangeraient, mais c'est le contraire qui se produit ! Plus le temps avance, plus je souffre ! Je sais que seuls les faibles se plaignent mais… N'ai-je pas droit à un peu d'aide ? La vie doit-elle être absolument si dure pour gagner Ton Royaume ?

Allons, je frôle le blasphème ! Pardonne-moi cet égarement, mon Dieu ! De nouveau, je vais accepter cette épreuve et tenter de grandir à travers elle.

De toute façon, ai-je le choix ?

Je continue à Te prier. Éclaire-moi, rends-moi plus forte. J'ai confiance.

Amen.

◆

12 décembre

Louanges à Toi, mon Dieu, et bénis tous ceux que j'aime.

Tu m'abandonnes, mon Dieu ! C'est un blasphème, je le sais, mais ce qui vient de nous arriver ne peut que me pousser à cette conclusion ! Pourquoi me laisses-Tu seule ainsi, pourquoi ?

L'accouchement devait avoir lieu dans un mois et j'évitais d'en parler, alors que normalement cet événement aurait dû être une source de joie. Jacques ne s'est pas du tout occupé de la décoration de la chambre, il a fallu que je fasse tout. J'ai acheté les vêtements et les jouets seule, sans jamais en parler à Jacques. Tu imagines mon calvaire, Seigneur ? Ma solitude ? Mais le pire allait venir. Même si Jacques ne m'avait presque pas parlé depuis l'échographie, même si j'ai senti son mépris durant ces trois derniers mois, jamais je n'aurais cru que sa colère et sa frustration éclateraient avec une telle violence.

Il y a cinq jours, j'étais dans notre chambre avec Michelle et je lui expliquais combien il serait amusant pour elle d'avoir une petite sœur, car cette perspective ne semblait pas lui plaire. À un moment, j'ai levé la tête et j'ai vu Jacques dans l'embrasure de la porte. D'un air furieux, il a ordonné à Michelle d'aller jouer dans sa chambre, ce qu'elle a fait sans rouspéter. Jacques a fermé la porte et, pour la première fois depuis des mois, il m'a vraiment parlé. Hélas ! ce qu'il me disait était terrible et triste ! Il m'accusait de mentir à Michelle, j'aurais dû lui dire que cette petite fille à venir était un échec. Il a même dit que cela retarderait encore tout ! De quoi parlait-il donc ? Retarder quoi ? Et les mots qu'il employait ! Un échec ! N'y avait-il donc aucune chance qu'il aime cette enfant ? J'étais assise sur le lit et je ne disais rien, ma tête tournait trop. Et puis, c'est sorti. Pour la première fois, il m'a directement accusée. C'était de ma faute, c'était moi la responsable, je n'étais ni une vraie femme ni une vraie épouse. Sa voix enflait avec sa colère débordante, il me montrait le poing, frappait même parfois sur le mur ! Je ne disais rien... parce qu'il avait raison, Seigneur ! Tout est ma faute ! Si, dès le départ, j'avais donné un fils vivant à Jacques, rien ne serait arrivé, rien de rien, et nous serions tous heureux en ce moment ! Au lieu de nous entre-déchirer ainsi et de vivre dans cette maison avec cette cave pleine de… de…

J'ai fini par me lever. J'ai voulu lui prendre les mains pour m'excuser, mais il s'est dégagé brusquement. Ses yeux étaient pleins de haine, Seigneur ! Car à ce moment-là, je suis sûre qu'il m'a haïe ! Et il y avait autre chose en lui, une accumulation sur le point d'éclater, sans contrôle… C'était horrible, horrible ! Il a pointé un doigt tremblant vers mon ventre, comme on montre une chose honteuse, et il a craché d'une voix méconnaissable que c'était une fille qu'il y avait là-dedans, et sans que je puisse prévoir un tel geste, il a levé sa jambe… Ho, mon Dieu, son genou m'est rentré dans le ventre avec une brutalité épouvantable ! Un coup de genou dans mon ventre ! Dans mon bébé ! *Notre* bébé ! Ça me faisait tellement mal, Seigneur ! Pliée en deux, je gémissais, j'essayais de comprendre et j'entendais Jacques qui hurlait :

— Je n'en veux pas ! Je n'en veux plus !

Et il m'a donné un second coup de genou ! Au même endroit !

Je T'ai appelé à ce moment-là, Seigneur, de toutes mes forces, mais Tu ne répondais pas, je ne Te sentais pas !

Je me suis écroulée sur le sol, étourdie d'horreur et de douleur. Tout explosait dans mon ventre, et je me suis mise à pleurer, et Jacques n'arrêtait pas de crier :

— Si tu ne peux pas me donner un fils, veux-tu bien me dire à quoi tu sers ?

Où était donc mon Jacques, celui que j'avais connu si gentil, si doux dans son taxi avec sa jolie casquette ? Où était cet homme au sourire gamin qui me traitait en princesse et me promettait le bonheur ? Ce Jacques n'aurait jamais tué personne, ne m'aurait jamais frappée… Où était-il donc ?

Et Toi, mon Dieu, où étais-Tu ?

En sanglotant, j'ai marmonné le nom de mon mari, suppliante. Il a alors cligné des yeux et la chose malsaine dans son regard a disparu pour faire place à un total ahurissement.

À ce moment, j'ai senti le liquide sur mes cuisses, sous ma robe. Jacques l'a sûrement vu, car il est devenu totalement blanc et il a bredouillé : « *Ho, mon Dieu ! Qu'est-ce que j'ai fait ! Qu'est-ce que j'ai fait !* » Il est alors sorti de la chambre en courant et est descendu en bas. Je l'ai entendu appeler quelqu'un. Moi, haletante, incapable de me relever, j'ai mis ma main entre mes cuisses et j'ai constaté que je perdais du sang, beaucoup trop. J'espérais que ce soit le mien, et non pas celui de mon bébé ! Je Te priais de toutes mes forces…

Mais Tu n'étais pas là…

J'ai alors vu, dans l'embrasure de la porte, ma petite Michelle, immobile, muette, fascinée par ce sang qui coulait hors de moi. Pas ma fille qui assistait à cela ! Non, pas elle ! Et son air était si étrange…

Jacques est remonté. Il s'est mis à genoux, m'a consolée, m'a dit que l'ambulance allait arriver d'une seconde à l'autre. Et il pleurait, se traitait de salaud et d'assassin… exactement comme lorsqu'il m'avait frappée, la première fois…

Juste avant de perdre conscience, je T'ai appelé à nouveau.

Mais Tu n'étais toujours pas là.

À mon réveil, on m'a expliqué que j'avais eu une hémorragie interne et qu'il avait fallu pratiquer une césarienne. On m'a assurée que la petite était hors de danger et qu'elle semblait n'avoir aucune séquelle de tout ça. Malgré tout, j'ai bien vu l'inquiétude sur leur visage et lorsque j'ai enfin pu tenir ma petite fille dans mes bras, j'ai vite compris pourquoi. Elle ne bouge presque pas, ne pleure pas du tout (il paraît qu'elle n'a poussé aucun son en naissant) et, surtout, ses yeux sont toujours grands ouverts. On la croirait dans un engourdissement perpétuel...

Peut-être aura-t-elle des problèmes mentaux, je n'en sais rien, mais je m'en moque, car elle est vivante et c'est tout ce qui compte! J'ai donc ressenti quelque chose qui ressemblait au bonheur, j'ai serré mon bébé dans mes bras et je T'ai remercié, Seigneur...

Et je sentais toujours Ton absence.

Jacques s'est approché, malheureux, misérable. Il a de nouveau voulu se confondre en excuses, mais je lui ai fait signe de se taire et je lui ai tendu sa petite fille. Après une hésitation, il l'a prise, maladroit, et j'ai alors eu l'impression qu'elle le regardait droit dans les yeux, même si je sais très bien qu'à son âge, c'est impossible. Jacques est devenu mal à l'aise et me l'a redonnée avec un sourire nerveux. J'ai repris ma fille et ne me suis plus occupée de lui.

Je suis restée trois jours à l'hôpital. Ils m'ont fait passer une série d'examens et en sont venus à la conclusion que je ne pourrai plus avoir d'enfants. Jacques s'est effondré, mais sans explosion de colère ni de désespoir. Il avait l'air vaincu, il marmonnait que c'était sa faute. Je l'ai alors entendu dire quelque chose d'épouvantable:

— Il ne reste donc que Michelle...

Ce que cette phrase pouvait sous-entendre d'horreurs m'a empêchée de dormir durant toute la nuit suivante.

Et Toi, mon Dieu, où étais-Tu pendant tout ce temps?

On a aussi administré une série de tests à Anne (ce sera son nom) et les médecins sont vraiment très inquiets. Je suis revenue à la maison depuis deux jours, mais les médecins veulent la voir une fois par semaine, pour suivre son évolution. Pauvre petite ! Elle est innocente dans toute cette histoire ! Pourquoi doit-elle payer ? Ne serait-ce que pour cela, je l'aimerai davantage ! Je la cajole durant des heures et des heures, au point de négliger Michelle, qui n'apprécie vraiment pas cette petite étrangère. Je la berce, la nourris, lui chante des chansons, et elle ne bouge jamais, ne pleure jamais, me regarde immobile avec ses grands yeux. Peu importe qu'elle soit différente, je la protégerai contre tout !

Jacques la prend de temps à autre, mais je vois qu'il se force, car chaque fois il devient confus. Il la regarde un moment et sa vue semble carrément l'effrayer. Alors, il me la redonne en inventant une excuse.

Il ne l'aimera jamais. Je le sais. Et, curieusement, cela me laisse à peu près indifférente.

Car j'ai compris quelque chose, Seigneur : entre Jacques et moi, il y a une brisure définitive. Lui ne le sait peut-être pas, mais moi oui. Et ça ne pourra pas se réparer. Je ne peux pas Te mentir, mon Dieu : je n'aime plus Jacques. C'est terrible, c'est un grave péché et je m'en veux beaucoup, mais je n'y peux rien. Je n'arrive plus à ressentir de l'amour pour lui. Mais ne crains rien : je continuerai à lui être dévouée et soumise, je ne lui montrerai jamais ce que je ressens vraiment. J'ai perdu mon rôle d'amoureuse, mais jamais je ne déshonorerai mon rôle d'épouse.

Quand j'ai réalisé tout ça, je me suis confessée à Toi, Seigneur… mais Tu n'étais toujours pas là ! Où es-Tu donc depuis cinq jours ?

Et puis tout à l'heure, en cajolant Anne, je crois avoir compris… Peut-être est-elle là, Ta réponse… Je dois peut-être Te chercher dans le cœur de cette petite innocente, qui ne sera jamais comme les autres et qui aura encore plus besoin de moi… Ton aide et mon bonheur viendront peut-être d'elle, et c'est dans cet

amour mutuel, entre ma fille et moi, que je Te retrouverai…

Oui, peut-être bien… La venue de ce petit trésor
sera peut-être enfin le bonheur que je cherche depuis
si longtemps…

Si c'est le cas, Seigneur, alors je Te rends grâce et
je Te promets ceci : l'amour que je ne donnerai plus à
Jacques ne sera pas perdu, il ira à ma petite Anne. Et
cela, Jacques ne pourra l'empêcher. Il m'a pris mes
convictions, il éloigne Michelle de moi, il a pris ma
vie, mais il ne me prendra pas ma petite fille.

Voilà, Seigneur. Je Te retrouverai dans le cœur
d'Anne. Nous nous y retrouverons tous les trois.

Il le faut.

Amen.

Écrire un peu. Pour me donner l'impression que je ne suis pas aussi déconnecté que je le crains.

La nuit passée, j'ai encore rêvé que je baisais Michelle. Des baises animales, féroces, explosives. Au réveil, je me sentais vaguement honteux mais surtout excité.

Journée longue et plate, comme je l'avais prévu. Je reste enfermé toute la journée. Je demeure assis sur le matelas et regarde le mur. Je ne fais rien. J'attends le soir.

Souper. Puis parties d'échecs au salon.

De nouveau, emporté par les parties. De nouveau, perdu dans un autre monde. De nouveau, les pièces qui prennent vie, les galops des chevaux, les cris de guerriers et les batailles à coups d'épée.

De nouveau, aucune tentative de fuite.

Veux le battre.

Vers huit heures, Beaulieu me dit que c'est assez pour ce soir, il doit aller à son club d'échecs, comme tous les lundis.

— Pis en plus, ce soir, c'est un soir spécial…

Il ne précise pas et je m'en fous. La seule chose qui me dérange, c'est qu'on arrête de jouer si tôt. Je vais faire quoi, moi, le restant de la soirée ?

Voilà où j'en suis. Je ne vis que lorsque je joue.

Beaulieu me raccompagne dans ma chambre. Nous passons devant la chambre de Michelle, qui lit une revue. Beaulieu lui fait signe et elle enlève les écouteurs de ses oreilles. Derrière elle, sur le mur, la reine rouge me regarde.

— Prépare-toi, Michelle.

Elle approuve, incertaine.

— Tu amènes ta fille à ton club d'échecs?

Il ne répond rien, le visage grave et fébrile à la fois. Dans la chambre d'Anne, Maude serre sa fille contre elle et Beaulieu, mal à l'aise, lui dit:

— On va y aller, Maude…

Pour la première fois, je vois clairement du reproche dans le regard qu'elle lance à son mari… et un appel à l'aide dans celui qu'elle me décoche furtivement. Puis, sans cesser de cajoler sa fille, elle nous tourne le dos.

J'entre dans ma chambre. Beaulieu, toujours avec cette gravité nerveuse, me souhaite bonne nuit et verrouille ma porte. Sans m'enlever ma chaîne. Il ne me l'enlèvera plus, je le sais bien, jusqu'à ce que…

… qu'à ce que…

J'appuie mon oreille contre la porte. J'entends Beaulieu appeler sa fille, les deux descendre les marches puis, une minute plus tard, la porte de la cuisine s'ouvrir et se refermer. Et cette litanie très faible et tout près? C'est la voix de Maude, parlant à sa fille, et je finis par distinguer les mots:

— Toi, il ne t'aura pas… Jamais… Tu resteras pure…

Je vais m'étendre sur mon matelas.

J'ai enfin compris: ce soir, Michelle va franchir une autre étape dans son apprentissage. Cela devrait m'horrifier, mais je n'arrive pas à ressentir quoi que ce soit.

J'examine le plafond pendant une heure, deux heures... peut-être plus. Trouve pas le sommeil. Décide d'écrire tout ça.

Voilà, une autre journée, une autre soirée et...

Minute. La porte s'ouvre en bas. Michelle et Beaulieu reviennent. Je vais aller écouter.

Ils ne sont pas remontés. J'ai entendu des murmures, puis une porte s'ouvrir, suivi de bruits de pas qui descendent...

Ils sont à la cave.

J'ai l'impression que ces prochains jours, dans le journal local, on va annoncer la disparition d'un habitant de Montcharles ou la profanation d'une tombe dans un cimetière...

... et dès demain, les drôles d'odeurs seront de retour...

Horreur. Abomination. Démence. Mais ce ne sont que des mots sur du papier. Dans mon âme, je ne ressens absolument rien.

Je pense juste à demain soir. Aux parties d'échecs. Plus rien n'existe, n'a d'importance. Je vais le battre. Pour lui montrer que j'ai raison.

Raison à propos de quoi ?

Raison, c'est tout.

Le battre.

Le bat-tre. B, a, t, t, r, e. Battre.

L

e

b

a

t

t

r

e

battre battre

Le battre.

Extérieur
Lundi 12 novembre 1991

Il faisait froid à Montcharles, même si une bonne partie de la neige de la précoce tempête était déjà fondue. Ce qui restait ressemblait davantage à une boue noirâtre et donnait aux rues un air morose. En sortant du club d'échecs, vers vingt-trois heures, Jacques Beaulieu et André Payette remontèrent le col de leur manteau et se mirent en marche sur le trottoir désert.

— T'es vraiment pas obligé de me donner un lift toutes les semaines, Jacques! Je t'ai dit que j'aimais marcher!

— Voyons donc, ça me fait plaisir… Pis en plus…

Il s'interrompit et arrêta de marcher, l'oreille tendue.

— T'as entendu?

André écouta avec attention et hocha la tête.

— Oui, on dirait des… quelqu'un qui pleure…

— Ça vient de là, fit Jacques en désignant une ruelle tout près qui s'ouvrait entre deux bâtiments. On va voir…

André hésitait. Ils écoutèrent encore et, faiblement, des sanglots féminins se firent entendre.

— On dirait une jeune fille, dit Jacques. Faut aller voir, André.

L'autre finit par acquiescer. La ruelle était très sombre, encadrée par deux murs de briques noires sans fenêtres, et plusieurs déchets d'origines multiples et parfois douteuses jonchaient le sol. Les deux hommes marchèrent sur une vingtaine de mètres. Devant eux, tout près, la ruelle se terminait sur un mur de béton. Recroquevillée dans un coin, une silhouette féminine, le visage dans les mains, pleurait à chaudes larmes.

— Qu'est-ce qu'elle a? demanda Jacques. Elle est blessée?

— Mademoiselle, fit André en marchant vers elle. Mademoiselle, êtes-vous…

Il ne put terminer sa phrase, car Jacques, qui avait ramassé une brique sur le sol, le frappa par-derrière, droit sur le crâne. L'homme s'écroula sur le sol et, à moitié assommé, se mit à gémir. Comme s'il s'agissait pour elle d'un signal, la jeune fille cessa aussitôt de pleurer et se releva.

— Bien joué, Michelle, fit Jacques en lâchant la brique.

Michelle s'approcha, intriguée. Beaulieu, les mains dans les poches, grave et solennel, se mit alors à déclamer :

— André Payette, je te condamne à mourir! Ton racisme fait de toi un être abject et méprisable. Depuis plusieurs semaines, je t'observe et te surveille. Je sais que tu as tout mis en œuvre pour que Norbert Arel, l'un de nos membres, se fasse expulser du club, uniquement parce qu'il est de race noire. Tu parles contre lui, propage de fausses rumeurs et tu as même volé l'un des jeux du club en essayant de faire passer cela

sur son dos. *Et comme tu es un habile menteur, tu as
même réussi à convaincre quelques membres du club.
Mais moi, je t'ai vu, André, je sais tout. C'est folie que
de juger les gens sur la couleur de leur peau. Une
folie dangereuse et injuste. Par conséquent, tu dois
mourir. Telle est ma décision, telle est la Justice !*

— Mais... mais qu'est-ce que tu racontes ? bredouilla André en faisant mine de se relever. Es-tu
devenu com...

Jacques lui balança un terrible coup de pied en
plein visage. Le nez cassa instantanément et André se
retrouva sur le dos, grognant, étourdi.

— Résiste pas, André ! Résiste pas, pis tu souf-
friras pas !

Il enleva le manteau d'André qui, à moitié K.-O.,
se laissa faire en grommelant. Il jeta le manteau au
loin puis rejoignit sa fille qui, fascinée, ne quittait
pas André des yeux.

— C'est à toi, Michelle...

Légèrement nerveux, il sortit de son manteau un
long couteau.

— Moi, je les étrangle... Mais tu seras pas assez
forte, alors...

Il lui tendit l'arme, ému, les yeux vitreux. D'une
voix cassée par l'émotion, il souffla :

— Un seul coup, Michelle. Droit au cœur.

Michelle fixa le couteau un bref moment, les sourcils
froncés, comme si plusieurs pensées se bousculaient
dans sa tête. Elle finit par prendre l'arme, s'approcha
lentement d'André, qui gémissait toujours sur le sol.

— Pourquoi je le tuerais ? demanda-t-elle soudain
à son père.

— Je sais, tuer est un acte en soi terrifiant, qui fait
peur, mais...

— C'est pas une question de peur ! coupa l'adolescente. Je te demande pourquoi moi, je le tuerais.

Qu'est-ce qu'il m'a fait pour que je le tue ? En quoi il est un obstacle, pour moi ?

— *Mais de quoi tu parles ? Pense à notre mission, Michelle ! À notre justice !*

Elle émit une sorte de soupir agacé. Cependant, André avait commencé à se redresser et tendait une main tremblante vers la jambe de Michelle. Celle-ci le regarda froidement, songeuse, et marmonna, comme pour elle-même :

— *En fait, il est un obstacle parce que si on le tue pas, il va nous dénoncer…*

— *Voyons, Michelle, c'est pas ça la raison ! C'est…*

— *Salope ! bredouilla André en agrippant la jambe de Michelle. Ostie de salope, je vais te…*

— *Ta gueule, toi ! cracha-t-elle en se dégageant d'un mouvement brusque.*

Elle se pencha alors et frappa sans hésitation. La lame se planta dans le ventre d'André et celui-ci se mit à crier et à gesticuler, puis il s'accrocha frénétiquement à la manche qui dépassait de son chandail.

— *Au cœur, Michelle ! s'écria Beaulieu. J'ai dit au cœur !*

— *Je fais ce que je veux ! rétorqua l'adolescente avec arrogance, le regard allumé.*

Des yeux, elle chercha quelque chose sur le sol, puis ramassa une bouteille de bière vide.

— *Salope ! continuait de croasser l'autre. Salope de tab…*

Michelle lui cassa la bouteille en pleine figure.

— *J't'ai dit de fermer ta gueule !*

Et avec le tesson cassé, elle frappa une seconde fois le visage ensanglanté d'André. Affolé, Jacques se rua sur sa fille, la prit par les épaules et la tourna vers lui.

— *Michelle, qu'est-ce que tu fais là, batince ! Calme-toi tout de suite !*

— *Je suis très calme, moi*, répondit-elle, le visage de marbre.

Jacques la dévisagea, déconcerté. Derrière eux, sur le sol, les cris d'André n'étaient plus que râles mouillés.

— *Je t'ai dit de le tuer d'un seul coup! Sans le faire souffrir! Il est même pas mort encore! La Justice veut qu'il meure, pas qu'il souffre! La violence est mauvaise, Michelle! Très mauvaise!*

— *Ah, ouais? Pourtant, je me souviens de certaines fois, dans la chambre d'en haut, où tu te gênais pas! Avec Alain, par exemple, il y a un an...*

Jacques fut ébranlé de nouveau, mais se reprit rapidement:

— *J'avais tort, moi aussi! Pis je me suis puni, chaque fois! Je veux que tu sois mieux que moi, tu comprends?*

— *Je veux être ce que je veux!*

— *Mais il faut que tu serves la Mission, Michelle! Notre Mission!*

— *Ta mission me concerne pas!*

Il gifla sa fille et celle-ci tituba sous le choc. Ils s'observèrent un moment. Des volutes blanches s'échappaient de leurs bouches entrouvertes. Seuls les sons moribonds émis par l'autre, sur le sol, perturbaient le total silence de la ruelle. Jacques finit par baisser la tête en poussant un long soupir.

— *T'es pas encore prête...*

Michelle ne répondit rien, mais elle semblait tout à coup moins arrogante. Jacques retourna vers André, se pencha sur lui et tira avec force sur le couteau. La lame s'extirpa du ventre, provoquant chez André un pathétique couinement. Son visage était en charpie, ses râles de plus en plus rauques. Ses mains bougeaient lentement sur le sol.

— *Désolé, André... C'était pas supposé se passer comme ça...*

Sur ce, il planta avec précision le couteau dans le cœur du mourant. Celui-ci émit un bref hoquet, puis se tut.

Jacques retira de nouveau le couteau, essuya la lame avec un mouchoir et remit l'arme sous son manteau. Il resta un long moment debout près du cadavre, les mains dans les poches, le visage penché et soucieux.

— C'est ma faute… J'ai voulu aller trop vite…

Il marcha vers sa fille et lui mit doucement les deux mains sur les épaules, tandis qu'un léger sourire retroussait sa moustache. Michelle attendait, incertaine.

— Je t'en veux pas, tu sais… Il faut se donner plus de temps… Tu vas finir par comprendre… Bientôt, même… Tu es de mon sang, le sang de la Justice…

Michelle baissa la tête, soudain confuse. Jacques lui appliqua un baiser sur la tête et chuchota :

— Je t'aime, mon grand…

Michelle se raidit, mais elle garda la tête baissée. Une larme coula silencieusement de son œil droit et, d'une voix à peine audible, elle murmura :

— Ma grande…

Jacques ne réagit pas. Il lâcha sa fille et prit une longue inspiration.

— Bon. Va chercher le char pis viens le stationner devant la ruelle. Assure-toi que le coin est toujours désert…

Michelle, d'un pas las, marcha vers la sortie de la ruelle. Jacques se tourna vers le cadavre sur le sol, secoua la tête avec une moue embêtée et soupira :

— Regarde-moi l'état de sa face ! Je vais avoir une méchante job à faire avec lui…

Extraits du journal de Maude (IX)

26 mai 1983

Louanges à Toi, mon Dieu, et bénis tous ceux que j'aime.

Je ne me fais plus d'illusion au sujet d'Anne, Seigneur: elle a deux ans et demi et ne marche pas. Elle ne réagit à rien, elle n'essaie même pas d'émettre le moindre son. Les médecins sont déroutés par son cas... Ils disent parfois des mots compliqués, comme autisme ou schizophrénie, mais je me moque de tout ça. C'est ma petite fille, mon salut, mon rayon de soleil, elle est celle qui me fait encore sourire, qui donne encore un sens à ma vie... Je lui parle tout le temps, la caresse et la cajole, et même si elle ne réagit pas, elle se laisse faire et c'est suffisant. Et Tu es en elle, Seigneur, je le sais, car elle est pure, et tout ce qui est pur Te rejoint. Avec Anne, je suis en contact avec Toi.

Michelle témoigne de plus en plus d'indifférence vis-à-vis d'Anne. Je lui demande souvent de jouer avec elle, je lui dis qu'il s'agit de sa petite sœur, mais elle me répond toujours qu'elle trouve ça « plate » puisque Anne ne fait rien. Je lui ai expliqué qu'Anne est différente et qu'il faut l'aimer davantage pour cette raison, mais je la crois trop jeune pour comprendre.

Michelle... Elle n'est vraiment pas une enfant facile, Seigneur. Ses professeurs me disent qu'elle est brillante, beaucoup plus même qu'une petite fille normale de huit ans, et là-dessus, je suis très fière d'elle. Mais ces professeurs insistent aussi sur sa brutalité, son agressivité. Elle veut toujours commander et n'hésite pas à frapper ceux qui s'opposent à son autorité. Ce genre de comportement se voit aussi à la maison. Elle est très arrogante, particulièrement avec moi. L'autre jour, je l'ai menacée de l'enfermer dans sa chambre tout l'après-midi et elle m'a ri au nez, me disant de me contenter d'être ce que je suis ! Elle m'a dit ça, Tu imagines ? À huit ans ! J'en ai été bouleversée pendant trois jours ! Par contre, même si elle le nargue souvent, elle écoute beaucoup Jacques et lui obéit, bien qu'elle désapprouve fréquemment ses décisions. Je l'aime, évidemment, c'est ma fille, mais souvent je me rappelle ce qu'a dit Jacques il y a deux ans... Alors, quelque chose s'assombrit en moi et je m'éloigne de Michelle qui, de toute façon, ne manifeste jamais de tendresse à mon égard. Même si elle n'est pas au courant de ce que fait Jacques dans la cave, elle forme avec lui une équipe dans laquelle je n'ai pas de place.

C'est vrai qu'elle est brillante. Elle lit beaucoup, à mon grand plaisir. L'autre jour, elle a lu *Alice au pays des merveilles* et a adoré ça. Tellement qu'elle s'est mise à dessiner un personnage du livre sur un grand carton.

— Tu dessines Alice, ma chérie ? lui ai-je demandé.

— Non, la Reine Rouge ! C'est elle qui décide tout ! Et si quelqu'un est sur son chemin, elle lui coupe la tête !

Elle disait cela avec un petit sourire admiratif. Je lui ai fait remarquer qu'elle ne s'appelait pas la Reine Rouge, mais la Reine de Cœur. Michelle a grimacé :

— Non, j'aime pas ce nom. La Reine Rouge, ça lui va mieux.

Malgré la naïveté et la maladresse du dessin, on reconnaissait facilement une reine, entièrement coloriée en rouge. Il y avait quelque chose de bizarre dans ce dessin, qui me mettait mal à l'aise... Mais les gribouillis des enfants peuvent être déroutants parfois. J'étais contente qu'elle lise et qu'elle dessine. Cela l'aiderait sûrement à calmer son agressivité de plus en plus problématique.

Quant à Jacques, il me laisse tranquille. Peut-être a-t-il senti qu'il y avait quelque chose de brisé entre nous. Pourtant, je continue à être serviable et docile. Lui aussi est très gentil, très gai... En apparence, tout est comme avant. Voilà le plus important : que tout ait l'air de bien aller. Et au fond, ça ne va pas trop mal. Je ne suis jamais vraiment consciente des « activités » de Jacques, par rapport à la... la cave. Par contre, il y a eu un petit incident. Jacques, qui était parti depuis quelques heures samedi dernier, est revenu en me suggérant d'aller me promener une heure ou deux. À son regard, j'ai compris. Michelle était déjà chez des amis. J'ai pris Anne et nous sommes allées faire une longue marche. Mais quand nous sommes revenues, Jacques est descendu rapidement, les vêtements en désordre, le visage effrayant, et il m'a dit que j'étais revenue trop tôt... Tandis qu'il parlait, j'ai cru entendre des gémissements en haut. Alors, je suis repartie.

À mon retour, Jacques écoutait la télé, de bonne humeur. Mais je n'ai pu m'empêcher de jeter un bref regard vers la porte de la cave...

Deux jours après, dans le journal, on annonçait la disparition d'un certain Jean-Pierre Wilson... Alors, je me suis mise à Te prier. Pour moi mais aussi pour Jacques. Pour qu'il ne se fasse pas prendre. Mais jusqu'à maintenant, jamais il n'a été soupçonné, jamais la police n'est venue, même s'il agit souvent en plein jour. C'est peut-être un signe, Seigneur... Un signe qu'il est sous Ta protection et que donc Tu approuves ce qu'il fait... Est-ce possible ?

Je ne sais pas... Et puis, je ne veux pas écrire là-dessus, ni même y penser...

Allons, je n'ai pas à me plaindre. J'ai une famille, nous ne sommes pas riches mais ne manquons de rien, et surtout, j'ai Anne, qui a tant besoin de moi... Au fond, la vie, ce n'est que ça. Le grand bonheur n'est peut-être qu'une tentation dangereuse. Oui, peut-être...

Amen.

◆

11 février 1984

Louanges à Toi, mon Dieu, et bénis tous ceux que j'aime.

Anne marche enfin ! Depuis une semaine ! Je suis si contente, Seigneur ! Elle a trois ans et paraît n'en avoir que deux, elle ne profère aucun son, elle ne pleure jamais, elle ne manifeste jamais d'émotion, mais elle marche ! Son pas est raide et mécanique, mais elle marche seule ! Je ne T'en remercierai jamais assez, Seigneur ! Elle est si belle, debout, sur ses jambes ! Nous sommes même allées faire une marche dehors, il y a deux jours, et les quelques voisins que nous avons rencontrés étaient bien impressionnés. Je me sentais si fière de ma petite fille ! Elle peut donc déambuler dans la maison, maintenant. Bien sûr, elle se contente la plupart du temps de regarder la télé, mais parfois, elle se promène dans la cuisine ou le salon.

Jacques se dit très content, mais je sens qu'il ne le pense pas vraiment. Chaque fois qu'Anne passe à ses côtés, qu'elle frôle ses jambes, il sursaute et s'écarte, comme s'il avait senti une araignée se poser sur lui. Dans ces moments-là, Anne le regarde un moment de ses grands yeux fixes, puis elle repart. Ces petites scènes me chicotent aussi... Peut-être Anne sent-elle le rejet de son père...

En tout cas, elle marche, et c'est merveilleux ! Hélas, il y a un nuage dans ce ciel ensoleillé...

En revenant de l'école, hier, Michelle s'est approchée de la porte de la cave et s'est mise à secouer le cadenas (elle est maintenant assez grande pour l'atteindre sans problème.) Elle a alors dit :

— Pourquoi je peux pas descendre dans la cave ? J'ai neuf ans, je suis assez grande !

Ce moment, je le redoutais depuis longtemps, Seigneur. Il était inévitable qu'elle finisse pas poser des questions, de plus en plus insatisfaite par les explications ridicules fournies jusqu'à maintenant. Il fallait que cela arrive justement en l'absence de Jacques. Je ne savais quoi lui répondre. C'était à son père de trouver une meilleure raison que « les outils dangereux », de lui donner une nouvelle explication, pas à moi ! Je ne voulais rien avoir à faire avec cette cave, rien !

Michelle a ajouté en grimaçant :

— Des fois, il y a des drôles d'odeurs qui en sortent ! Ça pue !

Je me suis mise à réfléchir à toute vitesse, puis j'ai fini par expliquer que papa faisait du vin dans la cave, et que le vin, en fermentant, dégageait des odeurs désagréables. J'étais plutôt satisfaite de ma trouvaille, et je T'ai même remercié de m'avoir soufflé cette réponse. Mais Michelle, le visage dur, m'a traitée de menteuse ! Je me suis choquée, je l'ai grondée, mais comme d'habitude elle s'est moquée de mon autorité. D'un trait, elle m'a lancé :

— Papa boit du vin juste quand des amis viennent manger. Pis il se force, en plus ! Sinon, il boit jamais d'alcool ! Alors, fais-moi pas croire qu'il fait du vin !

J'étais sidérée, Seigneur ! Seulement neuf ans, et déjà si observatrice, si perspicace ! Mais ce n'était rien en comparaison de ce qui a suivi : elle m'a demandé si la cave avait un rapport avec les personnes que Jacques battait ! Je crois bien avoir poussé un petit cri ! Mais comment savait-elle ? Il n'y avait jamais personne à la maison lorsque Jacques amenait un… des… Au lieu de nier, j'ai demandé stupidement si c'était papa qui lui avait raconté de telles choses. Elle a ricané avec mépris, un ricanement tellement… adulte ! Puis elle a monté les marches et je l'ai entendue entrer dans sa chambre.

Tu imagines l'inquiétude qui m'a envahie, Seigneur ? Que savait-elle au juste ? Tout ? Presque rien ? Est-ce Jacques qui lui a parlé ? Il m'avait pourtant juré qu'il ne le ferait jamais ! Mais je me rappelais aussi ses paroles, lorsqu'il avait su que je n'aurais plus d'enfant… Ses mots lourds de présages…

Elle savait que Jacques battait des gens ! Mais savait-elle aussi qu'il les…

Non, non, assez ! Je ne veux pas y penser ! Et je n'en parlerai pas à Jacques non plus ! Cela donnerait lieu à une discussion sur… sur ce qu'il fait et… Non, non, non !

Jacques est donc revenu du travail et je ne lui ai rien dit. Michelle a mangé avec nous, s'est levée ce matin pour aller à l'école, et je ne lui ai rien dit non plus.

Rien.

Je Te demande seulement une chose, Seigneur : si c'est encore possible, s'il n'est pas trop tard, garde-la loin de tout ça.

Tout va bien. Anne marche. Tout va bien. Anne marche. Merci, mon Dieu. Anne marche.

Amen.

◆

19 mai

Louanges à Toi, mon Dieu, et bénis tous ceux que j'aime.

Il s'est passé quelque chose de bizarre… Déjà qu'il y a eu cet événement déplorable, la semaine dernière… Tu Te souviens, lorsque nous avions entendu un bruit épouvantable à l'étage… Nous étions montés en vitesse, Jacques et moi, et avions trouvé Anne dans sa chambre, debout, immobile, nous regardant avec son visage sans émotion. Et sa fenêtre était cassée ! Dieu merci, elle n'était pas blessée : elle avait manifestement utilisé sa petite chaise en bois. Mais tout de même ! J'essayais d'imaginer Anne en train de brandir la chaise et d'en frapper avec force la fenêtre, et cette image était si incongrue ! Elle qui n'agit jamais de son propre chef ! Et casser une fenêtre, à trois ans et demi ! Pourquoi avoir fait cela ? En tout cas, cela m'a effrayée au point que j'ai demandé à Jacques d'installer une vitre incassable et qui ne s'ouvre pas. Je voulais qu'on fasse de même pour toutes les fenêtres de la maison, mais Jacques m'a dit que je dramatisais et je me suis inclinée. La vitre incassable est maintenant installée, mais n'empêche, j'ai trouvé cet incident très troublant.

Puis cet événement est arrivé… et le fossé entre Jacques et Anne s'est creusé davantage…

Hier après-midi, j'étais seule avec Anne à la maison. Je venais de terminer le ménage à l'étage et je suis descendue au salon, m'attendant à y trouver ma petite fille devant la télé. Non seulement elle n'y était pas, mais la porte du salon était grande ouverte. Affolée, je suis sortie aussitôt. Elle n'était pas dans la rue. J'ai couru derrière la maison : elle était là, me tournant le dos, penchée sur l'herbe. Je T'ai remercié à voix haute, Seigneur, tant je me sentais soulagée ! J'ai appelé Anne en marchant vers elle. Elle s'est relevée et s'est tournée vers moi, les deux mains cachées sous son chandail. Doucement, je lui ai demandé ce qu'elle cachait là. Elle a alors sorti ses mains et j'ai vu du sang sur ses doigts ! Inquiète, je l'ai ramenée dans la maison. Elle se laissait faire, sans un son, sans aucun signe de douleur. Je l'ai montée dans sa chambre, suis allée chercher des serviettes et du désinfectant à la salle de bain, puis suis revenue dans sa chambre. Pourtant, après avoir nettoyé ses doigts, je n'ai trouvé aucune blessure visible sur ses mains. La coupure était trop petite pour paraître. En fait, ce qui m'inquiétait, c'est qu'Anne pouvait désormais ouvrir les portes et sortir. J'en ai donc parlé à Jacques au souper et, sans enthousiasme, il a promis d'installer des verrous à clés intérieurs aux deux portes de la maison.

L'incident aurait été clos et assez bénin s'il s'était terminé à ce moment-là. Mais durant la nuit, un cri terrible m'a réveillée. La petite lampe était allumée et Jacques, redressé à mes côtés, poussait des cris en se frappant les jambes. Debout au pied du lit, immobile, Anne avait les yeux rivés sur son père, et son visage était aussi vide qu'à l'habitude. Jacques tentait toujours de chasser quelque chose de ses cuisses et ce quelque chose a fini par basculer sur le matelas, à mes côtés : j'ai reconnu un petit écureuil mort, au pelage tacheté de sang séché. Dégoûtée, je me suis levée du lit en vitesse tandis que Jacques, en pointant Anne du doigt, criait qu'elle était venue lui déposer ça sur le ventre pendant qu'il dormait. J'ai observé Anne, incrédule. Elle ne bougeait toujours pas, elle fixait toujours son père, et pendant une seconde, Seigneur, je l'ai trouvée effrayante, oui, je l'avoue. Mais seulement une seconde. La nuit nous embrouille souvent le jugement, comme Tu le sais...

J'ai rapidement fait le lien avec cet après-midi. Elle avait trouvé l'animal mort sur le gazon et l'avait mis sous son chandail, d'où le sang sur ses doigts. Mais comment ne l'avais-je pas remarqué ?

Jacques pointait toujours son doigt tremblant (oui, tremblant !) vers Anne et dans ses yeux je lisais des émotions bien pires que la colère.

— Sors-la d'ici ! Sors *ta* fille d'ici !

Il a bien insisté sur l'adjectif possessif. Cela aurait dû m'attrister, mais au contraire j'en ai ressenti une sorte de joie égoïste... Je m'en veux, Seigneur, et T'en demande pardon...

J'ai pris Anne par la main et jusqu'à ce que nous sortions de la chambre, elle n'a pas quitté son père des yeux. Dans le couloir, Michelle, tout endormie, demandait ce qui se passait. Je l'ai rassurée et elle est retournée se coucher en grommelant.

Anne s'est laissé coucher sans dire un mot, comme si rien ne s'était produit.

Jacques n'était plus dans la chambre. Il était descendu pour jeter l'écureuil dans une poubelle. Je l'ai rejoint pour lui expliquer la petite mésaventure de l'après-midi, mais cela ne l'a pas rassuré du tout, au contraire : il trouvait effrayant que sa fille tue des animaux. Il se méprenait : l'écureuil était sans doute déjà mort lorsqu'elle l'avait trouvé ; elle l'avait tout simplement ramassé. Pour nous, adultes, c'était certes morbide, mais pour une enfant innocente et pure comme Anne, c'était tout simplement de la curiosité.

— Mais pourquoi l'avoir caché, alors ? insista Jacques, qui n'arrivait pas à se calmer. Pourquoi être venue, cette nuit, le déposer sur *moi* ?

Qu'est-ce que je pouvais répondre à ça ? Et où voulait-il en venir, au juste ? Anne était différente, incapable de comprendre quoi que ce soit, il le savait, pourtant ! Ne pouvait-il donc l'accepter ? Pourquoi

lui prêter des intentions impures ? C'était ridicule !
J'en voulais à Jacques, Seigneur, et je devais me retenir pour ne pas hausser le ton. À un moment donné,
il a parlé de la placer en institution. Alors je me suis
fâchée pour de bon. Pour la seconde fois depuis notre
mariage, je me suis emportée devant Jacques, j'ai
affronté mon mari. N'est-ce pas là la preuve qu'il n'y
a plus vraiment d'amour entre nous ? Une épouse qui
s'oppose à son mari n'est plus vraiment une épouse,
Seigneur. Mais le remords et la culpabilité viendraient
plus tard. Sur le moment, j'étais trop affolée à l'idée
d'être séparée de ma fille : j'ai répliqué qu'il était
hors de question qu'Anne quitte la maison. Jamais !
J'étais prête à m'occuper d'elle toute seule, sans l'aide
de personne, mais elle ne partirait pas ! D'une voix
que je ne me connaissais pas, j'ai même dit :

— Jacques, je ne te demande pas souvent quelque
chose, mais ça, j'y tiens ! Anne doit rester ici ! Tu
me… tu me dois bien ça, moi qui accepte *tout* !

Y avait-il inconsciemment une forme de chantage
dans ces paroles ? J'espère bien que non, mon Dieu,
mais je ne me contrôlais plus. Je me faisais presque
peur. En tout cas, Jacques a très bien compris l'allusion
et cela a refroidi ses ardeurs instantanément. Il a baissé
la tête, a soupiré, et j'ai compris que j'avais gagné.

J'avais gagné. Comme ces mots sont étranges,
amers et dérisoires…

Toujours la tête basse, il a marmonné :

— Elle m'accuse, Maude… Elle m'accuse, j'en
suis certain…

Sur quoi, juste avant de remonter dans notre chambre,
il m'a lancé un regard entendu. Je comprenais… Oh !
oui, je comprenais très bien à quoi il faisait allusion…
Malgré les années et les tentatives d'oubli, de terribles
échos résonnent encore dans mes entrailles…

Mais je sais aussi que c'est impossible, Seigneur !
Anne ne peut savoir, c'est impossible ! D'ailleurs,

elle n'aura jamais la capacité de savoir ou de ressentir quoi que ce soit, à part, je l'espère, tout mon amour.

Elle est si pure...

Protège-la, Seigneur! Jamais elle n'ira en institution! Je serai la seule à m'occuper d'elle et c'est parfait ainsi! Toi et moi, nous lui donnerons tout l'amour du monde! Envers et contre tous! Même contre... contre Jacques, s'il le faut! C'est ma fille!

Ma petite fille.

Amen.

Tout m'a été révélé aujourd'hui, dans la plus aveuglante et la plus démente des clartés. Si j'avais encore des doutes sur ce qui m'arrive, sur ce qui se passe vraiment dans ma tête, ils ont aujourd'hui été balayés par la folie et la lucidité, ce qui est loin d'être contradictoire.

Car désormais, j'assume.

Ce matin. Jeudi, je pense. Le quatorze ? Le quinze ? Pas sûr. Me lave dans la salle de bain. Déjeuner en famille. Sans un mot.

Beaulieu me raccompagne dans ma chambre. Je marche dans le couloir, docile, ma chaîne aux pieds.

Beaulieu dépose un sandwich et des fruits près de mon matelas : mon repas de tout à l'heure, car il ne reviendra pas dîner aujourd'hui. Avant de refermer la porte, il me lance son sempiternel clin d'œil :

— À ce soir...

Je pense que j'ai souri. Oui, vraiment...

Porte se referme. Bruit de clé.

Une demi-heure plus tard, j'entends Michelle s'en aller à l'école.

Assis sur mon lit. Ne fais rien. Et je ne ferai rien de la journée, comme je n'ai rien fait des journées d'hier et d'avant-hier.

Ce soir, je jouerai. Avec passion, avec acharnement.
Comme hier et avant-hier, où j'ai joué avec la même
intensité… sans tenter la moindre fuite.

Pas la moindre.

Ça devrait m'inquiéter.

Eh non.

Assis sur mon lit.

Attends le soir.

Plusieurs heures sont passées lorsque j'entends les
pas de Maude monter les marches. Ils s'approchent.
Puis, tout près de la porte, sa voix, plus aiguë qu'à
l'habitude, me dit que c'est l'heure du rendez-vous
d'Anne chez le docteur. Elle s'en va, donc.

Pourquoi vient-elle me dire ça ?

Et, tout à coup, une idée vient déchirer mon armure
d'indifférence.

En même temps, j'entends le cliquetis dans la serrure, aussi faible soit-il. Je ne bouge pas, mais la faille
dans mon armure s'agrandit de plus en plus. Le cliquetis s'arrête puis, la voix étrangement vibrante,
Maude lance dans un souffle :

— Au revoir, monsieur Yannick… À plus tard…

Les pas s'éloignent. Je ne bouge pas. En bas, bruits
de bottes, de manteaux enfilés. Je ne bouge pas. Puis,
bruit de klaxon. Sûrement le taxi que Maude a appelé.
Porte qu'on ouvre, qu'on referme.

Silence.

Je ne bouge toujours pas. J'attends que mon armure
soit complètement détruite. Je la sens, en moi, s'écrouler
graduellement, plaque par plaque, jusqu'à tomber en
cendres à mes pieds. Et, enfin, mon cœur se met à
battre plus vite. Enfin, ma respiration s'accélère. Enfin,
l'excitation.

Je me lève. Je marche vers la porte. Je saisis la
poignée. Je la tourne.

La porte s'ouvre. Le couloir apparaît. Une impression de déjà-vu me donne un furtif vertige. Et, tout à

coup, j'ai envie de me sauver, là, maintenant. Mon Dieu, comment ai-je pu oublier cette éventualité ces derniers jours? Étais-je donc décroché à ce point? Mais cette fois, je ne manquerai pas mon coup! Il n'y a plus de tempête pour m'arrêter, seulement cette maudite chaîne qui…

Là, par terre, un scintillement. Une petite clé sur le plancher du couloir. Je la ramasse et, en tremblant, la fait pénétrer dans la serrure d'un des anneaux qui entourent mes chevilles. Le déclic se fait entendre. Cinq secondes après, la chaîne gît sur le sol.

Je suis libre.

Sans un cri de joie, sans un son, la respiration juste un peu plus rapide, je me mets à courir, malgré ma légère claudication persistante. En bas, je fouille dans un placard, enfile de vieilles bottes et un manteau usé. Cette fois, Maude n'a même pas pris la peine de verrouiller la porte de la cuisine: je sens la poignée tourner sans effort… mais je n'ai pas encore ouvert la porte que le mot éclate avec force.

Non.

Je regarde autour de moi, stupéfait, effrayé. Qui a dit ça? Qui est ici? Mais il n'y a personne, la porte de la cave est bien fermée… Je finis par comprendre: le mot a été prononcé dans ma tête. Et je l'entends de nouveau, indécent, incongru, plein d'échos, comme si ma tête était devenue une caverne.

Non!

D'un seul coup, je vois la caverne, dans mon crâne, je vois l'entrée en roc d'où provient le mot. De cette caverne jaillit soudain une sombre silhouette: c'est un Cavalier entouré d'un nuage de poussière. Il galope vers moi sur son noir cheval et me lance un « non! » déterminé et rageur… Il est suivi de deux Fous; ils marchent sur les mains et répètent le même « non! » avec un rire sans joie… Puis, deux Tours d'ébène apparaissent; de toute leur hauteur, elles clament le même mot qui, tombant ainsi des cieux, devient pesant et fatidique… Des Pions marchent au pas, en une ligne serrée, criant tous le mot maudit dans une cacophonie délirante… Sur leurs talons, une Reine au regard fier et réprobateur couine une série de « non! » aigus et sans réplique… Enfin, un Roi, aussi noir que les ténèbres desquelles il surgit, immense et majestueux, me dévisage avec un désespoir insupportable… Et le « non! » qu'il prononce fait trembler la caverne…

Je les connais… Je les connais tous! Ce sont mes compagnons, ceux qui m'accompagnent depuis tant de soirées… Ce n'est pas leur allure familière qui me fait frissonner, mais ma soudaine envie de me joindre à eux… Ils s'approchent toujours et scandent sans relâche le mot insensé…

NON!

Je pousse un long hurlement et un vent de panique s'engouffre dans la caverne, balayant toutes les pièces hors de ma vue. J'ouvre enfin la porte d'un mouvement impulsif et sors à toute vitesse. Je traverse le stationnement en courant et me retrouve dans la rue, où je m'arrête enfin, haletant.

Hébété, je demeure immobile très, très longtemps, à regarder les maisons tranquilles à ma gauche, les terrains recouverts d'une mince couche de neige, la rue bien déblayée qui s'étire devant moi. Tout est si calme. Quelques oiseaux chantent. Au loin, un bruit de voiture s'éloigne.

Alors, prudemment, comme si je m'attendais à ce que chaque pas me fasse tomber dans un gouffre, je me mets en marche.

Il ne fait pas froid. Le manteau est confortable. Je voudrais courir, mais je m'en sens incapable. Je marche d'un pas maintenant régulier, fixant la buée qui sort de ma bouche avec extase. Je passe devant les premières

maisons et les examine comme s'il s'agissait de sou-
coupes volantes. Instinctivement, je me retourne. La
maison de Beaulieu est là-bas, à moins de trente
mètres. De cet angle, j'ai peine à la reconnaître. Je
n'ai pas refermé la porte en sortant et, par l'ouverture,
je crois percevoir des figures désolées qui me regardent
m'éloigner... Sombres personnages ornés de casques,
de crinières et de couronnes... Mais il n'y a plus de
voix. Dans la caverne, c'est le silence.

Rapidement, je reporte mon regard devant moi. Personne dans la rue. Tout est calme et beau. Quelques
maisons ont déjà leurs décorations de Noël...

Noël... Seigneur!...

Là, un homme et son petit garçon installent des
lumières autour de la galerie. L'homme me salue
gentiment de la tête. Je le dévisage pendant un long
moment, sans cesser d'avancer.

Mais comment puis-je rester si calme?

Une intersection. Des voitures passent devant moi.
Pendant deux minutes, je reste immobile à les observer
rouler.

Je marche un bon moment jusqu'à arriver, par
hasard, au centre-ville. Pas une seule fois je ne me
suis énervé. Pas une seule fois je n'ai couru. Je scrute
les magasins, les bars, les piétons, qui me jettent des
coups d'œil furtifs, les voitures qui roulent à vitesse
modérée... Mon calme m'étonne au point de me faire
peur. Je finis par m'asseoir sur un banc public, confus.

Qu'est-ce que je ressens au juste? Du bonheur?
De la nervosité?

Je ne sais pas. Je ne sens rien. Ou, plutôt, je sens
que je ne sens rien.

Je me secoue: je dois être en état de choc. Agis-
sons dans l'ordre: trouver une cabine téléphonique et
appeler chez mes parents... Non. Non, il y a plus
urgent: faire arrêter les Beaulieu au plus vite. La police.

Voilà la priorité. Aller au poste de police. Une fois là-bas, une fois mon histoire racontée, une fois en sécurité, j'appellerai mes parents…

Ce soir, je serai à Drummondville avec eux.

Mais cette idée ne me fait pas bondir de joie. Elle ne me procure, en fait, aucune sensation.

La caverne est vide.

Je me lève et arrête le premier piéton venu. Je lui demande où se trouve le poste de police. En même temps, une idée folle me traverse l'esprit : cet extra-terrestre ne comprend certainement pas ma langue…

Mais qu'est-ce qui m'arrive, merde ?

L'homme me répond bel et bien en français et m'explique que c'est tout près. Je me remets en marche en élaborant mentalement ma déposition. Les flics auront d'abord beaucoup de difficulté à me croire, j'imagine, mais quand ils finiront par comprendre que je suis Yannick Bérubé, cet étudiant porté disparu depuis deux mois, les choses vont sûrement s'accélérer…

Depuis le temps que je rêve de ça… Mais pourquoi, pourquoi est-ce que je ne crie pas de joie ?

Je m'arrête devant les marches de l'entrée du poste de police.

Je ne monte pas. Je ne bouge pas.

Tout à coup, je les entends. Ils sont maintenant à l'extérieur de la caverne. La rumeur de la ville autour de moi a changé. Les bruits de pneus se sont transformés en cavalcades, les pas sont plus métalliques, militaires. Les voix anonymes deviennent plus fortes, plus autoritaires… Je me retourne. Les édifices sont maintenant des fortifications. Des Cavaliers galopent sur le boulevard et évitent de justesse des Fous qui se moquent d'eux. Sur les trottoirs, des centaines de Pions marchent au pas, fusil à l'épaule, en chantant des chansons militaires.

Une main se pose sur mon épaule. Je me retourne au ralenti, comme si tout mon corps était recouvert de colle. Le Roi noir se tient sur les premières marches du poste de police, son sombre manteau scintillant de rubis. Sa barbe flotte au vent et sa couronne, sous le soleil hivernal, lance des éclairs aveuglants. Il me considère un long moment en silence, le regard sévère, puis lâche ce seul mot :

— Non.

Sur quoi, il descend les quelques marches et s'éloigne sur le trottoir, se frayant un chemin entre les Pions qui s'inclinent sur son passage.

Je dois monter ces marches. Je dois entrer et tout raconter. Tout de suite. Maintenant.

Je ne bouge toujours pas.

Je ferme les yeux avec force. Je suis rendu loin, très loin, trop loin… Faut que je revienne…

J'ouvre les yeux. Les magasins, les piétons, les voitures… Tout est revenu.

J'étouffe. Il faut que je marche, que je respire.

Me rendant à peine compte de ce que je fais, je m'éloigne du poste de police. Il faut que je bouge, pour que ma tête bouge aussi… Pour que tout se replace…

Je marche à grandes enjambées, en fixant le sol. Je bouscule des gens qui me lancent des insultes, mais je les ignore totalement. Je ne vois rien, que du brouillard dont surgissent des visages inquiétants… Je crois discerner le clin d'œil de Beaulieu, le sourire moqueur de Michelle…

Je gémis et tente de balayer ces pensées. Retourner au poste de police… Qu'est-ce qui m'a pris de m'en éloigner ? Mais une idée fixe et grotesque refuse de me quitter : au poste de police, les policiers seront devenus des Pions, des Pions noirs qui me ramèneront au château…

Dans ma tête, c'est le chaos, mon pas devient incertain, maladroit. Je percute un mur, mais je continue. J'accroche un poteau, je continue. Et je marche de plus en plus vite, tournant de plus en plus de coins de rue, fuyant ces sons et ces bruits qui me poursuivent…

Une fièvre malsaine brûle en moi, une fièvre qui génère une énergie incontrôlable, qui va me tuer si elle ne sort pas… Je cours… Mais pas longtemps, j'ai trop marché, je suis exténué. Je m'appuie à un mur et m'arrête enfin, le souffle court, le corps recouvert de sueur malgré la température extérieure de plus en plus froide.

Pour la première fois depuis que je me suis éloigné du poste de police, je regarde autour de moi.

Je suis toujours au centre-ville. Il commence à faire noir. Seigneur! J'ai donc tourné en rond pendant deux, trois heures? Pourtant, malgré mes jambes mortes et douloureuses, malgré mon souffle presque inexistant, cette énergie formidable continue à gonfler en moi, à repousser mes os, à forcer ma chair…

C'est à ce moment que je l'ai vu, en face, de l'autre côté de la rue. À première vue, un petit bar comme les autres… si ce n'était de l'affiche, au-dessus de la porte: *Au Fou du Roi / Club d'échecs de Montcharles*.

Le château fort de Beaulieu. Là où il est le maître. Là où on le considère comme le roi.

Là où il n'a jamais tort.

J'oublie le poste de police. J'oublie ma folie. L'énergie en moi a enfin une voie d'échappement. Je traverse la rue et entre dans le club, sans courir mais sans l'ombre d'une hésitation.

À l'intérieur, ça ressemble à un bar ordinaire, sauf la musique, très faible et très mollo, et sur presque chaque table, un jeu d'échecs. Il doit y avoir six ou sept personnes, dont quatre sont en train de jouer. On me regarde avec curiosité. Derrière le bar, une femme corpulente d'une quarantaine d'années s'approche de moi, avenante et intriguée. Elle me demande si elle peut m'aider. Mais qu'est-ce que je fais ici, moi? Pourtant, calmement, je demande:

— Jacques Beaulieu n'est pas ici ?

Question ridicule ! Je sais bien que Beaulieu est au travail, qu'il n'est pas ici si tôt !

— Jacques vient juste le lundi, mon grand... Je pense pas qu'on va le voir à soir...

Ça aussi, je le sais ! Pourtant, je continue à fouiller le bar des yeux, comme si je m'attendais à voir Beaulieu bondir d'un coin. Une horloge indique cinq heures moins quart.

La serveuse me demande si je veux devenir membre du club. Je la dévisage longuement. Je lui dis que je vais attendre Beaulieu. Elle me répète qu'il ne vient jamais le jeudi.

— Ce soir, il va venir, que je rétorque calmement.

Elle semble étonnée, mais n'insiste pas. Elle dit que je peux m'assoir, me demande si je veux quelque chose. De quoi parle-t-elle ? Ah, oui je me souviens... Un rituel de bar... On est supposé consommer... Je sors mon portefeuille. Il y a deux billets de vingt dollars dedans, tout chiffonnés. Je les examine, comme si je leur cherchais une signification secrète. Je commande mollement une bière et vais m'assoir à une table. Au bar, la serveuse parle à des clients en me regardant.

Je fixe le jeu d'échecs sur la table. L'énergie en moi, qui s'était un peu calmée à mon entrée dans le club, gonfle subitement. La bière arrive. Je prends une bonne gorgée, mais ça ne me calme pas.

J'attends Beaulieu. Une voix que je reconnais comme étant la mienne me traite de fou : la première chose que fera Beaulieu en constatant ma fuite ne sera sûrement pas de venir jouer aux échecs, voyons ! Mais je demeure assis, obstiné, imperturbable. Il va venir. Il va savoir que je suis ici et que je l'attends. Il va venir jouer avec moi... et je vais le battre. Ici, ce soir. Je vais l'humilier devant tous ses amis, devant ses admirateurs, leur montrer qu'il a tort... Après ça, je pourrai aller au poste de police, retourner à Drummondville.

Oui, après ma victoire de ce soir.

Dans ma main, mon bock tremble. Je me sens comme un junkie en manque. Oui, c'est exactement ça. J'ai besoin de ma dose.

— Un ami de Beaulieu, hein ?

Je sursaute comme si on avait hurlé à mes oreilles. Un homme dans la trentaine se tient près de moi, souriant et curieux. Il me dit que Beaulieu est le meilleur, un grand joueur, et tout le bataclan déjà connu. Je l'écoute, raide, silencieux. Pourtant, je voudrais crier. Beaulieu ! Où est Beaulieu ? Je veux ma dose !

Il se présente, Pierre Couture. Je dis mon nom en faisant un effort surhumain pour ne pas le hurler. L'énergie, l'énergie...

Il s'étonne que Beaulieu vienne ce soir, mais se dit très heureux de la chose.

— En attendant, tu veux qu'on joue une partie ?

Je suis sur le point de me lever, de lui casser mon bock sur la tête en lui hurlant que seul Beaulieu m'intéresse, mais me ravise soudain. Oui, pourquoi pas ? Un réchauffement, en attendant la vraie partie...

— Oui ! que je dis beaucoup trop fort, trop fébrile. Oui, une partie !

Il a un mouvement de surprise, mais finit par s'asseoir. Je me lève aussitôt en lui demandant de changer de côté.

— Je prends toujours les noires.

Un rire inquiétant et dément éclate dans ma tête. Je décide de l'ignorer.

— Un autre superstitieux ! Toi et Beaulieu, vous devez faire une belle paire !

Il ricane. Cette fois, je ris pour vrai, un rire si fort que je dois avoir l'air d'un débile.

La partie commence. Et plus rien n'existe.

Au bout de vingt minutes, j'annonce :

— Et mat en quatre coups.

Ces mots ! Ces mots que je ne croyais jamais dire ! Ils sont si délicieux dans ma bouche, mes lèvres deviennent humectées, ma bouche salivante...

Couture me félicite, impressionné. Mais j'arrive à peine à ressentir de la joie, l'énergie en moi ne s'apaise pas. Ces mots fantastiques, orgasmiques, doivent être adressés à Beaulieu ! Ce soir ! Tout à l'heure !

Je n'ai pas remarqué la femme près de nous. Après m'avoir félicité, elle demande si elle peut prendre la relève. J'accepte.

Et de nouveau, je voudrais hurler.

Et de nouveau, je gagne.

Et de nouveau, un autre joueur se propose.

Je suis au centre d'une tornade qui accélère dangereusement. Les parties durent entre quinze et quarante-cinq minutes. Et je les gagne toutes ! Je ne distingue pas mes adversaires qui ne cessent de défiler, je les défais, je les écrase et je les écarte, tel un chasseur fou abattant tous les animaux qui défilent devant lui. L'énergie en moi s'est stabilisée, mais elle me consume toujours et aucune victoire n'arrive à apaiser cet incendie. Seul Beaulieu arrivera à l'éteindre, et après chaque victoire, je jette un coup d'œil vers la porte.

Échec et mat !

Et mat !

Et mat !

Et mat, câliss !

Je bois de la bière en grande quantité, je mange deux sandwichs sans arrêter de jouer, le tourbillon devient si rapide... C'est parfait. Plus ma folie tourne, moins j'ai à me fixer sur elle...

Tandis que la gérante dépose le énième bock sur ma table, je constate que je n'ai plus d'argent.

— C'est pas grave, mon grand! Un nouveau membre du club se fait toujours payer la traite, surtout quand il est bon comme toi!

Pour la première fois depuis des heures, je regarde autour de moi. Au moins quinze personnes forment cercle autour de ma table. Le club s'est rempli sans que je m'en rende compte. On m'observe avec admiration, surprise et curiosité. Je les dévisage un à un et leur lance, la voix rauque:

— Je vais vous battre! Toute la gang!

Ils rigolent, croyant que je raille. Et un nouvel adversaire s'assoit devant moi.

Et je le bats.

De même que le suivant. Et le suivant!

Je suis soûl et très lucide en même temps. Je n'entends rien, absolument rien, et le jeu devant moi semble plus tangible que la réalité même. Lorsque mon regard s'égare quelques secondes ailleurs que sur l'échiquier, tout devient brumeux, instable. Seule la porte du bar demeure claire, j'attends juste de voir Beaulieu la franchir... S'il était entré, j'aurais beuglé tel un guerrier sauvage...

... puis, tout à coup, alors que je prononce mon vingtième «et mat», la serveuse, à des années-lumière de moi, lance qu'on ferme! Autour de moi, on applaudit, on me donne des tapes dans le dos, les commentaires admiratifs fusent.

— Bravo! Un vrai champion!

— Faut absolument que tu deviennes membre officiel!

— Ouais, peut-être que tu vas être le premier à battre Beaulieu!

Ce dernier mot réussit à fendre le brouillard. Bêtement, je demande pourquoi Beaulieu n'est pas venu. On me répond qu'il vient seulement le lundi.

— C'est pourtant ce que je lui ai dit! lance la serveuse, amusée, tout en faisant sa caisse.

Tout le monde met son manteau, on commence à sortir. L'horloge murale indique onze heures. Si tard ! J'ai joué aux échecs durant toutes ces heures !

Et Beaulieu n'est pas venu !

Un début de panique m'envahit. Il faut qu'il vienne, il faut que je joue contre lui, ce soir ! Je vais le battre, je le sais ! Il *aurait dû savoir* que je l'attendrais ici !

Je me lève, légèrement titubant à cause de l'alcool, puis, pris d'une soudaine résolution, me rassois. Je vais l'attendre, voilà tout.

Presque tout le monde est sorti. Je ne bouge toujours pas, soudain calme et confiant.

La serveuse me répète qu'on ferme. D'une voix posée, je lui dis de ne pas s'occuper de moi : je vais attendre Beaulieu, tout simplement. Elle commence par rire, mais finit par me prendre au sérieux.

— Écoute, tu reviendras, c'est tout...

— Non, non, je vais attendre...

Je croise les mains sur mon ventre, le regard tourné vers la porte. L'énergie en moi bouillonne toujours, frustrée de ne pouvoir jaillir, de ne pouvoir exploser... Et cette connasse qui insiste, qui me dit de partir ! Qu'elle me foute la paix ou je la tape ! Mais non ! elle est là, tout près, agacée, elle met sa main sur mon épaule ! Ça suffit, cette fois ! D'un geste brusque, je la repousse en lui disant de me sacrer la paix. Je l'entends grommeler, la voix colérique :

— Ah ! On veut faire son smatt, hein ?

Je me tourne vers elle pour répliquer, mais je me tais, ahuri : le visage de la serveuse est devenu littéralement blanc. Est-ce que la colère peut blanchir la peau à ce point ? D'ailleurs, ses vêtements eux-mêmes sont soudainement délavés, décolorés.

— C'est pas parce que t'as gagné toute la soirée que tu vas faire la loi ! La patronne, ici, c'est moi !

Elle est toute blanche, maintenant : cheveux, visage, mains... Le chemisier et le pantalon qu'elle portait n'existent plus, c'est maintenant une robe blanche, avec une sorte de cape longue et majestueuse…

Et ça, sur sa tête, qu'est-ce que c'est ? Ça pousse, c'est recouvert de pointes, c'est… c'est une couronne ! Une couronne blanche !

— Tu sors tout de suite, sinon ça va aller mal !

Je suis maintenant parfaitement dessoûlé et parfaitement terrifié. Oui, sortir, m'en aller et courir au poste de police, aller tout raconter à la police, comme j'aurais dû le faire dès le départ… Mais je trouve le courage de dire :

— Je… je reste… Je l'attends…

La Reine blanche se tourne vers les trois derniers clients sur le point de sortir.

— Hé, les gars, venez donc me donner un coup de main avec cette petite tête forte !

Les trois gars qui marchent vers moi sont recouverts d'une armure métallique blanche, portent casque et bottes…

— Envoie, mon gars, faut que tu partes ! fait doucement un des trois Pions.

Je me lève en hurlant et frappe au hasard. J'en touche un au menton. Ils perdent leur calme, s'énervent, s'emparent de moi. Non, non, lâchez-moi ! Je l'attends, je vous dis ! Ils me traînent vers la porte, je continue à leur frapper dessus ! Ils cognent à leur tour, deux, trois coups de poing en plein visage. Bande de Pions minables ! C'est moi, le champion ! Parce que j'ai raison ! J'ai raison pis je veux lui prouver ! Je veux l'attendre ! On me frappe encore, j'entends même la serveuse crier qu'elle va appeler la police. Puis on me jette dehors. J'atterris sur l'asphalte froide et, engourdi par la douleur, tourne mon visage vers le club. Ils sont là tous les trois, m'observent avec mépris et incompréhension.

— Des Pions ! je hurle. Vous êtes juste des Pions !

L'un d'eux murmure que je suis fou. Un autre me conseille de partir, dit que la police va arriver d'une minute à l'autre. On me lance mon manteau, puis ils disparaissent dans le club... le club qui gondole, se transforme, devient une gigantesque Tour blanche dont le sommet se perd dans le ciel étoilé. Du liquide sur mon visage... Du sang, mais aussi des larmes...

Oh ! mon Dieu ! qu'est-ce qui m'arrive ! Pourquoi suis-je venu ici ? Pour tout gâcher ?... Mais il n'est pas trop tard, je peux encore m'en sortir : la police est supposée arriver, je n'ai qu'à tout leur expliquer... Sauf que dans le ciel noir, le visage ricanant de Beaulieu apparaît... Il se moque de moi et il a bien raison ! Si je raconte tout aux flics, je n'aurai rien prouvé ! Rien du tout ! Beaulieu, même en prison, continuera à croire que ses théories farfelues sont bonnes, car il aura toujours gagné ! Toujours !

Et moi, j'aurais toujours perdu !

Non ! Non, pas question ! J'ai raison, je le sais ! La serveuse déguisée en Reine blanche, les clients en Pions... Ah, ah ! Un stupide piège ! Mais je suis plus fort que ça !

Je me lève, endolori, un peu étourdi. J'enfile mon manteau puis me mets en marche. Je parle tout seul, je prononce des mots sans queue ni tête, je ricane même par moments. Les rares piétons déambulant encore dans les rues endormies me dévisagent, craintifs, mais je fais à peine attention à eux. Je fixe la route devant moi, lumineuse, étincelante. Lorsque j'hésite à une intersection, la bonne direction s'illumine soudain, me faisant signe... Et je marche, épuisé, à bout mais de plus en plus calme. En moi, l'énergie se stabilise, rassurée.

Et comme par magie, sans m'être trompé une seule fois, je me retrouve au coin de la rue des Ormes. Je pousse un rire mauvais. C'est pas la police qui va détruire Beaulieu ! Elle en serait incapable. Elle ne ferait que l'arrêter, ce qui n'est rien ! Le seul qui peut vraiment l'anéantir, le réduire à néant, c'est moi !

Moi !

La maison apparaît au bout de la rue. Je ne la quitte pas des yeux, j'allonge le pas en même temps que j'enlève avec agacement le sang séché sur mon visage. Les fenêtres sont éclairées, je crois voir des ombres, pas sûr. Je frappe à la porte et j'attends. Enfin calme.

Derrière la porte, la voix angoissée de Beaulieu demande qui est là. Depuis des heures, il doit s'attendre à ce que la police vienne l'arrêter. C'est même étonnant qu'il ne se soit pas sauvé. Mais non, Beaulieu ne se sauvera jamais. Ce n'est pas un lâche. Il fait toujours face à ses responsabilités… D'une voix forte, je réponds que c'est moi.

La porte s'ouvre. Beaulieu, ahuri, complètement déboussolé, n'en croit pas ses yeux.

— Le jeune ?

Je ne réponds rien, soutiens son regard. Alors, une joie indicible rayonne sur son visage. Une joie ? Que dis-je : une fierté suprême.

Il a compris.

Ému, il me dit d'entrer.

Dans l'horrible salon beige, Michelle et Maude, debout, me dévisagent avec incompréhension. Eux aussi s'attendaient à voir la police. Je remarque l'œil enflé de Maude, l'ecchymose sur sa joue : cette fois, Beaulieu n'a pas cru qu'il avait oublié de verrouiller la porte…

— Il est revenu ! clame Beaulieu, ridiculement victorieux. Il a pas averti la police ! Même si tu fais tout pour qu'il se sauve, Maude, il revient ! Parce qu'il est loyal ! Hein, le jeune ? Hein ?

Michelle, dégoûtée, se laisse tomber dans un fauteuil, nous tournant le dos. À croire qu'elle aurait préféré que je les dénonce. Quant à Maude... Silencieusement, elle me supplie du regard. Elle implore de ma part un signe quelconque, une confirmation que son mari se trompe, que mon retour est une ruse pour revenir la chercher, elle, que la police va suivre dans quelques minutes... Mais rapidement, elle comprend, et le désespoir dans ses yeux me fait l'effet d'une longue aiguille lentement enfoncée dans mon cœur...

Elle a espéré... Elle a cru... Elle a trahi ses principes et ses convictions pour un espoir que j'avais moi-même semé en elle... Et moi...

Je baisse la tête.

Beaulieu, tout énervé, me demande si j'ai faim, si j'ai soif. Je dis seulement que je suis fatigué. Il me dit qu'il comprend et me propose d'aller me coucher.

Je commence à monter l'escalier, puis m'arrête, me tournant vers la cuisine. Beaulieu est immobile et me regarde en souriant. Il ne m'accompagne pas. Il ne montera pas non plus me mettre la chaîne aux pieds. Je suis même convaincu qu'il ne verrouillera pas ma porte cette nuit. C'est inutile, désormais.

Il a compris lui aussi.

Nous nous comprenons.

Léger vertige.

La cuisine verte à fleurs mauves, Beaulieu, l'escalier, ma chambre au bout du couloir. La maison. Je suis revenu. Soudaine envie de hurler.

Non, pas question. Je suis revenu parce que j'ai raison.

En haut, je vais me laver dans la salle de bain. Mon nez est un peu enflé, ma joue aussi, mais rien de grave.

J'entre dans ma chambre, allume la lumière. Mon matelas, mon paquet de feuilles manuscrites, mes vêtements, mon seau, ma petite table.

Bonsoir, bonsoir. Je suis de retour.

Des pas derrière moi. Beaulieu se tient sur le seuil de la chambre, les mains dans les poches. Son large sourire ne s'est pas altéré. Il me dit qu'il est content de mon retour. Je le sais, au fond, ce qu'il espère... Oh, oui! Je le sais! Sa gentillesse, son côté paternel, sa fierté de me voir m'améliorer aux échecs...

Jamais! Jamais! C'est moi qui ai raison! Moi!

Je ne dis rien, soutiens son regard. Son sourire devient soudain plus officiel, plus solennel, et lentement Beaulieu articule:

— Bienvenue à la maison, Yannick.

C'est la première fois qu'il m'appelle par mon nom.

Il sort et referme la porte... sans la verrouiller, comme je le croyais.

Seul dans ma chambre, dans le silence, j'entends enfin cette minuscule voix dans ma tête qui, à travers toute cette tourmente, n'avait pu émerger jusqu'à ma conscience:

Je suis fou.

Non. Non, c'est plus compliqué que ça. La folie est un mot passe-partout utilisé pour qualifier quelque chose qu'on ne comprend pas. Moi, je me comprends. Ce que je fais est peut-être dément mais logique malgré tout.

Je vais me le prouver: je vais l'écrire.

Malgré la fatigue, je sors donc mon crayon et mes feuilles et me mets à écrire d'une main étonnamment calme.

Et maintenant que j'ai presque terminé, je comprends que je suis revenu justement pour ne pas devenir fou.

Voilà, j'assume, maintenant. J'assume tout. Je suis serein. Demain soir, Beaulieu et moi allons jouer aux échecs et dès la première partie, je vais le battre. Pour la première fois, j'en suis convaincu à cent pour cent.

Demain soir, je vais détruire Beaulieu.

Je suis rendu de l'autre côté. Enfin, pas tout à fait, mais presque. J'approche. Et je vais m'y rendre, car je ne m'arrêterai pas. J'irai jusqu'au bout. Ça ne me fait plus peur.

J'ai raison.

Extraits du journal de Maude (X)

14 novembre 1988

Louanges à Toi, mon Dieu, et bénis tous ceux que j'aime.

Ce que je redoutais depuis si longtemps est finalement arrivé. Cela me choque, me désespère, mais ne me surprend pas vraiment. J'espérais seulement que cela arrive le plus tard possible...

Quand je suis revenue de l'épicerie, hier après-midi, la porte de la cave était ouverte. Un terrible pressentiment s'est emparé de moi. Rapidement, je suis allée installer Anne devant la télévision et je suis revenue à la cave. J'ai tendu l'oreille et la voix de Jacques m'est parvenue :

— Ce n'est pas un jeu, Michelle, tu comprends ? Tuer n'est pas jouer. C'est une mission très sérieuse. Pour l'instant, je te mets au courant de cette mission et un jour, quand tu seras plus grande, je t'initierai, pour que tu puisses entreprendre ta propre mission...

Ces paroles m'ont tellement bouleversée que, sans réfléchir, je suis descendue. Là, le spectacle s'est offert

à moi dans toute son horreur. Mon Dieu ! Mon Dieu !
Moi qui faisais tout pour oublier cet épouvantable
échiquier humain, voilà que je venais à lui de mon
propre chef ! Et il y avait tellement de corps, maintenant, tellement ! J'ai cru défaillir d'abomination,
mais je me suis efforcée d'ignorer les corps et mon
attention s'est dirigée vers Jacques. Penché, il tenait
Michelle par les épaules, très sérieux. Tous deux
étaient tellement près du... des... Ils ont tourné la
tête vers moi et nous nous sommes observés un long
moment en silence. Jacques a fini par dire à Michelle
de monter. Elle s'est mise en marche, petite fille de
treize ans qui en avait l'air de quinze, au visage si
grave, si sérieux, si dur, aussi... et parfois si moqueuse, si cynique... Elle ne semblait pas traumatisée
du tout par cette abominable révélation. Elle a même
lancé à son père :

— Va falloir qu'on s'en reparle, p'pa... Il y a des
choses que je comprends pas...

Cette phrase m'a fait tellement mal, Seigneur ! Elle
avait tant d'implications ! Quand elle est passée près
de moi, Michelle m'a décoché un regard si victorieux
pour elle et si méprisant pour moi que j'en ai fermé
les yeux.

Je T'ai adressé une courte prière. Puis, je suis revenue à Jacques. Je n'ai pas crié ni pleuré. Qu'est-ce
que cela aurait donné ? Je me sentais seulement l'être
le plus triste de tout l'univers. Je me suis contentée
de dire :

— Tu m'avais promis, Jacques.

Agacé, il m'a expliqué que les choses avaient
changé depuis cette promesse. À ce moment, il croyait
encore avoir un fils un jour. C'est à ce fils qu'il aurait
parlé de sa mission, c'est lui qu'il aurait initié. Mais
comme il n'aurait jamais de descendance masculine,
il fallait bien léguer cet héritage à quelqu'un, que la

grande Justice soit expliquée à l'un des siens ! Il ne restait donc que Michelle. Elle avait presque quatorze ans, elle pouvait comprendre. Trop jeune pour passer aux actes, bien sûr, mais elle devait tranquillement assimiler le concept de Justice. D'ailleurs, elle l'avait, selon lui, écouté avec sérieux et respect. Jacques m'expliquait tout cela en marchant de long en large, passant et repassant devant les corps que je m'efforçais d'ignorer, se prenant parfois la tête entre les mains comme s'il souffrait... et, parfois, jetant un coup d'œil triste vers le corps pétrifié de notre fils, que je savais tout près mais que je refusais de regarder...

La nausée montait en moi. J'allais être malade ou, pire, m'évanouir. Je me suis dirigée rapidement vers l'escalier. Jacques, inquiet, m'a alors demandé ce que j'allais faire. Pour la première fois, l'idée de partir m'a traversé l'esprit. Je me suis vue quittant la maison, avec Anne, pour aller vivre dans un endroit lointain et tranquille. Je me trouverais du travail et je passerais mes soirées à m'occuper de ma petite fille chérie...

Mais j'ai regardé Jacques et j'ai répondu :
— Rien.

Évidemment, que je ne ferai rien. Telle est Ta volonté, Seigneur, non ?

À la cuisine, Michelle m'a demandé, le plus sérieusement du monde, pourquoi papa s'embarrassait de cette distinction entre ce qui est juste et ce qui ne l'est pas. J'ai encore une fois réussi à rester calme et j'ai dit à Michelle, d'une voix vide d'émotion, de ne jamais me parler de ce qui se passait entre son père et elle. J'ai marché vers le salon et Michelle, dans mon dos, m'a lancé avec dédain :
— On sait bien ! Tu ne vois pas le pouvoir qu'il y a là-dedans ! Papa non plus, d'ailleurs...

Je n'ai pas réagi.

Au salon, j'ai pris Anne dans mes bras et l'ai serrée de toutes mes forces.

Oui, je vais rester, parce que c'est mon rôle, mon devoir, tel que Tu nous l'as enseigné, Seigneur… Mais je trouve Tes lois dures, tellement dures… Et même que… J'ose à peine croire que je vais écrire pareille chose, mais inutile de te le cacher, Tu lis dans nos cœurs : j'ai de plus en plus de difficulté à avoir confiance en Toi ! Oui, je doute ! C'est un péché grave, je le sais, mais je suis tellement lasse de souffrir ! Je T'appelle de toutes mes forces et je veux que Tu me répondes ! Je l'exige ! Pas juste par les rêves, ni les signes, ni les émotions… Je veux que Tu me parles pour vrai, concrètement ! Ton silence me tue ! Je suis accrochée depuis des années au bord d'un précipice et j'attends que Tu viennes me Tendre la main ! Mais je ne pourrai pas encore tenir longtemps ! Tu comprends, Seigneur ? Tu comprends ce que je Te dis ?

Parle-moi !

Amen.

Ça va être long jusqu'à ce soir. Aussi bien écrire un peu. Pour passer le temps.

Ce matin, je me réveille en pleine érection. Je venais d'éjaculer. J'avais rêvé à Michelle. Ça aussi, je l'assume maintenant. Plus de remords là-dessus.

On déjeune tous ensemble. Michelle me lance des regards noirs. Je m'en fous. Maude scrute le fond de son assiette avec une infinie tristesse. Je m'en fous. Anne contemple le vide. En fait, non. De temps en temps, elle fixe son père de ses yeux de zombie. Beaulieu s'en rend compte et cela altère beaucoup son humeur pourtant joyeuse. M'en fous. Il finit par craquer et dit :

— Maude, amène donc ta fille dans le salon !

Avec un regard de reproche vers son mari, Maude amène doucement sa fille dans l'autre pièce. Anne, jusqu'à ce qu'elle disparaisse dans le salon, ne quitte pas son père des yeux.

Redevenu de bonne humeur, Beaulieu me considère d'un air complice et me dit qu'il est au courant de ce qui s'est passé hier soir, au club d'échecs. Un de ses amis l'a appelé tout à l'heure pour lui expliquer mes faits et gestes de la veille.

— Il paraît que tu gagnais toutes les parties, le jeune. Toutes !

Et une immense fierté se lit sur son visage. Michelle est intriguée. Moi, je ne dis rien, troublé.

— Ce soir, ajoute-t-il, je sens que ça va être de grandes parties…

Je lui souris, un sourire que j'espère plein d'assurance et d'orgueil.

— On pourrait même en jouer une couple ce midi, quand tu viendras manger, que je propose en buvant tranquillement mon café.

Il me dit qu'il ne viendra pas dîner aujourd'hui non plus : ce midi, il y aura une assemblée des chauffeurs de taxi pour voter pour ou contre la grève.

— Moi, je suis contre, mais j'ai ben peur que ça se fasse !

Déception. Moi qui aurais tant aimé l'anéantir ce midi même.

Beaulieu et Michelle finissent par partir. Beaulieu me dit au revoir, comme un vieux copain. De la fenêtre de la cuisine, je lui envoie même la main. Pas d'enfermement dans la chambre, pas de chaîne aux pieds, rien. Il ne s'inquiète plus pour moi, plus du tout. Il a raison.

Je me tourne vers Maude mais, tout en évitant mon regard, elle s'empresse de monter avec sa fille. Elle m'en veut.

Je suis seul dans la cuisine.

Je vais au salon. Écoute la télévision. Une partie de moi a parfaitement conscience du surréalisme et de l'absurdité de la situation. Me voilà seul dans le salon de mes geôliers, sans chaîne, sans surveillance… et j'écoute la télé. Je souris.

Le téléphone. Je pourrais au moins appeler mes parents, pour leur dire que tout va bien… mais ils voudraient savoir pourquoi je ne reviens pas… Ils ne comprendraient pas…

Non, vaut mieux attendre. Plus tard, ce soir. Quand j'aurai exterminé Beaulieu.

Et tout à coup, je réalise que Maude se tient près de moi. Son œil est un peu moins enflé qu'hier, mais elle est très cernée. Au-delà de la résignation sur son visage, je devine la colère, une colère si triste qu'elle n'a pas la force d'éclater.

— Pourquoi êtes-vous revenu, monsieur Yannick ?

La question qu'elle doit se poser depuis hier soir, qui a dû la tenir éveillée toute la nuit...

Doucement, je lui explique de mon mieux : je dois lui montrer qu'il a tort ; après cela, je pourrai partir, prévenir la police. Et à ce moment, elle sera libre. Je lui dis que c'est une question d'heures : dès ce soir, tout sera fini. Je lui raconte tout cela avec un calme et une assurance qui la déroutent totalement. En se tordant les mains, elle me dit que je suis devenu comme lui. Je me fâche : non, justement ! C'est exactement ce que je veux montrer à son mari, elle ne comprend donc pas ? Moi, j'ai raison, pas lui !

Mais cela ne la rassure pas du tout, au contraire. Elle se passe les mains dans les cheveux, déconcertée, et d'une petite voix elle gémit :

— Mais c'est vous qui ne comprenez pas, monsieur Yannick ! Vous ne le battrez jamais aux échecs, jamais ! Vous ne pouvez pas rester ici jusqu'à ce que vous le battiez, ça n'arrivera pas !

Je me lève et lui ordonne de se taire. Mais elle continue, presque hystérique, elle me prend alors le bras ; c'est la première fois qu'elle me touche.

— Pensez à moi ! implore-t-elle. Pour l'Amour du ciel, pensez à moi ! Vous m'aviez promis ! Vous m'aviez promis que... que...

— Maude, arrêtez...

— C'est Dieu qui vous a envoyé ! lance-t-elle tout à coup, pathétique. Il vous a enfin envoyé pour me libérer ! Alors, ne m'abandonnez pas ! *Par pitié, ne m'abandonnez pas vous aussi !*

Je me dégage de son étreinte d'un geste sec.

— Ça suffit, Maude ! Je n'ai plus besoin de vous, laissez-moi tranquille…

Ces paroles vont la blesser terriblement, mais je m'en moque. Plus rien ne me touche. Je suis rendu trop loin pour être atteint par ce genre d'émotion. Je m'attends à la voir pleurer ou crier, mais non. Elle me fixe, le regard parfaitement vide, et pendant un affreux moment elle ressemble terriblement à Anne.

Elle tourne les talons sans un mot et, d'un pas rapide mais chancelant, va à la cuisine. En chemin, elle bute contre une chaise, accroche la table de sa hanche, comme si elle était soûle. Elle finit par atteindre l'escalier et, machinalement, monte rejoindre sa fille.

Une vague culpabilité tente de se frayer un chemin jusqu'à moi. Mais je la repousse avec lassitude. Pas envie. Rendu trop loin pour ça.

La télé m'emmerde. Dehors, il fait beau.

Des bruits rauques, en haut, attirent mon attention. Je finis par monter, intrigué, et découvre Maude, dans la salle de bain, agenouillée devant la cuvette, en train de vomir. Je lui demande si ça va. Elle referme violemment la porte.

Dans le couloir, Anne regarde la porte fermée de la salle de bain, impassible. Elle attend que sa mère en sorte, tout simplement.

Je retourne dans ma chambre et me couche sur mon lit.

Je décide d'écrire.

Voilà.

◆

Criss, j'ai raison ! Je le sais ! Pis ce qui vient de m'arriver me fera pas douter ! C'est encore un piège pour m'ébranler ! Pour que je doute de moi ! Non, ça marchera pas ! Ce soir, je vais leur montrer ! Je vais réussir ! C'est ce soir qui est important, pas ce… pas le reste ! Ce soir ! Je vais l'écrire, tiens, ce qui s'est passé ! Ça va me défouler !

Quand j'ai eu terminé d'écrire ma petite chicane avec Maude, je suis resté étendu sur mon matelas en me demandant ce que j'allais faire jusqu'au retour de Beaulieu. Le temps passe, puis j'entends Michelle rentrer. C'est l'heure du dîner.

Quand j'arrive en bas, elle est déjà assise à table. Maude, tout habillée pour sortir, tient Anne par la main, elle aussi emmitouflée dans son manteau. Elle a l'air pressé, bizarre. D'une voix rapide et sèche, elle lance :

— Anne et moi, on a déjà mangé. On va aller jouer dehors. Il y a des sandwichs pour vous deux.

Sur quoi, sans un regard vers moi, elle sort avec sa fille.

Nous sommes seuls dans la maison, Michelle et moi. Je la regarde manger son sandwich. Je ne m'assois pas. Elle prend encore une ou deux bouchées, puis me demande :

— Es-tu conscient de la place que tu prends de plus en plus auprès de mon père ?

Je remarque dans son regard et sa voix une émotion que je ne lui avais encore jamais vue : de la jalousie. Comme si elle était consciente de cette faiblesse momentanée, elle change d'expression et son sourire en coin revient aussitôt. Elle est habillée, comme à son habitude, d'un jean et d'un chandail ample. Rien de particulièrement sexy. Pourtant, je la trouve soudain très désirable.

— À quoi tu penses ? me lance-t-elle.

Je ne réponds rien. Elle hausse une épaule :

— De toute façon, tu fais juste ça, penser…

Autre bouchée. Faudrait que je réplique quelque chose, mais je ne trouve rien. Qu'est-ce que j'ai, à toujours me sentir faible devant cette adolescente prétentieuse ?

— Je le sais pourquoi t'es revenu, ajoute-t-elle. Tu veux te prouver que tu peux réussir, que tu peux aller jusqu'au bout...

Puis, avec un sourire moqueur :

— ... pis pas juste aux échecs...

Je ne dis toujours rien. Je respire peut-être un peu plus fort, un peu plus vite. Michelle se lève enfin, marche vers l'escalier, commence à monter et lâche avec une fausse innocence :

— Mais moi, je pense que t'es pas capable... pas capable de rien...

Je suis seul à la cuisine. Je n'arrive pas à détacher mes yeux des sandwichs sur la table.

La criss... la petite criss de baveuse...

« *De toute façon, tu fais juste ça, penser...* »

Ah oui ? Ah oui ?

Je monte l'escalier en vitesse.

J'entre dans la chambre de Michelle. Sur le mur, la Reine rouge dessinée me lance un regard brûlant. Michelle, penchée devant son miroir, est en train de se refaire une ligne noire sous les yeux. Elle se tourne vers moi, pas surprise le moins du monde. Son œil est dur, plein de défi. Et elle attend.

Elle n'y croit toujours pas, hein ? Attends un peu...

Je m'approche, la saisis brusquement et, avec des gestes volontairement violents, détache son pantalon, le baisse, enlève son chandail. Elle n'oppose aucune résistance, mais ne m'aide pas non plus. Je plaque ma bouche contre la sienne, tente d'introduire ma langue entre ses lèvres. Elle ouvre la bouche.

Finis les remords et la culpabilité ! Je peux le faire, je veux le faire et j'ai raison !

J'arrache son soutien-gorge, sa culotte... Elle se laisse toujours faire, passive, sans un son. Avec un grognement rageur, je la jette sur son lit. Étendue sur le matelas, nue, les jambes entrouvertes, elle me regarde toujours. Attend.

En vitesse, je baisse mon pantalon, puis mon caleçon, les mains tremblantes. Mes yeux errent sur ses petits seins fermes, son ventre plat, son pubis taillé proprement en triangle... Finis les rêves, les fantasmes ! Je peux le faire !

Je me jette sur elle. Je l'embrasse sur le visage, le cou, les seins, sans aucune tendresse, comme si je me vengeais. Je grogne, je souffle, je halète, je donne de furieux coups de bassin entre ses jambes, je frotte ma queue contre son sexe. Je bouge, je frétille, je pousse ! Je la veux ! Je la veux comme jamais je n'ai voulu une fille, je veux la baiser, la fourrer, la défoncer jusqu'à en exploser de plaisir, je veux la noyer dans mon sperme, je veux la faire jouir jusqu'à ce qu'elle en crève !

Jusque !... au !... bout !...

Et tout à coup, après deux ou trois minutes, je m'arrête, à bout de souffle. Michelle, toujours sous moi, n'a pas dit un mot, n'a pas fait le moindre geste durant toute mon offensive. Et elle me regarde toujours. Et attend toujours. Et me défie du regard, toujours.

Je me relève et baisse les yeux vers mon bas-ventre. Mon pénis pend mollement, piteux, sans le moindre début d'érection.

Nue, sur le dos, Michelle n'a jamais semblé aussi sûre d'elle. Elle dirige son regard vers mon sexe et tout le dédain manifesté à mon égard jusqu'ici n'était rien en comparaison de l'indicible mépris qu'elle jette sur ma queue, qui s'en recroqueville de honte.

Elle revient à moi et ne dit rien. C'est inutile.

Je vais crier, ou pleurer, ou vomir, ou tout ça à la fois... Chancelant, je remonte mon pantalon puis sors de la chambre. Tout tourne autour de moi, on dirait que la maison est en train de fondre. Je cours jusque dans ma chambre, referme la porte et me mets à crier en fermant les yeux. Dans ma tête, je vois Beaulieu et Michelle qui dansent autour de moi. Beaulieu est le Roi, Michelle la Reine, et tous deux tournent et m'étourdissent… Ils chantent d'une voix moqueuse et chaque parole me lacère les oreilles : *Tu es revenu pour rien, Yannick ! Tu ne peux pas réussir, nous sommes plus forts que toi ! Car nous, nous croyons en nous ! Nous croyons en ce que nous faisons ! Pas toi ! Pas toi, tralala ! Pas toi !*

C'est faux ! C'est faux et je vais le leur prouver ! Dès ce soir !

Quand j'ai entendu Michelle descendre l'escalier, je lui ai lancé des injures. Elle n'a rien dit et je l'ai entendue sortir de la maison. C'est ça, petite fille ! Va-t'en à l'école !

Je me suis jeté sur mes feuilles et me suis mis à écrire. Mon Dieu ! comme tout cela est différent de ce que j'écrivais il y a quelques semaines… Je suis maintenant tellement… tellement…

… loin…

Oui, je suis rendu très loin, mais pas encore assez… Je vois un petit bout de quelque chose, au loin, comme une île qui me fait signe… Il faut que je m'y rende… sinon, tout aura été inutile…

… et à ce moment-là je deviendrais fou…

Extraits du journal de Maude (XI)

29 août 1990

Louanges à Toi, mon Dieu, et bénis tous ceux que j'aime.

C'est la dernière fois que je T'écris, Seigneur. Ne prends surtout pas cela comme une attaque personnelle, mais l'événement de cet après-midi m'a enfin complètement ouvert les yeux. Je me demande même comment j'ai pu m'abuser pendant si longtemps...

Ce matin, Jacques et moi sommes allés faire quelques courses en ville. Nous avions confié Anne à Michelle qui, à quinze ans, est amplement capable de surveiller sa petite sœur, même si elle le fait toujours de mauvaise grâce. Ce matin, par contre, elle avait accepté sans rouspéter, ce qui aurait déjà dû me mettre la puce à l'oreille...

Nous étions de retour en fin d'avant-midi. La voiture venait de s'arrêter dans la cour quand j'ai tout de suite vu Anne, sur la pelouse, derrière la maison. Mais où Michelle avait donc la tête pour laisser sa petite sœur toute seule dehors ! Je me suis rapidement dirigée vers Anne tandis que Jacques entrait dans la maison en grommelant que la porte était entrouverte.

Anne était à quelques mètres devant moi. Penchée, elle me tournait le dos, et au mouvement de ses épaules je devinais qu'elle jouait avec quelque chose, comme si elle tortillait un objet. Et il y avait ces petits bruits, comme de minuscules couinements. Une image s'est alors imposée à mon esprit, Seigneur : la fameuse nuit où Anne avait apporté un écureuil mort dans la maison…

Mais j'étais encore à quelques pas d'elle lorsque les cris de Jacques, lointains mais terribles, me sont parvenus de la maison. J'ai tout de suite pensé qu'il était arrivé quelque chose à Michelle et, inquiète, je suis rentrée rapidement.

De la cuisine, les cris étaient déjà beaucoup plus clairs. Ils provenaient d'en haut et je saisissais parfaitement les mots proférés par Jacques. Des mots grossiers, Seigneur, comme « espèce de salaud » et « sale enfant de chienne » et autres insultes encore plus crues dont la seule évocation me fait rougir. Quelque chose se mit soudain à dégringoler l'escalier et s'allongea sur le plancher de la cuisine, à moins d'un mètre de mes jambes. C'était un jeune garçon ! Complètement nu ! Il devait avoir l'âge de Michelle, peut-être un peu plus, et il clignait des yeux, ahuri, en regardant autour de lui, du sang sur le visage. Ce sang et surtout sa nudité me paralysaient complètement, Seigneur ! Si j'avais réagi plus vite, peut-être que… que rien ne se serait produit… mais quand je ne comprends pas une situation, je… je suis incapable de réagir, Tu le sais !

Jacques est alors apparu en haut de l'escalier, mais j'avais de la difficulté à le reconnaître tant son visage était mauvais. Il avait cette expression que je lui avais déjà vue, une fois ou deux, mais en bien pire. Il descendait les marches avec une lenteur terrible et hurlait au garçon des phrases du genre : « Tu voulais la corrompre, hein ? Salaud ! À son âge ! Déchet ! Déchet ! Déchet ! » J'ai enfin compris ce qui s'était passé et la honte m'a envahie. J'ai reculé vers le four et m'y suis appuyée, observant le garçon cette fois avec dégoût. Il a tenté de se lever en bredouillant des excuses confuses, mais il a aussitôt poussé un cri de douleur et s'est effondré de nouveau. En voyant enfin l'angle bizarre de sa jambe, j'ai compris qu'elle était cassée.

Je me sentais éperdue. D'un côté, je ressentais une immense colère vis-à-vis de ce garçon qui venait de faire des... des choses avec ma fille, mais en même temps une partie de moi voulait l'aider, car il semblait tant souffrir ! J'ai alors vu Michelle apparaître à son tour, en haut. Elle tenait une couverture contre son corps nu, et de nouveau la honte m'a submergée. Elle criait : « Alain, sauve-toi ! » Il s'appelait donc Alain... J'aurais préféré ne jamais connaître son nom. Désormais, ce garçon ne serait plus jamais anonyme dans mon esprit... Mais même si Michelle lui criait de se sauver, il y avait quelque chose dans son regard qui contredisait ses paroles, une sorte de curiosité jubilatoire vraiment malsaine...

Une fois à la cuisine, Jacques alla directement au placard ; en le voyant prendre la batte de baseball, je suis enfin sortie de ma paralysie et je me suis mise à crier « Non, Jacques, non ! » en agitant stupidement les bras. Et c'est tout ce que j'arrivais à faire ! N'est-ce pas stupide, Seigneur ? J'aurais dû intervenir directement, m'interposer entre Jacques et le jeune homme, mais non ! Je criais et bougeais les bras, c'est tout ! Peut-être que j'avais peur ! J'avais peut-être peur que, si je m'interposais, Jacques me...

Mon Dieu, je n'ai pas le droit de penser de telles choses ! Et pourtant...

Il ne semblait même pas avoir conscience de ma présence. Il a brandi la batte au-dessus du garçon, sans cesser de lui crier des insultes, le visage inhumain… et l'autre, sur le plancher, a levé une main tellement, tellement dérisoire… J'ai très bien vu ses yeux : pleins d'horreur et d'épouvante, et je l'ai entendu clairement implorer :

— Non… non, je vous en supplie…

Je me suis alors mise en marche. Je ne pouvais pas rester là sans agir ! J'avais fait quelques pas, j'avais vraiment l'intention de saisir les deux bras de Jacques pour l'arrêter, mais la batte s'est abattue au même moment, droit sur la jambe cassée du garçon ! Cassée, Seigneur, cassée ! Et son cri de douleur m'a arrêtée. Un cri si aigu, si déchirant que la paralysie s'est emparée de tous mes membres.

J'ai soudain pensé à Michelle. De là-haut, elle regardait, sans peur ni jubilation. Elle avait l'air… fasciné. Exactement comme lorsqu'elle avait vu Jacques me frapper, il y a de cela des années ! La même fascination, mais plus adulte, plus mature ! Plus insoutenable !

En m'en rendant à peine compte, je lui ai hurlé de retourner dans sa chambre, tout de suite. Je crois que ma voix devait être vraiment épouvantable, car Michelle, pour une fois, m'a obéi…

Et tout près, Jacques se préparait à frapper de nouveau, les dents si serrées, les yeux si exorbités qu'il ressemblait au Diable, Seigneur, véritablement ! Sur le plancher, le garçon pleurait… pleurait comme un enfant ! Car c'est ce qu'il était, après tout : un simple enfant ! Qui avait péché, certes, mais qui ne méritait pas tant de souffrances ! Et c'est d'une voix enfantine et pleine de sanglots qu'il disait ces mots désespérés qui hanteront mon âme jusqu'à ma mort :

— Arrêtez, par pitié, ça fait mal… *Ça fait mal !*

Il te supplie, Jacques ! Cet enfant te supplie d'arrêter ! Comme moi je te supplie aussi d'arrêter de faire tout ce que tu nous fais, à moi, aux enfants, à nous, aux autres ! Arrête, Jacques, pour l'amour du ciel, pour l'amour qu'il y a déjà eu entre nous, arrête ! Arrête ! *Arrête !*

Le garçon a de nouveau levé une main suppliante, et Jacques l'a frappée avec tant de force que j'ai clairement entendu le poignet casser ! Cette fois, j'ai bondi. En hurlant, j'ai saisi Jacques par le bras. Il m'a enfin jeté un bref regard de fauve, juste le temps de me cracher au visage :

— Il a couché avec notre fille, Maude ! Il est mauvais ! Mauvais ! Il mérite ce qui lui arrive ! Il le mérite !

Il m'a alors repoussée avec force et mon dos est allé percuter le four. La batte s'est élevée encore et est allée fracasser le visage du garçon, réveillant ainsi la douleur dans mon ventre. Ce coup, ce terrible coup ! Tous ces coups ! J'ai fermé les yeux et me suis mise à prier, mais j'entendais toujours les coups, et à chacun d'entre eux la douleur dans mon ventre me mordait avec plus de force… Et les cris du jeune homme qui ressemblaient de plus en plus à des gargouillis…

Pourquoi ? Pourquoi tout ça, pourquoi à moi, pourquoi, pourquoi ? Ma main tremble en écrivant ces mots, je recommence à pleurer. Mais je veux aller jusqu'au bout… car après je n'écrirai plus…

Les coups et les cris cessèrent enfin, mais je gardais les yeux fermés, car dans ma tête tout hurlait encore…

Un bruit dur et mat : la batte qui tombait sur le sol. Dans mon ventre, la douleur s'éloignait. J'étais appuyé avec tant de force contre le four que je sentais une barre de douleur dans mon dos. J'ai enfin ouvert les yeux, mais mes larmes déformaient ma vision. J'ai tout d'abord vu Jacques qui se frottait la tempe droite en grimaçant. Je savais très bien ce qui allait suivre : d'ici quelques secondes, il piquerait une crise de désespoir et de culpabilité, en pleurnichant des phrases du genre : « Mon Dieu, mon Dieu, qu'est-ce que j'ai fait ! » Cette perspective a fait remonter un hurlement dans ma gorge, mais il s'est étouffé dans ma bouche car j'ai alors vu, l'espace d'une seconde seulement, le corps du jeune homme. Son corps si… si… Non ! Non, il est hors de question que je décrive une telle abomination ! Le cœur aux lèvres, je me suis retournée vivement, mais il semblait bien qu'une dernière vision de cauchemar m'était révervée : à la porte de la cuisine, Anne se tenait immobile et fixait avec indifférence le corps ensanglanté du garçon ! Ma petite Anne, si pure, qui avait ce spectacle sous les yeux ! Était-elle là depuis longtemps ? Mon Dieu, était-ce possible qu'elle ait tout vu depuis le début ? Je ne peux pas croire que Tu aies permis cela, Seigneur, non, c'est impossible ! Elle venait sûrement juste d'arriver ! Je me suis précipitée vers elle en criant, éperdue : « Non, Anne, non, ne regarde pas ! » J'ai alors réalisé qu'elle tenait quelque chose dans ses mains : un petit rongeur mort, tordu et taché de sang.

Encore du sang ! Du sang partout, partout ! Dans la cuisine, sur Jacques, sur le garçon, et même sur Anne, sur l'innocence absolue !

Je me suis évanouie. Juste avant de perdre conscience, j'ai espéré ne plus jamais me réveiller.

Oui, Seigneur, j'ai commis le plus grave des péchés : j'ai souhaité mourir.

◆

Il a fallu que j'arrête d'écrire un instant, je suis allée vomir. Jacques et Michelle sont en bas et ne se sont rendus compte de rien. Quant à ma petite Anne, elle dort paisiblement.

J'ai repris connaissance dans mon lit. Jacques me caressait les cheveux, me souriait, tout penaud. Il avait pleuré, ça se voyait. Il m'a dit, comme je m'y attendais, qu'il regrettait. Non pas d'avoir tué le jeune homme, mais d'avoir été si violent. Une telle cruauté était inutile et gratuite, il le reconnaissait, mais il insistait sur le fait qu'il méritait de mourir. Moi, je ne disais rien. Il était hors de question que je dise quoi que ce soit. Je me demandais même si j'allais lui réadresser la parole un jour. Mais il a réussi à briser mon mutisme en commençant une simple phrase :

— Évidemment, je l'ai descendu à la cave pour en faire un...

Je l'ai coupé net, lui ai dit de se taire. Il a baissé la tête, navré.

Michelle est venue dans la chambre, habillée. Jacques s'est approché d'elle, lui a mis les mains sur les épaules et lui a répété à peu près les mêmes choses qu'il m'avait dites. Il a ajouté qu'elle était encore jeune et naïve, qu'elle devait se méfier des garçons qui utilisaient souvent le sexe comme arme de pouvoir. Agacée, elle a fini par répondre :

— Arrête donc, papa ! Je suis une femme, que tu le veuilles ou non ! Et j'ai tout ce qui vient avec !

C'est ce qu'elle a dit, mot pour mot ! Puis elle est sortie. Jacques a beaucoup rougi, en colère mais aussi gêné. Il me regardait, comme s'il cherchait un appui. Mais je ne disais rien. Il est sorti à son tour.

Quelques heures plus tard, je suis descendue préparer le souper. Nous nous sommes mis à table, sans parler. Rien n'a été dit sur le sujet. Plus aucune trace du jeune homme, plus aucune tache de sang sur le sol. Pourtant, je savais où il se trouvait. Et je savais que Jacques passerait les deux ou trois prochaines soirées à la cave, qu'une odeur étrange allait planer dans la maison. Mais je m'efforçais de ne pas y penser.

Plus tard, la mère du jeune homme a appelé Michelle et lui a expliqué que son fils n'était pas rentré souper. J'ai entendu Michelle, très calmement, très naturellement, raconter qu'Alain était venu le matin, mais qu'il était reparti peu avant le dîner. Son ton détaché m'a donné froid dans le dos. Mais ça non plus, je ne veux plus y songer.

Comme d'habitude, je m'efforce de ne pas penser, de passer outre. Comme d'habitude. Comme d'habitude. Comme d'habitude.

Sauf qu'aujourd'hui un mur s'est effondré en moi. C'est la douleur dans mon ventre, je crois, qui me l'a fait comprendre. Avant, je me nourrissais d'espoir. Je Te priais en espérant que tout finirait par changer, par avoir un sens, que Tu m'aiderais bien un jour. Mais c'est fini, je n'espère plus rien. Je croyais que Tu me mettais à l'épreuve, je n'y crois plus. Oh! Je ne dis pas ça pour Te défier, jamais je n'oserais! Mais j'imagine que certaines personnes sont nées pour souffrir toute leur vie, alors je dois être l'une d'elles. Et comme la révolte est impossible et impensable, alors je me résigne. Voilà. Je continue à Te prier, mais je n'attends plus rien de Toi. Ni délivrance, ni réponse, ni bonheur. J'ai compris que Tu n'interviendrais pas. Je ne comprends pas pourquoi, mais je m'incline. Si mon destin est la souffrance et la soumission, je m'y résigne. J'accepte tout. Même Ta cruauté. Car Tu es cruel, mon Dieu, j'ose Te le dire, sans colère ni rancœur. J'aimerai et protégerai Anne, c'est tout.

Et je ne T'écrirai plus. Quand j'ai commencé à le faire, adolescente, c'était par joie de Te communiquer mon bonheur. Puis, peu à peu, je T'ai écrit pour que Tu m'aides dans mes souffrances… Maintenant que je ne suis plus heureuse et que j'accepte mon malheur, pourquoi T'écrirais-je? Pour me faire encore plus mal? Non. Il y a suffisamment d'horreurs dans ce cahier, inutile d'en ajouter. Je Te prierai mentalement, désormais, ce sera suffisant. Je garderai tout de même ce cahier toute ma vie, car il représente ce que j'ai déjà été : une femme aimante et heureuse qui a cru au bonheur et a espéré en la vie.

L'espoir est un luxe que, désormais, je ne me payerai plus. Il coûte trop cher.

Le seul espoir qui me reste, Dieu que j'aime, est celui-ci : lorsque je quitterai ce monde, souviens-Toi de la vie que j'ai vécue…

Bénis ma petite Anne, ma seule raison de continuer…

Amen.

Je suis presque arrivé. Les contours de l'île, au loin, sont de plus en plus précis. J'y suis presque. Ce n'est qu'une question d'heures, maintenant. Je le sais. Beaulieu aussi. Nous le savons tous les deux. Un coup de rame décisif a été donné, tout à l'heure.

Je regarde le crayon parcourir la feuille et j'ai peine à croire que c'est moi qui le meus. Depuis le début, je me suis trouvé toutes sortes de raisons pour poursuivre l'écriture de ce pseudo-journal, toutes plus ou moins convaincantes. Cette fois, je crois avoir trouvé la bonne, la vraie : je continue à écrire pour aller jusqu'au bout. Comme pour le reste...

J'ai fini d'écrire ma pathétique agression contre Michelle depuis une quinzaine de minutes lorsque j'entends Maude rentrer, en bas. Je demeure dans ma chambre : je n'ai vraiment pas envie de l'affronter de nouveau. Je l'entends monter les marches, entrer dans sa chambre.

Je ne vais quand même pas passer tout l'après-midi dans cette chambre ! Maintenant que je peux circuler à ma guise, aussi bien en profiter !

Je marche dans le couloir et m'arrête brièvement devant la chambre de Maude. Celle-ci est assise sur son lit et est en train d'écrire dans une sorte de cahier, rapidement, fébrilement, le visage tourmenté. Elle lève la tête et me voit. J'ouvre la bouche pour dire quelque chose, sans trop savoir quoi, mais elle se lève aussitôt et, brusquement, ferme la porte.

Je m'apprête à descendre les marches, mais le son de la télévision m'arrête : l'éventualité de me retrouver au salon seul avec Anne me fait rebrousser chemin. De retour dans ma chambre. Assis sur mon lit. À ne rien faire. À attendre le soir.

Au bout d'environ dix minutes, Maude entre soudain dans ma chambre. Elle est très pâle, mais aussi très décidée, pas timide du tout.

— Allez-vous-en.

Sa voix est si dure, ce ne peut pas être elle qui a parlé. Mais elle répète son ordre, d'un ton encore plus sec. Lentement, je me lève et lui répète avec lassitude que c'est hors de question. Elle ouvre et ferme les poings, se mordille la lèvre inférieure, non pas par malaise mais par une sorte de fébrilité grandissante.

— Il faut que vous partiez !

— Pourquoi ?

C'est le monde à l'envers ! C'est drôle quand même, non ? D'ailleurs, je ris un peu en l'écrivant, voilà : ha, ha.

Pour lui montrer que cette discussion ne mène à rien, je me rassois. Elle finit par sortir. Parfait, qu'on me laisse seul, à attendre la venue de la soirée. C'est tout ce que je demande.

Elle revient au bout de trente secondes. Elle tient la carabine et la pointe vers moi.

Je me lève, cette fois légèrement inquiet. Sait-elle seulement comment fonctionne cette arme ? Je ne suis pas sûr que j'ai envie de courir le risque… Maude est à bout, elle halète, elle a les lèvres retroussées, elle est parfaitement méconnaissable. Est-ce qu'enfin, après tant d'années de servitude et de malheur, elle va

exploser ? Je comprends que quelque chose va se pro-
duire, quelque chose de décisif… qu'un coup de rame
important est en train d'être donné… Elle me répète,
la voix aiguë, de partir, sinon elle tire. Malgré la crainte,
j'essaie encore de résister, mais elle me coupe brutalement, lève le canon de l'arme encore plus haut :

— Yannick Bérubé (incroyable ! je n'ai dit mon
nom de famille qu'une fois, et elle s'en souvient !), si
vous n'êtes pas parti dans une minute, je vous tue ! Par
Dieu, je vous jure que je vais le faire !

Je lui lance alors qu'elle ne peut pas me tuer, sinon
elle brûlera en enfer. Je croyais mon idée très bonne,
mais elle se contente de marmonner, le visage résigné :

— C'est là que je vais finir, de toute façon…

Tout à coup, son désespoir me touche. Un éclair
de lucidité me traverse, et bêtement je bredouille :

— Maude, je suis désolé…

Elle se met à pleurer. Des pleurs spasmodiques, inquiétants et incontrôlables. La carabine tremble dans
ses mains et j'ai soudain peur qu'elle appuie sans le
vouloir sur la détente.

— Il est trop tard ! hoquette-t-elle, le visage si misérable qu'il fait peur. Il est trop tard pour tout !

Et tout à coup, sa fureur revient et, en pointant fer-
mement son arme, Maude me crie de nouveau de partir.

Je lui obéis enfin, bouleversé. À la cuisine, je jette
un coup d'œil vers le salon. Je vois Anne, assise devant
la télé, qui regarde une émission pour enfants d'un
air absent. Devant la porte, j'hésite, puis me retourne
vers l'escalier. Maude est en haut et pointe toujours
la carabine vers moi. Son visage est si triste que je dé-
tourne la tête.

Enfin, je sors.

Le ciel est couvert, mais il ne fait pas vraiment
froid. Sans manteau, je grelotte tout de même et croise
les bras contre mon torse. Je me mets en marche sur

le trottoir enneigé, la tête enfoncée dans les épaules.
Je vais revenir, voilà tout. À l'heure du souper, quand
Beaulieu sera là…

J'arrive à l'intersection et traverse. Je tremble toujours mais pas seulement de froid. Oui, je vais revenir.
D'ailleurs, je me demande comment Maude peut en
douter. Et puis, comment compte-t-elle expliquer mon
absence à Beaulieu ? Jamais il ne croira que je suis
parti de moi-même, il sait trop bien où je suis rendu.
Qu'a-t-elle donc l'intention de lui expliquer ? Va-t-elle
lui tenir tête ? Ça me semble improbable, voire impossible.

À moins…

Je m'arrête. Un pressentiment. En fait, c'est plus
qu'un pressentiment : c'est presque une vision, une
prémonition…

Je reviens sur mes pas en marchant rapidement.
Puis, je cours légèrement. Enfin, je pique un sprint. Et
en moi, le pressentiment devient certitude.

J'entre dans la maison et appelle Maude. Aucune
réponse. La télé est fermée, Anne n'est plus au salon.

Imbécile ! comment n'y ai-je pas pensé ! Car tandis
que je monte l'escalier quatre à quatre, je sais très bien
ce que je vais trouver.

Dans la chambre des Beaulieu, la lampe du plafond
a été décrochée et on a attaché un vieux câble électrique au crochet. Maude y est pendue. Ses pieds flottent
à quinze centimètres du sol, son visage est déjà tout
noir, sa langue pend hors de sa bouche et ses yeux
sont exorbités. Un cauchemar.

La carabine repose sagement sur le lit, déformant à
peine l'édredon blanc.

Même si je ne suis pas vraiment surpris, même si
j'ai anticipé cette découverte, une grande épouvante
s'empare de moi et, lentement, sans quitter le cadavre

des yeux, je recule lentement jusqu'à me retrouver dans le couloir.

Et Anne ? Où est Anne ?

Je cours à sa chambre dont la porte est fermée. Je tente de l'ouvrir : verrouillée. J'appuie mon oreille contre la porte et crois percevoir une petite respiration régulière. Maude a eu la bonne idée d'enfermer sa fille dans sa chambre avant de se pendre. Elle voulait lui éviter ce spectacle...

L'aurait-elle seulement compris ?

Qu'est-ce que je fais, maintenant ? Je retourne dans la chambre des Beaulieu. Les murs bleu ciel, la bande de papier peint avec des oiseaux, les bibelots de verre, et Maude, morte. Un mélange de tristesse et de colère se bouscule en moi. Pourquoi avoir fait ça ? Pourquoi, Maude, pourquoi ? Si vous aviez attendu jusqu'à ce soir, jusqu'à ce que je batte votre mari aux échecs, vous auriez été libérée !

Mon regard tombe sur un cahier sur le lit. Peut-être a-t-elle laissé un message. Malgré ma répulsion, je contourne le corps suspendu et prends le cahier, le feuillette. Des dates se succèdent : 1971, 1975, 1984... L'écriture est fine, précise, élégante... Le journal personnel de Maude. Je tourne les pages, fasciné. La vie des Beaulieu se trouve entre mes mains ! Je m'empresse d'aller à la dernière page : vendredi 16 novembre. C'est aujourd'hui. À toute vitesse, je lis les lignes sous cette date. Elle parle de moi ! Pire : elle dit qu'elle va se tuer à cause de moi ! À cause des faux espoirs que je lui ai donnés !

Le cahier glisse de mes mains. Je m'assois sur le lit.

Je l'ai tuée. J'ai tué cette femme.

J'ai soudain l'impression que mon âme sort de mon corps et observe froidement la situation. Je vois tout à coup l'ensemble de la situation, où j'en suis, où nous en sommes tous. Les conséquences de mon obsession

démente, de ma folle obstination me crèvent les yeux,
et je me dis que c'est assez, que je dois me lever,
prendre le téléphone et appeler la police.

Je ne bouge pas.

Et puis, non! Je n'ai pas tué cette femme! Je n'ai pas
à me sentir responsable de quoi que ce soit! Calvaire!
c'est moi la victime dans cette histoire! Alors, qu'on
me criss la paix et qu'on me laisse aller jusqu'au bout!
Qu'on me laisse démontrer que j'ai raison!

Je me lève et me mets à crier après la pendue. Tu
as compris, pauvre folle? Je refuse tes accusations!
Je refuse le blâme! *Je refuse!*

Tout à coup, j'entends un bruit de voiture. Je vais
à la fenêtre et vois avec effroi le taxi de Beaulieu se
garer devant la maison. Il doit être à peine trois heures,
qu'est-ce qu'il fait ici si tôt?

Il sort de sa voiture. Un vent de panique. Il ne doit
pas me découvrir avec sa femme morte!

Rapidement, je retourne dans ma chambre, ferme
la porte et m'étends sur le matelas. L'important, c'est
de donner l'impression que je ne suis au courant de
rien, que je n'ai rien à voir dans ce suicide. Je suis
resté ici, couché, et je n'ai rien entendu. Voilà.

La porte d'en bas s'ouvre et, étouffée par la distance, la voix de Beaulieu parvient jusqu'à moi:

— Ça y est, Maude! Ils l'ont déclenchée, leur
grève!

Il appelle encore. Je l'entends marcher jusqu'au
salon. Puis, il monte les marches. Il appelle sa femme,
puis moi. Je ne bouge pas, ne dis rien. Il y a mille
fourmis qui rampent dans mon estomac, mes intestins…
Tout va se précipiter, maintenant, le coup de rame est
donné…

J'entends Beaulieu entrer dans sa chambre… puis
le silence. Total. Terrible.

J'ai très chaud tout à coup. Le silence s'éternise… Mais qu'est-ce qu'il fait ? Peut-être qu'il est en état de choc…

Je pense soudain au cahier de Maude ! Que j'ai laissé dans la chambre ! Ouvert à la date d'aujourdhui ! Beaulieu doit être en train de le lire ! De lire les mots de sa femme sur moi, qui m'impliquent, me responsabilisent !

Je l'entends soudain sortir de la chambre et marcher vers la mienne. Ses pas sont rapides, forts, lourds, assourdissants. Je me mets à gémir, incapable de m'en empêcher. Mais je reste assis et je l'attends ! Il faut que je lui fasse comprendre qu'il ne réglera rien en me tuant ! Qu'il faut qu'on continue, tous les deux ! Qu'on est rendus trop loin !

Ses pas qui roulent vers ma chambre… Le tonnerre, ostie ! le tonnerre en personne !

Ma porte s'ouvre dans un fracas retentissant, presque arrachée de ses gonds. Beaulieu n'a pas ralenti en l'ouvrant, comme s'il était littéralement passé au travers. Il fonce vers moi tel un train fou et je vois quasiment la vapeur traîner derrière lui. Il tient la carabine, mais sans la pointer vers moi. Son visage s'approche à une vitesse vertigineuse, comme si j'étais devenu une caméra lancée vers lui. Malgré cette vitesse inouïe, je réussis à bien distinguer ses traits. Lorsque j'ai failli être étranglé la première journée, j'ai vu dans les yeux de Beaulieu ma propre mort. Cette fois, ce que je lis sur ce visage blanc comme de la craie, c'est la Mort elle-même.

Je n'ai pas le temps d'esquisser le moindre geste de défense que deux pinces de métal m'entourent la gorge et me soulèvent d'un seul mouvement. Ma tête va percuter violemment le plafond et, pendant une seconde, je perds tout contact avec le réel. Quand je reprends mes esprits, je réalise, ahuri, que je vole dans les airs. Je vois même Beaulieu, inversé derrière moi, puis j'atterris sur le plancher. À peine ai-je la tête redressée que la crosse de la carabine me percute la joue gauche. Une lame glaciale déchire ma peau qui rapidement devient brûlante, puis humide de sang. À quatre pattes, étourdi… Trouver la force de lui parler, sinon il va me tuer… Je commence à me relever péniblement et j'ouvre la bouche pour parler, mais je vois soudain les yeux de Beaulieu. Des yeux atomiques, nucléaires, radioactifs, qui me rendent muet d'effroi. La crosse du fusil me fracasse cette fois le front et je me retrouve sur le dos. Ma vue se brouille et, sans raison, un champ de blé se met à onduler dans ma tête. La douleur me donne la nausée et je me mets à tousser, près de vomir. Après un temps impossible à déterminer, mon esprit se stabilise raisonnablement et je peux ouvrir les yeux, toujours étendu sur le dos. Le canon de la carabine est juste sous mon nez, au point qu'il me fait loucher. Tout au bout de l'arme, Beaulieu me considère avec un calme effroyable, mais une détermination mortelle se lit dans les braises de son regard.

Alors, il parle. D'une voix si froide et si métallique qu'on dirait celle d'un ordinateur.

— Jusqu'ici, j'avais aucune raison de te tuer, t'avais rien fait de mal. Mais là, j'ai une raison. T'es responsable de la mort de ma femme. Je l'ai lu. Ça, c'est injuste ! Tu dois mourir ! Mes pièces noires sont au complet, mais tu serviras pour le prochain jeu, celui de Michelle.

Haletant, je trouve enfin la force de parler. Je lui dis qu'il ne peut pas me tuer, que sa théorie s'écroulerait parce que ma mort serait injuste.

— Injuste ! beugle-t-il soudain. Être responsable de la mort de la femme de son ami, ça, c'est injuste !

— Je suis pas ton ami ! que je hurle, le canon de l'arme presque dans la bouche. Je-suis-pas-ton-ami ! Tu aurais bien voulu que ça arrive, mais ça marche pas ! Ça arrivera jamais ! Je te l'ai dit, hier : je suis revenu pour te montrer que t'as pas raison ! Pas pour que tu me convainques ! Pas pour embarquer dans tes idées de fou ! Pas pour devenir ton fils spirituel ! Pour te battre !

Beaulieu cligne des yeux, ébranlé. Et moi, toujours sur ma lancée, je continue à vociférer :

— Pis je suis responsable de rien ! Si dès le début tu m'avais pas gardé ici injustement, rien ne serait arrivé et Maude serait encore vivante ! C'est toi qui as tout déclenché, c'est toi le vrai responsable ! Toi ! Toi ! Parce que tes théories sur la Justice, c'est de la marde ! C'est toi qui as tué ta femme, pas moi ! Pas moi ! Pis moi, j'ai raison ! J'AI RAISON ! C'EST POUR ÇA QUE JE SUIS REVENU ! POUR TE BATTRE ! POUR ALLER JUSQU'AU BOUT ! PARCE QUE J'AI RAISON !

Beaulieu me regarde en silence. Sa respiration est basse, lente. Le canon de l'arme baisse légèrement. Et pour la première fois, je vois le doute dans ses yeux. Je ne peux m'empêcher de soupirer.

La carabine pointe maintenant vers le sol. Dans les yeux de Beaulieu, la haine a disparu, le doute aussi. Il ne reste que la froideur et le défi. Une sourde tristesse, aussi, peut-être.

— C'est vrai, dit-il d'une voix rauque. Je pourrai jamais te convaincre, je me suis trompé là-dessus. Je l'accepte. Mais il y en a juste un de nous deux qui a raison... Les petites parties que j'ai jouées avec toi, pour essayer de te convaincre, c'est fini... Il faut décider pour vrai... Régler ça une fois pour toutes...

Il lève la tête et, d'un seul coup, devient songeur. J'avais oublié à quel point les émotions changent rapidement sur le visage de cet homme. Il plisse les yeux puis dit d'une voix basse :

— Finalement, Maude ne sera pas morte pour rien...

Je lui demande ce qu'il veut dire. Beaulieu ignore ma question. D'un pas résolu, il marche vers la porte. Je commence à me relever, essuie le sang sur mon visage. Je lui redemande ce qu'il veut dire. Toujours en m'ignorant, il sort et referme la porte derrière lui. Je l'entends descendre en vitesse à la cuisine.

Je finis par me mettre debout. Chancelant, je marche vers la porte, avec l'intention de descendre à mon tour. Mais j'entends soudain Beaulieu remonter précipitamment et je m'immobilise, de nouveau craintif...

Un bruit que je ne croyais plus entendre parvient à mes oreilles : une clé que l'on tourne dans une serrure.

Je me jette sur la porte et frappe dessus en jurant, puis tends l'oreille. Beaulieu entre dans sa chambre. Bruits sourds, chaise que l'on traîne, chute molle... Puis, je l'entends sortir de la chambre. Ses pas sont lourds, il halète. Il descend les marches très lentement, à pas pesants. Il transporte quelque chose.

Je devine très bien de quoi il s'agit.

Puis, dans la cuisine, une autre porte s'ouvre. Mais pas celle de l'extérieur, j'en mettrais ma main au feu. Provenant de loin, des bruits de pas qui descendent...

J'ai parfaitement saisi.

Finies, les *petites* parties.

Bien sûr.

Je vais m'asseoir sur mon lit. Je suis calme. Je fixe le mur. J'attends.

Tout régler une fois pour toutes. Et il n'y a qu'un moyen pour cela, n'est-ce pas ?

Je décide d'écrire. Je vais avoir le temps.

Les heures passent. Aucun bruit en bas. Beaulieu n'est remonté de la cave qu'une fois, lorsque le téléphone a sonné. Il a répondu, mais je n'ai pas compris les mots. Après quoi, j'ai perçu un bruit sec. Il a sûrement arraché le fil du téléphone. Et il est redescendu.

Tiens, une odeur familière qui commence à se répandre dans la maison…

On est vraiment très loin, maintenant… et on est presque arrivés au rivage de l'île, tout près…

On est loin et proche…

Extraits du journal de Maude (XII)

16 novembre 1991

Pardonne-moi, Seigneur.

Il y a un peu plus d'un an, je T'avais dit que je n'écrirais plus dans ce journal. Pourtant, aujourd'hui, je reviens sur ma parole. Par contre, cette fois sera vraiment la dernière, car tout à l'heure je serai morte. Je vais m'enlever le plus grand et le plus beau des cadeaux que Tu nous as donné : la vie.

Pardonne-moi, Seigneur, pardonne-moi !

Je n'aime plus cette vie depuis un bon moment déjà, plus rien ne m'y rattache sauf Anne. C'est une des raisons pour lesquelles j'avais arrêté d'écrire : pour oublier, pour ne pas avoir cette terrible révélation constamment sous les yeux… J'acceptais le malheur sans espoir, en silence. Et pendant plus d'un an, j'y ai assez bien réussi.

Mais il est arrivé ! Ce jeune homme est apparu dans notre vie ! Au départ, sa présence était gênante, était un problème, mais il m'a parlé… et il m'a ouvert les yeux malgré moi ! Pour la première fois, quelqu'un voyait mon malheur et le comprenait ! Pour la première fois, on m'offrait de l'aide, Seigneur ! De l'aide ! Cette aide que j'avais passé tant d'années à Te demander, en vain, et que j'avais cessé d'attendre !

Alors, j'ai compris : c'est Toi qui m'envoyais ce jeune homme ! Enfin, j'allais être récompensée de mon dévouement et de mes malheurs ! Tu tendais enfin la main vers moi par l'intermédiaire de ce garçon ! Quand il m'a dit que je ne méritais pas cette vie, je l'ai cru ! Quand il a dit que Jacques avait tort, je l'ai cru aussi ! Et quand il m'a dit qu'il m'aiderait si je l'aidais moi-même… Oh ! oui, j'ai cru ! J'ai cru ! Pas tout de suite, non, mais peu à peu, après plusieurs nuits blanches à me torturer l'esprit, j'y ai cru ! Il était mon sauveur, envoyé par Toi !

J'ai même pensé, à un moment, me sauver avec lui, Tu imagines ? En amenant Anne avec nous ! Mais je ne pouvais abandonner Jacques et Michelle, je n'en avais moralement pas le droit… Et, surtout, si je me trompais ?

J'ai alors eu l'idée de déverrouiller sa porte. S'il se sauvait et que je n'entendais plus parler de lui, cela voudrait dire que je m'étais trompée sur lui, mais au moins je n'aurais pas abandonné ma famille… Et s'il revenait me chercher, alors oui ! Oui, ce serait la preuve qu'il était Ton envoyé ! Et tout cela aurait été fait sans aller à l'encontre de Ta volonté ! Ne serait-ce pas merveilleux ?

Il a tenté de lui-même une première fuite qui a échoué. Lorsque je lui ai déverrouillé la porte, il s'est fait reprendre. Je l'ai aidé une seconde fois et… et…

Oh ! Mon Dieu ! Pardonne-moi, je T'en supplie, pardonne-moi !

Il est revenu ! Pas avec la police, pas pour me secourir, mais pour régler les choses avec Jacques ! Et il m'a dit… qu'il n'avait plus besoin de moi !

Il m'a dit ça !

J'ai été trompée, Seigneur ! Il voulait seulement m'utiliser ! Pire : il voulait me tenter ! Car il n'était pas envoyé par Toi, je le vois bien maintenant : il était l'envoyé du Diable ! Et j'ai succombé ! J'étais prête à renier Jacques et Michelle (mais pas Anne, jamais !), j'étais prête à renoncer à mes obligations de femme et de mère pour un bonheur illusoire et égoïste ! J'ai péché par égoïsme !

Moi ! Moi !

J'ai tout gâché. Maintenant, mon malheur est pire qu'avant, plus affreux, car pendant quelques semaines, je me suis rappelé le goût de l'espoir et toutes les illusions qu'il charrie ! Maintenant que tout cela s'est envolé, la morsure du malheur est plus cruelle, plus creuse, car elle se loge dans le vide profond qu'a laissé l'espérance en me quittant. Moi qui m'étais juré de ne plus jamais espérer !

Je n'en peux plus, mon Dieu ! Cette souffrance longtemps engourdie est maintenant plus éveillée que jamais ! Comment pourrais-je supporter cela ?

Impossible !

Comment pourrais-je vivre, surtout, en connaissant l'immonde péché que j'ai commis ?

Impossible !

Comment pourrais-je vivre après avoir été trompée par les deux seuls hommes à qui j'ai fait confiance dans ma vie ?

Impossible ! Impossible !

Je veux mourir, Seigneur, car j'ai maintenant tout perdu. Avant, j'avais au moins l'honneur, mais je n'ai même plus ça ! Même Anne n'est plus une raison suffisante pour rester ! Elle a besoin d'amour ! Comment donner de l'amour quand on n'en ressent pas du tout pour soi-même ?

Je ne suis plus rien.

Tout à l'heure, je vais l'obliger à partir. Puis je vais enfermer Anne dans sa chambre, pour qu'elle ne voie rien. Jacques la trouvera bien à son retour. Ensuite…

Le suicide est un péché, je le sais, mais je suis déjà damnée. Tout de même, j'ose Te demander pardon. Aie pitié de moi, Seigneur, ne serait-ce qu'aujourd'hui! Aide-moi, ne serait-ce qu'une fois dans ma misérable vie. Il le faut. Jacques m'a trompée, Michelle m'a trompée, Yannick m'a trompée, la vie m'a trompée! Et Toi, Seigneur? M'as-Tu trompée?

Je te demande pardon. Si tu acceptes, accueille-moi dans Ton Royaume dès ce soir. Dans le bonheur, enfin. Avec papa, maman et Jacques junior. Et avec Toi. Toi que j'ai appelé toute ma vie.

Si Tu me refuses le pardon… eh bien, je brûlerai en Enfer. Peut-être que je suis vouée au malheur jusque dans l'Éternité…

Pardon à tous. À ma fille Michelle, à mon mari Jacques… et surtout, surtout à Anne, ma petite fille, qui trouvera sûrement une meilleure mère… Maman t'aime tellement, ma chérie, maman te demande pardon…

Pardon.

Amen.

Extérieur
Vendredi 16 novembre 1991

Michelle Beaulieu, assise sur une chaise incon-fortable, examinait ses ongles avec indifférence. Devant elle, installé de l'autre côté du gros bureau massif, le directeur Normand Bergeron la considérait avec réprobation et lassitude. C'était un homme dans la quarantaine, maigre et portant des lunettes à mon-tures rouges qui étaient censées lui donner un air cool.

— Sais-tu ce qu'on faisait, dans mon temps, aux étudiants qui manquaient de respect à leur profes-seur?

Michelle ne répondit rien. Bergeron poursuivit:

— Tu ne peux pas envoyer... promener tes pro-fesseurs comme ça, Michelle, c'est pas la première fois qu'on en parle!

— J'haïs ça, les maths, daigna enfin répondre l'adolescente.

— Ce n'est pas une raison!

— J'ai une moyenne de 90...

— Ce n'est pas une raison non plus! Tes bonnes notes ne te donnent pas le droit de mépriser l'autorité!

Écoute, Michelle, en cinq ans, tu as été renvoyée de deux écoles secondaires! Nous autres, ça fait deux ans qu'on t'endure, mais là, on commence à en avoir plein le dos!

Michelle ne dit rien, poussa un petit soupir en regardant les murs. Bergeron hocha la tête d'un air entendu, puis dit :

— OK. Demain matin, je reviens à l'école, j'ai des choses à mettre en ordre. Tu vas y être aussi. À neuf heures précises, je veux te voir ici, dans mon bureau. Un peu de retenue va te faire réfléchir…

— Si tu penses que je vais venir ici un samedi…

— T'as besoin de venir, ma petite! C'est un ordre, au cas où tu ne l'aurais pas compris!

Michelle eut un ricanement dédaigneux.

— Je m'en criss pas mal, de tes ordres…

Bergeron écarquilla les yeux, bouche bée, puis donna un coup sur son bureau.

— C'est assez, Michelle Beaulieu, t'as assez ri de nous autres! Lundi après-midi, j'ai une réunion avec le conseil de l'école et j'ai l'intention de proposer ton transfert à Lionel-Girouard!

Enfin, Michelle eut une réaction. Elle regarda pour la première fois le directeur, d'un air outré.

— C'est une école de mongols, ça!

— De mésadaptés! Parce que c'est exactement ce que tu es, Michelle! Une mésadaptée! Là-bas, ils vont te mettre un peu de plomb dans la tête!

— J'ai des bonnes notes, vous pouvez pas m'envoyer là-bas!

— Tes problèmes de comportement sont une raison amplement suffisante pour t'y envoyer!

— Ben, j'irai pas!

— Tant que t'es mineure, t'es obligée d'aller dans une école! Pis si tout le conseil est d'accord avec moi, ce qui devrait être le cas, tu vas aller finir ton secondaire à Lionel-Girouard!

Michelle se leva lentement, furieuse, sans cesser de fixer le directeur. Celui-ci soupira tristement et ajouta, plus calme, désolé :

— Je ne fais pas ça par vengeance, Michelle, ni rien de ce genre. Seulement, tu ne nous donnes plus le choix. T'as vraiment besoin d'un encadrement particulier, et ici, on ne peut pas te le donner... Que tu sois n'importe où, tu ne peux pas faire comme tout le monde.

— Ça, tu peux le dire, marmonna-t-elle.

Elle marcha vers la porte et, sur le point de l'ouvrir, se tourna vers Bergeron. Le regard plus sombre que jamais, la voix posée mais terrible, elle dit :

— Bergeron, si tu m'envoies à Lionel-Girouard, tu vas le regretter.

Bergeron sembla suffoquer pendant un bref moment, puis il devint écarlate d'indignation.

— Ça, ma petite, on appelle ça des menaces ! Et juste à cause de ça, tu peux être sûre que le conseil va m'appuyer ! Dès lundi, j'appelle tes parents ! T'as la fin de semaine pour les prévenir !

Michelle le considéra quelques secondes encore, puis sortit en claquant la porte.

Tandis qu'elle se dirigeait vers son casier, la cloche de la fin des cours sonna et les couloirs s'emplirent d'étudiants bruyants. Michelle, renfrognée, enfila son manteau, referma son casier avec violence et marcha vers la sortie sans regarder personne.

Tandis qu'elle marchait sur le trottoir, une voix l'appela tandis qu'un garçon de son âge s'approchait. La colère de Michelle s'atténua et un petit sourire coquin étira ses lèvres. Le jeune homme, athlétique et beau garçon, lui sourit à son tour.

— Salut, Michelle... Qu'est-ce que tu dirais de venir faire un tour chez nous ? Mes parents sont pas là, pis...

Il n'acheva pas, gaillard et gêné à la fois. Michelle avait compris. Oui, pourquoi pas? Un peu de bon temps avec ce cher Pascal allait lui faire du bien. Il était si… coopératif.

— Pourquoi pas? Ça va me calmer les nerfs.

En route, elle lui expliqua son altercation avec Bergeron.

— Il est pas question que j'aille à Lionel-Girouard! termina-t-elle. C'est plein de twits pas de tête qui vont se vanter de leurs petits vols minables pis des autres niaiseries qui les font passer pour des toughs*! Heille! Je suis pas comme eux autres, moi! Je vais perdre mon temps là-bas encore plus qu'ici! Pis j'ai pas de temps à perdre!*

Elle s'arrêta et se tourna vers son ami:

— Jamais j'irai dans cette école-là, Pascal, comprends-tu ça? Jamais.

Pascal ne répondit rien. Il connaissait ce petit air décidé et chaque fois, cela l'indisposait vaguement. Il avait peine à croire qu'elle avait seize ans, le même âge que lui. Il se sentait tellement jeune comparé à elle… Il finit par proposer:

— Écoute, tu devrais aller t'excuser… Tu dis que Bergeron va être à l'école, demain matin… Va le voir…

Michelle réfléchit, incertaine. Puis, son sourire coquin revint et elle susurra:

— On verra. En attendant, on va aller se faire du fun un peu…

Pascal sourit de nouveau, mi-goguenard, mi-timide. Ils se remirent en marche.

Quinze minutes plus tard, ils entraient chez Pascal, une vaste maison en plein quartier riche. Une fois au salon, Michelle marcha vers la grande fenêtre, regarda à l'extérieur: il commençait déjà à faire noir. Pascal restait au milieu de la pièce, l'œil brillant, soudain excité. La voix étrangement aiguë, il demanda:

— *Tu veux qu'on aille dans la chambre de mes parents ou...*

Michelle ferma les rideaux et alluma une petite lampe qui jeta un éclairage discret. Elle se tourna vers Pascal, le sourire enjôleur et moqueur à la fois.

— *Ici, ça va être parfait...*

Elle commença à se déshabiller, sans transition. Comme s'il s'agissait d'un signal, Pascal l'imita, silencieux mais la respiration rapide. Nus, ils se regardèrent un moment, à deux mètres de distance, elle calme et sûre, lui excité mais nerveux. Michelle alla au divan, s'assit dessus et écarta lentement les cuisses, tandis que Pascal avançait vers elle, le pénis en érection. Michelle lui dit doucement :

— *T'es assez proche de même.*

Il s'arrêta net, en attente, s'humectant les lèvres sans cesse. Michelle, toujours avec son vague sourire aux lèvres, descendit sa main droite vers son sexe et commença à se caresser sensuellement. Pascal se laissa tomber sur les genoux en poussant un sifflement aigu, à peine audible. Il semblait tout à coup plus jeune que ses seize ans. Il commença à se masturber à son tour, d'un mouvement lent. Michelle, les yeux mi-clos, frottait toujours son clitoris en observant le garçon qui augmentait peu à peu sa cadence. Il ne pouvait quitter l'adolescente des yeux et de grosses gouttes de sueur commencèrent à couler sur son front. Il tendit alors sa main libre vers Michelle, sur le point d'y toucher, mais celle-ci, sans cesser de se caresser, lança d'une voix dure :

— *Non !*

La main battit en retraite.

— *Juste une fois, Michelle ! implora-t-il d'une voix presque douloureuse.*

— *Tu veux que je m'en aille ?*

— *Non ! gémit Pascal. Non, surtout pas !*

Une minute passa. Les deux adolescents produi-
saient maintenant de langoureux gémissements.
Michelle se leva alors, sans cesser de se masturber, et
se dirigea vers Pascal. Le visage de celui-ci s'illumina,
et lentement le garçon s'étendit sur le dos, sans cesser
le va-et-vient de son membre formidablement gonflé.
Michelle se plaça au-dessus de lui, les pieds de chaque
côté de ses flancs, les jambes écartées et légèrement
pliées. Elle se caressait à une vitesse folle, le visage
contracté, les dents serrées. Ses yeux, toujours braqués
sur Pascal, brillaient comme deux lames de couteau
tandis qu'elle haletait, la voix rauque :

— La Reine Rouge va jouir... Ohhhh! La Reine
Rouge va jouir!

Étendu sous Michelle, Pascal se masturbait aussi
de plus en plus frénétiquement, les yeux écarquillés.

Les gémissements montaient à l'unisson. Puis,
Michelle renversa la tête en poussant un long cri de
plaisir déchirant, sauvage. Un frisson contracta les
muscles de ses cuisses et, d'entre ses doigts qui frot-
taient son clitoris, un jet de liquide incolore et poisseux
gicla de son sexe. Pascal en fut éclaboussé, sur son
ventre, son sexe et son visage. Tandis que le liquide
l'arrosait généreusement, il cria à son tour et son
sperme jaillit avec une force incroyable, véritable
geyser se mêlant à l'éjaculation de Michelle.

Leurs gémissements décrurent rapidement. Michelle,
le souffle court, les yeux fermés, caressa de sa main
humide ses cuisses, puis ses petits seins fermes et
dressés. Elle rouvrit les yeux et les baissa vers Pascal,
sous elle, inondé de fluides, le sien et celui de Michelle.
Elle le contempla un bref moment, satisfaite, supé-
rieure, et souffla :

— C'était très bien...

Elle se laissa tomber sur le divan et s'étira langou-
reusement, pendant que l'adolescent se relevait,
heureux et gêné à la fois.

— *Merci, Michelle... Ça me... ça me renverse chaque fois! Si les gars savaient ça, ils y croiraient p...*

— *Ouvre ta gueule, toi, pis je t'arrache la queue!*

Pascal rit, mais en voyant l'air sérieux de Michelle, il se tut.

— *Ben non, je... je dirai rien... Quand même, je suis pas le premier gars avec qui tu baises!*

— *On baise pas ensemble, répliqua-t-elle froidement.*

— *Je veux dire : je suis pas le premier avec qui tu... tu fais ça...*

— *Ça te regarde pas.*

Il n'insista pas. Il finit par lui demander si elle ne voulait pas rester à coucher. Ses parents ne revenaient que le lendemain soir, son frère était à Sherbrooke... Ils auraient la soirée et la nuit... si elle voulait recommencer.

Elle réfléchit un moment et finit par accepter, sans enthousiasme ni déplaisir.

— *Surtout que ces temps-ci j'ai pas le goût de rentrer chez nous...*

— *Comment ça ?*

— *Pascal, on a du cul ensemble, un point c'est tout.*

Il se tut de nouveau, impressionné par cette assurance, ce détachement. Elle lui sourit, radoucie.

— *T'es* cute, *Pascal. Tellement sûr de toi en société, pis tellement vulnérable dans l'intimité...*

Il eut un sourire forcé, pas convaincu qu'il s'agissait d'un compliment.

Elle appela chez elle, redoutant que ses parents refusent qu'elle découche. Ils étaient tellement vieux jeu, surtout sa mère! C'est son père qui répondit et, à sa grande surprise, il accepta.

— *T'es sûr que tu veux pas en parler à m'man, avant ?*

— *Pas besoin.*

Sa voix était bizarre, mécanique.

— Ça va, p'pa ?

— Tout va très bien.

— Bon… OK… Merci, là…

Elle raccrocha, agréablement surprise.

Après le souper, qui consista en une pizza, les deux adolescents se livrèrent à une nouvelle séance de masturbation mutuelle en tout point semblable à la précédente, puis ils écoutèrent une vidéocassette.

Vers deux heures du matin, ils se couchèrent tous deux dans le lit des parents et Michelle prit beaucoup de temps à s'endormir. Elle pensait à Bergeron, à Lionel-Girouard, à la réaction de son père…

Elle finit par s'endormir et rêva. Au directeur, qui se moquait d'elle ; à des flaques de sang qui se formaient partout ; à son père, qui l'observait en silence, avec un regard étrange et plein d'encouragement…

Elle se réveilla vers dix heures trente et, tandis que Pascal dormait encore, déjeuna seule à la cuisine. Tout en mangeant, elle songeait à son rêve. Elle se coupa alors une tranche de pamplemousse puis examina le long couteau effilé. Elle ricana, redéposa le couteau et poursuivit son repas.

Quand elle sortit de la douche, Pascal dormait toujours. Elle retourna à la cuisine terminer son jus d'orange et ses yeux tombèrent sur le couteau. Elle le prit, l'examina en détail. Elle repensait au regard de son père, dans son rêve, ce regard d'encouragement… Alors, d'un geste résolu, en gardant le couteau en main, elle alla mettre son manteau, glissa l'arme dans la profonde poche intérieure de celui-ci et sortit de la maison.

Il tombait une très fine neige. Elle marcha d'un pas ferme mais mécanique, le visage sérieux, presque inquiet.

Les couloirs de l'école étaient vides, à l'exception d'une ou deux personnes qui ne firent pas attention à *elle. Parfait. Tous les éléments étaient de son côté, conspiraient à l'aider.*

Tandis qu'elle marchait dans le couloir du second étage, elle détacha lentement son manteau, sans l'enlever. Une fine pellicule de sueur humectait son front, à peine perceptible. Elle s'arrêta devant la porte de Bergeron. Peut-être ne serait-il pas là. Peut-être avait-il changé d'idée. Elle hésita un très bref moment, puis frappa. On lui dit d'entrer. Elle s'assura que personne, autour, ne la voyait, puis disparut dans le bureau.

Debout devant son classeur ouvert, le directeur se retourna et, lorsqu'il reconnut son étudiante rebelle, son visage devint de glace.

— Si tu viens faire ta retenue, je te préviens que c'est inutile. Ça ne me fera pas chang…

— Je viens vous demander de ne pas me renvoyer, le coupa Michelle doucement, docile, en refermant la porte derrière elle.

— Le vouvoiement, maintenant!

— Si vous me donnez une dernière chance, je vais changer. Je le jure. Je vais me tenir tranquille jusqu'à la fin de l'année.

Le directeur referma son classeur en soupirant et remonta ses petites lunettes rouges.

— Des dernières chances, tu en as eu plein, Michelle. C'est assez, maintenant. Tu as brûlé tous tes vaisseaux, tu l'as cherché. Désolé.

Toujours calme, mais la voix un peu plus sombre, elle dit, revenant au tutoiement:

— Tu te rends pas compte que je te donne une dernière chance, Bergeron?

— Encore des menaces! s'écria le directeur. Là, c'est assez! Sors d'ici, pis tu peux être sûre que dès mardi matin Lionel-Girouard va t'attendre les bras grands ouverts! Dehors!

Michelle ne bougeait pas, les mains le long de son corps, légèrement écartées, comme si elle attendait quelque chose. Son visage était impassible, sauf ses narines qui palpitaient légèrement. Fou de rage, Bergeron contourna son bureau et marcha à toute vitesse vers l'étudiante en montrant la porte du doigt :

— J'ai dit : sors d'ici, Michelle Beaulieu !

Aussitôt, à la vitesse de l'éclair, Michelle tira de son manteau le couteau et le pointa devant elle. Bergeron n'eut pas le temps de ralentir et se lança sur la lame qui s'enfonça dans son estomac. Il s'immobilisa aussitôt, ouvrit de grands yeux et poussa un hoquet interrogatif. Michelle, à deux mains, poussa sur le manche et la lame disparut de plusieurs centimètres. Le directeur tituba vers l'arrière et s'effondra sur son bureau tandis que Michelle le suivait, sans lâcher l'arme des mains. Sur le dos, Bergeron, en poussant des couinements inarticulés, se mit à se débattre et son poing atteignit le visage de Michelle. L'adolescente fut projetée sur le côté et se cogna au mur. Bergeron se redressa, les lunettes de travers, et fixa avec incrédulité le couteau qui sortait de son ventre. Il tenta de le retirer tout en répétant d'une voix tremblante :

— Mais voyons !… Mais voyons !…

Michelle sentit la panique l'envahir. Confuse, elle regarda autour d'elle et aperçut les bottes d'hiver du directeur sur le sol. Elle en prit une, s'approcha de sa victime pantelante qui tentait toujours d'arracher la lame et lui assena sur la mâchoire un terrible coup de botte. Bergeron fit un demi-tour sur lui-même et tomba sur le sol, la face la première. Sous le choc, le couteau s'enfonça de plusieurs centimètres supplémentaires et Bergeron émit enfin son premier vrai cri, bref mais déchirant. Michelle se pencha, retourna le directeur sur le dos ; sans hésiter, elle prit le manche de l'arme à pleines mains et le remonta vers le haut en serrant les dents. La chair et les muscles résistaient, mais Michelle déployait toutes ses forces, grognant

sous l'effort, et la lame commença à monter pénible-
ment. Bergeron se mit à pousser d'horribles râles en
griffant l'air de ses mains hystériques. Il réussit à
saisir Michelle à la gorge, serra un peu, mais l'ado-
lescente continuait à remonter la lame, qui se rendit
jusqu'au sternum où elle bloqua contre la cage tho-
racique. Les mains de Bergeron devinrent molles,
lâchèrent la gorge de Michelle, retombèrent. Après
deux ou trois petits cris, Bergeron finit par se taire ;
son regard ahuri devint vitreux, puis vide.

Michelle se releva enfin, haletante, épuisée. Ber-
geron était mort. Elle réalisa enfin qu'il y avait beau-
coup de sang, même sur ses mains et son chandail.
Un peu dégoûtée, elle retira le couteau, qui sortit du
corps avec un bruit de succion écœurant. Elle le remit
dans la poche de son manteau et essuya le sang de
ses mains sur des papiers qui traînaient sur le bureau.
Elle revint à Bergeron, l'observa longuement, d'abord
avec inquiétude, puis avec un étonnement ravi.

Voilà, elle l'avait fait ! Bergeron était un obstacle,
et elle l'avait écarté, tout simplement ! C'était si
facile ! Elle l'avait fait non pas pour la justice ou la
non-justice, elle l'avait fait pour elle !

Pour elle !

Elle se passa une main dans les cheveux, excitée.
Il fallait qu'elle aille raconter tout cela à son père.
Pour lui faire comprendre qu'il perdait son temps avec
ses théories ! Que tout était une question de pouvoir,
de pouvoir personnel !

Il comprendrait ! Elle s'arrangerait pour qu'il com-
prenne ! Et il serait fier d'elle ! Tellement qu'il la
laisserait tuer cet idiot de Yannick !

Elle attacha son manteau et, sans un regard pour
le cadavre, sortit du bureau. D'un pas rapide, elle tra-
versa le couloir en sens inverse. Au loin, un concierge
lui lança un regard curieux, mais elle l'ignora.

Dehors, il neigeait toujours. Son pas devint plus rapide. Peu à peu, un sourire apparut sur son visage. Pas son rictus narquois habituel, mais un sourire nouveau qui la grandissait, la transfigurait, la rendait plus terrible encore. Un sourire de conquérant.

Elle se mit à courir.

Finir d'écrire. Une dernière fois. Finir d'écrire, puis tout brûler. Finir.

Je me réveille. J'ai dû m'endormir très tard hier soir. Je regarde autour de moi. Je ne sais pas l'heure qu'il est, mais je suis convaincu que nous sommes le lendemain.

La porte de ma chambre est entrouverte.

Ça y est. Le moment est venu.

Je me lève et vais pousser la porte. Elle s'ouvre toute grande. Dans la serrure extérieure, la clé est encore insérée, laissant pendre le reste du porte-clés. Je fais quelques pas dans le couloir et m'arrête devant la porte d'Anne. Est-elle enfermée là depuis hier après-midi ? Beaulieu s'est-il seulement occupé d'elle ? Sûrement pas...

Je prends le trousseau à la serrure de ma porte et, après avoir essayé plusieurs clés, trouve enfin celle qui ouvre la porte de la fillette.

À l'intérieur, le soleil éclabousse la petite Anne, assise sur son lit. Je suis convaincu qu'elle n'a pas bougé d'un pouce depuis hier, attendant que sa mère vienne la border. Elle ne semble souffrir ni de la faim ni de la fatigue. Elle tourne la tête vers moi et me lance son regard vide et mort.

Un vague frisson me traverse le corps, mais vraiment vague. Sans un mot, je me remets en marche vers l'escalier, sans me presser, comme engourdi.

C'est le matin. Dans la cuisine, l'horloge indique huit heures trente. Où est Michelle ? Est-elle au courant que sa mère est morte ? Est-elle revenue depuis hier ?

La porte de la cave est ouverte. Sans hésitation, toujours d'un pas lent, je descends les marches.

Les lumières blafardes du plafond découpent les silhouettes funèbres de l'échiquier humain. Beaulieu se tient derrière le Roi blanc, derrière le corps empaillé de son fils mort-né qui trône sur son piédestal. Tout au fond, j'aperçois le petit labo de Beaulieu. Sur la longue table de travail, du sang dégouline silencieusement.

Je marche vers le jeu, sans crainte ni répulsion. Je n'ai plus peur. Au contraire. Beaulieu l'a dit, hier : finies, les petites parties pour rire… Il est maintenant temps de savoir, sans l'ombre d'un doute, qui a raison. Impassible, je contemple les pièces humaines, avec leurs chapeaux indiquant leur rôle. Leurs visages figés dans la mort contemplent le vide de leurs yeux artificiels écarquillés. Le jeu est maintenant complet, je le comprends avant même d'apercevoir Maude, debout sur son chariot à roulettes. Comme les autres pièces blanches, elle est vêtue d'une longue toge immaculée. Elle porte sur sa tête un bonnet à grelots. Son visage est calme, sa bouche fermée et douce. Mais j'ai peine à la reconnaître à cause de ces yeux de verre grotesques et effrayants.

Je me plante derrière le Roi noir et j'attends. Beaulieu se place entre son Roi et sa Reine, les mains dans le dos, afin que je puisse le voir. Il est en veston-cravate, il a les cheveux bien peignés. Je jurerais qu'il a même taillé sa moustache. Il est en tenue de soirée, mais son visage est sérieux, grave. Pas d'agressivité en lui, ni colère, ni tristesse. Juste une grande solennité, qui le rend soudain impressionnant.

Sa voix résonne dans la cave.

— J'ai travaillé à une vitesse folle. Le hasard est quand même ironique, parfois. Qui d'autre, à part Maude, obsédée par Dieu et la vertu, pouvait mieux jouer le rôle du Fou blanc qui me manquait ?

Je ne réponds pas. Inutile. Les derniers coups de rame ont été donnés. Il s'agit maintenant d'accoster. On est assez proches pour ça. Et assez loin.

— Le Grand Jeu est complet, poursuit Beaulieu. L'ultime partie peut commencer.

Du menton, il désigne la carabine, contre le mur.

— Le gagnant s'en servira pour faire justice.

Nous nous regardons en silence. Je me sens en confiance comme jamais je ne l'ai été de toute ma vie. À mon tour, je me sens grandir. Une chaleur fantastique et puissante se propage dans chaque veine de mon corps, dans chaque muscle. Je suis convaincu que j'ai l'air aussi impressionnant, aussi inébranlable que Beaulieu.

Je vais gagner. Je le sais. Je vais gagner parce que je dois me rendre jusqu'au bout, ne serait-ce qu'une fois. Je n'ai pu assumer mon évasion. Je n'ai pu baiser Michelle. Je n'ai pu sauver Maude. Je vais au moins réussir à prouver que j'ai raison, que Beaulieu est fou. Je vais au moins réussir ça ! Il le faut !

Je suis prêt.

— Les blancs commencent, annonce Beaulieu.

— Les blancs commencent, je répète.

Beaulieu se dirige vers un Pion (un homme d'une quarantaine d'années dont le visage est plutôt mal en point) et commence à le pousser dans le dos. Le corps, sur son chariot, se met en branle et avance avec un petit chuintement métallique. Il parcourt deux cases dessinées sur le sol et s'arrête. Beaulieu recule, se place

entre son Fou et son Cavalier et attend mon mouvement, les mains dans le dos.

Je fais quelques pas en examinant le jeu, puis
marche à mon tour vers un de mes Pions. J'appuie mes
deux mains contre son dos. Le contact est glacial, et
pourtant une onde de chaleur se propage dans mes
bras et jusque dans mes tripes. Mes pièces me com-
muniquent leur puissance ; elles ont été les victimes
de Beaulieu, comme moi, et ma victoire sera aussi la
leur.

Je pousse le Pion, sans grand effort. Il roule, avance
de deux carreaux, puis je l'immobilise. Je recule de
deux pas, considère le jeu. Voilà, c'est commencé.

Et la partie se poursuit. Nous ne disons rien. Là où
nous sommes rendus, les mots n'ont plus de sens.
Chaque fois que l'une de nos pièces est prise, nous la
poussons à l'extérieur du jeu. Quand je vais ranger
l'une des miennes sur le côté avec les autres, j'ai
l'impression d'entendre le corps gémir, comme s'il
m'implorait d'être plus vigilant, de ne pas me laisser
avoir. Mais je reste calme et sûr de moi.

Afin de réfléchir à nos coups et d'avoir une vue
d'ensemble valable, nous déambulons longuement
entre nos pièces, en les étudiant avec soin. Deux
vivants qui circulent parmi les morts. La perspective
est bizarre, surréaliste. Les pièces étant aussi grandes
que moi, c'est comme si je devenais l'une d'elles. Je
ne joue plus aux échecs, je *suis* le jeu. N'est-ce pas là
le fantasme ultime du grand joueur d'échecs ? Aller sur
le terrain, devenir pièce et circuler parmi son armée,
tel un général passant ses hommes en revue, la jaugeant
pour l'attaque finale ! Il y a pourtant une voix en moi
qui tente de me parler, de me dire que cette situation
est atroce et démente. Nous ne jouons pas aux échecs,
nous poussons des cadavres empaillés ! Cela devrait
être insoutenable d'horreur. Mais non. Sans difficulté,

je fais taire cette voix avant même qu'elle s'exprime clairement et je vais pousser une de mes pièces. Le corps se déplace docilement, la bouche entrouverte, les yeux fixes et exorbités.

Ce ne sont plus des corps, ce ne sont plus des cadavres. Ce sont les Blancs et les Noirs, ses instruments et les miens. Même quand j'ai pris un Fou à Beaulieu, j'ai à peine réalisé que c'est Maude que je poussais ainsi hors de l'échiquier. C'était seulement une pièce de moins pour Beaulieu et un avantage de plus pour moi.

Gagner. Gagner, sinon tout n'aura été qu'horreur et abomination. Et ce n'est même pas ma mort que je redoute, mais l'humiliation. L'inutilité, le désastre de tout ce cauchemar.

La partie dure depuis environ quarante-cinq minutes et jamais je n'ai si bien tenu tête à Beaulieu. J'ai perdu mes deux Tours, un Cavalier, un Fou et trois Pions. Beaulieu a perdu ses deux Cavaliers, un Fou, une Tour et deux Pions. Cela reste ainsi un certain temps, mais tout à coup il me prend un Pion, puis un autre… et, finalement, ma Reine ! Le désastre ! Sans Reine, je ne vois pas comment je pourrai m'en sortir. Sentant pour la première fois une pointe de découragement, je m'efforce tout de même de garder la tête haute et joue encore trois ou quatre coups assez habiles. Mais je ne fais que gagner du temps, je sens la fin proche… Beaulieu demeure calme, mais aux petits coups d'œil qu'il me lance, je vois très bien qu'il triomphe déjà.

Je suis sur le point de m'effondrer lorsque je perçois l'impossible.

Un éclair de totale lucidité, un moment de double vue si puissant que je deviens Dieu le temps d'une révélation. Tout à coup, je réalise que je peux mettre Beaulieu « et mat » en quatre coups ! Mon Cavalier, mon Pion, encore mon Cavalier, puis mon Fou… et voilà, et mat ! Une combinaison impossible à contrecarrer, je le vois avec une netteté absolue !

À condition que Beaulieu me laisse jouer le premier mouvement de cette combinaison. Car c'est à son tour, et s'il voit ma série, il peut la démolir facilement, tout de suite ! Et là, il gagnera rapidement, je n'ai plus assez de pièces…

C'est à Beaulieu de jouer. S'il déplace sa Tour, je suis foutu, ma série s'écroule. Mais s'il ne voit pas ma combinaison, s'il me laisse commencer ma série, c'est la victoire pour moi, je gagne en quatre coups !

Quatre coups !

Mais ce n'est pas possible, un grand joueur comme Beaulieu va voir ma combine, il est impossible qu'il ne s'en rende pas compte !

Impossible sur un jeu normal, oui, mais ici, avec ces pièces géantes, cette vision faussée que nous avons de l'échiquier ?… Peut-être… D'ailleurs, plusieurs des pièces perdues l'ont été à la suite de coups faciles, que nous aurions normalement anticipés… Est-il donc possible qu'il ne voie pas ?

Il se promène entre ses pièces, les étudie, hésite. Il caresse longuement sa moustache, vient pour poser ses mains sur son Fou ou un Pion, puis s'arrête, recommence à lisser sa moustache, concentré, tourmenté, incertain. Il ne voit donc pas ma combinaison ! Pas encore, mais il va finir par l'apercevoir à force de réfléchir comme ça ! Et moi, à côté de mon Roi, je ne bouge pas, tellement nerveux que je me retiens pour ne pas haleter. Si Beaulieu me voit aussi fébrile, il va se douter de quelque chose! Je n'ose même pas regarder mes pièces trop directement, de peur qu'il décode ma stratégie dans mon regard… Je suis si figé d'angoisse que j'en ai mal aux muscles. Je redoute de le voir, d'une seconde à l'autre, marcher vers sa

Reine et la pousser... et je crains de ne pouvoir aller pousser mon Cavalier, dont le cheval hennit et piaffe d'impatience...

Joue! Joue, câliss! Dans une minute, nous allons enfin savoir qui va gagner! Qui a raison!

Et soudain il s'arrête de marcher et fronce les sourcils. Qu'est-ce qu'il regarde? Sa Tour? Ou sa Reine, tout près? Ses yeux deviennent deux minces fentes. Bon Dieu! est-ce qu'il regarde sa Tour, oui ou non?

Le pire, c'est que je ne le saurai jamais! Jamais, ciboire! jamais, jamais! Parce que c'est à ce moment précis que les pas se font entendre à notre gauche. Nous tournons la tête dans cette direction...

C'est Anne!

Anne, dans sa petite robe blanche, qui descend lentement les marches de la cave de son pas de robot. Je n'avais pas refermé la porte de sa chambre, elle a donc fini par sortir, sûrement à la recherche de sa mère. Pour la première fois, elle a vu la porte de la cave ouverte. Elle l'a franchie, comme elle franchit les portes qui mènent à l'extérieur de la maison quand on les laisse ouvertes par mégarde...

Je me tourne vivement vers Beaulieu, qui me foudroie du regard. Il a compris que c'est ma faute si elle est là!

Anne atteint le sol de la cave et s'immobilise une seconde. Elle nous regarde, Jacques et moi, puis observe le jeu humain. Malgré la distance et l'éclairage, je perçois son regard vide, insensible au terrible spectacle qui s'offre à elle. Elle se remet en marche, promenant son œil mort sur chaque pièce, sur chaque cadavre. Sous cet éclairage blafard, avec sa robe blanche, elle ressemble à un petit spectre qui flotte vers nous.

J'ai beau me dire qu'il n'arrivera rien, qu'elle va tout regarder sans aucune réaction, comme d'habitude, et remonter dans sa chambre, tout simplement, mais je ne le crois pas… En fait, j'ai la soudaine et oppressante conviction qu'il va se passer quelque chose d'épouvantable et d'irrévocable. Parce que tout s'est précipité dans la maison, ces derniers jours, et que tout le monde s'est rendu très loin… Maude, la première, s'est rendue jusqu'au bout. Beaulieu et moi avons atteint un point de non-retour. Même Michelle, dont je n'ai aucune idée des agissements actuels, doit vivre en ce moment quelque chose d'important, j'en mettrais ma main au feu !

Nous sommes tous en train de nous rendre jusqu'au bout, et Anne aussi !

Beaulieu crie à sa fille de remonter. Sa voix me fait sursauter. Il me semble ne pas avoir entendu de son humain depuis des siècles.

Évidemment, Anne ne l'écoute pas et continue d'avancer. Lentement, tellement lentement…

— Anne ! répète Beaulieu plus fort, plus furieux. Je t'ai dit de monter ! Obéis à ton père !

Il crie, mais ne bouge pas. Car elle le rend nerveux, comme toujours, et en ce moment plus que jamais. Je jurerais qu'il en a même peur, carrément. À tel point qu'il se met à hurler, menaçant :

— Anne ! Sacre ton camp !

La petite s'arrête enfin, tout près du jeu, tournée vers les pièces que nous avons perdues durant la partie. Tout à coup, elle cligne des yeux. C'est la première fois que je la vois faire ça ! Je regarde dans la même direction et comprends soudain qu'elle vient de voir sa mère !

A-t-elle compris que Maude est morte ? Ça paraît impossible dans son cas…

Pourtant, la fillette tourne la tête vers son père et je vois alors quelque chose d'ahurissant, d'inconcevable : un semblant d'émotion vacille dans ses yeux noirs et vides ; une émotion qui veut s'ouvrir mais qui n'y arrive pas, qui avant même de naître se fait écraser, étouffer par tant de ténèbres. Une émotion morte-née ! Et comme pour ajouter à cet exploit extraordinaire, Anne ouvre la bouche lentement. Toute grande, immense ! Et même si aucun son ne franchit ses lèvres, je comprends qu'elle hurle, dans un abominable silence. Je mets les mains sur mes oreilles, car ce hurlement silencieux est le cri le plus insoutenable que j'ai entendu de toute ma vie.

Affolé, je me tourne vers Beaulieu et, à son visage, je comprends qu'il a encore plus peur que moi. Il est littéralement terrorisé !

Tout se précipite. Anne se met à courir. Telle une balle de golf frappée par un colosse, elle traverse le jeu, se faufile entre les corps et se jette sur son père. Beaulieu veut l'éviter, mais trop tard. Elle se plaque contre ses jambes et se met à lui donner des coups de pied, des coups de poing et tente même d'atteindre son visage pour le griffer ! Et tout ça sans qu'elle pousse le moindre cri, émette le moindre son, la bouche toujours grande ouverte sur son cri de néant !

Beaulieu, par contre, pousse des cris horrifiés, se débat maladroitement, puis finit par saisir Anne par la taille. Il la lève et la lance loin de lui en vociférant :

— Lâche-moi ! *Lâche-moi, criss de petit monstre ! Lâche-moi !*

Ces mots ! Ces mots qu'il devait retenir depuis tant d'années ! Il les a vomis, il les a expulsés de son corps comme on crache un cancer !

Je suis incapable de bouger, terrassé par cette scène insoutenable. Et je vois tout ! Tout, dans les moindres détails ! Je vois Anne s'écrouler sur le sol, de l'autre côté du jeu... En même temps, je vois Beaulieu se précipiter sur sa carabine et s'en emparer comme un homme à la mer s'agrippe à une bouée... Je vois Anne se relever d'un bond, pas étourdie le moins du monde… Je vois sa bouche toujours grande ouverte sur son cri inaudible… Je la vois, avec ce sentiment mort-né qui flotte toujours dans son œil noir, se précipiter de nouveau vers son père… Je vois Beaulieu se retourner brusquement en pointant son arme, le visage défiguré par la panique et la terreur, alors que sa fille est à moins de deux mètres de lui… Et je…

je je je je je je je

Je le vois tirer en poussant un hurlement sauvage et hystérique.

Je vois tout, tout, tout !

La moitié du visage d'Anne qui explose, emportée par la déflagration, le sang qui gicle, le corps propulsé vers l'arrière, son long vol plané, l'écrasement au sol, les petits bras qui s'agitent convulsivement pendant quelques secondes, puis plus rien, l'inertie, le sang et la cervelle sur la robe blanche, je vois, je vois, je vois je vois je vois JE VOIS !

L'horreur devient raz-de-marée, m'emporte, entre par ma bouche, mon nez, mes yeux, ravage mon intérieur, déchire mes muscles et mes tripes… et je hurle ! Je me précipite sans réfléchir vers la table d'opération du labo de Beaulieu, m'empare d'un scalpel encore rougi qui traîne et me mets à frapper la table. Je frappe dix, vingt, trente coups, sans cesser de hurler ! Frappe et hurle pendant une éternité, pendant l'Horreur !

La lame du scalpel finit par se casser contre le bois, je me blesse légèrement à la main. La douleur est une bénédiction. Enfin, je me tais, brisé, et me laisse tomber à genoux sur le sol, le front appuyé contre la table.

Après une éternité, je me relève, au ralenti, et j'ose me retourner. Beaulieu est debout tout près du cadavre de sa fille. Il ne tient plus sa carabine. Il contemple le petit corps ensanglanté et défiguré avec une totale stupéfaction, une incrédulité absolue. L'œil intact d'Anne est aussi fixe et inexpressif que lorsqu'elle vivait, comme si pour elle il n'y avait pas de différence entre la vie et la mort.

Puis, peu à peu, le visage du père se vide, s'écroule, fond, et pour la première fois je vois Jacques Beaulieu sans aucune émotion sur le visage.

Je comprends alors ce qui se passe en lui. Il a tué sa fille. Une fille qu'il n'aimait pas, qu'il craignait, qu'il voyait comme une malédiction, mais tout de même innocente. Et il l'a tuée. Injustement.

Alors, tout s'effondre, devient ruines. Il n'y a plus rien.

Beaulieu est allé jusqu'au bout. Pas comme il le souhaitait, ni là où il l'avait prévu, mais il y est allé. Maude est allée jusqu'au bout. Anne aussi. Michelle aussi, j'en suis sûr.

Mais pas moi. Encore une fois. Si près, tout s'arrête, et je reste suspendu. Si loin et si proche…

Ce n'est pas possible ! Il n'en est pas question !

Je fais quelques pas vers Beaulieu, me plante près de lui.

— Beaulieu… Viens finir la partie…

Il faut la finir, ne comprend-il pas ? Pour moi ! Pour savoir si j'avais raison ! Pour aller jusqu'au bout ! Il me le doit, ce salaud ! Viens finir la partie, Beaulieu ! C'est toi qui m'as amené si loin et si proche, alors VIENS FINIR L'OSTIE DE PARTIE !

Je le prends par les épaules, le secoue dans tous les sens en beuglant, mais c'est inutile. Doucement, sans même me regarder, il m'écarte, puis se remet à contempler sa fille, les bras ballants, le visage fermé.

Je me tais enfin.

Le raz-de-marée de l'horreur a quitté mon être, emportant tout avec lui. Ses ravages ont creusé un trou dans mon âme, d'une profondeur sans fond, qui mène à l'abîme absolu.

Je marche vers l'escalier. Je mets ma main sur la rampe. Je mets mon pied sur la première marche. Je me retourne et jette un dernier coup d'œil à la cave. Le cadavre d'Anne Beaulieu qui le fixe dans une immobilité absolue. Et, surtout, le jeu.

Je ferme les yeux et monte les marches.

◆

Je suis monté dans la chambre de Maude, j'ai pris les pages qui parlaient de moi et les ai déchirées. Je suis allé à la salle de bain, les ai pulvérisées en petits morceaux et les ai jetées dans la cuvette.

Je suis allé dans ma chambre, j'ai pris mon paquet de feuilles manuscrites, je suis descendu à la cuisine.

J'ai regardé dehors par la fenêtre. Il neigeait. À gauche, dans la rue, je voyais un voisin qui regardait vers la maison, intrigué. Il avait sûrement entendu le coup de feu.

Je me suis assis à la table de la salle à manger et j'ai commencé à écrire.

J'ai écrit pendant une heure et demie environ, peut-être un peu plus. À un moment, j'ai entendu quelqu'un frapper à la porte. Je n'ai pas réagi. Plus tard, on a frappé encore, on a essayé d'ouvrir la porte. Mais j'avais eu la bonne idée de la verrouiller, car je me doutais que je risquais d'être dérangé. J'ai même entendu des voix crier dehors : « Jacques ? Maude ? Ça va ? On a entendu un gros bruit… Jacques ? » J'écrivais, sans même lever les yeux. J'imagine qu'on essayait de voir à l'intérieur, mais je m'en foutais. Encore plus tard, on a cogné à la fenêtre de la salle à manger. J'ai dû regarder. Deux hommes me dévisageaient à travers la vitre, perplexes. L'un d'eux a crié et j'ai compris qu'il me demandait qui j'étais, si tout allait bien. Je n'ai pas répondu et j'ai continué à écrire. Ils ont frappé plus fort à la vitre, puis ont fini par partir. Ça fait vingt minutes de ça. Ils ont sûrement appelé la police, elle va sûrement arriver d'une minute à l'autre. Mais c'est parfait, j'ai à peu près fini.

Je ne garderai rien de ce manuscrit, j'espère avoir le temps de tout brûler avant l'arrivée des flics, mais il fallait que je finisse. Que je finisse au moins quelque chose. Même si ce n'est pas vraiment une fin. C'est bien ça le pire, le plus insoutenable : il n'y a pas de fin.

En brûlant tout, j'espère tout réduire en cendres : ce qui m'est arrivé, ce qui s'est passé, la folie, la dernière partie, le doute, tout... Mais je ne suis pas certain que ça va fonctionner... Ce qui est brisé en moi ne se réparera jamais.

Car la partie n'est pas finie.

Extérieur
Samedi 17 novembre 1991

La police hésita longtemps avant de défoncer la porte. Après tout, ils n'avaient pas de mandat et il n'y avait pas de plainte formelle. Mais les voisins insistaient : ça ressemblait vraiment à un coup de feu, et personne n'avait répondu alors que Beaulieu devait se trouver chez lui, comme l'indiquait la présence de son taxi dans la cour. Mais le plus inquiétant, c'était ce jeune homme qu'on avait vu dans la salle à manger, en train d'écrire, et qui avait refusé de répondre aux questions des deux voisins. Ceux-ci d'ailleurs ne le connaissaient pas et s'entendaient pour dire qu'il avait l'air vraiment bizarre. La police trouva enfin qu'il y avait assez de détails étranges et finit par forcer la porte de la cuisine.

Les deux policiers virent tout de suite un jeune homme, debout, qui fixait un tas de cendres dans l'évier. Assez brusquement, ils lui demandèrent de s'identifier. Quand Yannick Bérubé se fut nommé, les deux policiers commencèrent à s'exciter : manifestement, ils savaient de qui il s'agissait et ils lui posèrent

*une série de questions, par exemple s'il avait été sé-
questré, s'il se trouvait dans cette maison depuis sa
disparition… Doucement, Yannick répondait, mais il
finit par se taire, manifestement très fatigué.*

*— Qu'est-ce que vous écriviez, tout à l'heure ? in-
sista un policier. Des voisins vous ont vu écrire.*

*— Rien. Des dessins sans but. J'attendais que vous
arriviez.*

— Pourquoi vous avez pas répondu aux voisins ?

*Silence. Yannick demanda s'il pouvait s'asseoir.
Les policiers insistaient : où étaient ses séquestreurs ?
Mais Bérubé se taisait toujours, manifestement très
las. Finalement, l'un des agents, ayant décidé de
fouiller la maison, descendit à la cave. Il s'y trouvait
depuis à peine dix secondes quand il se mit à hurler.
Le second policier alla rapidement rejoindre son collègue et on l'entendit pousser un juron. Le premier
agent remonta rapidement et vomit dans la cuisine,
tandis qu'on entendait l'autre crier, en bas :*

*— Les mains sur la tête ! Pis bouge pas ! J'ai dit :
les mains sur la tête !*

*Pendant tout ce temps, Yannick, assis sur sa chaise,
avait la tête entre les mains et ne bougeait pas.*

*Dix minutes plus tard, la maison grouillait de
policiers qui ratissaient la maison de haut en bas. On
avait amené Bérubé dans une voiture et on continuait
à lui poser des questions. D'une voix fatiguée et traî-
nante, le jeune homme livrait les informations au
compte-gouttes : l'homme à la cave se nommait
Beaulieu, la fillette assassinée était leur fille, l'épouse
était morte, empaillée dans la cave. Quant au jeu
d'échecs humain, l'élément qui déconcertait le plus
les policiers, Bérubé se refusait à tout commentaire
ou explication.*

— État de choc, proposa un agent d'un air entendu.

*On finit par sortir Jacques Beaulieu de la maison.
Plusieurs voisins, rassemblés sur le trottoir, le dévi-*

sageaient avec horreur et incrédulité. Escorté par deux policiers, menotté, il avait le visage complètement vacant. Juste avant de disparaître dans une voiture, il se tourna vers celle dans laquelle se trouvait Yannick et, pendant quelques secondes, les deux hommes se regardèrent avec intensité. On finit par pousser Beaulieu dans la voiture, qui démarra aussitôt.

Un policier traversa la foule de curieux, s'approcha et expliqua qu'un voisin venait de voir Michelle Beaulieu, l'aînée de la famille. Le voisin en question revenait du centre-ville en voiture et avait croisé l'adolescente qui traversait l'intersection en courant rapidement, dans la direction opposée de la maison. Elle avait sûrement vu, de loin, les nombreuses voitures de police, ce qui l'avait fait fuir.

On alla questionner Bérubé dans la voiture.

— Ils avaient une fille de seize ans ? Pis elle était au courant que vous étiez prisonnier ?

Yannick, de plus en plus épuisé, fit signe que oui. Avec effort, il ajouta :

— C'est la plus dangereuse...

On le considéra avec étonnement. L'un des policiers lâcha avec dégoût :

— Une autre ostie de folle !

— Non, rétorqua faiblement Yannick. Non, justement...

Enfin, la voiture démarra. Elle avait parcouru à peine trente mètres qu'elle s'arrêta brusquement : le chauffeur se mit à insulter un chat qui traversait sans se presser, juste devant la voiture. L'animal leur lança un regard parfaitement indifférent avant de disparaître derrière une maison.

Yannick suivit attentivement l'animal des yeux, s'enfonça dans le siège en fermant les yeux et marmonna :

— Vous auriez dû l'écraser...

◆

Yannick Bérubé vivait chez ses parents, à Drummondville, en convalescence psychologique. Ses parents ainsi que sa petite amie Judith prenaient soin de lui, et le jeune homme recommença peu à peu à apprivoiser le quotidien. Il mangeait, faisait des promenades, écoutait la télé, était gentil avec les gens, mais il parlait très peu et avait tendance à se refermer sur lui-même si on insistait trop pour qu'il se confie. Un psychologue, le docteur Simard, venait le rencontrer à domicile deux fois par semaine. Celui-ci affirma aux parents que tout allait bien, même s'il avait l'impression que le jeune homme lui cachait des choses. Mais, selon le médecin, il fallait respecter cette discrétion: peut-être avait-il encore besoin de temps avant de s'ouvrir complètement.

Yannick avait monté dans sa chambre un jeu d'échecs et avait placé les pièces comme si une partie était en cours. Il avait fini par avouer au docteur Simard qu'il s'agissait de la dernière partie, celle que lui et Beaulieu n'avaient pas terminée. Il demeurait de longues heures à observer les pièces en silence, à un point tel que le docteur Simard se permit de lui dire, lors d'une visite, qu'il trouvait cette complaisance psychologique plutôt malsaine. Le jeune homme, en haussant les épaules, se contenta de répondre au médecin qu'il ne pouvait comprendre.

Un peu plus d'une semaine après son arrivée chez ses parents, Yannick Bérubé rompit avec sa petite amie, Judith, au grand désespoir de celle-ci. Comme seule explication à ses parents, il dit que certaines choses ne pouvaient plus être comme avant.

Au bout de deux semaines, la police classa l'affaire. Il n'y eut pas de procès à proprement parler: Jacques

*Beaulieu n'avait pas dit un mot et se trouvait tou-
jours dans son état catatonique. De toute façon, le
témoignage de Bérubé et l'enquête des policiers furent
suffisants pour rendre Beaulieu responsable de plus
d'une quinzaine de meurtres et de séquestration. On
l'enferma dans un hôpital psychiatrique où les médecins tentent encore vainement de le sortir de son
mutisme total. Yannick confia à son psychologue qu'il
regrettait qu'il n'y ait pas de procès car il aurait
aimé revoir Beaulieu. Lorsque le docteur Simard lui
demanda pourquoi, le jeune homme, comme cela lui
arrivait souvent, ne répondit rien et tourna la tête vers
le jeu d'échecs.*

*Par contre, Michelle Beaulieu n'avait toujours pas
été retrouvée, elle qui était inculpée non seulement de
complicité, mais aussi du meurtre de son directeur
d'école. Pourtant, la police était convaincue qu'elle
était retournée chez elle puisqu'il manquait certains
de ses effets personnels qui se trouvaient dans sa
chambre lors de l'arrestation de Beaulieu. Entre
autres, un grand dessin collé sur son mur avait disparu. La police se demandait comment elle avait pu
ainsi déjouer les forces de l'ordre et croyait de plus en
plus qu'elle avait quitté le pays, du moins le Québec.
Quand un inspecteur vint expliquer tout cela à
Yannick, celui-ci devint très sombre, presque inquiet,
et fut plus taciturne au cours des jours suivants.*

*Peu de temps après, Yannick accueillit son psycho-
logue avec une fébrilité et une nervosité inhabituelles.
Il demanda au docteur Simard de se placer devant son
jeu d'échecs (dont les pièces, recouvertes de poussière,
n'avaient toujours pas bougé) du côté des blancs et
de jouer le prochain coup. Le psychologue hésita
d'abord longtemps, mais se dit que finalement ce
serait peut-être l'occasion de briser chez son patient
cette morbide obsession. Le docteur, joueur d'échecs*

assez quelconque, observa donc longuement le jeu, puis finit par déplacer son fou. Pendant quelques secondes, la respiration de Yannick devint bruyante, puis, calmement, il déplaça son cavalier noir et annonça, d'une voix un rien tremblante :

— Et mat en trois coups.

Le docteur Simard n'était pas assez bon joueur pour voir une telle stratégie. Yannick lui expliqua donc sa série et le psychologue reconnut qu'il avait perdu. Avec satisfaction, il fit remarquer à son patient qu'il tenait enfin la preuve de sa victoire contre Beaulieu. Il pouvait enfin ranger ce jeu et cesser de focaliser sur cette partie. Mais Bérubé ne semblait pas convaincu.

— Vous, vous avez joué ainsi, docteur. Mais Beaulieu était un as… Il aurait peut-être joué autre chose… Il aurait peut-être contrecarré ma série…

— Nous ne le saurons jamais, Yannick…

— En effet, jamais.

Là-dessus, Yannick replaça les deux pièces, exactement comme elles étaient, au grand découragement du psychologue.

◆

Le 6 décembre, trois semaines après l'arrestation de Jacques Beaulieu, police-secours de Drummondville reçut un étrange coup de téléphone vers vingt-deux heures. La voix à l'autre bout du fil était féminine, rapide mais étrangement calme :

— Vous êtes mieux d'envoyer une ambulance au 174 des Plaines au plus criss si vous voulez pas qu'il y ait un mort.

Six minutes plus tard, quatre policiers et deux ambulanciers entraient chez les Bérubé. Monsieur et madame Bérubé avaient enfin osé, ce soir-là, laisser leur fils seul pour la première fois depuis son retour et soupaient chez des amis. On trouva Yannick Bérubé dans sa chambre, nu dans son lit, le bas du corps recouvert de sang. Ses yeux écarquillés fixaient le plafond tandis que, pris de convulsions, il émettait de petits hoquets rauques.

Les ambulanciers découvrirent avec horreur qu'on lui avait sectionné le pénis. Il avait déjà perdu énormément de sang lorsqu'on l'amena à l'hôpital sur les chapeaux de roue.

Les policiers inspectèrent la maison, mais ne trouvèrent aucun indice, sauf celui-ci, étrange : sur le jeu d'échecs de Yannick, l'une des pièces blanches était recouverte d'une substance rouge et poisseuse. Il s'agissait de la reine, que l'on avait déplacée jusqu'au roi noir, le mettant ainsi « et mat ». Rapidement, on constata que la substance écarlate sur la reine était du sang. Plus tard, l'analyse révéla que ce sang n'était pas celui de Yannick Bérubé.

À l'hôpital, on réussit à sauver la vie de Yannick. Mais à son réveil, le jeune homme ne dit rien. Ni durant les heures qui suivirent. Ni quand ses parents, s'arrachant les cheveux de désespoir, arrivèrent en courant à son chevet. Quand, le lendemain, le docteur Simard alla le visiter, il ne parlait toujours pas, plongé dans un mutisme total. En frissonnant, le psychologue ne put s'empêcher de faire un lien entre l'état de son patient et celui de Beaulieu.

Les policiers profitèrent de la présence du psychologue pour lui montrer le jeu d'échecs, dont les pièces n'avaient pas été déplacées depuis la macabre découverte. Le docteur Simard examina ce jeu qu'il connaissait tant lui-même, et plus particulièrement la reine recouverte de sang. Pour lui, il n'y avait aucun doute : ce déplacement avait été fait par l'agresseur de Bérubé.

— Le plus curieux, fit le psychologue, c'est que la reine ne pouvait effectuer un tel mouvement. Je con-

naissais très bien l'emplacement de ces pièces, et, de la case où elle se trouvait, la reine ne pouvait aller directement prendre le roi noir, comme ça.

— L'agresseur ne doit pas connaître les règles du jeu, suggéra timidement un policier.

Le docteur Simard devint sombre et ajouta d'une voix basse, sans quitter la reine rouge des yeux :

— Je crois plutôt qu'elle les connaît, mais qu'elle ne les suit pas...

Les policiers remarquèrent l'emploi du « elle », mais personne ne s'en étonna.

Intérieur
Mardi 4 avril 1992

La pièce comporte un bureau, une télévision, une petite table et un lit. Les murs sont peints en bleu. Il n'y a aucune décoration. Une fenêtre laisse entrer le soleil. Sur une chaise est assis Yannick Bérubé. Son visage ne reflète aucune expression, mais dans ses yeux on peut lire une grande résignation douloureuse. Devant lui, un peu à l'écart, deux psychiatres discutent à voix basse.

— Tu crois que cela va donner quelque chose, Paul? demande le plus jeune.

— Ça fait presque quatre mois que je traite Beaulieu à Pinel et cela n'a donné aucun résultat. De ton côté, tu t'occupes de Bérubé depuis plusieurs semaines, sans résultat non plus. Tous les deux sont en catatonie complète, mais ils ont aussi vécu une expérience très intense ensemble. Je crois que ce genre de face-à-face peut déclencher quelque chose. C'est une idée qui nous trotte dans la tête depuis longtemps, mais on hésitait. Je crois qu'aujourd'hui, c'est à peu près la seule solution qui nous reste.

On frappe à la porte et une infirmière entre :

— Votre patient est arrivé, docteur Lacasse.

— Faites-le venir.

Deux infirmiers guident doucement un homme à l'intérieur de la pièce. Il s'agit de Jacques Beaulieu, dont le visage est aussi vide que celui de Bérubé. Ses yeux, par contre, semblent tournés vers l'intérieur de lui-même, comme s'il était incapable de sortir d'une profonde et sombre pensée.

Le docteur Lacasse prend Beaulieu par le bras et l'amène lentement vers la chaise sur laquelle se trouve assis Bérubé. Après quoi, il retourne près de son collègue et tous deux attendent une réaction.

Pendant de longues minutes, les deux patients s'ignorent totalement. Puis, Beaulieu baisse la tête, tandis que Bérubé redresse la sienne. Leurs yeux se rencontrent. Le docteur Boisclair saisit le bras de son collègue avec force, mais n'ose encore rien dire. Beaulieu ouvre légèrement la bouche. Quelques secondes après, Bérubé se lève avec une lenteur extrême, ce qui fait craquer la chaise. Les deux hommes sont debout face à face, immobiles. Ils s'observent sans un mot, sans une réaction, sans une émotion sur le visage.

Une minute passe, puis deux. Puis quatre. Toujours rien.

Le docteur Lacasse soupire, quelque peu découragé.

— Bon... On pourra toujours essayer une prochaine fois...

Les deux psychiatres vont vers les patients. Le docteur Lacasse prend doucement le bras de Beaulieu pour le raccompagner à la porte, tandis que son collègue met ses mains sur les épaules de Bérubé pour le rasseoir.

Mais Bérubé résiste légèrement, tandis que Beaulieu se raidit sous la grippe du médecin.

— *Qu'est-ce qu'il y a? s'étonne le docteur Lacasse. Ils refusent de bouger…*

Son collègue et lui s'écartent, intrigués, et étudient attentivement les deux patients.

Beaulieu et Bérubé se fixent intensément, leur visage toujours vide. Le regard de chacun plongé dans celui de l'autre, très, très loin. Jusqu'à être tout près de quelque chose…

… loin et proche…

REMERCIEMENTS

L'auteur tient à remercier les personnes suivantes :

Bernard Séguin, dont les informations d'ordre médical ont fourni à l'improbable des alibis vraisemblables ;

Daniel Sernine, dont les conseils judicieux et les observations pertinentes ont permis de rendre cette nouvelle version beaucoup plus cohérente ;

Jean Pettigrew, grâce à qui *5150* a pu connaître une seconde vie ;

et Sophie Dagenais, dont l'amour et la compréhension sont une source inépuisable de motivation.

PATRICK SENÉCAL...

... est né à Drummondville en 1967. Bachelier en études françaises de l'Université de Montréal, il a enseigné pendant plusieurs années la littérature et le cinéma au cégep de Drummondville. Passionné par toutes les formes artistiques mettant en œuvre le suspense, le fantastique et la terreur, il publie en 1994 un premier roman d'horreur, *5150, rue des Ormes*, où tension et émotions fortes sont à l'honneur. Son troisième roman, *Sur le seuil*, un suspense fantastique publié en 1998, a été acclamé de façon unanime par la critique. Après *Aliss* (2000), une relecture extrêmement originale et grinçante du chef-d'œuvre de Lewis Carroll, *Les Sept Jours du talion* (2002), *Oniria* (2004), *Le Vide* (2007) et *Hell.com* (2009) ont conquis le grand public dès leur sortie des presses. *Sur le seuil* et *5150, rue des Ormes* ont été portés au grand écran par Éric Tessier (2003 et 2009), et c'est Podz qui a réalisé *Les Sept Jours du talion* (sortie en 2010). Trois autres romans sont présentement en développement tant au Québec qu'à l'étranger.

EXTRAIT DU CATALOGUE

Collection « Romans » / Collection « Nouvelles »

VOUS VOULEZ LIRE DES EXTRAITS
DE TOUS LES LIVRES PUBLIÉS AUX ÉDITIONS ALIRE ?
VENEZ VISITER NOTRE DEMEURE VIRTUELLE !
www.alire.com

5150, RUE DES ORMES
est le cinquième volume de la collection « GF »
et le cent cinquantième titre publié
par Les Éditions Alire inc.

Il a été achevé d'imprimer
en août 2009 sur les presses de

Imprimé au Canada par
Transcontinental Gagné

100%   BIO GAZ   PERMANENT

Imprimé sur Rolland Enviro100, contenant
100% de fibres recyclées postconsommation,
certifié Éco-Logo, Procédé sans chlore, FSC
Recyclé et fabriqué à partir d'énergie biogaz.